Frauke Volkland

Dies kostbar kurze Leben

Ein Borchert-Roman

Für Christiane

Prolog

Zweiter Nachkriegssommer. Die unerträgliche Hitze nimmt kein Ende. Mitte September melden die Wetterbehörden immer noch Rekordtemperaturen. Und die Situation spitzt sich weiter zu. In den Mittagsstunden des 19. September verzeichnen die Thermometer stellenweise 31 Grad. Wer kann, schont sich. Alte und kranke Menschen werden an ruhigen und schattigen Plätzen gebettet. Man wartet.

Doch einer kann nicht warten. Einer schont sich nicht. Einer ist schwerkrank und liegt nicht mehr wie in den vergangenen Wochen an einem schattigen Plätzchen unter Bäumen im elterlichen Garten. Einer fährt im Liegewagen des Nordexpresses von Hamburg in die Schweiz. Einer würde besser und bequemer in einem Auto gefahren. Doch es gibt keinen, der das bezahlen kann.

Er heißt Wolfgang Borchert. Er ist 26 Jahre alt und dem Sterben nah. Krieg und Gefangenschaft haben seine Gesundheit zerrüttet. Und weil keine Hoffnung auf Heilung in der zerstörten Heimat mehr besteht, setzt er nun all seine Hoffnung auf Helvetia.

I

1

Er liegt in einer heißen Hölle. Hertha, die Mutter, *sitzt* in der heißen Hölle, neben sich auf der Bank die große karierte Reisetasche. Sie gehört Fritz, dem Vater, der nicht mitkommen konnte, weil dem Schwerkranken nur eine Begleitperson zugesprochen wurde. Und weil die Mutter in der Pflege des kranken Sohnes geübter ist als der Vater, hat sie die Reisegenehmigung für die französische Zone beantragt.

Die Mutter öffnet die Tasche des Vaters und greift hinein. Fahrig fährt ihre Rechte durch das Innere, das bereits am Vortag, nur wenige Stunden nach der Abfahrt in Hamburg seine übersichtliche Ordnung gegen ein undurchdringliches Durcheinander vertauscht hat. Denn als der Zug am Rhein entlangzufahren begann, vertauschte auch der Kranke etwas, nämlich seine ausgelassene, aufgeräumte Stimmung gegen eine düstere, chaotische. Keinen einzigen Blick wollte er aus dem Fenster des Zugabteils auf den sich in der Abendsonne behäbig gen Norden schiebenden Fluss werfen. Denn seinen Fluss, seine geliebte Elbe, die hatte er in den langen, letzten quälenden Wochen nicht mehr sehen können. Leben ist fließen, vorbei an Menschen, Landschaften, Städten, weiter, immer weiter. Manche Flüsse werden zu Strömen und ergießen sich am Ende ihrer langen Reise in die unendliche Weite, das Meer. Fluss, Meer, Vater, Mutter. Und mit einem Mal sollte das alles zu Ende sein. Zwar saß sie, die Mutter, in diesem Moment noch neben ihm und suchte nach Worten, um in ihm ein Bild vom trauten Vater Rhein auferstehen zu lassen. Eine Aufgabe, die für sie, die Heimatschriftstellerin, unter günstigen Umständen ein Leichtes gewesen wäre.

Unter den erschwerten blieben die Bilder, die sie heraufzubeschwören suchte, jedoch blass, verschwommen, als würde sie die Farben auf eine feuchte Schultafel auftragen. Und er wischte sie mit einer Handbewegung fort. Warum sollte er sich mit diesem Flussvater anfreunden? Er besaß doch bereits einen, von dem er sich allerdings in einem Tempo fortbewegte, dass ihm schwindlig wurde. Und bald, allzu bald, würde sich dann die Mutter in einem schwindelerregenden Tempo von *ihm* fortbewegen, fort, immer weiter, entlang dieses fremden Vaters. Schmerzen und Atemnot, seit der Abreise fast vergessen, setzten mit dem Erreichen des Rheins am Vorabend schlagartig und in einer solchen Intensität ein, dass ihm der Schweiß ausbrach. Woraufhin das große Durcheinander in der Tasche des Vaters auszubrechen begann, als die Mutter in ihrer Verzweiflung jeglichen Ordnungssinn verlor und die an den Vortagen so sorgfältig gebügelten und zusammengelegten Hosen und Hemden durchwühlte, um nach den ebenso sorgfältig gebügelten und zusammengelegten weißen Stofftaschentüchern zu suchen.

Jetzt also unternimmt die Mutter einen erneuten Versuch, ein Stofftaschentuch aus der Reisetasche zu angeln. Sieben hat sie eingepackt und deshalb weiß sie: Es ist ihr letzter Versuch. Denn sechs feuchte Taschentücher liegen bereits auf dem Sitz neben ihr. Mit ihnen hat sie am Vorabend, im Laufe der Nacht und seit diesem Morgen die hohe Stirn, das blasse eingefallene Gesicht und die sich unregelmäßig und röchelnd hebende und senkende Brust ihres Sohnes immer wieder trocken getupft. Sturzbächen gleich strömt der Schweiß aus ihm heraus. Die Mutter denkt, will denken, es liege allein an der Hitze. Und weiß doch: Es ist auch die Angst.

Nervös arbeitet sich die Hand der erschöpften Mutter immer weiter durch die Reisetasche, während ihre graublauen, von der langen Nacht dunkel umschatteten Augen unermüdlich über ihren Sohn wachen. Da. Jetzt hat sie es. Mit einem Ruck reißt sie an dem Zipfel, den sie erwischt hat. Im selben Moment setzt ein ohrenbetäubendes Quietschen ein, der Zug bremst abrupt – Hertha Borchert rudert verzweifelt mit den Armen in der Luft, das weiße Tuch schwingt gleich einer Friedensfahne durch das Abteil – und prallt dann hart gegen den Gepäckwagen. Der regungslose Körper, der sich seit einer halben Stunde auf dem Wagen befindet, stöhnt leise auf.

»Wolfgang, Wolfgang, ist dir etwas zugestoßen?« Die Mutter hat keine Zeit, sich das schmerzende Schienbein zu reiben. Schon kniet sie vor ihrem Sohn und tupft mit dem weißen Tuch sanft seine Stirn, seine Wangen, seinen Mund.

»Wolfgang, sag etwas«, und dann dringlich: »Wolfgang, bitte, ich bitte dich, sag doch endlich etwas.« Das »endlich« schleicht sich in ihr Flehen, weil er schon seit beinahe einer halben Stunde keinen Ton mehr von sich gibt. Außer einem leisen Ächzen und Stöhnen. Aber kein einziges Wort mehr. Genau genommen ist er zu dem Zeitpunkt verstummt, als die französischen Soldaten im Freiburger Hauptbahnhof in den Wagen des Internationalen Roten Kreuzes stürzten, die Abteiltür ohne anzuklopfen öffneten, der verängstigten Mutter die Papiere aus der Hand rissen und ihn kurzerhand packten. Exakt in dem Augenblick, als der eine Soldat, der dicke, seine großen, groben Hände unter seine Schultern schob und der andere, der schmächtige, seine schmalen Arme um seine Knie schlang, sprach der Kranke seinen letzten Satz: »Fassen Sie meine Mutter nicht an!« Und dann nichts mehr, seitdem. Die starken und die schwachen Arme hoben ihn gemeinsam von seinem bequemen, gepolsterten Bett und legten ihn auf ein hartes Brett. Die Mutter hatte gar keine Zeit, ihm noch eine Decke unterzuschieben, so eilig hatten es die französischen Soldaten. Auch mit dem Hinauskommen hatten es die beiden eilig. Ob ihn nun der Schmerz, der sich mit dem harten Holz im Rücken so unvermittelt einstellte, oder der Schock über das plötzliche Erscheinen der Männer in Uniform verstummen ließ, weiß die Mutter nicht. An Schmerzen ist der Junge allerdings schon lange gewöhnt, die lassen ihn vielleicht in Stakkatosätzen sprechen. Oder schreiben. Der Schock hingegen sitzt tief. Das ahnt sie, nein, weiß sie. Und will es nicht ahnen und will es nicht wissen. Denn das Ahnen und Wissen rührt wieder an die schlimme Wunde in ihrem Herzen, dass sie meint, daran zu verbluten. Ihr Junge. Er verliert den Willen, Worte zu formen, sobald er daran erinnert wird. Wie ihn Männer in brauner Uniform abführten. Wie die hässliche, dicke Tür hinter ihm zuging. Nicht einfach so, denn »das hat man ja öfter, dass eine Tür hinter einem zugemacht wird – auch dass sie abgeschlossen wird«. Aber nicht, dass sie eine Nummer hat. Und auch nicht, dass man hinter der Tür sitzt und weiß, dass sie nicht mehr aufgehen wird. Oder dass sie doch irgendwann wieder aufgehen wird. Aber erst, wenn das Ende gekommen ist. Wenn die Hinrichtung bevorsteht. Lange hat die Mutter diese Geschichte, seine Geschichte nicht hören, nicht lesen wollen. Und musste es schließlich doch. Die Wunde in ihrem Herzen, sie wird nie mehr heilen. Ja, Hertha Borchert ist sich nun sicher, dass es der Schock ist, der ihren Sohn an diesem heißen Nachmittag, am 19. September des Jahres 1947, als die Soldaten das Zugabteil betraten, bis auf Weiteres verstummen ließ.

Als der Zug eine Viertelstunde später in den Bahnhof einfährt, hat er die Augen geschlossen. Sein Atem geht ruhig, er ist eingeschlafen. Die Mutter kniet noch immer vor der hölzernen Bahre. Ihr Kopf ruht auf seiner Brust. Sie horcht. Ja, sein Herz, es schlägt. Sein Herz schlägt so ruhig, wie sein Atem geht. Ein, aus, ein, aus. Sie atmet im selben Rhythmus. So wie sie es in den vergangenen beiden Jahren sehr häufig getan hat. Ein, aus, ein, aus. Wenn die Fieberschübe seinen ausgezehrten Körper schüttelten, wenn er sich unruhig von einer Seite auf die andere warf. Ein, aus, ein, aus. Das hat ihn immer ruhig werden lassen. Das mütterliche Mitatmen, das Wegatmen der Schmerzen.

Sie schreckt hoch. Spürt eine Hand auf der rechten Schulter.

»Sie müssen jetzt aussteigen. Wir haben den Grenzbahnhof erreicht. Wir sind in Weil.« Die Stimme klingt fremd. Die Worte dringen von ganz weit weg an ihr Ohr. Aber sie hat verstanden.

Weil am Rhein. Ihre Reise endet hier. Sie hat keine Einreisegenehmigung für die Schweiz. Nur ihr kranker Sohn. Ihre Wege trennen sich hier. Schon oft haben sich ihre Wege in den vergangenen Jahren getrennt. Mit dem Krieg fing das an, dieses sich Trennen und nicht wissen, ob es ein Wiedersehen geben wird. Abschiede. Jeder Abschied ein Tod. Abscheiden. *Sie* nimmt Abschied, gehört nicht zur Generation *ohne* Abschied. Ihr Sohn gehört dazu, hat es geschrieben. »Wir sind eine Generation ohne Abschied.« Er schläft, verschläft den Tod. Sie will ihn nicht wecken. Sie will, dass er ankommt und noch immer ihren Kopf auf seiner Brust spürt. Ein, aus, ein, aus. Sie will nicht, dass er sieht, wie sie weint. Abschied nehmen heißt weinen. Nein, *er* soll nicht weinen.

Hertha Borchert erhebt sich leise, nimmt geräuschlos ihre Handtasche vom Sitz, wirft dem Schlafenden einen letzten Blick zu. Dann dreht sie sich um. Sie sieht dem Zollbeamten in die Augen, meint so etwas wie Mitleid in seinem Blick zu erkennen. Es ist ein kurzer Moment, dann wendet er sich ab und geht. Und sie geht auch. Ohne sich noch einmal hinzuwenden, zu ihrem Sohn. Er schläft doch. Er schläft, sagt sie sich immer noch, als sie aus dem Zug steigt und den Bahnsteig betritt. Und sie weiß nicht, dass er wach ist. Dass er gesehen hat, wie sie weint.

Ein schrilles Pfeifen. Die Tür knallt zu, der Zug setzt sich in Bewegung. Und die Mutter steht auf dem Bahnsteig, in der prallen Sonne, in der Hitze. Aber das spürt sie nicht, denn sie muss dort stehen und zwar noch eine ganze Weile. Weil sie doch Abschied nehmen will. Zunächst spult sie Floskeln herunter. Gut einstudiert sind die, denn der Krieg war lang und das Abschiednehmen an der Tagesordnung. Noch sieht sie den Zug. Sie hebt die rechte Hand und winkt. »Und dass du jeden Tag ein frisches Hemd anziehst, Wolfgang. Mach mir keinen Kummer. Und vergiss nicht zu schreiben. Auch dem Herrn Hager, er hat so viel für uns getan. Denk auch daran, dich immer recht schön für alles zu bedanken. Hör auf das, was der Doktor sagt, und nimm immer pünktlich deine Medizin. Und dass du mir tüchtig isst, mein Junge.« Der Zug, er ist verschwunden. Da war eine Kurve und nun kann sie ihn nicht mehr sehen. Aber winken, das kann sie immer noch. Und Abschied nehmen. Aber Floskeln fallen ihr nun keine mehr ein. Mein Junge. Das hat sie gesagt. Wie oft hat sie das gesagt im Laufe ihres, im Laufe seines Lebens? Wie oft wird sie es noch sagen können? Mein Junge. Immer wird er das bleiben. »Ja, vor allem das, Wolfgang, iss recht tüchtig, damit du schnell gesund wirst. Damit du Weihnachten wieder zu Hause bist. Dieses Jahr besorgt Vater einen besonders großen Baum. Und wir werden ein Festessen haben, wie schon seit Jahren nicht mehr. Wenn du wieder gesund zu Hause bist. Mein Junge. Gesund. Zu Hause. Wolfgang, mein Junge.«

Der Zug braucht fünf Minuten von Weil bis zum Badischen Bahnhof in Basel. Als er dort ankommt, steht die Mutter immer noch in der glühenden Nachmittagshitze. Er ist nicht weit von ihr entfernt. Und doch unerreichbar. Sie winkt nicht mehr. Sie spricht auch nicht mehr. Nicht mit ihm. Nicht mit sich selber. Jetzt ist auch sie verstummt. So wie er am Ende ihrer gemeinsamen Reise verstummt ist. Salzkrusten bedecken ihre Wangen. Die Sonne brennt weiter. Unerbittlich. Starr und leblos steht sie da, die Mutter, an der Grenze.

2

Während die Mutter am Grenzbahnhof Weil am Rhein Abschied von ihrem Sohn nimmt, wartet ein Mann am Badischen Bahnhof auf den kranken Schriftsteller aus Hamburg. Warten kann man auf verschiedene Weise, man kann dabei ungeduldig, freudig erregt oder auch gleichgültig sein. Selten ist man beim Warten auf einen anderen Menschen aber wütend. Doch genau das ist der Verleger Henry Goverts. Sehr wütend sogar. Nicht, weil er etwa wie die Mutter am Bahnhof auf der deutschen Seite in der prallen Sonne schwitzen müsste. Nein, er hat zum Warten nach einem schattigen Platz gesucht und ihn neben der Gepäckausgabe gefunden. Und doch kocht Henry Goverts praktisch vor Wut. Denn dass Wolfgang Borchert gleich mit dem Nordexpress ankommen wird, das passt ihm ganz und gar nicht. Einen kranken deutschen Schriftsteller hatte er vor einigen Monaten zu sich und seiner Mutter nach Vaduz zur Erholung eingeladen. Ein Zimmer hatte er ihm zur Verfügung bereitstellen, seine Mutter für ihn kochen wollen. In der guten Bergluft hatte er sich erholen sollen. Und nun? Worauf wartete er jetzt? Erst vor wenigen Tagen hatte er die Wahrheit von den Studenten in Zürich erfahren. Nämlich dass Wolfgang Borchert so krank sei, dass er sich noch nicht einmal mehr selber den Mantel anziehen könne. Ganz zu schweigen von Hose und Hemd. Wie sollte er da denn, bitte schön, bei ihm und seiner Mutter leben? Eine Pflegerin, ja, sicher, die würde das schaffen. Aber *er* würde das nicht schaffen. Er, Henry Goverts. Denn wovon, bitte schön, sollte er das alles bezahlen? Und wer hatte ihm das eingebrockt? Wem hatte er das Elend, das nun auf ihn zukam, zu verdanken? Seinem lieben Kollegen Ernst Rowohlt. Der hatte den Borchert einfach auf die Reise geschickt. Der Goverts wird das Kind schon schaukeln, wird er sich gedacht haben, sein werter Herr Kollege in Hamburg.

Noch als der Nordexpress längst eingefahren ist, steht Henry Goverts in seinen Groll versunken neben der Gepäckausgabe und starrt vor sich hin. Warum soll er sich beeilen und den kranken Borchert aus dem Zug holen? Die ganze Aktion hat doch weder Hand noch Fuß! Und wird mit Sicherheit in einem finanziellen Desaster und seinem eigenen nervlichen Ruin enden! Wütend ballt der Verleger die rechte Hand zu einer Faust und schlägt dreimal fest auf den großen schwarzen Koffer ein, den gerade eben ein Bahnbeamter auf einem Gepäckwagen neben ihm abgestellt hat. Ha! Wie wunderbar das Leder ächzt und stöhnt! Noch einmal lässt er die Faust auf den Koffer niederfahren. Und fährt im nächsten Moment selber zusammen. Das Ächzen und Stöhnen. Es kommt nicht vom Koffer. Es kommt vielmehr von dem, was neben dem Koffer liegt. Und das hat Hände und Füße. Und weil Hände und Füße allein nicht ächzen und stöhnen können, muss das wohl ein Mensch sein, da neben dem schwarzen Koffer auf dem Gepäckwagen. Mehr als Hände und Füße kann Henry Goverts allerdings nicht erkennen, weil alles andere auf dem Wagen mit einer Decke zugedeckt ist. Mit so einer, wie man sie im Gepäckwagen zwischen die Transportgüter stopft. So eine schmutzige, abgenutzte Decke.

Henry Goverts muss zweimal hinsehen. Und dann beginnt er zu begreifen, was er da vor sich hat. Das ist er. Das ist der Schriftsteller aus Deutschland. Wolfgang Borchert. Der Mann, der gerade eben durch ein Schauspiel bekannt geworden ist. Das sich der werte Kollege Rowohlt schnell einverleibt hat, um sich damit in Zukunft eine goldene Nase zu verdienen. Aber Geld ausgeben, das will er nicht, sein Kollege, für das Elend, das er ihm nach Basel geschickt hat. Oder kann er nicht. Denn noch hat er nicht viel verdient mit dem Stück. Noch nicht. Aber das wird kommen. Und er, Henry Goverts wird nichts abbekommen. Er wird leer ausgehen. Und soll auch noch dafür bezahlen. Für seine Hilfsbereitschaft. Für seine Mitmenschlichkeit. Für sein Mitleid.

Und endlich packt es ihn wieder, das Mitleid. Denn das Bündel unter der Decke, dessen Ächzen immer grausamer an seine Ohren dringt, dieses Bündel ist ein Mensch. Ein lebendiger. Noch. Und wenn er, Henry Goverts, sich nicht sofort um diesen gerade noch lebendigen Menschen kümmert, wenn er ihn nicht sofort ins Krankenhaus bringt, dann ist es zu spät. Dann kann er Mutter und Vater Borchert gleich nachher ein Telegramm schicken: Leider verstarb Ihr Sohn bei der Ankunft im Badischen Bahnhof. Und damit er dieses Telegramm nicht absetzen muss, beeilt er sich. Er kramt in der Hosentasche nach einem Geldschein, den er einem der beiden blöd grinsenden Gepäckträgern in die frech fordernd weit ausgestreckte Hand knallt. Dann reißt er den Gepäckwagen an sich und schiebt ihn im Laufschritt gen Ausgang. Zum Glück hat er heute einen größeren Wagen. Und einen Chauffeur. Weil sein eigener Wagen in der Reparatur ist, musste er sich diesen Luxus leisten, das viele Geld bezahlen, um den kranken Schriftsteller abholen zu können. Denn das hatte er sich ja bereits gedacht. Dass Wolfgang Borchert nicht in der Lage sein würde, direkt nach Davos ins Sanatorium oder sonst wohin in der Schweiz weiterzureisen. Und deshalb hat er auch schon vorgesorgt, hat gemeinsam mit seinem Kollegen Emil Oprecht, der sich während des Krieges bereits um so viele deutsche Schriftsteller in der Schweiz gekümmert hat, ein Einzelzimmer in einem Krankenhaus reserviert. Ganz in der Nähe des Badischen Bahnhofs, direkt um die Ecke sozusagen, nur ein paar Minuten Fahrtzeit. Einen Leberspezialisten gibt es da sogar. Denn mit der Leber soll ja etwas nicht stimmen bei dem kranken Borchert. Von Gelbsucht war die Rede, aber auch mal von Tuberkulose. So genau weiß er das nicht, er ist ja kein Arzt.

All das schießt dem Verleger Goverts durch den Kopf, während er den Gepäckwagen vor sich her stößt. In Windeseile hat er den Ausgang erreicht, da, er sieht ihn schon, seinen Chauffeur. Er ist von stattlicher Statur und hat Schultern, als würde er täglich Baumstämme schleppen. Immerhin ein Lichtblick in diesem ganzen Elend!

Dem Mann gelingt es dann auch ohne ersichtliche Mühe, das wimmernde Bündel auf die breite Rückbank zu verfrachten, während der Verleger danebensteht und sich mit einem Mal schrecklich überflüssig fühlt. Dabei will er doch helfen! Und deshalb greift er jetzt nach der Decke auf dem Gepäckwagen, die der ächzende, schwitzende Mann gerade losgeworden ist und wirft sie ihm wieder über. Noch schnell Koffer und Reisetasche in den Kofferraum. Gerade will sich Henry Goverts ebenfalls auf die Rückbank setzen, da sinkt das, was sich unter der Decke befindet, in sich zusammen und fällt auf den Sitz. Hektisch schlägt der Verleger die Tür zu und springt auf den Beifahrersitz. Schon lässt der Chauffeur den Motor an und fährt los. Über die Schulter wirft Henry Goverts einen schnellen Blick auf die Rückbank: Die langen, dünnen Beine des Schriftstellers sind unter der Decke hervorgerutscht und hängen in einer sichtbar unbequemen, verqueren Position vom Sitz herunter. Schmerzhaft sieht das aus. Wie überhaupt die ganze Gestalt ein großer Ausdruck von Schmerz ist. Henry Goverts muss plötzlich an den Leidensmann denken. Wie er vom Kreuz abgenommen wird und mit verrenkten Gliedern daliegt. Aber nein, der Vergleich hinkt. Der Gekreuzigte hatte die Schuld der Welt auf sich genommen und deshalb leiden und sterben müssen. Das trifft auf den Mann auf dem Rücksitz seines Leihwagens nicht zu. Oder vielleicht doch?

Henry Goverts kratzt sich ganz oben am Kopf, an der Stelle, an der sich das Haar bereits vor vielen Jahren gelichtet hat und seitdem den Blick auf einen glatten, glänzenden

Schädel freigibt. Der Verleger greift immer dann zu dieser Geste, wenn er an das große Elend und Grauen erinnert wird, das er, ja, auch er, in Hamburg hat erleben müssen. Und der Mann, der sich jetzt auf dem Rücksitz vor Schmerzen windet, der lässt die Schreckensbilder jäh wiederauferstehen vor seinem inneren Auge. Und mit den Bildern schleicht sich wieder das grausame Gefühl ein, an dem großen Elend und Grauen schuld zu sein. Er ist geflohen, als es für ihn gefährlich wurde. Andere sind geblieben. Hätte auch er bleiben, helfen sollen?

»Herr Borchert, hören Sie mich?« Henry Goverts wirft einen Blick über die Schulter auf den Rücksitz. Zu mehr ist er nicht in der Lage, mehr kann er sich dem Grauen nicht zuwenden. Er erhält keine Antwort. Natürlich erhält er keine Antwort, er hatte auch nicht wirklich mit einer gerechnet. Aber irgendetwas muss er doch sagen. Wenn er schon nichts tun kann.

»Herr Borchert, wir haben es gleich geschafft.« Ein Stöhnen als Antwort. Immerhin. Immerhin, er lebt noch.

»Herr Borchert, halten Sie noch einen Moment durch, bitte.« Das »Bitte« hat er fast geschrien, der Verleger Goverts. Denn neben dem grausamen Grauen ergreift jetzt auch die Verzweiflung von ihm Besitz.

»Bitte, Herr Borchert, bitte!« Was, wenn der Mann in seinem Wagen stirbt? Was, wenn er den Eltern die Todesbotschaft überbringen muss?

Der Chauffeur setzt den Blinker, lenkt den Wagen nach rechts. Sie steuern auf ein großes, langgestrecktes, helles Gebäude zu.

»Wir sind da, Herr Borchert, wir haben es geschafft.«

Kaum hält der Wagen, springt Henry Goverts schon hinaus und reißt die Hintertür auf.

»Herr Borchert, wir sind da.«

Nichts. Nicht mal ein Stöhnen.

Aber binnen weniger Sekunden stehen zwei Krankenpfleger mit einer Bahre am Wagen. Und dann geht alles schnell, so schnell, dass sich der Verleger Goverts später nicht mehr daran erinnern kann, ob er noch mit in das helle Gebäude hineinging, um die Ankunft des am Vortag angemeldeten kranken deutschen Schriftstellers zu bestätigen. Oder ob er am Wagen stehen blieb. Doch eins wird auf immer und ewig im Gedächtnis des Verlegers haften bleiben: Dass der Mann auf der Bahre mit einem Mal die Augen aufschlug, die Lippen öffnete und etwas sagte. Aber kein Wort zu hören war. Und er doch verstand. Weil er es in den Augen des Kranken las. Danke. Vielen Dank für Ihre Hilfe. Und wie er nichts erwidern konnte. Wie er sich beschämt am liebsten hinter dem breiten Rücken des Chauffeurs versteckt hätte, der zu seinem Verdruss aber schon wieder hinter dem Steuer saß und er deshalb mit einem Mal den unwiderstehlichen Wunsch verspürte, der Boden möge sich unter ihm öffnen, ihn mitsamt all seiner Scham und Schuld in sich aufnehmen und auf immer und ewig vor der Menschheit verbergen.

Selbst bei der Assistenzärztin bedankt sich der von Schmerzen Geschüttelte kurze Zeit später. Die junge Frau hilft ihm in der Notfallaufnahme mit einer Spritze über das Schlimmste hinweg. Sein Dank besteht aus einem Augenblinzeln, die junge Frau versteht es. Wie sie überhaupt kleine Zeichen und Andeutungen zu deuten weiß und sich deshalb sehr für alles Kulturelle interessiert, das sich ja eigentlich aus nichts anderem als einem komplexen Zeichensystem zusammensetzt.

Sein Name: Wolfgang Borchert, von Beruf: Schauspieler und Schriftsteller, seine Staatsangehörigkeit: Deutsch. So steht es auf dem Anmeldebogen. Sehr spannend. Aber: Noch nie hat die junge Ärztin von diesem deutschen Schriftsteller gehört. Einen anderen mit »B« am Anfang, den kennt sie. Von dem hat sie ein Stück in Zürich am Schauspielhaus gesehen. Sehr merkwürdig war das. Wie hieß der noch gleich? Ach ja, Brecht. Bertram, oder so ähnlich. Aber der da gerade auf dem Bett in der Notfallaufnahme eingeschlafen ist, den kennt sie nicht. Morgen früh wird sich der Professor um diesen Schriftsteller kümmern. Ganz gelb ist er im Gesicht. Na ja, wahrscheinlich die Leber. Morgen früh dann.

3

Er erwacht. Und erschrickt. Die Augen hat er nämlich schon eine Weile aufgeschlagen, das Bewusstsein braucht jedoch länger, um sich wieder einzuschalten. Und so fehlt ihm die Übergangszeit, um sanft vom Schlaf ins Wachsein hinübergleiten zu können. Hart bedrängt ihn die Wirklichkeit mit einem Schlag: Aus dem Dunkel der Nacht sticht ein gleißend helles Kreuz in seine Augen. Sie brennen, tränen, doch weil der Schreck ihn lähmt, kann er sie nicht schließen. Also starrt er weiter auf das Kreuz. Und langsam, sehr langsam löst sich immerhin sein Verstand aus der Erstarrung. Er ist nicht dumm, ja, er hält sich sogar für einigermaßen intelligent. Und wenn es darum geht, zu erkennen, ob ihm etwas vorgegaukelt wird oder er zu etwas gezwungen werden soll, dann kann er sich sogar auf eine ganz überdurchschnittliche Intelligenz verlassen.

Und außerdem auf viel Übung und Erfahrung. Schon in der Schule ließ er sich nicht von den braunen Parolen blenden und mit ihnen vollstopfen wie viele seiner Klassenkameraden, sondern las unter der Schulbank lieber die Klassiker. Und schrieb Gedichte. Und verstand früh, dass der Grat zwischen dem, was uns wirklich umgibt und dem, was in einer lebhaften Fantasie existiert, oft nur ein schmaler ist. Und dass es darauf ankommt, im Leben die Balance zu halten und sich nicht in den Abgrund ziehen zu lassen, nicht in den, der unsere Wirklichkeit ausmacht, aber auch nicht in den, den unsere Vorstellungskraft manchmal in uns auferstehen lässt.

Er blinzelt. Eine Träne löst sich von den Wimpern des rechten Auges und rinnt langsam an seiner Wange hinunter. Das Brennen lässt nach. Das Kreuz ist aber immer noch da. Hell und deutlich steht es vor ihm, nein, scheint es in der Luft zu schweben, einen guten Steinwurf von ihm entfernt, in direkter Luftlinie über seine Füße hinweg. Das einfallende Licht des Mondes wird es erhellen. Denkt er. Im ersten Moment. Und im nächsten, dass er da wohl sein eigenes Kreuz vor sich hat, sozusagen aus sich heraus an die Wand projiziert. Um dann wieder auf die erste Möglichkeit zurückzukommen. Denn das Kreuz als Symbol sagt ihm nicht viel und als solches könnte es ihm ja nur erscheinen. Mit Religion hat er herzlich wenig am Hut, protestantisch geboren zwar, aber vor Jahren schon aus der Kirche ausgetreten. Also ein wirkliches Kreuz. Und dann fällt ihm ein, dass ihm diese Perspektive, die Horizontale, aus der heraus er auf das Kreuz blickt, nicht unbekannt ist. »Nun singt um mein Bettchen der Schwestern Chor: Simson – Simson – der alles verlor.« Diese Worte, seine eigenen, er erinnert sich. Aufgeschrieben hat er sie im letzten Jahr, den Blick auf ein Kreuz an der Wand geheftet, im Elisabeth-Krankenhaus in Hamburg. In das hatte man ihn verfrachtet, mit dieser Leber groß wie ein Fußball, die auf dem besten Weg war, alle anderen Organe, die noch dazu in der Lage waren, seinen ausgemergelten Körper am Leben zu halten, zu zerquetschen. Die unerträglichen Schmerzen, sie waren seitdem in Schüben immer wieder gekommen. Die Schmerzen. Er spürt sie nicht. Aber warum dann das Kreuz an der Wand?

Seine Hände tasten vorsichtig. Eine Decke, nicht weich aber auch nicht hart. Glatt und kühl. Unkompliziert, gut zu waschen und zu falten. Wenn ein Kranker raus ist, aus der Decke, kommt der nächste rein, in die Decke. Rein, raus, rein, raus. So einfach ist das. Und so praktisch. Vielleicht mit Persil gewaschen zwischen dem Rein, Raus, Rein, Raus. »Persil bleibt Persil.« Das sagt ihm seine Nase. Und wenn genug Decken gewaschen sind, bleibt noch der Karton. Der, in dem das Waschpulver vorher war. Auch praktisch. In den kann man seine sieben Sachen, vielleicht sind es auch nur sechs oder fünf, hineinlegen und ihn sich ganz einfach unter den Arm klemmen. Um dann hinauszuspazieren. In die schöne Welt. In die schöne, weite Welt. In die …

Hier bricht der Gedankenfluss abrupt ab. Die Wirklichkeit hat ihn wieder. Ein Kreuz an der Wand, eine persilsaubere, praktische Decke, Dunkelheit, Stille, nur die Schmerzen fehlen. Sonst passt alles in das Bild, das er sich in den letzten Minuten zusammengereimt hat. Ja, das kann er, Bilder reimen. Früher waren das Lyrikbilder, heute sind das Prosabilder. Aber Bilder sind Bilder. Und dichten kann man auch in Prosa. »Wir bringen unser Leben hin zwischen den Stundenschlägen der Uhren, zwischen November und März, zwischen mürbeduftenden birnenschweren Herbsten und den erdigfeuchten Frühlingsstürmen, zwischen Bett und Bett, zwischen Geburt und Tod, Ja und Nein, Gott und Nicht-Gott.« In einem Bett liegt er, irgendwo zwischen Geburt und Tod, das »Ja« baut er in das »Nein« hinein. Bleibt nur noch die Sache mit Gott. Ach ja, das Kreuz, es hängt an der Wand gegenüber. Der Schwesternchor wird es dort aufgehängt haben. Simson – Simson, geht es schon wieder los in seinem Kopf. Simson – Simson, aber wo ist er, der Schwesternchor? Wo sind diese Frauen, die keine sind? Die ihre Haare unter etwas verstecken, was seine Mutter nicht einmal im Notfall als Schutz gegen Regen oder Kälte ihrem Haupt zumuten würde. Die ihre Körper in Kleider stecken, die er nicht einmal seiner Urgroßmutter an den Leib gewünscht hätte.

Schemenhaft schälen sich Erinnerungsfetzen der vergangenen Stunden aus seinem heißen Hirn. Ja, Fieber, das hat er wohl immer noch. Aber die Schmerzen, die haben sie ihm genommen. Mit einer Spritze. Jetzt spürt er sie ganz deutlich, die Einstichstelle, da liegt er drauf, irgendwo hinten, so genau kann er das nicht ausmachen. Es könnte auch sein, dass er sich in ein Wespennest gesetzt hat. Aber nein, dazu hatte er ja gar keine Gelegenheit. Er hat doch die ganze Zeit gelegen, im Zug auf etwas Weichem und dann auf etwas Hartem, das von zwei Gepäckträgern mit grinsenden Gesichtern geschoben wurde. Ja, die Erinnerungsfetzen reihen sich aneinander, gleich kann er sie zusammennähen, sich das geflickte Kleid überziehen und siehe da …

Aber nein, das will er nicht. Er will sich gar nicht an alles erinnern. Will seine Mutter nicht weinen, will nicht das blöde Grinsen sehen und nicht dieses entsetzte Gesicht.

Das muss das des Verlegers Henry Goverts sein. Seines Gönners, des Mannes, dem er das hier zu verdanken hat. Oder zumindest zu einem guten Teil. Andere haben da noch mitgeholfen, dass er nun hier liegt. Hier, das muss ein Krankenhaus sein, das hat er nun begriffen. Und zwar ein kirchliches. Da kann er sich also auf etwas gefasst machen, wenn sie hineinkommen, in sein Zimmer, die Schwestern in ihren Trachten. Aufpassen wird er müssen, dass er nicht frech wird. Alles Kirchliche löst in ihm Respektlosigkeit aus. Das war schon immer so, zumindest so lange, wie er zurückdenken kann. Das Kreuz muss weg, das ist klar, und zwar direkt morgen früh. Er wird darauf bestehen und wenn die Schwestern es nicht abnehmen wollen, dann wird er schon die Ärzte dazu bringen. So, nun weiß er fürs Erste genug. Nun weiß er, wo er sich befindet, wo er dran ist. Nun kann er wieder schlafen. Oder auch nicht. Denn so einfach ist das gar nicht, wenn man pinkeln muss und nicht weiß, wie man aus dem Bett kommt und wo sich das Klo befindet. Also bleibt ihm nur zu rufen.

»Hallo, hallo.«

Er lauscht. Nichts. Also lauter:

»Hallo, hallo, hört mich jemand?«

Rums. Die Tür geht auf. Das Licht an. Schützend hält er sich die Hand vor die Augen.

»Was brüllen Sie denn so herum mitten in der Nacht! Sie sind hier nicht allein. Es gibt noch mehr Patienten außer Ihnen und die wollen ihre Ruhe.«

Das plötzliche Licht blendet ihn, er sucht die Augen mit einer Hand zu schützen. Außerdem reicht es ihm, die Stimme des Drachen zu hören, er muss ihn nicht auch noch zu Gesicht bekommen. Doch das hat er sich so einfach gedacht, denn schon steht der Drache persönlich an seinem Bett, packt ihn am Gelenk, stutzt einen Moment, wohl weil er sich über die Zahl der Finger wundert, schiebt seine Hand zur Seite. Zwar war Siegfried auch verletzt, als er den Drachen bezwang, denn der hatte ihm bereits tiefe Wunden im Kampf beigebracht, doch hatte er keine fußballgroße Leber, die ihn ans Bett fesselte. Dem Kranken bleibt also nichts anderes übrig, als dem Drachen Aug in Aug gegenüberzutreten, oder besser: gegenüberzuliegen, während der steht. Er hat gefährliche Augen, dieser Drache, sie funkeln zornig und scheinen ein ätzendes Gift zu versprühen. Er kann diesem Blick kaum standhalten. Aber der Schutz durch die Hand ist ihm verwehrt, die hält der Drache mit seinen Klauen fest umschlungen.

»Warum schlafen Sie nicht, wie alle anderen? Oder schläft man in Deutschland nachts etwa nicht?«

»So langsam ist das wieder möglich. So langsam kann man in Deutschland nachts wieder schlafen.«

Jetzt haben sich seine Augen an die Helligkeit gewöhnt. Was er sieht, erschüttert ihn zutiefst. Die Schwester hat sich die graue Haube so tief über die Stirn gezogen, dass er gerade noch so ihre Augen sehen kann. Graue Augen. Wie konnten die eben noch so zornig sprühen? Jetzt sind sie ganz matt, fast erloschen. Sie hat nicht verstanden, was er gesagt hat. Das liest er in diesen trüben, grauen Augen.

»Der Krieg ist vorüber in Deutschland. Wussten Sie das noch nicht? Wir haben verloren. Wir haben verloren. Und deshalb kann man in Deutschland nachts auch wieder schlafen. Weil keine Bomben mehr fallen. Es sei denn, sie fallen weiter im Traum, dann kann man nachts noch immer nicht schlafen in Deutschland.«

Hat sie überhaupt Lippen? Vielleicht sind es die beiden dünnen farblosen Striche in ihrem Gesicht. Ja, das werden sie wohl sein, denn jetzt lösen sich die beiden Striche voneinander, nur ganz wenig, und aus der Lücke, die zwischen ihnen entsteht, dringen schneidend Worte hervor.

»Die Frechheiten wird man Ihnen hier ganz schnell abgewöhnen. Sie meinen wohl, dass Sie etwas Besonderes sind. Aber das sind Sie nicht, Herr Borchert. Sie sind ein Kranker wie alle anderen hier im Claraspital. Und damit müssen Sie sich abfinden, ob es Ihnen gefällt oder nicht.«

»Was haben Sie gerade gesagt? Claraspital? Dann sind Sie eine Klarisse, eine Geliebte des Heiligen Franz.«

Er seufzt. Das hört sich in seinen Ohren gut an, das spendet Trost. Eine Geliebte des Franz. Das Heilig kann er ruhig streichen.

»Das könnte Ihnen so passen, mein Herr. Ich bin weder Klarisse noch irgendeine Geliebte. Ich bin eine Barmherzige Schwester vom Heiligen Kreuz.«

Da hat er es, das Kreuz. Und ihm schwant, dass es auch dort hängen bleiben wird, an der Wand gegenüber. Solange dieser Drache über ihn wacht.

»Haben Sie auch einen Namen? Ich meine einen richtigen, einen eigenen Namen. Ich kann Sie ja nicht ständig mit ›Barmherzige Schwester vom Heiligen Kreuz‹ anreden.«

Erst jetzt fällt ihm ihre Nase auf. Sie ist klein, sehr klein. Sein Blick bleibt an ihr haften, weil die Barmherzige Schwester vom Heiligen Kreuz nun etwas ganz Außerordentliches mit dieser sehr kleinen Nase anstellt. Er hat das vorher noch nie gesehen. Dass jemand die Nase so krausziehen kann.

»Von der Schwester Oberin bekommen wir alle einen eigenen Namen, natürlich erst nach der Ordination. Mein Name ist Placidia. So dürfen Sie mich auch in den nächsten

Tagen nennen, denn länger werden wir Sie hier wohl nicht auf der Station behalten. Können Sie sich das merken? Pla-ci-di-a. Für Sie natürlich: Schwester Placidia.«

»Natürlich kann ich mir das merken, Fräulein, äh, Entschuldigung: Schwester Placidia.«

Sie verträgt keine Scherze, diese Schwester. Er muss sich vor ihr in Acht nehmen. Das Kissen hat sie so unsanft zum Aufschütteln unter ihm weggezogen und wieder hinter seinen Rücken gestopft, dass er sich ein Stöhnen nicht verkneifen kann.

»Aha, Schmerzen.«

Ihre Hand verschwindet im Rock. Nein, der gesamte Unterarm taucht in die graue Stoffmasse ab. Untiefen sind das, denkt er. Ungeahnte ungeziefrige Untiefen. Sie zieht eine silberne Taschenuhr an einer langen silbernen Kette hervor und klappt den Deckel auf.

»Drei Uhr. Da müssen Sie wohl noch etwas durchhalten. Der Herr Professor kommt nie vor neun zur Visite.«

Schon ist sie an der Tür. Sie hebt die Hand zum Lichtschalter, da fällt es ihm wieder ein.

»Ich muss mal.«

Auch wenn er ihre Augenbrauen nicht sehen kann, weil sie unter dem grauen Stoff stecken, weiß er doch, dass sie sie gerade hochzieht. Und zwar eine geraume Weile. Um dann langsam zurückzukehren, sich zu bücken und unter dem Bett nach etwas zu angeln. Das hätte er sich eigentlich schon denken können. Jetzt geht's ans Eingemachte. Um noch Schlimmeres abzuwenden, säuselt er:

»Schwester Placidia, ich kann das alleine. Sie brauchen mir nicht zu helfen.«

Doch schon steckt die Pfanne unter ihm. Er kann gar nicht so schnell den Hintern heben, wie die barmherzige

Schwester das kalte, harte Ding unter seine Pobacken quetscht.

»So, allein können Sie das. Das will ich aber auch hoffen.«

Die grauen Augen fixieren ihn durch die Decke hindurch. Und zwar genau an der Stelle, wo er jetzt loslassen müsste.

»Schwester Placidia, ich bitte Sie sehr, sich einen Moment umzudrehen.«

Wie ihn das anekelt, dass er sich bei ihr so einschleimen muss. Viel lieber hätte er gesagt: »Liebe Placidia, ich muss doch bitten!«, und ihr dabei einen schelmischen Blick zugeworfen. Aber das ist ihm klar, diese Masche läuft bei dieser Schwester nicht.

»Hat der Herr sonst noch Wünsche? Vielleicht eine Tasse Tee oder einen Kaffee?«

Das hätte er ihr gar nicht zugetraut. Wunderbar, nun klappt es schon. Erleichtert rutscht es aus ihm heraus:

»Vielen Dank für das Angebot. Ich komme in den nächsten Nächten gerne darauf zurück, meine liebe Placidia.«

Dass ihm das auch immer wieder passieren muss! Nicht zum ersten Mal in seinem Leben wird ihm seine Schauspiellust zum Verhängnis. Hat er vorhin gedacht, es sei schmerzhaft, eine Bettpfanne von der Barmherzigen Schwester unters Kreuz gestoßen zu bekommen?

Als sie endlich weg ist, ist auch das Kreuz verschwunden. Nicht wirklich, er weiß, es hängt noch an der Wand. Und es wird auch dort hängen bleiben. Doch der Mond scheint nicht mehr in sein Zimmer. Es ist jetzt stockdunkel. Wenigstens kann er es, muss er es jetzt nicht mehr sehen, das Kreuz. Dass er nachts nicht rufen darf, wenn er etwas braucht, diese Lektion hat er schon gelernt, in der ersten

Nacht, im Claraspital, bei den Barmherzigen Schwestern vom Heiligen Kreuz. Dort hat ihn der Herr Goverts also hingebracht. Dorthin und nicht in ein Sanatorium. Aber keine Geliebten des Franziskus gibt es hier. Von Liebe ist an diesem Ort sowieso keine Spur. Und von Barmherzigkeit erst recht nicht. Aber Verbitterung über erlittenes Leid ist zum Glück nicht seine Stärke. Er hat gelernt damit zu leben, mit dem Leid und dem Schmerz.

Es ist die erste Nacht, es ist erst die erste Nacht, schlaf jetzt, Wolfgang, schlaf jetzt, alles wird gut, alles wird gut. So murmelt er sich selber in den Schlaf. Genauso, wie seine Mutter ihn immer in den Schlaf gemurmelt hat. Als er klein war und sich nachts im Bett vor der Dunkelheit fürchtete und auch als er groß war und nachts vor Schmerzen nicht schlafen konnte. Alles wird gut, Wolfgang, alles wird gut. Schlaf jetzt, mein Junge. Schlaf jetzt.

4

Professor Doktor Gigon ist eine wahrhafte Kapazität auf seinem Gebiet. Mit kranken inneren Organen, allen voran der Leber, kennt er sich bestens aus. Pünktlich um neun Uhr betritt der hoch aufgeschossene graumelierte Leberspezialist das Zimmer 200. Das Bett des am Vorabend neu zugegangenen Patienten befindet sich am anderen Ende des Zimmers, direkt an der breiten Fensterfront, die den Blick auf einen großen mit hohen Bäumen bestandenen Park freigibt. Der Professor nähert sich mit federnden Schritten der Front und damit seinem Patienten. Den er im ersten Moment nicht erkennt, weil er unter seiner Decke vergraben liegt. Nur die Stirn scheint hervor. In der einfallenden Morgensonne schimmert sie in einem hellen Gelb, dass man seine wahre Freude daran haben könnte. Wenn denn die Farbe auf das goldene Licht zurückzuführen wäre und nicht auf die schwere Lebererkrankung, die der Spezialist bekämpfen soll.

»Professor Gigon. Guten Tag, Herr Borchert.«

Keine Reaktion. Oder doch. Feine Falten auf der gelben Stirn.

»Herr Borchert, ich bitte Sie, kommen Sie unter der Decke hervor, wir sind hier nicht im Kindergarten. Schwester Placidia hat mir berichtet, dass Sie wach sind.«

Ein Gesicht erscheint. Blassgelb, müde. Das dunkle Haar, wirr fällt es über die hohe Stirn in die tief umschatteten Augen.

»So ist es schon besser, Herr Borchert. Nun geben wir uns noch zur Begrüßung die Hand.«

Die dunklen Augen. Sie sind auf den Professor gerichtet. Die Hände. Sie bleiben unter der Decke.

»Warum so verstockt, Herr Borchert? Ich weiß, Sie sind nicht freiwillig hier, aber eine Weiterfahrt war in Ihrem Zustand gestern vollkommen undenkbar. Vielleicht sieht es in ein paar Tagen schon anders aus. Wir werden unser Bestes tun, glauben Sie mir. Aber auch Sie müssen Ihr Bestes geben, lieber Herr Borchert, auch Sie.«

Der Professor wendet den Blick vom Kranken ab. Lässt ihn in den sonnendurchfluteten Park gleiten.

»Schön dort draußen. Wirklich schön. Finden Sie nicht auch, Herr Borchert? Da möchten Sie doch sicher ganz schnell einen Spaziergang machen können. Und damit Sie das können, müssen Sie Ihr Bestes geben. Und das Beste, das Sie momentan geben können, das ist zu essen.«

Der Blick des Professors bleibt noch für eine Sekunde in den Wipfeln der großen Zeder hängen, bevor er sich auf seinen Patienten heftet.

»Schwester Placidia hat mir berichtet, Sie wollten heute Morgen nichts zu sich nehmen. Sie wird Ihnen deshalb, sobald ich meine Unterredung mit Ihnen abgeschlossen habe, ein Z'nüni bringen. Ab morgen gibt es solche Ausnahmen nicht mehr, Herr Borchert, da nehmen Sie Ihr Frühstück ein, wie alle Patienten hier im Claraspital. Das ist grundlegend für die Therapie, die Sie hier bei uns bekommen. Sie müssen regelmäßig essen, um wieder zu Kräften zu kommen. Ihre Leber kann sich nur regenerieren, wenn Ihr Körper insgesamt wieder kräftiger wird. Verstehen wir uns, Herr Borchert?«

Der Kranke hat das Haar aus der Stirn gestrichen, neugierig betrachtet er den Professor, dessen Dialekt ihn sehr interessiert.

»Was bringt die Schwester mir gleich?«

Der Professor lacht. Es ist ein heranrollendes, ein aus der Ferne sich leise anschleichendes und langsam immer lauter werdendes, zum Ende hin dröhnendes Lachen.

»Ach ja, das können Sie gar nicht verstehen«, stößt er ächzend hervor. Und, als würde er sich ganz plötzlich wieder seiner gewichtigen Rolle als graumelierte Kapazität auf dem Gebiet der Lebererkrankungen bewusst, schüttelt er kurz den Kopf, wischt sich die Augen und fällt in den anfänglichen, schulmeisterlichen Ton zurück. »Auch daran müssen Sie sich hier gewöhnen, lieber Herr Borchert. Auch daran.« Der Professor stutzt. Er hat ganz offensichtlich den Faden verloren. Fast verlegen schiebt er das schüttere graue Haar zur Seite. »Ich meine natürlich das Schweizerdeutsche, an das müssen Sie sich gewöhnen.

Oder wie man hierzulande sagt: Schwyzerdütsch.« Das »r« des Professors rollt wie sein Lachen soeben. »An das Schwyzerdütsch. An das müssen Sie sich also genauso gewöhnen wie an das regelmäßige Essen. Und aus diesem Grunde wird Ihnen Schwester Placidia gleich ein währschaftes Z'nüni bringen. Übersetzt ins Hochdeutsche: Ein reichhaltiges Frühstück um neun Uhr.«

Er wirft einen Blick auf seine Armbanduhr. Das Lachen rollt wieder heran, diesmal länger und anhaltender. Der Kranke duckt sich instinktiv.

»Na, Sie bringen ja wirklich alles hier bei uns durcheinander, mein lieber Herr Borchert. Ein Z'nüni um halb zehn, das gibt es doch gar nicht!«

»Sie können der Schwester ausrichten, dass sie sich keine Umstände bereiten soll. Ein Stück Brot reicht mir vollkommen.«

»Uns reicht das aber nicht, Herr Borchert. Ans Essen müssen Sie sich hier gewöhnen. Das ist die Grundlage unserer Therapie, wie ich bereits sagte.«

»Ich kann aber nichts essen. Ich kann einfach nicht.«

»Schwester Placidia wird Sie füttern. Sie werden sehen, dann können Sie schon essen.«

Die Vorstellung, wie ihm die barmherzige Schwester den kalten, harten Löffel in den Rachen stößt, lässt ihn augenblicklich zusammenzucken.

»Ich muss nicht gefüttert werden. Ich kann alleine essen.«

»Sehen Sie, Herr Borchert, es geht doch. Ich wusste, dass wir uns verstehen. Nun haben wir eine gemeinsame Basis. Gleich nach dem Z'nüni wird Sie die Schwester zum Röntgen bringen. Und dann werde ich Sie ausführlich untersuchen. Aber jetzt wird erst gegessen. «

Er wendet sich zum Gehen. Bleibt noch einmal stehen, wirft dem Kranken einen mahnenden Blick zu:

»Was Schwester Placidia sagt, wenn ich nicht da bin, ist oberstes Gebot, Herr Borchert. Daran müssen Sie sich halten. Ich möchte keine Klagen mehr hören.« Geräuschvoll fällt die Tür hinter dem Professor ins Schloss.

5

Die Augen des Kranken, sie suchen Halt in den Zweigen, draußen in der Zeder. Doch sobald er einen Zweig mit dem Blick festzuhalten sucht, entgleitet er ihm auch schon wieder. Unstete Zweige, unsteter Blick. Ungehorsame Zweige, ungehorsamer Blick. Gehorsam will er, der Herr Professor, von ihm. Absoluten Gehorsam. Damit hat er ein Problem. Und nicht erst jetzt. Gehorsam war noch nie seine Sache. Und das ist auch gut so und das soll auch so bleiben. Gehorsam ist was für Mitläufer, für Feiglinge, für Entmündigte, für … Rums. Die Tür geht auf, ein Teewagen rollt herein. Sein Körper will sich schon ducken, instinktiv, aber das lässt sein Verstand nicht zu. Ganz bewusst und betont langsam wendet er seinen Blick vom Fenster ab Richtung Tür, gerüstet mit der notwendigen inneren Abwehrhaltung. Doch hinter dem Teewagen steht nicht der Drache. Dahinter steht etwas Kleines, Zartes, Zerbrechliches. Ein Mädchen, mehr ist es nicht und auch nicht weniger. Und wunderbar anzusehen. Ein blondbezopftes strahlendes Geschöpf.

»Habe ich Sie erschreckt, Herr Borchert? Entschuldigen Sie bitte, aber die Tür, sie hat letzte Woche noch geklemmt, nun ist sie repariert und ich habe mich noch nicht daran gewöhnt. Das nächste Mal öffne ich sie vorsichtiger.«

Er lächelt sie an. Wie lange hat er schon nicht mehr gelächelt?

»Das macht doch gar nichts. Ich habe gerade ein wenig geträumt und in den Garten hinausgesehen. Wie schön der ist, der Garten, habe ich gerade bei mir gedacht. Und dann geht die Tür auf. Und etwas noch viel Schöneres tritt herein. Direkt in mein Leben.«

Schamesröte überzieht augenblicklich das helle Mädchengesicht und verwandelt es in eine rosarote Blüte.

»Meinen Namen kennen Sie«, fährt er fort, während er sich an ihrer verlegenen schüchternen Freude nicht sattsehen kann, »ich heiße Wolfgang Borchert, für Sie aber nur Wolfgang. Verraten Sie mir denn auch Ihren werten Namen, junges Fräulein?«

»Hedwig Zweifel. Für Sie, Herr Borchert, aber ruhig nur Hedi.«

»Gut, Hedi, ich freu mich sehr dich kennenzulernen. Und du sagst jetzt auch Wolfgang zu mir, darum bitte ich.«

Schüchtern tritt sie an sein Bett.

»Ich soll Ihnen … dir das Z'nüni bringen. Schwester Placidia hat mich geschickt.«

»Dann soll die Plage Placidia dich jetzt immer schicken, Hedi. Wenn du zu mir kommst und mir das Essen bringst, werde ich sicher ganz schnell wieder gesund.«

Schüchternschön lächelt die Blüte.

»Die Schwester hat mir auch gesagt, ich soll so lange hier im Zimmer bleiben, bis du alles aufgegessen hast, Wolfgang.«

»Das freut mich sehr, dass du so lange bei mir bleiben sollst. Denn das wird dauern. Wenn ich mir so den Teller betrachte.«

»Um halb zwölf kommt schon das Mittagessen, Wolfgang. Du darfst dir nicht zu viel Zeit lassen mit dem Z'nüni.«

»Dann setz dich geschwind zu mir, Hedi. Da, auf den Stuhl neben meinem Bett. Und während ich esse, erzählst du mir etwas von dir.«

Das Blütengesicht schimmert nun in einem zarten Blassrosa. Das dazugehörige Mädchen kommt vorsichtig heran, Schritt für Schritt. Einen Fuß setzt es vor den nächsten, als wenn es sich an ein unbekanntes, gefährliches Terrain herantastete. Den Teller hebt es so sachte vom Teewagen, als könne er im nächsten Moment zwischen seinen kleinen Händen in tausend Splitter zerspringen.

»Hier, bitte, Wolfgang, lass es dir schmecken.«

Jetzt sitzt sie neben seinem Bett. Schaut ihn verlegen von der Seite an. Schweigt, während er die erste Gabel mit Rührei in seinen Mund schiebt.

»Weißt du eigentlich, wie lange ich so etwas Gutes schon nicht mehr gegessen habe, Hedi?«

Sie schüttelt den Kopf. Die blonden Zöpfe wirbeln auf und kommen vorne auf ihrer Brust zum Liegen.

»Ich kann mich gar nicht erinnern. Es muss einige Jahre her sein. Meine Mutter, sie hat es einmal geschafft, ein Ei für mich zu ergattern, im letzten Winter ist das gewesen. Das war ein Fest. Für mich und auch für sie. Sie hat so wie du neben meinem Bett gesessen und mir beim Essen zugesehen. Aber Rührei, so viele Eier auf einmal …«

Er sieht sie an. Sieht erst die blonden Zöpfe, wie sie auf ihrer kleinen Brust liegen – ganz zart wölbt sie sich unter ihrer weißen Bluse –, dann in ihre Augen. Sie sind blau. Sehr blau. So blaue Augen, denkt er, habe ich auch schon lange nicht mehr gesehen.

»Aber du wolltest mir doch etwas von dir erzählen, Hedi. Jetzt plappere ich drauflos und lasse dich gar nicht zu Wort kommen. Aber weißt du, ich bin so froh, dass ich endlich wieder mit einem menschlichen Geschöpf, und dazu noch mit so einem hübschen, lieben, reden kann.«

Sie ist nicht mehr ganz so schüchtern, die Hedi. Sie fängt beinahe an, die Komplimente zu genießen, die sie von diesem jungen Mann empfängt.

»Ich höre dir gern zu, Wolfgang. Du hast eine so schöne Stimme. Aber was du sagst, das verstehe ich nicht ganz. Das mit deiner Mutter und dem Ei. Seid ihr denn so schrecklich arm, dass sie dir keine Eier kaufen kann?«

Er betrachtet sie wieder eine Weile. Sie ist jung, sehr jung, diese Hedwig.

»Wie alt bist du, Hedi?«

»Sechzehn, Wolfgang.«

»Und wo wohnst du?«

»Nicht weit vom Claraspital. Zu Fuß brauche ich eine halbe Stunde, aber mit dem Velo bin ich schneller, da bin ich in fünf Minuten hier. Meine Mutter schimpft morgens immer, wenn ich so spät aus dem Haus gehe. Sie will nicht, dass ich mit dem Velo fahre, sie hat Angst, dass ich stürze, aber dann nehme ich es doch. Und abends schimpft sie wieder mit mir, die Mutter.«

»Das musst du dir nicht gefallen lassen, Hedi. Wenn du mit dem …«, er zögert einen Moment, »wenn du mit dem Velo fahren willst, dann lass es dir nicht verbieten. Wenn deine Mutter Angst hat, ist das ihre Sache. Hör einfach nicht hin, wenn sie schimpft. So habe ich das auch immer gemacht, als ich in deinem Alter war.«

Sie senkt den Kopf. Schlägt die Augen nieder.

»Wie alt bist du denn, Wolfgang?«

»Ich bin genau zehn Jahre älter als du, Hedi.«

»Und du hast nicht genug zu essen bekommen? Keine Eier und so? Aber dafür bist du doch gut gewachsen, oder nicht?«

»Als ich kleiner war, habe ich immer genug bekommen und bin gut gewachsen, ja. Aber dann fing der Krieg an und da gab es nicht viel zu essen und danach, also nach dem Krieg, gab es fast gar nichts mehr. In Deutschland. Und deshalb bin ich jetzt in der Schweiz. Weil es hier genug zu essen gibt. Und die richtige Medizin.«

»Ich habe manchmal ganz schreckliche Sachen gehört. Dass die Häuser über den Menschen zusammengestürzt sind und dass sie darunter begraben wurden. In Deutschland. Aber auch bei uns in Schaffhausen, das ist nicht weit von hier, Wolfgang. Ich war gerade zwölf geworden, da ist es passiert. Meine Mutter wollte mich gar nicht mehr aus dem Haus gehen lassen, als das in Schaffhausen war. Aber dann hat sie es wieder vergessen und sich nicht mehr aufgeregt. Und wir hatten immer genug zu essen. Auch hier im Claraspital gab es genug. Die Nonnen hatten sogar Hühner im Park und jeden Tag frische Eier.«

Er schiebt die letzte Gabel Rührei in den Mund. Kaut bedächtig. Schluckt langsam. Dann sieht er sie an. Die blonden Zöpfe, wie schön sie sich auf der kleinen Brust mit jedem Atemzug, den sie macht, heben und senken.

»Hühner im Park. Wie wunderbar. Gibt es die immer noch?«

»Nein, leider nicht. Auch die Kartoffeln nicht mehr. Langsam soll der Park wieder werden, was er mal war. Vor dem Krieg.«

Er isst nicht mehr. Betrachtet das knusprig braune Brötchen auf seinem Teller.

»Das Bürli ist sehr gut, Wolfgang. Du musst es probieren. Ich esse diese Bürli für mein Leben gern.«

»Dann schenke ich es dir, Hedi.«

»Nein, Wolfgang, das darf ich nicht annehmen. Schwester Placidia hat gesagt, ich solle aufpassen, dass du alles aufisst.«

»Machst du immer alles, was Schwester Placidia von dir verlangt, Hedi?«

Sie presst ihre blassrosa kleinen Lippen mürrisch aufeinander.

»Nein. Manchmal mache ich nicht, was sie von mir verlangt. Wenn sie sagt: Hedi, geh augenblicklich in die Kapelle und bete den Rosenkranz und bitte den Herrn Jesus Christus um Vergebung all deiner Sünden, dann mache ich das nicht. Dann gehe ich zwar in die Kapelle, aber ich setze mich nur in die Bank, schließe die Augen und denke an etwas Schönes. Zum Beispiel an meine Katze Minka, die zu Hause auf mich wartet und mit mir spielen möchte. Oder an meinen kleinen Bruder, der immer so süß strampelt, wenn ich ihn sauber mache.«

Erschrocken richtet sie ihre blauen Augen auf ihn.

»Aber das verrätst du doch nicht, Wolfgang, oder?«

Er reicht ihr das Brötchen. Einen Moment zögert sie noch. Dann umschließt sie es mit ihren kleinen Händen.

»Ich warte jetzt so lange, bis du das Bürli …«, fragend sieht er sie an, »bis du es also aufgegessen hast, das Brötchen. Die Plage Placidia wird nichts davon erfahren. Bist du einverstanden, Hedwig Zweifel?«

Seine Augen funkeln. Ihre auch. Sie sind Verbündete, der junge Mann aus Deutschland und das Mädchen aus Basel. Verbündete im Kampf gegen die Willkür, gegen die Unterdrückung, gegen die Dummheit.

6

Bevor Hedwig sein Zimmer verlässt, nimmt er ihr noch das Versprechen ab, dass sie ihn jeden Tag besuchen kommt. Wenigstens für ein paar Minuten. In sein Zimmer soll sie huschen, damit Placidia nichts merkt und sie womöglich wieder in die Kapelle schickt, zum Beichten und Beten. Beichten und beten. So ein Unsinn. So ein hanebüchener Unsinn. Das wird er der kleinen hübschen Hedwig Zweifel schon beibringen, dass sie sich vor der Plage nicht mehr duckt. Dass sie nicht mehr Zweifel hegt, ob sie den drallen, prallen Schwestern mit den seltsamen altertümlichen Namen wie Placidia, Christopheia oder Gerbalda, die sie den ganzen Tag herumkommandieren und sie mit allen möglichen Aushilfsarbeiten überhäufen, widersprechen, sich ihnen widersetzen darf. Hedwig Zweifel. Der Vorname kann bleiben, der passt zu ihr, aber der Nachname, da muss sie sich demnächst etwas anderes einfallen lassen. Schnell muss sie den richtigen Mann finden und heiraten. Sechzehn ist sie, die Hedi. Ihr Busen ist zwar klein, aber sehr schön rund und fest. Die blonden Zöpfe wird er ihr öffnen und das Haar wird glänzend in sanften Wellen über ihren Rücken fließen, bis zum Po. Der ist auch klein, rund und fest. Genau richtig. Und erröten wird sie nicht mehr vor Scham. Das wird er ihr ab- und sie stattdessen daran gewöhnen, dass seine Worte sie umschmeicheln und wiegen. Erröten wird sie nur noch, wenn …

Er seufzt tief. Wie schnell das doch immer wieder bei ihm geht. Ein hübsches, liebes, weibliches Wesen und schon ist es um ihn geschehen. Verliebt, verlobt, verheiratet. Sechzehn ist sie, die kleine Hedwig. Ihre Eltern. Er lacht bitter und stellt sich vor, wie er, der kranke deutsche Schriftsteller, den hier in der gesunden Schweiz niemand kennt und dessen kranke Geschichten hier sicher auch niemand hören will, um ihre Hand anhält. Der Vater – groß, breitschultrig, dunkelhaarig, bärtig – wird ihn nicht eines Blickes würdigen, die Mutter – wie Hedwig, nur etwas größer und mit einem etwas größeren Busen, eine Hedwig in Großformat also – wird ihre Tochter an sich drücken und ihn mit einer Geste aus dem Haus schicken, die daran erinnert, dass man früher einmal den Unrat einfach aus dem Haus geworfen hat, aus den Fenstern, aus den Türen. Einfach so auf die Straße. Und er wird wieder draußen vor der Tür stehen. Ohne Abschied von seiner Lieben. Denn der Zweifel ist ihr eingeboren, ist ihr eingeimpft, ist ihr hineingelegt in die Wiege. Hedwig Zweifel. Sie wird noch eine Weile so heißen. Er wird sie nicht heiraten, diese kleine hübsche, hellhäutige Hedwig. Ein anderer wird es tun. Hoffentlich recht bald, damit sie an der Plage nicht verzweifeln wird. Denn – auch da macht er sich jetzt nichts mehr vor – wird er sie vor dem Drachen nicht wirklich beschützen können. Er sitzt hier drinnen gefangen, in diesem Zimmer, in diesem Bett, mit dem Kreuz vor Augen. Während Hedi draußen auf dem Flur, in der Küche, im Keller, in der Kapelle die Drecksarbeiten erledigen darf. Ja, auch in der Kapelle, da ganz besonders. Denn wenn die Plage sie zum Beichten und Beten schickt, dann nur, weil sie sich selber so schlecht fühlt. Weil sie die kleine, unschuldige, hübsche Hedi mit ihrer eigenen geplagten Seele belastet und in die Kapelle abkommandiert. Ja, so ist es, das weiß er ganz sicher. Die Plage kann es vor ihm nicht verbergen. Sie hat eine schwarze Seele und die soll die kleine Hedi für sie reinwaschen. Aber das ist zwecklos.

Da kann die Hedi noch so sehr die schmutzigen Nonnentrachten schrubben, da kann sie noch so viele Vaterunser beten und noch so viele Rosenkränze, der schwarzen Seele der unbarmherzigen Schwester vom Heiligen Kreuz, der Plage Placidia, ist nicht zu helfen. Sie hat ihrer eigenen Seele schon zu viele Sünden aufgeladen, sie hat schon zu viele andere Seelen auf dem Gewissen. Aber ein wenig möchte er diese liebe Hedwig doch beschützen, ihr den Drachen vom Leibe halten, ihr von seiner eigenen Widerständigkeit abgeben. Nur ein klitzekleines bisschen. Vielleicht bringt das den Drachen ja bereits so in Rage, dass er vor lauter Feuerspeien in einer großen Stichflamme aufgeht und verbrennt. Ein Häufchen Asche würde übrigbleiben. Er stellt sich das sehr aufregend, aber auch spannend für die kleine Hedi vor. Wie sie in der Küche steht, neben dem Herd, ein Ei nach dem nächsten in eine Schüssel schlägt und alles verrührt, um die Masse dann in die Pfanne zu geben und ihm das größte Rührei zuzubereiten, das er jemals in seinem Leben zu essen bekommen hat, während der Drache neben ihr schnaubt und tobt, mit dem Herd um die Wette die Küche aufheizt, bis er schließlich von der eigenen Hitze Feuer fängt. Wie herrlich wird die Nonnentracht flackern und die Plage fluchen, lichterloh wird er brennen, der Drache, mitten in der Spitalküche, die anderen Nonnen werden kreischen und spitze Schreie und Stoßgebete gen Himmel schicken, während die kleine Hedi ungerührt weiter die Eimasse in der Pfanne hin- und herschiebt. Und wenn die Pfanne von dem duftenden, dottergelben Rührei überzuquellen droht, wird sie aufhören, die kleine Hedi, sich umdrehen und vor sich auf dem Boden nur noch ein dampfendes Häufchen Asche sehen. Vielleicht wird sie aus Pietät und Gewohnheit noch schnell ein Kreuz auf Stirn und Brust schlagen – auf die kleine, runde, feste – um dann die Pfanne vom Herd zu nehmen, an der Plage, die sich in Schall und Rauch aufgelöst hat, erhobenen Hauptes vorbeistolzieren, zu ihm ins Zimmer kommen, sich auf den Stuhl neben seinem Bett setzen, ihm eine Gabel reichen, die Pfanne auf seine Decke stellen, um dann gemeinsam mit ihm das duftende, dampfende, dottergelbe Rührei mit Hochgenuss bis auf den letzten Krümel zu verspeisen. Danach werden sie sich wohlig über die warmen Bäuche streichen – gegenseitig – um dann in schallendes Gelächter auszubrechen. Woraufhin der Professor in der Tür erscheinen wird und sich nach dem Lärm erkundigt und sie zur Räson ruft und ihn daran erinnert, dass er der Schwester Placidia immer Folge leisten muss. Was ihr Gelächter natürlich steigern wird, so sehr, dass sie sich ihre wohligwarmen Bäuche halten müssen – gegenseitig, versteht sich. Der Professor wird verständnislos das ergraute Haupt schütteln, wobei sein sonst so säuberlich gescheiteltes Haar vollkommen aus der Fassung gerät. Ihr Lachen wird an dem Tag kein Ende nehmen. Erst am Abend, wenn es dunkel ist, wird die hübsche Hedwig sich über ihn beugen und ihm einen sanften Gutenachtkuss auf die Stirn hauchen. Und er wird sie festhalten und ihr einen festen Kuss auf den Mund geben. Auf diese kleinen festen Lippen, die so herrlich lachen können. Feucht und fröhlich wird er sein, dieser erste Kuss, den er seiner Hedwig gibt. Und die Schamesröte wird ihr nicht mehr ins Gesicht treten. Denn die hat sie sich herausgelacht, den ganzen Tag über, herausgelacht über die Freude am Feuer, in dem der Drache verbrannte, herausgelacht über die Verwirrung des weisen Professors. Das wird ein schöner Tag. Ein wunderschöner Tag …

Doch noch ist dieser Tag nicht angebrochen. Jäh wird der Kranke aus seiner Traumwelt gerissen, als der Drache lebendiger und fauchender denn je in sein Zimmer tritt.

»Die Krümel hat sich das Luder vom Mund gewischt, als es in die Küche kam. So etwas Unverschämtes. Das Essen wird sie Ihnen nicht mehr bringen, Herr Borchert. Nur noch sauber machen. Aber das umso mehr. Es soll schon sehen, was es davon hat, dieses unnütze Mädchen.«

»Ich habe ihr das Brötchen geschenkt, Schwester Placidia.«

Wie schwer es ihm fällt, freundlich und ruhig mit ihr zu sprechen.

»Das ist einerlei. Wenn sich das unnütze Ding nicht an meine Vorgaben hält, dann muss es büßen.«

»Ist Hedwig jetzt in der Kapelle zum Rosenkranzbeten?«

»Sehr richtig, da ist sie jetzt, zum Beten und zum Saubermachen auch. Den Boden hat sie dort zwar erst gestern geschrubbt, aber Strafe muss eben sein.«

Die Schwester stutzt. Blinzelt ihn mit misstrauischen, stecknadelkleinen grauen Äuglein an.

»Hat sie Ihnen von der Kapelle erzählt?« Und im selben Atemzug: »Wie kommt sie dazu? Woher kennen Sie überhaupt ihren Namen? Dieses nichtsnutzige Ding. Es soll sich mit den Patienten nicht unterhalten. Na warte …«

Drohend hebt Placidia die rechte Hand.

»Wenn Sie jemanden schlagen möchten, Schwester Placidia, bitte, dann nehmen Sie mich. Ich habe schon so viele Schläge im Laufe meines Lebens eingesteckt und überlebt, da werden mich die Ihrigen auch nicht mehr umbringen.«

Er richtet sich ein wenig in seinen Kissen auf. Streckt ihr seine rechte Wange hin.

»Bitte, nur zu, ich halte Ihnen auch noch die linke hin, wenn es Ihnen Spaß macht.«

Die barmherzige Schwester vom Heiligen Kreuz steht da, den Mund geöffnet zu einer Antwort. Aber die Worte, sie bleiben irgendwo stecken. Hoffentlich erstickt sie nicht daran, denkt er. Oder: Hoffentlich doch. Ihre Augen gleichen überquellenden Pfützen an einem besonders trüben, grauen Tag. Gleich fallen sie heraus, die Augen. Hoffentlich nicht, der Anblick wäre nicht schön. Aber die Gelegenheit ist günstig.

»Sie werden Hedi kein Haar krümmen, damit wir uns richtig verstehen. Sonst informiere ich die Eltern Zweifel darüber, dass ihre Tochter im Claraspital von einer Nonne misshandelt wird, dann sind Sie die längste Zeit Ihres Lebens hier eine Barmherzige Schwester gewesen. Dann können Sie ganz schnell in Ihr Kloster zurückgehen.«

Noch ein Stückchen richtet er sich auf. Bis es im Rücken zu schmerzen beginnt.

»Wo liegt das eigentlich, Ihr Kloster?«

7

Als die Plage zitternd das Zimmer verlassen hat – ob vor Wut oder Angst, das weiß er nicht –, lässt er sich in die Kissen zurücksinken. Er hofft inständig, dass er mit seiner Drohung nicht noch mehr Unheil über die kleine Hedwig gebracht hat. Aber am nächsten Tag wird sie ihn besuchen, dann wird er es sehen. Bis dahin muss er sich gedulden. Und darf sich nicht zu viel Sorgen um das arme Ding machen. Und darf nicht zu viel an ihre kleinen, runden, festen Brüste denken. Denn das macht ihn nervös, aufgeregt. Obwohl, diese Aufregung fühlt sich gut an. Davon könnte er ruhig mehr gebrauchen. Er schließt die Augen, stellt sie sich vor, nicht nur die Brüste, sondern die ganze Hedwig. Das Runde, das Zarte, das Helle.

Als er sich dieser wunderbaren Vorstellung lange genug hingegeben hat, öffnet er wieder die Augen und lässt seinen Blick durchs Zimmer gleiten. Viel gibt es da nicht gerade zu entdecken. Das Kreuz kennt er schon. Zu gut für seinen Geschmack. Den kleinen Tisch neben seinem Bett auch, den Stuhl ebenfalls. Ein Waschbecken hängt an der gegenüberliegenden Wand, links unterhalb des Kreuzes. Dann steht da noch ein Schrank in der Zimmerecke. Das ist alles. Ein Schrank? Er stutzt. Warum hat er daran noch nicht gedacht? Warum hat er danach noch nicht gefragt? Wo ist sein Koffer? Vaters Reisetasche? Wo sind seine Manuskripte? Ja, wo, zum Teufel, sind seine Manuskripte? Er spürt seinen Herzschlag bis in die Schläfen. Wenn seine Manuskripte verloren sind, dann ist auch er verloren. Zwar ist das meiste gerade in Deutschland bei Rowohlt erschienen, aber eben nur das meiste und außerdem braucht er seine Geschichten vielleicht hier in der Schweiz. Vielleicht braucht er sie dringender denn je. Zum Leben, zum Überleben. Ihm wird plötzlich ganz heiß im Kopf. Ein Spital, also ein Krankenhaus in der Schweiz, das gibt es nicht umsonst. Von einem Spital war außerdem nie die Rede. In ein Sanatorium sollte er kommen, dafür hatten die beiden Verleger Goverts und Oprecht Gelder bereitgestellt, nicht für ein Krankenhaus.

Seine Augen tasten den Raum ab. Jeden Winkel suchen sie zu erfassen. Auf der Suche nach Papier und Stift. Er muss schreiben. Er muss aufschreiben, wer er ist, geworden ist. Denn hier kennt ihn niemand. Hier ist er nur irgendein kranker deutscher Schriftsteller. Er muss es für die anderen aufschreiben und für sich selber. Denn vielleicht kann er morgen schon nicht mehr sprechen. Und hier hat er niemanden, der für ihn spricht. Keine Mutter, keinen Vater, keine Freunde. Er ist allein, ganz allein. Und deshalb muss er jetzt sofort aufschreiben, wer er ist. Da, eine Schublade, in dem kleinen Tisch neben seinem Bett. Mühsam richtet er sich ein Stück auf, beugt sich zum Tisch hinüber, öffnet die Schublade. Und wirklich, es kommt ihm beinahe wie ein Wunder vor, dass er darin zwei Blätter, einen Füllhalter und einen Bleistift findet. Instinktiv greift er nach dem Füllhalter und beginnt, zurückgelehnt in sein Kissen, ohne lange zu überlegen, alles über sich aufzuschreiben, was in der Fremde von Bedeutung sein könnte, was ihn zu jemandem macht, der hier keiner ist:

Geburt 1921 in Hamburg, sein Vater Lehrer, seine Mutter Schriftstellerin und Hörspielautorin, Besuch der Volksschule und einer Oberrealschule bis zur Prima, zwei Jahre Buchhändler, nebenbei an einer Schauspielschule, Gedichtveröffentlichungen in Zeitungen, Schauspielerexamen, Landesbühne in Lüneburg, Soldat von 1941 bis 1945, Verwundungen, Erfrierungen, Gelbsucht bis auf den heutigen Tag, zwei Freiheitsstrafen von insgesamt 17 Monaten, 1942 Beantragung der Todesstrafe gegen ihn wegen Zersetzung der Wehrkraft, nach dem Krieg Schauspieler und Regieassistent, bettlägerig seit Oktober 1945, Schreiben eines Theaterstücks, vier Rundfunkübertragungen des Stücks, Veröffentlichung eines Bandes mit Gedichten und eines mit Erzählungen, Publikation des Stücks bei Rowohlt, demnächst dort Herausgabe eines zweiten Erzählbandes.

Erschöpft lässt er den Füllhalter sinken. Das war's. Fehlt nur noch der Name. Wolfgang Borchert. Seine Hand zittert. Aber nein, er ist noch nicht fertig, es fehlen noch Adresse und Datum, in die linke obere Ecke schreibt er also: Wolfgang Borchert, St. Clara Spital, Basel und in die rechte: 20. September 47. Nun steht sein Name gleich zweimal auf dem Papier, ja, er ist Wolfgang Borchert, der Schauspieler, dessen Gesundheit durch Krieg und Gefängnis zerrüttet wurde, der sich dem Theater so lange verschrieb, bis ihn die Krankheit in die Knie zwang, bis er nur noch dazu in der Lage war zu schreiben. Ein Theaterstück hat er verfasst, mit dem er über Nacht bekannt wurde, auch Gedichte und Erzählungen. Aber das Theaterstück, das ist ihm am wichtigsten. Bei Rowohlt ist es erschienen. All das steht auf dem Papier und doch wieder nicht. Wer ihn kennt, kann das zwischen den Zeilen lesen. Dass er bis zuletzt Schauspieler war. Das war sein Leben. Schauspieler sein. Und deshalb schrieb er auch das Theaterstück, als er nicht mehr selber Schauspieler sein konnte. Und Vater Rowohlt wollte es haben. Nicht der Herr Claassen, dem er es zuerst anbot. Nein, Rowohlt. Und noch viel mehr, alles wollte der große Rowohlt von ihm haben. Verdammt noch mal, alles wollte er. Eine riesige Freude und Erleichterung war das für ihn. Bis er es Goverts schreiben musste, vor ein paar Monaten, dass Rowohlt nun alles hatte. Was ihn förmlich zerriss, weil Goverts ihn doch nach Vaduz einlud. Zu sich nach Hause, zu seiner Mutter sollte er kommen. Anfangs. Und nun lag er hier, in einem Spital in Basel, einen Steinwurf von Deutschland entfernt. Hier lieferte ihn der Verleger ab, folgerichtig, denn er kam bereits wie ein Gepäckstück bei ihm an. Mehr tot als lebendig. Er sieht den verstörten Mann wieder vor sich, wie er sich während der Höllenfahrt zum Spital mehrmals hektisch zu ihm nach hinten drehte und ihn anbrüllte. Und da weiß der

Kranke plötzlich, was er als Nächstes zu tun hat: Er muss dem Verleger schreiben. Und zwar, dass er Rowohlt zwar alles versprochen, aber seine Manuskripte in die Schweiz mitgenommen hat.

Wieder packt ihn die Panik. Wo sind seine Manuskripte? Im Schrank? Sie müssen im Schrank sein, es gibt keine andere Möglichkeit. Ja, da werden sie sein, ja, da sind sie. Und das muss er Goverts jetzt schreiben. Dass er, um seinen Spitalaufenthalt zu bezahlen, seine Manuskripte bekommt und in der Schweiz veröffentlichen kann. Wenn denn eine Zeitung daran interessiert ist. An den Geschichten eines deutschen Schriftstellers, der sterbenskrank aus Krieg und Gefangenschaft heimgekehrt ist. Hier, im heilen Helvetien. Er hält das kaum für möglich. Und doch: Er muss es versuchen. Und deshalb muss er jetzt an den Herrn Goverts einen Brief schreiben.

Er zieht das andere Blatt Papier aus der Schublade. Es ist alt und vergilbt und zu allem Unglück ist jetzt auch noch die Tinte leer! Widerwillig nimmt er den Bleistift zur Hand und beginnt zu schreiben: »Sehr geehrter Herr Dr. Goverts«. Er lässt den Stift sinken. Kann er diesen Mann, der ihn, ein Häufchen Elend, vor nur einem Tag am Bahnhof abgeholt und hierhergebracht hat, kann er ihn noch so ansprechen? Viel zu nah sind sie sich dafür gekommen, bei ihrer ersten Begegnung. Kurzerhand streicht er die Zeile und setzt neu an. »Lieber Herr Dr. Goverts«. Ja, das Doktor muss bleiben, aber so fühlt es sich besser, fühlt es sich richtig an. Lieber Herr Dr. Goverts. Der Rest fällt ihm leicht. Er schreibt, dass es ihm bereits besser gehe, dass er ihm zutiefst danke, dass er ihn mit seinem Wagen ins Claraspital gebracht und dass er so vorausschauend gehandelt habe. Und dann bietet er ihm noch seine

Dienste an. Als Gärtner oder Chauffeur, wenn er wieder gesund sei. Dann wolle er die Schulden, die durch seinen Spitalaufenthalt entstünden wieder abarbeiten. Vor keiner Arbeit würde er zurückschrecken, ihm sei alles recht, wenn er nur selber für die Unkosten und Umstände, die er ihm verursache, aufkommen könne. Seine Manuskripte hat er dem Verleger nun doch nicht angeboten - etwas in ihm sträubt sich dagegen. Er wird es zu einem späteren Zeitpunkt nachholen, vielleicht.

Nachdem er den Brief geschrieben hat, fühlt er sich viel besser. Wenn er eins nicht ausstehen kann, dann ist es, in jemandes Schuld zu stehen. Vor allem, wenn er diesen jemanden nicht gut kennt. Bei einem Freund ist das anders, bei Vater und Mutter auch, aber bei einem nahezu Unbekannten? Er ist froh, dass er diese Zeilen geschrieben hat. Aber nun? Wie sollen sie zur Post und zum Doktor gelangen? Erschöpft legt er Brief und Stift auf das Tischchen. Schließt die Augen. Und ist im nächsten Moment eingeschlafen.

8

Er erwacht, als ihm jemand sanft über den Arm streicht. Hedwig. Ist sein erster Gedanke. Sein zweiter, dass sie dafür noch zu schüchtern ist. Vielleicht in ein paar Tagen, wenn sie zutraulicher geworden ist. Vorsichtig blinzelt er. Und presst die Augenlider im nächsten Moment fest aufeinander. Nein. Wie fürchterlich. Das kann nicht wahr sein. Dass ihn Schwester Placidia so zart berührt. Er beschließt, die Augen nicht mehr zu öffnen, stattdessen aber den Mund.

»Schwester, wie spät ist es?«

»Es ist gleich elf Uhr, lieber Herr Borchert. Ich musste Sie wecken, gerne hätte ich Sie schlafen lassen, aber ich muss Sie vor dem Mittagessen noch zum Röntgen bringen. Schwester Placidia ist verhindert und ich habe ihren Dienst übernommen.«

Wie ist er froh. Das Glück muss ihm wie ein großes Ausrufezeichen ins Gesicht geschrieben stehen. Jetzt öffnet er die Augen. Und sieht eine Schwester. Es ist nicht die Unbarmherzige, Grausame. Es ist eine andere, eine, die zwar auch eine Haube trägt, aber nicht so tief über die Brauen gezogen wie der Drache. Er erkennt helle, grüne, lustige, wache Augen und darüber geschwungene, mindestens ebenso lustige Brauen.

»Ich bin Schwester Mina von der Pforte. Aber Sie können ruhig nur Mina zu mir sagen.«

»Und ich heiße Wolfgang.«

»Gern, ich sage gern ›Sie‹ und ›Herr Wolfgang‹.«

»Sie sagen ›Du‹ und nur ›Wolfgang‹.«

»Das glaube ich nicht, dass ich das tun werde, lieber Herr Wolfgang. Auch wenn Sie mich noch so inständig darum bitten. Das erlauben die Regeln nicht.«

Schon will er aufbrausen. Sofort wenn er etwas von unsinnigen, stumpfsinnigen Regeln hört, geht ihm das so. Aber dann sieht er wieder ihre lustigen, grünen Augen. Und hat vergessen, dass er wütend sein will. Und dann sieht er noch etwas. Und dieses Etwas lässt ihn für einen Moment daran zweifeln, dass er tatsächlich schon erwacht ist.

»Ich habe Ihnen Blumen mitgebracht, lieber Herr Wolfgang. Ich habe gedacht, die könnten Sie so am ersten Tag gut gebrauchen. Ein wenig Farbe in diesen vier Wänden hat noch keinem Gast geschadet. Soll ich sie hier auf das Tischchen stellen?«

Er ist sprachlos. Aber nur für einen Moment.

»Wie lieb von Ihnen, Mina. Wie furchtbar lieb. Sie wissen gar nicht, welche Freude Sie mir damit bereiten. Ich hatte bei dem ganzen Weiß schon gar keine Lust mehr die Augen zu öffnen. Aber nun habe ich die Blumen, liebe Mina. Nun habe ich immer die warmen Farben des Spätsommers ganz nah bei mir.«

Sie hat auch eine Vase dabei, an alles hat sie gedacht, die Mina. Sie stellt die Blumen in der Vase auf das Tischchen. Doch da bricht es aus ihm hervor:

»Liebe Mina, bitte, ich bitte Sie darum, die Blumen dorthin zu stellen.«

Er deutet zur gegenüberliegenden Wand. Zum Kreuz.

»Ich kann es nicht mehr sehen. Ich will es nicht mehr sehen. Wenn die wundervollen Blumen dort sind, kann ich endlich wieder bedenkenlos den Blick schweifen lassen.«

Die Schwester zögert einen Moment. Dann lächelt sie, denn sie hat verstanden: Es ist überlebensnotwendig für ihn, dass sie seiner Bitte nachkommt. Also nimmt sie die Vase mit den bunten Astern, geht zur gegenüberliegenden Wand. Dann fällt ihr ein, dass sie die Vase auf etwas stellen muss, holt das Tischen nach, stellt es direkt hinter das Fußende des Bettes und die Blumen darauf. So. Nun ist sein Blick auf das Kreuz versperrt. Placidia soll sagen, was sie will. Der Tisch bleibt hier stehen, das wird sie ihr schon klarmachen.

»Ich bringe Ihnen nachher einen anderen Nachttisch, lieber Herr Wolfgang. Dieser hier hat eine neue Funktion bekommen.«

Beinahe stolz betrachtet sie ihr Werk. Dann sagt sie: »Und nun müssen wir los, Herr Wolfgang. Der Professor kann sehr ungehalten werden, wenn man ihn warten lässt.«

Schwester Mina hat einen Rollstuhl dabei. Wie seltsam. Da will sie nur »Mina« genannt werden und verhält sich doch wie eine wirkliche, eine echte barmherzige Schwester. Zu ihr könnte er wie selbstverständlich »liebe barmherzige Schwester Mina von der Pforte« und auch noch »vom Heiligen Kreuz«, wenn sie es wünschte, sagen. Er könnte es. Er wird es aber nicht. Denn sie ist ganz einfach Mina für ihn.

Mina ist es dann auch, die im Schrank nachsieht und dort seinen Koffer mit den Manuskripten findet. Und Mina ist es, die ihm dabei hilft, dass sein Brief an den Herrn Goverts noch an diesem Vormittag zur Post geht. Sie merkt, wie wichtig es dem kranken Schriftsteller ist, dass sein Brief so schnell wie möglich nach Vaduz kommt. Warum es ihm so wichtig ist, das weiß sie nicht, aber etwas anderes weiß sie ganz sicher nach dieser ersten Begegnung mit dem Herrn Borchert: Dass sie es hier mit einem ganz besonderen Menschen zu tun hat, mit einem feinen, fein*sinnigen*, für den das Leben aus viel mehr besteht, als für die meisten anderen Menschen, mit denen sie tagtäglich zu tun hat. Was dieses »Mehr« ausmacht, das hat sie bei diesem ersten Kennenlernen noch nicht herausbekommen können, aber das wird sie bald. Denn dieser junge Schriftsteller aus Deutschland, der ist etwas ganz Besonderes, ihn hat sie vom ersten Augenblick an in ihr Herz geschlossen. Wie er sich über die Blumen gefreut hat! Wie dankbar er war! Wie seine Augen geleuchtet haben!

Einem neu eingelieferten Patienten einen Strauß Blumen schenken und sich eine Weile mit ihm unterhalten, das ist für Mina an sich nichts Außergewöhnliches. Ja, sie könnte diese Geste beinahe schon als eine Art Ritual der Nächstenliebe bezeichnen. Nicht, dass ihr dieses Ritual von der Schwester Oberin so vorgegeben worden wäre. Nein. Aber sie hat es auch nicht verboten. Und da sich Schwester Mina sehr gut vorstellen kann, wie man sich fühlt, wie elend und allein, wenn man im Spital liegen muss, so hat sie halt irgendwann für sich beschlossen, den Kranken diesen kleinen Liebesdienst zu erweisen. Die Blumen bekommt sie meistens aus der kleinen Gärtnerei direkt am Spital. Wenn sie erfährt, dass ein neuer Patient eingeliefert wurde, dann erkundigt sie sich zuerst am Empfang wie beiläufig, ob der Kranke allein gekommen sei oder ob ihn ein Familienangehöriger begleitet habe. Oder ob er als Notfall eingeliefert wurde. Wenn sie von Notfällen erfährt oder von einsamen Menschen, dann geht sie geschwind hinüber zur Gärtnerei und besorgt Blumen. Die bekommt sie meistens umsonst, sie kennt die Blumenfrau gut, sie lag selber einmal im Spital vor vielen Jahren, mit einer fürchterlichen Lungenentzündung, beinahe wäre sie daran gestorben. Über die täglichen Besuche von Schwester Mina, ihre guten Worte, die so ganz anders klangen als die der anderen Schwestern, tröstlich, heilsam, hatte sich diese Frau sehr gefreut. Und später dann behauptet, das sei auch der Grund gewesen, warum sie überhaupt wieder gesund geworden sei. Ohne die Besuche der Schwester Mina wäre sie mit Sicherheit eines Morgens einfach nicht mehr aufgewacht. Aber die Vorfreude auf den nächsten Besuch, das habe sie jede Nacht aufs Neue am Leben gehalten und sie schließlich gesund gemacht.

Aus Dankbarkeit und weil sie um die Heilkraft von Minas Liebe weiß, schenkt die Blumenfrau der Schwester immer gerne einen Strauß Blumen, wenn sie wieder einmal einen braucht, für einen neuen Patienten, der es nötig hat.

An all das denkt Mina, als sie nach dem Mittagessen ihren täglichen kleinen Spaziergang im Spitalpark unternimmt. Und als sie schließlich die Stelle erreicht, wo der Park endet und sie noch vor nicht allzu langer Zeit Kartoffeln ernten konnte, sich jetzt aber zu ihrem großen Erstaunen, hellgrünes Gras bestimmt gen Himmel reckt, kommt sie zu einer wichtigen Erkenntnis: Die vom Orden vorgegebenen Pflichten geben ihr zwar einen strengen Tagesablauf und einen enggesteckten Handlungsraum vor. Den sie allerdings schon vor langer Zeit auf eigene Faust erweitert hat, indem sie neue Patienten mit Blumen beglückt. Da kann sie den Raum jetzt getrost noch ein wenig größer machen und den kranken jungen Schriftsteller darin aufnehmen. Der hat es nämlich dringend nötig, denn er ist ganz allein im Spital, seine deutschen Verwandten und Freunde können nicht zu ihm kommen. Und in der Schweiz hat er niemanden, kennt er niemanden.

Als Mina das Spitalgebäude wieder betritt, ist sie davon überzeugt, dass es geradezu ihre Pflicht ist, sich um den jungen Herrn Wolfgang um einiges mehr zu kümmern, als es ihr die Regeln erlauben.

9

Doch die Schwester, die mit der Pflege des kranken Schriftstellers auf der Station betraut ist, die barmherzig-unbarmherzige Placidia, wacht eifersüchtig über ihren neuen Patienten. Der Professor hat sie angewiesen darauf zu achten, dass der schwer Leberkranke durch zu viel Besuch nicht weiter geschwächt wird. Und wenn Placidia von ganz oben eine Anweisung erhält, führt sie diese auch aus und zwar nicht nur hundert-, sondern hundertfünfzigprozentig. Dann lässt sie nur noch Menschen in die Nähe des ausgemergelten Körpers, die sie für richtig hält. Und eine andere Schwester ist da eben *nicht* richtig, da nicht nötig. Denn sie, Placidia, kümmert sich ja bereits um die Bedürfnisse des jungen Mannes.

Schwester Mina, die den kranken Schriftsteller ganz besonders in ihr großes, mütterlich liebendes Herz geschlossen hat, bleibt die Tür zum Zimmer 200 also am nächsten Morgen verschlossen. Auch die kleine Hedwig, die sich von den Worten des feinen, blassen Mannes so gerne verzaubern lässt, erhält keinen Zutritt. Als sie sich mit klopfendem Herzen und zaghaften Schritten auf sein Zimmer zubewegt, erscheint Placidia wie aus dem Nichts plötzlich vor ihr und fängt sie kurz vor der Tür ab. Der Patient brauche Ruhe, absolute Ruhe. Die Blicke der Schwester, sie bohren sich förmlich in das Mädchen hinein. Was denn das für eine Aufmachung sei, in der sie heute zum Dienst erscheine. Warum sie nicht den langen schwarzen Rock und die weiße Stehkragenbluse trage. Hedwig, das blonde hübsche Mädchen, es steht da im dunklen Gang vor dem Zimmer 200. Hätte sie dieses sein Zimmer noch niemals betreten, hätte sie ihn noch nicht kennengelernt, sie ließe sich wieder von Placidias kalten Worten und stechenden Blicken einschüchtern. Aber das ist nun vorbei. Gerade und stolz hält Hedwig ihrer Widersacherin stand. Das dunkelblaue feine Wollkleid verleiht ihrer schmalen Gestalt etwas Unnahbares, Unberührbares. Zornig zittert die Nonnenhaube auf Placidias Haupt. Was sie sieht, missfällt ihr zutiefst: Das Kleid, es gibt den Blick auf schlanke Fesseln frei. Das Haar, in weichen Wellen fließt es über den zarten Rücken und kommt in einer überschäumenden Woge auf dem Steiß zu liegen. Die Lippen. Noch nie hat sie so volle, rote Lippen gesehen. Zischend entfährt es dem blassen, schmalen Mund der Schwester: »Sofort ins Bad! Haare flechten! Lippen abwaschen! Und zwar gründlich!« Am liebsten würde sie dem frechen Ding auch noch eine Nonnentracht verpassen, aber das darf sie nicht, denn das Tragen der Tracht ist den barmherzigen Schwestern vom Heiligen Kreuz vorbehalten. Ja, leider, da sind ihr die Hände gebunden. Aber nie wieder soll das unverschämte Luder es wagen, mit einem solchen Kleid zum Dienst zu erscheinen!

Traurig, aber aufrecht zieht die kleine, große Hedwig ab. Im Bad flicht sie sich einen Zopf. Der ist aber nicht so fest und streng wie sonst. Dass ihr Haar weich und seiden ist und dass ihre Lippen voll sind, das sieht der aufmerksame Betrachter immer noch. Und der Betrachter, für den sie sich heute zurechtgemacht hat, der ist ganz sicher aufmerksam. Zu dumm, dass Placidia weiterhin wie ein Wachhund über den Flur schleicht!

Aber auch eine Nonne und selbst die Nonne Placidia verspürt ab und an ein menschliches Bedürfnis. Kurz vor dem Mittag ist es endlich so weit. Auf diesen Moment hat Hedwig sehnsüchtig gewartet. Schnell huscht sie in sein Zimmer. Und erschrickt ganz fürchterlich. Gestern, da hatte er wenigstens *etwas* Farbe im Gesicht, wenn auch nur eine blassgelbe, aber heute, da scheint es ihr, als wenn jemand mit einem großen Lappen auch diese noch fortgewischt hätte. Selbst die Lippen sind so weiß wie sein Laken. Aber er ist wach. Und er lächelt ihr zu! Täuscht sie sich, oder schleicht sich da nicht gerade etwas Farbe auf seine Wangen?

»Hedi, wie schön, ich hatte die Hoffnung bereits aufgegeben. Die Plage Placidia hat sich nämlich zum Ziel gesetzt, mich hier verhungern zu lassen.«

Schon steht sie an seinem Bett, greift nach seiner Hand. Sie ist ganz kalt. »Soll ich dir Rührei machen, Wolfgang? Und eine zweite Decke holen? Warte, gleich bin ich wieder da.« Sie will zur Tür, er hält sie fest.

»Wunderschön bist du, Hedwig. Gerade als du hereingekommen bist, da habe ich für einen Moment gedacht, jetzt sei es mit mir tatsächlich aus. Denn so soll es ja sein, das Ende: Ein helles Licht, eine strahlende Erscheinung, etwas unfassbar Schönes tritt an einen heran. Aber dann hat dich etwas verraten und ich habe gespürt, dass ich doch noch lebendig bin.« Über seine Lippen huscht ein Lächeln. Und eine leichte Röte. »Möchtest du wissen, was dich verraten hat, Hedwig Zweifel?«

Es ist verwirrt, das junge Mädchen. Es nickt. Zaghaft.

»Es ist die Art, wie du deine Hüften wiegst, wenn du gehst. Gestern habe ich gedacht, ich habe noch nie so etwas verrückt Schönes gesehen. Und heute, mit diesem Kleid, da werde ich verrückt, weil es so schön ist, das Wiegen deiner Hüften. Und ich liege hier und kann nicht aufstehen und mit dir tanzen, Hedwig.«

»Tanzen möchtest du, Wolfgang?« Mehr fällt dem verschüchterten Mädchen in dem Moment nicht ein.

»Ja, tanzen, Hedwig, mit dir ganz allein. Ich bin mir sicher, dass wir beide ein wunderbares Paar abgeben. Alle stehen um uns herum und bekommen vor Staunen die Münder nicht mehr zu.«

»Ich habe noch nie getanzt, Wolfgang.«

»Das stimmt nicht, Hedwig. Du tanzt immer, wenn du hier bei mir bist. Ganz leicht und beschwingt fühlt sich das an, dein Tanzen. Und ganz verrückt. So verrückt, dass ich am liebsten aus meinem Bett springen, dich in den Arm nehmen und mit dir tanzen möchte.« Er macht eine Geste, als wolle er die Decke von seinen Beinen heben.

»Nein, nein, Wolfgang, das darfst du nicht. Ich bekomme ganz großen Ärger mit Schwester Placidia, wenn sie sieht, was ich für Dummheiten mache.«

»Du machst keine Dummheiten, Hedwig. Du machst, dass ich mich endlich wieder lebendig fühle. Dass ich Lust habe, aufzustehen und zu tanzen. Verstehst du das, Hedwig? Verstehst du das?«

Seine Augen glänzen. Er fühlt sich lebendig. Und ist doch so schwach, zu schwach um aufzustehen. Sie in die Arme zu schließen. Wenigstens das, einmal die Arme um sie legen, sie sanft an sich drücken, ihre kleinen, festen, runden Brüste spüren. Aber selbst das ist ihm verwehrt. Selbst das.

»Wenn du wieder gesund bist, Wolfgang …«, schnell hebt und senkt sich ihre Brust vor Erregung, »wenn du wieder gesund bist, dann gehen wir zusammen tanzen, du und ich. Aber dass du mir versprichst, nicht mit mir zu schimpfen, wenn ich dir auf die Füße trete. Versprichst du mir das, Wolfgang?«

»Du darfst mir so oft auf die Füße treten, dass ich am Ende des Abends nur noch humpeln kann. Ich werde kein Wort darüber verlieren. Nur darüber, wie glücklich ich bin, darüber werde ich mindestens tausend Worte verlieren. Und du musst mir versprechen, all diese Worte anzuhören und in dich aufzunehmen. Versprichst du mir das, Hedwig?«

Sie nickt. Ernst. Es ist ein Versprechen, das sie gerne gibt. Tausend Worte und noch viel mehr darf er ihr sagen. Und sie wird sie in sich einlassen und sie wird ihre Hüften im Takt wiegen, dass er gar nicht mehr aufhören kann mit dem Worteverlieren. Ja, so wird es sein. Und damit es ganz rasch so sei, muss sie dafür sorgen, dass er gesund wird. Und gesund wird ihr Wolfgang ganz offensichtlich, wenn sie bei ihm ist. Auch jetzt sieht er schon tausendmal besser aus als noch vor wenigen Minuten, als sie sein Zimmer betrat. Und seine Hände sind warm. Sie hält sie immer noch, diese großen Männerhände. Solche Männerhände hat sie noch nicht kennengelernt in ihrer Zeit hier im Claraspital. Sie sind so groß, wie Männerhände sein müssen, und gleichzeitig so fein, so empfindsam. In ihrer Rechten liegt seine Linke. Und in ihrer Linken liegt seine Rechte. Oder nein, es ist anders: In seiner Rechten liegt ihre Linke und in seiner Linken liegt ihre Rechte. Sie spürt den Unterschied zwischen seinen beiden Händen. Gesehen hat sie es ja schon gestern. Aber jetzt spürt sie es auch.

»Wolfgang, was ist mit deiner Hand passiert?« Sacht drückt sie mit ihrer Rechten seine Linke. Er zögert.

»Du musst es mir nicht erzählen, wenn du nicht möchtest.«

»Ich möchte schon, Hedwig, ich weiß aber nicht, ob ich es kann.«

»Ich will auch gar nicht mehr neugierig sein, Wolfgang. Ich will es schon gar nicht mehr wissen.«

»Und ob du es wissen möchtest, Hedwig Zweifel. Und ich möchte es auch wissen. Aber ich weiß es nicht genau. Ich weiß es nur ungefähr. Und das Ungefähre, das ich weiß, ist nicht schön anzuhören und vielleicht sollte ich es dir auch gar nicht erzählen. Denn ich möchte dich nicht traurig machen, ich möchte, dass du die fröhliche Hedwig bleibst.«

»Aber wenn es etwas Trauriges in deinem Leben gibt, Wolfgang, dann möchte ich es mit dir teilen. Denn wenn du es mit mir teilst, dann bist du weniger traurig. Verstehst du das, Wolfgang?« Hedwig fühlt sich plötzlich so erwachsen. Und so groß und stark, als könne sie nichts und gar nichts umwerfen.

»Das ist meine Geschichte, Hedwig. Und ich bin deswegen auch nicht mehr traurig. Mach dir keine Sorgen, es ist lange vorbei. Es ist im Krieg passiert, als ich das erste Mal kämpfen musste. Mit einem Gewehr auf einen anderen Menschen schießen. Da standen wir uns also gegenüber, ich glaube, er war nicht älter als ich. Zwei Jungen, zwei junge Männer, stehen da also. Es ist Winter, es ist kalt, es ist so kalt, dass du schreien möchtest vor Schmerz. Denn deine Füße, du denkst, lieber Gott, was ist mit meinen Füßen? Und du denkst, lieber Gott, der vor dir steht, der hat auch Füße. Und er hat auch Hände. Und der möchte auch schreien, weil er sich fragt: Lieber Gott, was ist mit meinen Händen? Und in den Händen der beiden sind Gewehre. Die sind da ganz fest drin, in diesen Händen, denn sie sind festgefroren. Die Hände und die beiden, festgefroren. Und sie denken, lieber Gott, er ist ein Junge wie du. Und sie denken, das gibt es nicht, weil es so etwas gar nicht geben darf. Und dann sagst du: Nein. Und er sagt: Njet. Und dann schießt du. Und dann schießt er. Und dann stehst du da. Und der Schmerz ist in deiner Hand. Und er sieht dich an. Und du siehst ihn an. Zwei Jungen sehen sich an. Nein. Njet. Und er dreht sich um, der eine Junge und geht. Und der andere dreht sich um und geht auch. Nur der Finger, der bleibt.«

»Haben sich die beiden Jungen wiedergesehen?«

»Ich weiß es nicht, ob sie sich wiedergesehen haben, diese beiden. Aber viele andere Jungen haben sich gesehen. Und manchmal haben sie geschossen. Und manchmal haben sie ›Nein‹ und ›Njet‹ gesagt. Und manchmal ist ein Finger in den Schnee gefallen. Aber viel öfter ist ein Junge in den Schnee gefallen. Und dort liegen geblieben.«

»Dann hat der Junge also Glück gehabt, in der Geschichte. Kann man das so sagen, Wolfgang, dass er Glück hatte?«

»Ja, das kann man sagen, Hedwig. Dort im Schnee hatte er Glück. Später im Lazarett aber nicht mehr viel. Und im Gefängnis dann gar nicht mehr. Da war es aus mit seinem Glück.«

»Warum war der Junge denn im Gefängnis, Wolfgang? Er hat doch gar nichts Schlimmes gemacht.«

»Das erzähle ich dir ein andermal, Hedwig. Für heute ist es genug.«

Mit einem Mal lässt sie seine Hände los, springt auf.

»Ich muss fort, Wolfgang. Placidia darf nicht wissen, dass ich hier bei dir bin. Ich bin schon viel zu lange geblieben.«

»Das sehe ich anders. Immer könnte ich dich hier bei mir haben, Hedwig.«

»Und ich würde immer gerne hier bei dir sein, Wolfgang. Aber …« Widerwillig strebt sie zur Tür, umfasst die Klinke, erstarrt in dieser Bewegung. Über die Schulter wirft sie ihm einen ängstlichen Blick zu.

»Ich komme wieder, Wolfgang. Verlass dich drauf.«

»Hedwig?«

»Ja, Wolfgang?« Mit der Klinke in der Hand steht es da, das Mädchen im blauen Wollkleid.

»Ich brauche dringend Papier. Irgendetwas, worauf ich schreiben kann, egal was.«

Das Mädchen stutzt. Vielleicht hatte es mit etwas anderem gerechnet.

»Ich kann dir Papier besorgen. Sei ganz beruhigt, Wolfgang.« Sachte drückt Hedwig die Klinke hinunter, öffnet die Tür so leise wie nur möglich. Sie ist immer noch schwergängig. Ein leichtes Quietschen, aber die Luft ist rein. Lautlos entwischt das Mädchen auf den Flur. Geräuschlos fällt die Tür hinter ihm ins Schloss.

10

Sein Magen, er will es nicht, Fleisch, Milch, Nudeln, alles, was er so lange nicht mehr genug bekommen hat. Es schmeckt ihm nicht, dieses Essen. Wenn Placidia darauf wartet, dass er es zu sich nimmt. Wenn sie mit dem Löffel in der Hand an seinem Bett steht. Wenn sie ihn dabei beobachtet, wie er sich Bissen für Bissen in den Mund quält. Und doch isst er. Und später, wenn das Essen sich den langen Weg durch seine kranken, heißen Gedärme gebahnt hat und das, was davon noch übrig ist, wieder hinauswill, dann schmeckt ihm etwas anderes nicht, nämlich dass ihm Placidia die harte, kalte, flache Pfanne unter den Hintern schiebt. Vielleicht will er deshalb nicht essen. Damit sie ihm nicht dabei zusehen kann, wie er das, was übrig ist, von sich geben muss. In die Pfanne, die so flach ist, dass er in dem Übriggebliebenen sitzen bleibt. Und zwar so lange, bis er fertig ist. Bis Placidia erst mit dem trockenen, dann mit dem feuchten und anschließend wieder mit dem trockenen Tuch unter seine Decke fährt und ihn abwischt und die Pfanne mit gerümpfter Nase hervorzieht und den Deckel drauflegt. Da ist es wieder, wo es herkam, das Essen. In einer Pfanne mit Deckel. Und wenn Placidia fertig ist mit dem Abwischen, dann fühlt er sich immer noch so, als säße er in der Pfanne mit dem, was übrig ist. Denn sie schaut nicht hin, schaut nicht unter die Decke, schaut ihn nicht einmal an. Und dabei braucht er es dringender denn je, das Angeschautwerden. Seht, hier bin ich. Seht, hier liege ich hilflos, zwar. Doch ich lebe noch und ich will noch leben und ich will noch viel mehr als nur einfach so leben. Denn das hier, das ist wie ein Tier im Käfig sein, ein krankes Tier, das man abgeschrieben hat. Das zwar immer noch sein Futter und seine Medizin bekommt und das vom Doktor untersucht wird, damit ihm neue Medizin verabreicht werden kann. Und wieder Essen und wieder Trinken. Und dann sind sie wieder alle weg und sehen es nicht an, das kranke Tier. Sehen ihn nicht an, den jungen Mann, der leben will. Leben und lieben. Und geliebt werden. Wenn nur Hedwig oder Mina, wenn nur eine von beiden wenigstens wieder ein paar Minuten bei ihm sein könnte! Nur ein paar Minuten lieben und geliebt werden! Aber sie wacht über ihren Patienten, die barmherzige Schwester Placidia. Wie ein Adler mit Argusaugen bewacht sie ihn, die Beute, ihre Beute. Erging es nicht auch dem Prometheus so? War es nicht ein Adler, der dem hilflosen, an einen Felsen geschmiedeten Titanen täglich ein Stück aus der Leber hackte? Ja, so war es und so ist es nun wieder. Der ewige Kreislauf. Wehrlos dem wilden Tier ausgesetzt. Dunkles Entsetzen, dunkle Vorahnung. Und dann breitet sich die Nacht in ihm aus, während draußen ein Sonnenstrahl durch die dünne Decke des letzten mittäglichen Septemberhimmels blitzt und das Antlitz einer

Schwester für den Bruchteil einer Sekunde in ein goldenes Licht taucht. Wie gestern steht Mina am Rande des weitläufigen Spitalparks, den Blick auf den Boden gerichtet. Das Grün, es hält sich hartnäckig. Der Winter, er ist noch in weiter Ferne.

Am nächsten Morgen, kurz nachdem Placidia die Pfanne unter ihm weggezogen und ihn Nase rümpfend und zur Wand starrend notdürftig gesäubert hat, da kommt plötzlich eine Dame hereinspaziert. Als wenn sie sich gerade ganz zufällig während eines kleinen Bummels durchs Quartier zu ihm verirrt hätte. Die Dame im eleganten dunklen Mantel mit passendem Hut stellt sich ihm ganz ungezwungen als die Kunstsammlerin und -kennerin Käthi Bürgi vor. In einer Art, als würde sie in einem Lebensmittelladen, und zwar einem mit Feinkost, arbeiten. Und sich bei dieser Arbeit immer mal wieder eine besonders schöne, große Rosine herauspicken. Um sie dann in ihrer Sammlung neben all den anderen schmackhaften Stücken stolz zu präsentieren. Und so beiläufig, wie sie von ihren Leckerbissen erzählt, so selbstverständlich bietet sie ihm welche an. Erst versteht er nicht recht. Erstens, woher ihn diese überaus freundliche, offensichtlich sehr reiche Dame kennt und zweitens, was das für ein Angebot ist. Denn er hat kein Geld. Er kann sich keine Kunstwerke kaufen, so gern er es möchte, um sich endlich wieder mit Bildern umgeben zu können. Wie er es stets getan hat, wann immer seine Lebensumstände es zuließen. Nein, sie wolle ihm keine Bilder verkaufen. Sie lächelt. Ihre makellos weißen, geraden, vielleicht etwas groß geratenen Zähne blitzen aus dem rotgeschminkten Mund hervor. Nein, sie wolle ihm Bilder leihen. Denn sie habe aus sicherer Quelle erfahren, dass er ein Kunstliebhaber und -kenner sei. Es handle sich zwar nur um Reproduktionen, aber sie seien erstklassig und brächten sicher etwas Farbe und Leben in diese traurige, weiße Einöde. Sie lässt ihren Blick durch das kahle Zimmer streifen. Ein fachmännischer, oder besser -fraulicher Blick, der darin geübt ist, Bilder so an Wände zu platzieren, dass sie genau richtig zur Geltung kommen. In diesem Zimmer eine leichte Übung für die Kunstsammlerin Bürgi.

Er liegt in seinem Bett und kann sein Glück für einen Moment kaum fassen. Er versucht ihn festzuhalten, diesen Glücksmoment. Denn die Zweifel schleichen sich nur allzu schnell wieder ein. Was denn das für eine sichere Quelle sei, von der sie rede, er kenne hier doch überhaupt keine Menschenseele, schon gar keine, die etwas über seine Liebe zur Kunst wüsste. Ihre Zähne, sie sind beeindruckend. Sie spreche natürlich von ihrer Freundin, Frau Dr. Berndt-Wahlen, Viola Wahlens Schwester, der Schauspielerin, die er doch sicher vom Theater in Hamburg kenne.

Viola. Kurz zuckt er zusammen, als er ihren Namen vernimmt. Wie hat er diese Frau einmal geliebt. Aber Käthi Bürgi gibt ihm keine Gelegenheit, sentimentale Gefühle in sich aufsteigen zu lassen. Schon redet sie weiter, erklärt, dass ihrer Freundin Kunst über alles gehe. So sei das übrigens auch bei ihrem Mann Rolf, den er demnächst kennenlernen werde, wenn sie die Bilder brächten. Ja, die Kunst, sie sei das wichtigste Bindeglied zwischen den Menschen. Diese Überzeugung habe sie von ihrer Schwiegermutter, der leider bereits vor fast zehn Jahren verstorbenen Hannah Bürgi übernommen, die übrigens die Erste gewesen sei, die das Talent Paul Klees schon in jungen Jahren erkannt und gefördert habe. Käthi Bürgi unterbricht ihre Rede. Ihr Gegenüber ist zusammengefahren, als sie den Namen des Malers nannte. Ob er von Paul Klee gehört habe?

Sein Mund fühlt sich ganz trocken an. Ja, natürlich, Paul Klee. Er ist einfach zu aufgeregt. Verhaspelt sich beim Sprechen, was ihm nur äußerst selten zustößt. Er fühle sich diesem Mann sehr verbunden. Als einer, der selber unter der Naziherrschaft gelitten habe. Aber auch als Künstler. Paul Klee. Er sieht Frau Bürgi mit einer Begeisterung an, die ansteckend wirkt.

Ihre Schwiegermutter sei mit dem Maler sehr befreundet gewesen, ihr Sohn Rolf, also ihr Mann, also, sie hoffe, dass er verstehe, was sie meine – sie errötet, die Frau Bürgi, dass sie ins Stammeln gerät, das scheint auch bei ihr nicht häufig vorzukommen – also Rolf habe ihr erzählt, seine Mutter Hannah und Paul seien ein Liebespaar gewesen. Sie wisse nicht, ob das stimme, aber es könne schon sein, denn ihre Schwiegermutter sei eine sehr attraktive Frau gewesen. Da könne man sich so einen Seitensprung wohl schon vorstellen. Und als Kinder hätten sie sich auch schon gekannt, die Hannah und der Paul. Auf dieselbe Schule seien sie in Bern gegangen. Da sei zwischen ihnen aber wohl noch nichts gewesen, na ja, da seien sie eben noch Kinder gewesen, der Paul und die Hannah – Käthi Bürgi unterbricht an dieser Stelle ihren Redefluss, um nach Luft zu schnappen –, aber als dann der Paul später nach dem Studium aus München zurückgekommen sei und wieder bei seinen Eltern gewohnt habe, ja, da sei es denn wohl offensichtlich gewesen. Denn welche erwachsene Frau gehe denn schon zum Gesangsunterricht, zumal wenn sie kleine Kinder und einen Mann zu versorgen habe. Aber die Hannah sei eben zu Pauls Vater gegangen, einem angesehenen Musiker und Gesangslehrer, und der habe dann auch die Hannah und ihren Mann Alfred regelmäßig besucht und eine Freundschaft sei entstanden. Und dass sich der Paul zur Hannah hingezogen gefühlt habe, das habe ihr Mann, der Rolf, als sensibles Kind, das er immer gewesen sei, sicher ganz richtig gespürt. Und die Hannah natürlich auch zum Paul. Was da konkret gewesen sei, darüber wisse sie natürlich nichts. Vielleicht sei es ja auch nur eine platonische Liebe gewesen zwischen den beiden. Obwohl sie das persönlich nicht glaube. Sie glaube vielmehr – Käthi Bürgi beginnt an dieser Stelle hinter vorgehaltener Hand zu flüstern –, dass Paul Rolfs Vater sei. Sie könne sich dessen nicht erwehren, aber immerzu erkenne sie Pauls Blick, diesen dunklen, tiefen und gleichzeitig doch ganz offenen, wenn sie ihrem Rolf in die Augen sehe. Kurz bevor Rolf geboren worden sei, habe Paul Lily geheiratet und sei mit ihr nach München gezogen. Erst als sie ein Jahr später selber den Felix bekommen hätten, seien sie wieder zu regelmäßigen Besuchen in den Sommerferien nach Bern gekommen. Das könne ja kein Zufall sein. Das sehe für sie ganz nach Flucht aus.

Das schöne, ebenmäßige, sonst aristokratisch blasse Gesicht der Käthi Bürgi hat sich während ihres aufgeregten Vortrags so sehr gerötet, dass der kranke Schriftsteller um ihre Gesundheit besorgt ist.

Solche Geschichten kämen überall vor. Natürlich, so könne es gewesen sein, versucht er sein Gegenüber zu beruhigen. Und dann, selber wieder mitgerissen von der Vorstellung, bald Bilder des großen Paul Klee hier in seinem Zimmer zu haben, erzählt er der erhitzten Frau, er habe den in Deutschland berühmten Bildhauer Curt

Beckmann zum Freund. Und, es könne doch kein Zufall sein, auch er, dieser Freund, habe ihm Zeichnungen ins Krankenhaus gebracht. Das sei im letzten Jahr noch zu Hause in Hamburg gewesen. Die Schwestern und auch die Ärzte hätten sich wahnsinnig aufgeregt, als er die Bilder an seiner Wand habe befestigen lassen. Weniger, weil die Tapete daran hätte Schaden nehmen können denn aus einem anderen Grund. Er blickt die Frau Bürgi, deren Antlitz mittlerweile von roten Flecken übersät ist, fragend an. Ob sie den Grund erraten könne?

Sie ist sonst nicht auf den Mund gefallen, diese Frau, die in allen möglichen Gesellschaften verkehrt, aber darauf bleibt sie ihm die Antwort schuldig. Der Herr Beckmann, er habe besonders gern Aktzeichnungen angefertigt, erlöst er sie von ihrem Schweigen schließlich. Die habe er gebraucht, um sich eine bessere Vorstellung von seinen Modellen – in der Regel weibliche – machen zu können. Erst Kohle und Papier, dann der Stein. Nur das, was er im Zweidimensionalen zu erfassen vermöge, das könne er auch ins Dreidimensionale übersetzen. Das habe ihm sein Freund genau so erklärt. Und das habe ihn sehr interessiert. Ginge es bei seiner Arbeit doch ganz ähnlich zu. Erst wenn er die Bedeutung eines Wortes, eines Satzes ganz begriffen habe, erst dann sei er in der Lage, diese Bedeutung mit seinem Körper und seiner Sprache in Handlung zu überführen. Denn er sei ja Schauspieler von Beruf. Damit hätte er seinem Freund, dem Bildhauer, also sehr nahegestanden. Und dann sei der eben mit den ganzen Aktzeichnungen in seinem Krankenzimmer aufgetaucht. Im Elisabeth-Krankenhaus in Hamburg habe er im letzten Jahr im Januar gelegen. Mit lauter religiösen Schwestern, wie hier im Claraspital. Sie könne sich also lebhaft vorstellen, was das für einen Wirbel verursacht habe. Aber die Bilder, sie seien ihm wichtiger als alle Medizin gewesen, die man ihm damals im Elisabeth-Krankenhaus verabreicht habe. Und so werde das nun also auch hier im Claraspital sein. Auf die ärztliche Kunst, darauf gebe er nicht viel, auf die andere, die wirkliche, umso mehr.

Und dann platzt Placidia ins Zimmer und erklärt die Besuchszeit für beendet. Frau Bürgi kann ihm gerade noch versprechen, einige Bilder auszuwählen und am nächsten Tag vorbeizubringen. Dann ist sie wieder weg und er allein. Noch sind die Wände kahl und kalt. Morgen wird sich das ändern. Morgen werden dort Bilder des berühmten Malers Paul Klee hängen. Bilder, wie sie die Plage noch nie in ihrem ganzen traurigen Leben zu sehen bekommen hat. Die ihr die Schamesröte ins Gesicht treiben werden. Ja, so wird es sein. Er schließt die Augen. Feiert seinen Triumph bereits jetzt. Daran, dass es wie in Hamburg vor einem Jahr enden könnte, daran will er in diesem Moment nicht denken. Nein, alles wird er daransetzen, dass die Bilder hängen bleiben. Alles.

11

Erst freut sich der Kranke, als ihm Placidia am nächsten Morgen das Päckchen von Henry Goverts überreicht. Schnell hat der Verleger geantwortet und ihm sogar noch eine Überraschung mitgeschickt! Die Freude weicht allerdings sofort, als er die Zeilen überfliegt. Dass Henry Goverts nicht gerade froh darüber ist, ihn jetzt im Claraspital in Basel zu wissen, das kommt mehr als deutlich in den Sätzen zum Ausdruck. Weil er nämlich noch keinen

Plan habe, wie er das alles bezahlen solle, denn ein Krankenhausaufenthalt sei, was die Kosten betreffe, eben etwas ganz anderes als ein Erholungsaufenthalt in einem gemieteten Zimmer. Und von Rowohlt habe er noch keinen einzigen Dank für seine Hilfe, geschweige denn finanzielle Unterstützung erhalten. »Lieber Herr Borchert, es handelt sich nicht um die Vergütung der Unkosten, und wie wollen Sie sie abarbeiten? Ich brauche weder einen Chauffeur noch einen Gärtner.« Das ist wie ein Schlag in die Magengrube. Der Mensch, auf den er hier in der Fremde absolut angewiesen ist, schreibt sich den Ärger einfach so weg von der Leber. Ohne Rücksicht auf seinen elenden Zustand, seine verzweifelte Lage, seine kranke Leber!

Mit zitternden Händen entfernt er das Zeitungspapier von dem Päckchen. Es ist keine Überraschung, kein Willkommensgeschenk. Das weiß er nun schon, nachdem er den Brief zu Ende gelesen hat. Es sind zwei Romanmanuskripte, die er lektorieren soll. Um seinen Krankenhausaufenthalt mitzufinanzieren.

Er streicht über die beiden säuberlich mit der Maschine getippten Deckseiten. Ach, wären das doch nur seine eigenen Manuskripte! Wie sehr wünscht er sich seit Langem schon, selber einen Roman zu verfassen. Wie hat er sich das Hirn zermartert über Handlung, Aufbau, Protagonisten. Nichts ist bisher daraus geworden. Nichts, bis auf ein paar Zeilen und eine Skizze, die er Anfang des Jahres schnell hingeworfen hat. Um dann vom nächsten Fieberschub gepackt und für Wochen niedergeworfen zu werden. Am Stück müsste er sich konzentrieren können, über einen längeren Zeitraum, wenigstens für ein paar Monate. Aber das lässt sein kranker Körper nicht zu. Alles hat er ihm abverlangt, als er binnen weniger Tage sein Stück geschrieben hat. Eine Woche hat er praktisch durchgearbeitet. Aber was ist schon eine Woche? Er bräuchte viele davon, sehr viele, um einen Roman zu schreiben. Einen Roman …

Mit einer heftigen Bewegung stößt er die Manuskripte zur Seite. Eins fällt raschelnd zu Boden und weil die Blätter nicht gebunden sind, verteilen sie sich vor, unter seinem Bett. Das andere Manuskript bleibt auf der Bettkante liegen. Es ist das mit seinen Tränen auf dem Deckblatt, auf dem er gerade eben den Namen des Autors – Max Krell – gelesen hat. Wie er diesen Krell beneidet. Gleich zwei Romane!

Hastig zieht er das Papierbündel heran und tupft mit einem Zipfel seiner Decke über das Nass. Erleichtert atmet er auf. Nur ein Buchstabe, nur das große »R« aus dem Titel »Der Regenbogen« hat etwas Schaden genommen. Die Seite wölbt sich ganz leicht an der Rundung des Buchstabens. Was ihm mit einem Mal ganz passend erscheint. Seine Tränen. Wie Regen sind sie auf den Roman getropft. Wie dicke, schwere Regentropfen. Hätte er Buntstifte zur Hand, würde er jetzt den Regenbogen malen. Einen, der sich über das gesamte Deckblatt spannt. Einen, der keine Nuance des Farbspektrums auslässt. Von einem kräftigen Rot am oberen bis zu einem tiefen Violett am unteren Rand. Doch er hat keine Buntstifte. Er hat noch nicht einmal einen ordentlichen Stift zum Schreiben, nur diesen alten, abgenutzten Bleistift, mit dem sicherlich schon hundert andere Kranke in diesem Bett voller Verzweiflung versucht haben, ihren Lieben zu Hause wenigstens ein paar Worte der Hoffnung zu schreiben. Wie gerne würde er jetzt den Regenbogen malen!

Er schließt die Augen und stellt ihn sich vor. Ja, wenigstens das. Und das kann er, denn dazu braucht er nichts.

Nur die Kräfte seiner Vorstellung. Und die sind groß, die sind sogar großartig, und zwar so sehr, dass er, wenn sein Körper demnächst wieder bei Kräften sein wird, einen ganz großartigen Roman schreiben kann. Und den wird er dann diesem Verleger, diesem Goverts, diesem Mann, der kein Mitleid zu kennen scheint, vor die Nase halten. Aber bekommen wird er ihn nicht. Nein, bekommen wird ihn Vater Rowohlt. Wenn er wieder zu Hause ist. Zu Hause bei seinen Lieben in Hamburg.

Aber noch ist er in Helvetia. Und hier soll er heilen. Und damit er heilen und wieder zu seinen Lieben nach Hamburg nach Hause fahren kann, braucht er viel Geld, das der Verleger Goverts ganz offensichtlich nicht aufbringen kann und er deshalb selber verdienen muss. Und aus diesem Grund muss er ganz schnell damit beginnen, die Manuskripte von Max Krell durchzuarbeiten. Irgendwie kommt ihm der Name bekannt vor. Max Krell. Er versucht sich zu erinnern, aber es gelingt ihm nicht. Vielleicht weil es auch gar nicht wichtig ist, dass er sich erinnert. Wichtig ist allein, dass er jetzt als Erstes dem Verleger Goverts einen Antwortbrief schreibt und dann sofort mit dem Lektorieren anfängt.

»Lieber Herr Dr. Goverts, Ihr freundlicher Brief war das erste Zeichen in der Schweiz, das von der Außenwelt zu mir kam: vielen lieben Dank dafür.« Wie ein Heuchler fühlt er sich. Und doch muss er so antworten, um es sich mit diesem Menschen nicht ganz zu verscherzen. »Wie gerne übernehme ich Lektoratsarbeiten für Sie, Herr Doktor.« Sein Magen brennt, seine Kehle ist trocken, jeder Schluck schmerzt höllisch. »Lieber Herr Doktor, ich hoffe, dass Sie mich nach meinem Zusammenklappen bei meiner Ankunft nun nicht für einen riesigen Waschlappen halten – es war wohl alles etwas viel für mich. Es tut mir leid, wenn ich Sie damit erschreckt haben sollte.« Nur keine Schwäche zeigen. So schlecht geht es ihm doch gar nicht. Das bisschen Leberzwicken und -zwacken, das bisschen Übelkeit, das bisschen Schmerzen, das bisschen Fieber. Alles bald vorüber, alles schnell wieder in Ordnung. Der Doktor kann ganz ruhig sein, er muss sich keine Sorgen machen, dass er ihm noch lange zur Last fällt. Alles halb so wild.

Als er den Brief zusammenfaltet, versagen seine Finger. Nein, nur keine Schwäche zeigen, es wird schon wieder. So wie es bisher immer wieder geworden ist. Na bitte, jetzt hat er es geschafft, geht doch. Er legt den Brief auf das Tischchen neben seinem Bett. Mina muss ihn gleich nachher zur Post bringen. Auf Mina kann er sich verlassen, sie wird das für ihn erledigen. Hoffentlich kommt sie bald!

Als Schwester Mina zehn Minuten später tatsächlich die Tür des Zimmers 200 öffnet, schreckt sie zurück. Auf Boden und Bett liegen verstreut Papiere. Und die Position, in der sie den Patienten vorfindet, kann nicht gesund sein. Schon gar nicht für jemanden mit permanenten Rückenschmerzen.

»Lieber Herr Wolfgang, was machen Sie denn da!« Schon steht sie an seinem Bett. Er liegt auf dem Rücken, die Hände nach oben gestreckt, darin ein Papier, auf das er starr blickt. Im rechten Mundwinkel klemmt ein Bleistiftstummel.

»Herr Wolfgang, bitte, lassen Sie das sofort sein. Sie überanstrengen sich!«

Erst jetzt bemerkt er Mina. Der Stift löst sich aus seinem Mund und rutscht langsam aufs Kissen. Seine Augen beginnen zu leuchten.

»Wie schön, Mina, dass Sie mich besuchen. Ich freue mich wahnsinnig, Sie zu sehen.« Das Blatt hält er immer noch in den Händen, die mittlerweile eine sehr ungesunde weiße Farbe angenommen haben.

»Lassen Sie jetzt bitte sofort das Arbeiten, Herr Wolfgang. Sie sind hier, um sich auszuruhen. Arbeiten können Sie wieder, wenn Sie zurück in Hamburg sind.«

»Aber damit ich wieder nach Hamburg zurückkann, muss ich arbeiten.« Endlich legt er das Blatt beiseite und wirft ihr ein gequältes Lächeln zu. »Geld ist teuer hier in der Schweiz, liebe Mina. Sehr teuer. Und deshalb muss ich hart arbeiten, um dieses teure Geld zu verdienen.«

Sie sinkt auf den Stuhl neben seinem Bett. »Bitte, was, das verstehe ich nicht. Was soll teuer sein?«

Sein Lächeln, es entspannt sich. Wie sich sein ganzer Körper entspannt, wenn er Mina in seiner Nähe weiß.

»Liebe Mina, ich will versuchen, es Ihnen zu erklären: Eigentlich sollte ich gar nicht hier in diesem Bett liegen. Die ganze Sache war anders, billiger, geplant. Und weil jetzt nicht genug Geld dafür vorhanden ist, dass ich mich hier ausruhe, muss ich arbeiten und das fehlende Geld verdienen. Womit ich mich dann natürlich nicht mehr wirklich ausruhen kann. Aber das Geld muss her.«

Ein ungläubiger Blick von Schwester Mina. Sie hat wohl immer noch nicht verstanden.

»Ja, ich gebe zu, da beißt sich die Katze in den Schwanz, liebe Mina. Aber das Geld muss ich verdienen. Vielleicht reicht mir ja das Ausruhen in der Nacht.«

»Das reicht überhaupt nicht. Ganz und gar nicht reicht Ihnen das. Ich werde schon dafür sorgen, dass Sie sich hier richtig ausruhen können, lieber Herr Wolfgang. Ich werde sehen, woher wir das fehlende Geld bekommen können. Ich habe Beziehungen. Ich werde dafür sorgen …« Sie bleibt stecken, mitten im Satz. Zweifel scheinen sie zu überkommen. Die sie ganz schnell mit einem Kopfschütteln vertreibt. »Ja, ich habe so meine Beziehungen. Wir werden schon sehen. Einen kranken Mann im Spital arbeiten zu lassen. Wo kommen wir denn da hin?«

Irgendwie war er davon ausgegangen, dass sich Mina gar nicht aufregen kann. Sie strahlt immer so eine Würde und Ruhe aus. Die Würde kommt Schwester Mina in ihrem Ärger zwar nicht ganz abhanden – allein die Haube verrutscht ein wenig auf ihrem Haupt –, die Ruhe allerdings schon. Jetzt schimpft sie regelrecht los:

»Sind wir nun barmherzige Schwestern vom Heiligen Kreuz oder sind wir es nicht? Unser Herr Jesus hat auch kein Geld genommen, wenn er Kranke und Lahme heilte. Das nenne ich Barmherzigkeit!«

»Wir leben aber nicht mehr in biblischen Zeiten, liebe Mina.«

»Biblische Zeiten hin oder her. Barmherzigkeit bleibt Barmherzigkeit. Und ich bin nicht umsonst eine barmherzige Schwester vom Heiligen Kreuz geworden!«

Mit einem Ruck steht sie auf. Der Stuhl knallt gegen das Tischchen. »Und deshalb werde ich jetzt meine Beziehungen spielen lassen.« Hastig rafft sie noch die Blätter auf dem Boden zusammen und legt sie ihm aufs Bett. Dann steht sie schon an der Tür.

»Liebe Mina, bitte, ich habe noch einen Brief. Der ist sehr dringend.«

»Einen Brief haben Sie also auch schon wieder geschrieben, Herr Wolfgang. Ausruhen sollen Sie sich, wie oft muss ich das denn noch sagen.«

Fast widerwillig kommt sie zurück und nimmt den Brief entgegen, liest laut: »Herrn Doktor Henry Goverts. Ist das der Mann, der Sie hier abgeliefert und jetzt kein Geld hat? Ist er das? Der soll sich hier noch einmal blicken lassen. Der kann was erleben. Der wird Schwester Mina so richtig kennenlernen. Einen Schwerkranken arbeiten zu lassen!«

Bevor er noch antworten kann, ist sie verschwunden. Gerne hätte er Mina erklärt, dass man den Verleger Goverts wahrscheinlich nicht allein für seine Misere verantwortlich machen kann. Ja, dass er vielleicht überhaupt gar nicht verantwortlich ist. Oder mit ziemlicher Sicherheit nicht. Dass die Sache viel komplizierter ist. Zu kompliziert, um sie überhaupt jemals verstehen zu können?

12

Das Lektorieren lässt er trotzdem nicht, solange er keine andere Geldquelle weiß. Und außerdem hat er so eine Aufgabe, besitzt das Gefühl, zu etwas gut zu sein. Zu Hause besaß er das immer. Na ja, meistens. Wenn es ihn so richtig aufs Lager warf, er rund um die Uhr auf Hilfe angewiesen war, sich in keiner Weise dankbar erweisen konnte, nicht einmal mit einem Lächeln oder einem Händedruck, dann nicht.

Also liegt er am Nachmittag wieder auf dem Rücken und starrt auf die Blätter in seinen Händen. Ab und an fährt der Bleistift über eine Zeile. Aber nicht oft. Max Krell ist ein begabter Autor, stilsicher, geübt. Er hat nicht viel auszusetzen an dem, was er liest. Ja, er findet sogar Gefallen daran.

Als sich die Zimmertür öffnet, ist er wieder so vertieft, dass er zunächst nicht aufsieht. Erst als sich jemand am Stuhl neben seinem Bett zu schaffen macht, lässt er das Blatt sinken. Und erblickt einen eher kleinen, aber sehr gutaussehenden Mann mittleren Alters. Der gerade etwas auf dem Stuhl abstellt. Kein Stück interessiert ihn Max Krell jetzt noch. Denn das Werk eines anderen, eines noch viel Begabteren, ja, eines Genies, hält gerade Einzug in sein Zimmer.

»Guten Tag, Herr Borchert. Mein Name ist Bürgi, Rolf Bürgi. Ich komme direkt aus Bern und soll Sie freundlich von meiner Frau Käthi grüßen. Sie ist heute leider verhindert. Deshalb müssen Sie mit mir vorliebnehmen. Ich bringe Ihnen den versprochenen Klee vorbei.«

Das Aufrichten im Bett ist mühsam. Trotzdem entgeht ihm keines der Worte, die Herr Bürgi mit einem sonderbaren und doch wunderbar melodiösen Singsang vorträgt.

»Guten Tag, Herr Bürgi. Ich weiß gar nicht, was ich sagen soll, so überwältigt bin ich.« Und das ist er tatsächlich. Und schweigt. Herr Bürgi schweigt auch, eine ganze Weile, bis er schließlich stockend hervorbringt: »Meine Frau, also Käthi, Sie erinnern sich sicher, hat mir von Ihnen erzählt. Sie war ...«, er zögert, sucht nach Worten, »also, meine Frau Käthi war, wie soll ich sagen, ich glaube, sie war sehr beeindruckt von Ihnen. Und jetzt, wo ich an Ihrem Bett stehe, bin ich es auch.« Stille. Dann, leise: »Dürfte ich mich vielleicht setzen. Mir ist gerade nicht gut.«

Verwirrt weist der Kranke auf den Stuhl. Und stellt im selben Moment fest, dass der ja schon belegt ist. Mit dem Klee. Als Placidia in dem Moment sein Zimmer betritt, empfindet er ihr Kommen zum ersten Mal als Glück.

»Schwester Placidia, könnten Sie bitte Herrn Bürgi einen Stuhl besorgen?« Ihr Blick ist mürrisch, aber sie geht, um wenige Sekunden später mit einem zweiten Stuhl wiederzukommen. »Den müssen Sie, wenn Ihr Besuch hier beendet ist, wieder ins Schwesternzimmer bringen. Der wird gebraucht.« Rolf Bürgi nickt. Mit solch groben Umgangsformen hat er hier nicht gerechnet. Das verschlägt ihm vollends die Sprache. Aber jetzt kann er sich wenigstens setzen. Neben den Klee. Der ist eingepackt, steckt zwischen zwei großen Kartondeckeln. Und um seine Verlegenheit überspielen zu können, beginnt Herr Bürgi nun mit dem Auspacken. Ganz vorsichtig öffnet er die schwarze Schleife, mit deren Hilfe die beiden Pappdeckel zusammengehalten werden. Dann stellt er den einen Deckel auf den Boden. Nun haben sie freien Blick auf das erste Bild.

»Also, diese Reproduktion zeigt eines der letzten Werke Klees. Es ist aus der Zeit, als Paul das Malen sehr, sehr schwerfiel. Als er den Pinsel kaum mehr halten konnte.«

»Klee konnte den Pinsel nicht mehr halten?«

»Ja, wissen Sie denn nicht davon? Von seiner schweren Erkrankung? Von dieser fürchterlichen Sklerodermie?«

»Nein. Davon weiß ich nichts. Sklerodermie. Was ist denn das für eine Krankheit?«

Rolf Bürgi räuspert sich und rückt auf die Vorderkante des Stuhles. Unruhig wippt er mit den Füßen auf und ab.

»Ich kannte Paul gut. Sehr gut. Es war nicht zum Aushalten, ihn in diesem Zustand zu sehen. Die Haut seiner Hände, sie war ganz schuppig und hart. Die Finger konnte er kaum mehr bewegen. Als er kurz vor seinem Tod ins Sanatorium nach Locarno fuhr, konnte er seinen Koffer nicht mehr eine Sekunde halten. Schrecklich.

Einfach schrecklich.« Betreten fixiert Rolf Bürgi seine Schuhspitzen. Er scheint den Tränen nah. Der Kranke will nicht taktlos sein, aber die Krankheit, die dem genialen Klee ganz offensichtlich den Tod brachte, lässt ihm keine Ruhe.

»Aber davon kann er doch nicht gestorben sein. Tatsächlich, das muss für ihn grausam gewesen sein, diese Verhärtung der Haut und die damit einhergehende Einschränkung beim Malen. Aber umgebracht hat ihn das doch sicher nicht.«

»Wie kommen Sie darauf, Herr Borchert?« Der Kleekenner und -freund starrt den Kranken entgeistert an. »Wie kommen Sie dazu, so etwas zu sagen?« Beinahe wütend wird er jetzt, der Kunstsammler Bürgi.

Der Kranke bleibt ganz ruhig und erklärt: »Der Mensch hält sehr viel aus. Außerdem war Paul Klee kein Waschlappen. Der hat weitergemacht, immer weiter. Mit Schmerzen hat er gemalt, den Pinsel hat er kaum mehr halten können, sagen Sie. Aber trotzdem ist seine Kunst weiterhin großartig. Vielleicht noch großartiger als alles andere, was er gemalt hat, bevor seine Haut hart und rissig wurde. Denn der Schmerz, der hat ihn erst richtig sehen lassen. Der hat ihn das sehen lassen, was ihm vorher verborgen war, was ein Mensch nicht sehen kann, wenn er den Tod nicht vor Augen hat. Oder sagen wir besser: Wenn er dem Tod noch nicht in die Augen geblickt hat.«

Der Kranke beugt sich langsam vor, nimmt die Reproduktion in Augenschein, liest die Unterschrift: »›Pferd am Waldsee‹. Das Pferd als Bett mit ganz kurzen Beinen. Er kann nicht mehr weit laufen, aber das Pferdebett trägt ihn. Und er kann hören. Sehen Sie die großen Pferdeohren, Herr Bürgi, sehen Sie die? Und erst das Auge. Alles sieht es, sieht er, alles. Nichts bleibt diesem dunklen, tiefen und doch ganz offenen Blick verborgen.«

Er hält inne. Hat er das nicht schon einmal gehört? Waren das nicht die Worte der Frau, die am Vortag mit ihm sprach und ihm von den Augen ihres Mannes erzählte? War es nicht die Frau des Mannes, der nun neben ihm sitzt und mit eben einem solchen dunklen, tiefen und doch ganz offenen Blick in das Bild versunken ist? Ist es nicht das Auge des Künstlers, dieses Pferdeauge und ist es nicht auch das Auge des Mannes, der nun nicht mehr das Bild ansieht, sondern ihn, den Mann, der ihn als den erkennt, der er ist? Sekunden vergehen, bis der Mann mit den Augen des Künstlers leise sagt:

»Sie sprechen von sich selber. Nicht wahr, Herr Borchert?«

»Ich spreche von Klee und von mir selber. Und von all den anderen, die ihrem Körper die Kunst unter Schmerzen abringen müssen. Die spüren, dass es an der Zeit ist.«

»Dass es an der Zeit ist. Wissen Sie eigentlich, was Sie da sagen, Herr Borchert?« Die dunklen, tiefen, offenen Augen. Sie sind dem Waldsee gleich, in den das Pferd seine weiche, weite Schnauze taucht und in tiefen, regelmäßigen Zügen trinkt.

»Natürlich weiß ich, was ich sage, Herr Bürgi. An der Zeit ist es spätestens dann, wenn man erkennen muss, dass einem nicht mehr viel Zeit bleibt. Um wenigstens noch einen Bruchteil von dem aufs Blatt zu bringen, was herausdrängt.«

»Nein, nein, das hat Paul nicht gemeint, als er schrieb: es ist an der Zeit. Denn genau so, Wort für Wort hat er es einem Freund geschrieben. Der hat es mir vorgelesen, kurz nach Pauls Tod. Er hat gewusst, dass er sterben wird.

Er hat es ganz genau gewusst und es gemalt. Das an der Zeit Sein.«

»Ich verstehe.« Wolfgang Borchert schweigt. Und betrachtet das schwarze gitterähnliche Gebilde über dem Pferdebett. Ist es ein Kreuz? Oder ein Musikinstrument? Vielleicht ein Schellenstab mit ganz feinen Glöckchen, ähnlich denjenigen, die Menschen vor undenkbar langer Zeit unter lauten Wehklagen zum Klingen brachten, wenn sie ihre Toten zu Grabe trugen? – Paul Klee war ein ganz Großer. Größer als er jemals sein wird, denkt er. Obwohl es auch für ihn an der Zeit ist. Aber er kann nur schreiben, *weil* es für ihn an der Zeit ist, er kann nur schreiben, was aus ihm herausdrängt. Und das ist nicht das »an der Zeit Sein«. Das ist es nicht. Oder ist es das einfach *noch* nicht?

Und dann bleibt keine Zeit mehr, die anderen mitgebrachten Bilder gemeinsam zu betrachten. Denn Placidia drängt den Besucher wie üblich zum Aufbruch. Den Blick auf ihre silberne Taschenuhr geheftet hat sie hinter der Tür darauf gewartet, dass sie die Freude endlich wieder aus seinem Zimmer fegen kann. Diesmal kommt sie tatsächlich mit einem Besen herein, den sie mit kräftigen Stößen Richtung Bett und Besucher bewegt. Doch mitten in der Bewegung hält sie inne. Starrt auf den Stuhl, auf dem vorhin noch der Besucher saß. Jetzt steht etwas auf dem Stuhl. Und dieses Etwas lässt die barmherzige Schwester augenblicklich wütend und stammelnd hervorbringen: »Das war es also. So ist das also. Was soll denn das sein?« Das Ende des Besenstiels bohrt sich tief in den prallen Nonnenbauch, so sehr beugt sie sich vor und stiert auf das, was jetzt auf dem Stuhl steht. »Ich werde sofort Professor Gigon davon unterrichten. Und Sie, mein Herr, für Sie ist es jetzt an der Zeit zu gehen.«

»Ja, Schwester, leider ist dem wohl so.« Rolf Bürgi reicht Wolfgang Borchert die Hand. »Leben Sie wohl, lieber Herr. Und wenn es für Sie an der Zeit ist, wünsche ich Ihnen den Mut und die Kraft dieses Mannes.« Sein wissender Blick bewegt sich langsam von einem Bild zum nächsten. Sechs sind es an der Zahl. Aufgestellt hat er sie auf dem Heizkörper, auf dem Tisch neben dem Bett, auf den beiden Stühlen. Dass er keine Bilder an die Spitalwände hängen darf, hat der Kunstsammler gleich beim Betreten des Zimmers begriffen. An der Wand hängt nämlich das Kreuz. Und das duldet keinen Klee, nicht dessen Ausdruck des »an der Zeit Seins«. Denn die Bilder des großen Paul Klee sind noch lange nicht im Bewusstsein der Menschheit angekommen. Entartet sind sie immer noch, für viele. Aber einer hier versteht. Und das reicht dem Kunstsammler Rolf Bürgi vollkommen, als er die Tür des Zimmers 200 hinter sich schließt.

13

Eigentümlich fühlt sich das an. Die Bilder eines Mannes, dem man sich nah fühlt, auch wenn er schon tot ist, ganz nah bei sich zu wissen. Immer und immer wieder lässt er den Blick von einem zum nächsten Bild wandern, sieht Details, die ihm gerade noch verborgen waren, entdeckt das große Ganze. Ja, so ist es, das Große liegt im Kleinen verborgen. Das ist Kunst. Und die beherrschte Paul Klee meisterlich. Schwerkrank war er zum Schluss. Und weitergemalt hat er, fast bis zum Schluss. Bis er in den Zug gesetzt wurde, um Heilung in einem Sanatorium in der Südschweiz zu suchen. Um wenig später seiner Krankheit zu erliegen. Ein Schicksalsgenosse?

Er versucht ihn sich vorzustellen, den Tod Paul Klees. Wie der Maler innen und außen immer härter wird. Nein, nicht die Seele. Die wird immer weicher, je härter die Haut und die inneren Organe werden. Denn so muss es ja wohl sein, dass auch die Organe verhärten. Ein weicher, flüssiger, heißer Kern in einem harten, starren, kalten Stein. Lava, die sich ihren Weg bahnt, die den Stein wegsprengt, die die Krusten aufreißt und lodernd und sprühend hinaus-, hineindrängt in die Welt. In eine Welt, die selber hart und verkrustet ist. In der der Lavastrom erlischt, erstarrt, gerinnt, zu einem Mahnmal. Ja, plötzlich hat er das Bild klar vor seinem inneren Auge. Der außen erstarrte Maler als Mahnmal, als Abbild der erstarrten, dem grausamen Untergang blind entgegentaumelnden Gesellschaft. Der zu Stein gewordene Genius.

Er muss sich gewaltsam losreißen von diesen mächtigen inneren Bildern, denn sie drohen ihn zu erdrücken. Nein, der Künstler Paul Klee lebt. Und zwar in diesen Bildern, hier in seinem Zimmer. Die braune Macht, sie hat ihn nicht besiegt. Er hat gesiegt. Und zwar auf ganzer Strecke. Seinem Genius ist es gelungen, eine neue Art zu schaffen. Und zwar auf eine so grandiose, revolutionäre Weise, dass sie noch Generationen den Weg zeigen wird. In eine neue, eine freie, eine befreite Art Mensch.

Als Professor Gigon am Nachmittag das Zimmer 200 betritt, verkrustet und erstarrt durch das stumpfsinnige Reden Placidias, ist der Kranke gewappnet. Die Bilder bleiben. Sie sind sein Schutzschild gegen die Art Mensch, die sich blind und blöd blenden lässt. Der Professor merkt schnell, dass er auf Granit stößt. Wenn er die Bilder entfernen lässt, wird sich sein Patient verweigern. Und zwar auf ganzer Strecke. Er wird weder Essen noch Trinken, er wird auch die Medizin nicht zu sich nehmen. Und das darf nicht sein. Die Bilder bleiben also, auch wenn sie ihm missfallen. Er belässt es bei einem Naserümpfen. Kunst soll das sein? Wo bleibt denn da das Schöne, das Edle, das Erhabene und Überlegene?

Mina sagt erst gar nichts. Sie kommt mit einem neuen Blumenstrauß. Die goldenen Astern leuchten von innen heraus, die gerade hinter den Bäumen im Park untergehende Sonne muss gar nicht nachhelfen. Mina zögert. Soll sie den Strauß wie üblich so platzieren, dass er das Kreuz nicht sieht? Dann wird ihm aber auch der Blick auf eines der seltsamen Bilder versperrt, die plötzlich sein Zimmer bevölkern. Und die Bilder scheinen heilsam auf ihn zu wirken. Er liegt nicht mehr in dieser angespannten Haltung auf dem Rücken und führt nicht mehr mit vor Anstrengung krausgezogener Stirn den Bleistiftstummel über die Papiere. Die befinden sich fein säuberlich gestapelt auf dem Tisch neben seinem Bett. Es gefällt ihr, dass er nicht arbeitet. Er liegt vielmehr leicht erhöht und sanft in sein Kissen gebettet, versunken in … Ja, in was, weiß sie nicht. Denn die Bilder, die scheinen ihr doch recht merkwürdig. Wenn auch interessant. Von einer Art Engel mit verrenktem, zur Seite gebogenem Kopf kann sie den Blick gar nicht abwenden.

»Da haben Sie sich ja richtig Leben in Ihr Zimmer geholt, lieber Herr Wolfgang.« Sie tritt näher, spürt etwas. Einer heiligen Aura gleich liegt es in der Luft. Verwirrt wischt sie sich mit dem Rücken der freien Hand über die

Augen und das Stückchen Stirn, das ihre Haube freigibt. »Viel Farbe und Leben haben Sie jetzt hier, lieber Herr Wolfgang.« Sie weiß nicht, was sie sagen soll. Auch ist sie es nicht gewohnt, dass er in ihrer Gegenwart schweigt. Sonst redet er immer sofort drauflos, weil er sich so freut, sie zu sehen. Heute nicht. Heute ist er in einer anderen Welt. Die ihn von innen heraus leuchten lässt. Wie die Astern, die sie nun endlich auf das Tischchen neben seinem Bett stellt. »Tor zum verlassenen Garten«, liest sie leise murmelnd am unteren Rand des Bildes, das dort steht.

»Guten Tag, liebe Mina, ich freue mich wahnsinnig, dass Sie mich besuchen kommen und so schöne Blumen mitbringen!«

Sie atmet erleichtert auf. Da ist er wieder, ihr lieber Herr Wolfgang. Das »Herr« möchte sie gern endlich weglassen, darf und kann es aber nicht. »Soll ich die Blumen hier stehen lassen, oder soll ich sie wieder ans Fußende des Bettes stellen?«

»Gern ans Fußende, liebe Mina. Sie wissen ja, das Kreuz, ich will es nicht sehen.«

Sie nimmt die Vase mit den Blumen wieder hoch, schreitet – ja, anders kann man ihren Gang nicht beschreiben, die Aura, die sie spürt, lässt es nicht zu, dass sie ganz gewöhnlich geht – schreitet also zum Ende des Bettes und setzt die goldgelben Astern feierlich auf dem Tischchen ab.

»Ist es so gut?«

»Perfekt.« Er zögert. »Oder: Fast perfekt. Ich habe noch einen Wunsch. Würden Sie mir den erfüllen, liebe Mina?«

Beinahe wäre es aus ihr herausgeplatzt. Dass sie ihm am liebsten jeden Wunsch von den Augen ablesen würde. Aber sie hat Disziplin gelernt. Es gibt nur einen, dem sie auf diese Weise dienen darf. Und der hängt in ihrem Rücken an der Wand. Demjenigen, dem sie ins Gesicht sieht, nickt sie also nur aufmunternd zu.

»Das Bild auf dem Stuhl unterhalb des Kreuzes, liebe Mina, das müssten Sie jetzt, wo Sie die herrlich goldleuchtenden Astern in dieses Blickfeld gestellt haben, durch ein anderes austauschen. Dann ergibt das Ganze eine perfekte Komposition.« Er lächelt ihr zu. »Wissen Sie, welche Bilder ich austauschen möchte?«

So etwas hat sie nicht gelernt. Das hat nichts mit Disziplin zu tun. Nichts mit alldem, was bisher von ihr verlangt wurde. Mina ist nervös und verlegen. Wird es ihr gelingen, das richtige Bild herauszufinden? Hilflos dreht sie sich um, geht auf den Stuhl zu, hebt das Bild hoch, betrachtet sekundenlang den darauf abgebildeten bunten Vogel, währenddessen ihr Hirn verzweifelt zu verstehen sucht, warum der Karton die Unterschrift »Waldvogel« trägt, wo doch das abgebildete rotgepunktete Tier mit dem Knopfauge in einem heillosen Gewirr von Formen und Farben zu stehen schein, weit und breit kein Baum in Sicht. Erst als sie es wieder an seinem Platz abstellt, entdeckt sie im Hintergrund die türkisfarbene Fläche mit dem hellen grünen Punkt auf dem schwarzen Strich und das feine Gerippe in der linken oberen Ecke des Bildes. Ein Weihnachtsbaum, am Ende des Fests, deshalb ganz ohne Nadeln. Aber warum steht der im Wald? Und warum ist der Vogel so groß? Wenn er sich auf das Gerippe setzt, fällt das glatt um, denkt Mina. Und entdeckt dann, dass der Vogel gerade den toten Baum verlassen haben muss, um sich auf und davon zu machen, sich in das Grün zu stürzen und davonzufliegen. Schon sieht sie ihn seine schwarzen Flügel ausbreiten und … Aber nein, die Flügel können ihn gar nicht tragen, die sind viel zu kurz, zu klein. Minas Brust entfährt ein tiefer Seufzer.

»Ihr Herz spricht zu Ihnen, Mina. Das ist gut. Kommen Sie hier an meine Seite und hören Sie allein auf Ihr Herz. Dann finden Sie das richtige Bild.«

Ihre Brust hebt und senkt sich schwer. Verwirrung und Verunsicherung stehen ihr ins Gesicht geschrieben. Als sie sich neben sein Bett stellt, wird ihr für einen Moment schwarz vor Augen, aber nur für einen Moment, dann reißt sie sich zusammen und lässt den Blick langsam und konzentriert von einem Bild zum nächsten wandern. Was sie sieht, nämlich Striche, Farben und Formen, die im ersten Augenblick ziellos und im nächsten zielstrebig den Raum zu erobern scheinen, hilft ihr nicht dabei, ihre innere Ruhe wiederherzustellen. Im Gegenteil sogar, mit der ist es jetzt ganz aus. Zum ersten Mal in ihrem Leben verflucht Schwester Mina – natürlich nur innerlich – ihre Tracht. Der Schweiß bricht ihr nämlich aus. Rinnt, nein, stürzt in reißenden Bächen vom Nacken über den Rücken, um sich am Gürtel ganz unangenehm zu stauen. Erschrocken fährt sie sich mit den Händen ins Kreuz. Gott sei Dank! Der Stoff ist sehr dicht gewebt, die Nässe dringt nicht, noch nicht, durch. Konzentrieren soll sie sich. Wie bitte, wie, lieber Gott, soll sie sich denn konzentrieren, wenn sie am Bett des Patienten steht, dessen Wünsche sie mit einer solchen Dringlichkeit zu erfüllen sucht, dass ihr dabei Leib und Seele in einem Mal zu entgleiten drohen?

Der Patient spürt die Not der Nonne neben seinem Bett. Dann fühlt er sie auch. So nasse Hände haben seine Hände noch nie berührt. Aber er lässt sie nicht los, drückt sie sanft. Nein, sie muss sich nicht schämen, die Nonne, die neben seinem Bett tausend Nöte durchlebt. Und dann durchsteht. Denn plötzlich ist es aus mit der Not. Plötzlich sieht Mina klar.

»Dieses Bild ist es.« Ruckartig dreht sie sich um. »Das ist es und kein anderes.« Richtig energisch wird sie plötzlich. Greift nach dem Bild auf dem Tischchen, liest laut: »Tor zum verlassenen Garten«, und hält es triumphierend in die Höhe. »Nicht wahr, das ist es, lieber Wolfgang, das und kein anderes.«

So schnell ist Mina noch nie gewesen. Sie stürzt förmlich mit dem Bild in der Rechten zum Stuhl an der Wand, – mit dem andächtigen Schreiten ist es vollends vorbei –, erwischt wie nebenbei mit der Linken den flugunfähigen Vogel und setzt das Gartenbild ab. Auch hier so ein Gerippe von Baum. Als wenn der Maler immer nur im Winter gearbeitet hätte. Sie reißt sich los und steht schon wieder neben seinem Bett. Reicht ihm die nassen, heißen Hände. Einerlei. Soll er doch wissen, wie aufgeregt sie ist. Und welche Freude sie selber in diesem Moment verspürt. »Ja, nun haben wir eine wahrhaft meisterliche Komposition. Das goldene Gelb der Blumen korrespondiert ganz wunderbar mit dem leuchtenden Gelb und überhaupt mit allen Farben in dem Bild. Und das winterliche Gesträuch und Gerippe bekommt wieder Leben. Ein Meisterwerk. Tatsächlich.«

»Ich wusste gar nicht, Mina, dass Sie sich so für Kunst begeistern können.« Er zwinkert ihr zu.

»Aber Wolfgang, was wir hier vor uns haben, das ist doch nicht irgendeine Kunst. Da spricht jemand mit seiner ganzen Seele zu uns. Wenn einer etwas so tief Empfundenes auf so eindrucksvolle Weise zum Ausdruck bringt, wenn einer mit so wenig Strichen und ein paar Farbklecksen sagen kann, dass die Tür des Herrn den Menschen zu jeder Zeit in allen Qualen und Nöten offen steht, dann ist ihm das wohl von Gott eingegeben. Dann ist er ein Werkzeug des Herrn. Und wir sind die glücklichen Zeugen dieser göttlichen Fügung. Und setzen auf das Meisterwerk nur noch das i-Tüpfelchen. Und das sind die Blumen.« Sie lässt ihrer Begeisterung freien Lauf, klatscht in die Hände und dreht sich einmal um die eigene Achse.

Er schmunzelt. »So habe ich das noch gar nicht betrachtet, Mina. Ein Werk göttlicher Fügung. Warum eigentlich nicht?«

Sie hört ihm nicht zu, ist schon wieder weggesprungen, hin zur Tür. Dort hat sie vorhin, als ihr beim Eintreten der Mund vor Staunen offen stehen blieb, etwas am Boden abgestellt. Das hebt sie nun auf, geht zum Bett zurück, überreicht es ihm feierlich. »Bitte, lieber Herr Wolfgang« – schleichend halten Disziplin und Distanz wieder Einzug in ihre Beziehung –, »das habe ich Ihnen heute auch noch mitgebracht. Da können Sie sich im Anblick der göttlichen Fügung einen guten Tropfen genehmigen.« Und hinter vorgehaltener Hand: »Schwester Placidia und Professor Gigon dürfen davon natürlich nichts erfahren.«

Er nickt und wundert sich, immer mehr, je länger er sie kennt, diese Schwester. Ja, er *be*wundert sie. Wie sie sich über Regeln hinwegsetzt, wie sie Widerstand zeigt, wie sie ihre eigenen Gesetze aufstellt. Gesetze der Liebe, die viel größer sind und weiter greifen als die Nächstenliebe, die von ihr verlangt wird.

Mina ist wieder fort. Und doch nicht. Sie hat Blumen und Wein dagelassen. Aber nicht nur das. Er spürt beim Anblick der von ihr so bezeichneten göttlichen Fügung ihre Wärme. In den Händen, in den Füßen, im Kopf, im Bauch. Er lächelt. Er hatte ein anderes Bild gemeint, den übervollen Engel, ihm hatte er die von innen heraus leuchtenden Blumen zur Seite stellen wollen. Damit die aus ihm auslaufende, herausdrängende Farbe in ihrer Überfülle ein Gegengewicht erhielte. Damit eine Balance im Wettstreit entstünde. Damit der Engel gezwungen wäre, aus seiner Ekstase zu erwachen, den sehnsuchtsschweren Kopf aufzurichten, die Augen aufzuschlagen, seine Flügel zu glätten und aufzuspannen. Um loszufliegen. Wohin? Vielleicht zum Grab seines Schöpfers. Um sich darauf niederzulassen und ihm einen Gruß auszurichten. Von einem Schicksalsgenossen. Von einem, der, bevor es an der Zeit sein wird, gerne noch lernen würde, wie er es schreiben kann. Das an der Zeit Sein.

14

Zuerst muss er aber endlich einen Brief an die Eltern schreiben, das Lektorieren hat ihn bisher davon abgehalten. Aber der Besuch Minas hat ihn erinnert, an seine Lieben zu Hause in Hamburg.

»Hoffentlich habt Ihr beiden Spinnen und unser Muschi-Steert einen schönen ruhigen Sonntag. Vergesst ja nicht, Euch alles zu kaufen, damit Ihr ganz gesund und stark bleibt. – Wir wollen doch noch *so* viel zusammen unternehmen.«

Wie viele Sonntage in seinem Leben hat er schon gelitten, nicht nur, weil er nicht zu Hause war, sondern zudem noch an einem Ort des Grauens, im Lazarett, im Gefängnis?

»Weimar, Schwabach, Nürnberg, Jena und Berlin sind eine furchtbare Angelegenheit. Und immer wieder. Jetzt weiß ich auch, warum ich zu Hause immer so glücklich-traurig war, wenn wir sonntags alle drei still zusammen waren. Dann hört man die unaufhaltsame Uhr der

Vergänglichkeit ticken, und mir kommt es so vor, als ob alle Sonntagsfeste nur gefeiert werden, um dieses Geticke zu übertönen. Mir scheint auch unsere Religion nicht so sehr als Manifest moralischer und soziologischer Dinge, sondern eine Flucht vor dem Ticktack der Vergänglichkeit, gegen die wir die Auferstehung und das belebte Jenseits erfunden haben, die aber, konsequent zu Ende gedacht, aus jeder Sekunde unseres Hierseins heraustickt und mit der wir uns abfinden müssen. Eine Waffe gibt es dagegen und einen Ausweg: die Liebe und den Tod.«

Liebe und Tod. Lieben bis in den Tod. So soll es sein. Ja, er wird lieben bis zum letzten Atemzug. Jede Minute ist kostbar, jedes Zusammensein mit einem geliebten Menschen einmalig, unwiderruflich. An seinen einsamen Zellensonntagen hat er die Menschen, die er liebt, immer Revue passieren lassen. Heute ist wieder ein Sonntag, nein, er sitzt nicht in einer Zelle. Er kann den Blick in einen großen Park hinauswerfen. Mina war bei ihm, er hat die Bilder und doch …

Wie nah sich Liebe und Tod auf einmal sind. Sein Herz zieht sich zusammen. Keiner der geliebten Menschen in der Heimat ist ihm mehr wirklich wichtig, bis auf zwei.

»Nur Ihr beide, meine beiden Hasen, Hühner, Spinnen und Faltinasse, Ihr beide bleibt und wenn ich auch so oft hässlich und ungerecht gegen Euch war, so war das doch irgendwie abzumessen – aber wie lieb ich Euch habe, das weiß kein Mensch und Ihr wisst es auch nur halb und ich selbst kann es auch nur halb so ausdrücken.«

Zum Glück ist er in diesem Moment allein. Er lässt den Tränen freien Lauf. Den Brief schiebt er zur Seite, damit das Papier nicht durchweicht. Tinte kann nicht verschwimmen, er hat ja keine. Nur diesen kleinen Bleistift, der bald auch nicht mehr sein wird. Dann kann er nicht mehr schreiben, dann kann er *ihnen* nicht mehr schreiben, wie sehr er sie liebt und wie sehr sie ihm fehlen. Trotzig wischt er die Tränen fort und zieht den Brief wieder heran.

»Dass ich hier so ganz schlapp mache, liegt daran, dass mir Muttis Kraft fehlt – wo soll ich hier Kraft und Mut hernehmen.«

Wie grausam müssen diese Zeilen für die Eltern sein. Aber er kann nicht anders. Er ist grausam, jetzt, er ist auch ungerecht. Er hat doch Mina, er hat doch Hedwig, er hat doch die Bilder, er hat doch … Er *will* ungerecht sein. Das Schicksal, es ist auch ungerecht. Es ist grausam.

Die Tür. Leise öffnet sie sich. Vorsichtig schaut ein blondbezopfter Schopf durch den Spalt. Sachte schlüpft ein zartes helles Geschöpf ins Zimmer. Schnell wischt er sich die Tränen vom Gesicht. Aber sie hat es doch gesehen.

»Oh, lieber Wolfgang, du hast geweint. Ich wollte früher kommen, aber Placidia hat mich nicht gelassen. Jetzt ist sie für ein paar Minuten in die Kapelle zum Abendgebet gegangen. Ich kann nicht lang bleiben, aber jetzt bin ich erst mal da. Lieber Wolfgang, was ist dir nur? Ach, was bin ich doch grausam, dass ich dich so lange warten lasse.«

Er streckt ihr die Arme entgegen, lächelt mit geröteten Augen. »Du redest wie ein Wasserfall, Hedi. Und du redest Unsinn. Komm lieber endlich her zu mir. Lass mich endlich deine warmen, zarten, lieben Hände fühlen.«

Wie gerne reicht sie ihm ihre Hände. Seine sind kalt. Und feucht. Schon will der Wasserfall wieder losrauschen, als … »Pssst, leise, Hedwig, hörst du das auch?«

Sie hält inne. Lauscht. Nein, da ist nichts. Erstaunt hebt sie die Augenbrauen. Lauscht noch einmal. Nein, nichts.

»Du musst noch leiser sein, Hedi. Noch viel leiser. So leise, dass du nur noch dein Herz schlagen hörst. Und meins.«

Und dann hört sie es. Ihr Herz. Es schlägt ganz ungestüm in ihrer Brust. Wie hat sie das gerade nur überhören können? Aber sein Herz? Schon hat er ihre Hand auf seine Brust gelegt. Sie lauscht. Sie nickt. Natürlich. Sie hört und fühlt. Den Gleichtakt, das Holpern und Springen.

»So sehr freue ich mich über dich, meine liebe Hedwig.«

Er braucht sie. Diese liebe, liebe Hedwig.

»Siehst du, meine Tränen sind schon wieder getrocknet. Alles ist gut, wenn du bei mir bist. Komm nur recht häufig. Lass dir etwas einfallen. Erzähl Placidia irgendeine Geschichte, damit du noch öfter zu mir kommen kannst.«

»Ich soll lügen, Wolfgang?«

»Das habe ich nicht gesagt, Hedwig. Eine Geschichte sollst du dir ausdenken. Das ist etwas anderes.«

»Was für eine Geschichte? Ich verstehe nicht, Wolfgang …«

»Setz dich zu mir, Hedwig.«

Sie setzt sich. Auf den Stuhl an seinem Bett, neben das Tischchen mit dem Waldvogel.

»Ich habe dir vor einigen Tagen erzählt, dass der Junge, nachdem er den anderen Jungen in der Kälte getroffen hat und einer seiner Finger im Schnee liegen geblieben ist, ins Gefängnis kam. Erinnerst du dich, Hedwig?«

»Natürlich erinnere ich mich, Wolfgang. Ich vergesse nichts von dem, worüber wir uns unterhalten. Kein einziges Wort.«

»Das ist gut, denn dann wirst du dir auch die Geschichte, die ich dir jetzt erzähle, genau behalten. Sie ist wichtig. Lebenswichtig, überlebenswichtig sogar.«

Ihre blauen Augen sind auf ihn gerichtet. Aufmerksam, groß, ein wenig ängstlich.

»Gib mir deine Hand, Hedwig.«

Und dann beginnt er zu erzählen. Erzählt ihr die Geschichte vom Hundeblumenmann. Von seinen Rundgängen im Gefängnishof, seinem tiefen Hass auf den Mann mit der Glatze vor ihm und seiner noch viel tieferen Angst vor der drohenden Hinrichtung. Und wie der Hundeblumenmann in all dem Elend ein ganz tief empfundenes Glück, eine Geliebte, findet. Und dass diese Geliebte aus nicht mehr und nicht weniger besteht als einer Blume. Einer einfachen, unscheinbaren gelben Blume. Und er nichts mehr braucht als diese Blume. Sie ist seine Rettung, sie lässt ihn das Grauen vergessen, sie entfacht in ihm den Funken Hoffnung, den er zum Überleben braucht. Tod und Liebe. Ganz nah sind sie sich in der Zelle. Der zum Tode Verurteilte liebt. Und dann erzählt er ihr eine andere Geschichte. Eine, die gerade in ihm entsteht. Er erzählt, wie der Hundeblumenmann überlebt, weil er liebt. Wie er dem Tode noch einmal gerade so entkommt, wie er vor die Mauern tritt und ein anderer ist, wie er fortan immer die Uhr hört. Wie sie läuft, wie sie abläuft, die Zeit. Tick, tack, tick, tack. Jede Minute zählt, jede Minute ist kostbar, kostbarer als der größte Schatz. Wenn er liebt, zählt nichts anderes mehr, nur noch die Minuten, in denen er lieben darf. Tick, tack, tick, tack. Die gelben Blumen, Minas Blumen, sie sind ein großer Schatz. Aber ein noch viel größerer sitzt neben ihm. Und jede Minute zählt, wenn dieser Schatz bei ihm ist. Fest drückt er Hedwigs Hand mit seiner Hand, die nur noch vier Finger hat. Der eine Finger, irgendwo im Schnee liegt er. Und weil er irgendwann, irgendwo einmal in den Schnee gefallen ist, zählt jetzt jede Minute. Denn er liebt, solange die Uhr tickt. Erst wenn sie aufhört zu ticken, die Uhr, erst wenn es an der Zeit ist, erst dann hört er auf zu lieben.

Nachts träumt er, wie sich vor ihm ein großes blaues Tor öffnet und er hineintritt in ein unendliches Blau. Wie sich mitten in dem Blau ganz langsam ein kleiner, zarter, gelber Punkt bildet, der wächst und wächst, bis er endlich der Sonne gleich am Himmel steht. Und doch ist es nicht die Sonne. Das leuchtende Gelb ruht auf einem Stängel, so zart und dünn, dass er fürchtet, er könne jeden Moment zerbrechen und das Gelb hinabfallen. Aber nichts dergleichen geschieht. Vielmehr setzt ganz plötzlich ein leichter, leiser Wind ein, der eine Melodie heranträgt, die eines Kinder-, eines Wiegenliedes. Und der Wind wiegt sacht und zart das Gelb und dann plötzlich auch ihn, denn er liegt in dem Gelb einer zarten Blüte, wie in einem Nest. Unter ihm eine grüne Wiese, auf der zwei Ziegen ihre Nasen in das saftige Gras stecken. Um sie ab und an zu heben und fröhlich zu ihm hinauf zu wiehern.

Noch als er frühmorgens erwacht – der Park ist in tiefe Dunkelheit gehüllt –, spürt er das Wiegen in sich, klingen die Tierstimmen in ihm nach. Er schüttelt den Kopf. Warum in aller Welt haben die beiden Ziegen in seinem Traum wie ausgelassene auf der Koppel springende Pferde geklungen? Und plötzlich fällt ihm der Brief an die Eltern ein. Er ist nicht fertig, denn er kann so nicht enden, so grausam, so ungerecht. Denn er liebt doch, liebt sie doch. Also schreibt er noch ein paar Zeilen und am Schluss: »So meine beiden Ziegen, nun seid auch schön artig und esst ordentlich und wiehert viel. Und schreibt oft und viel an Euren Steert in Bi-Ba-Basel …«

15

Er hat kein Geld. Also lektoriert er. Stundenlang zwischen Essen, Visite, Medizinschlucken und wieder Essen liegt er auf dem Rücken und lektoriert die Manuskripte von Max Krell. Er hat Schmerzen. Der Ball in seinem Bauch, er wird nicht kleiner. Das Atmen fällt ihm schwer. Oft kann er nicht mehr. Dann lässt er Blatt und Stift sinken, für Minuten, manchmal auch Stunden. Dann konzentriert er sich aufs Atmen. In den Rücken soll er die Luft langsam strömen lassen. Aber das ist leichter gesagt als getan. Zwar befindet sich in seinem Rücken kein geschwollenes Organ, aber weil er auf ihm draufliegt, stundenlang, tagelang, wochenlang, ja, monatelang schon, ist er wund, die Haut aufgescheuert. Ein kranker, auf den Rücken gefallener Käfer. Dieses Bild hat er ständig vor Augen.

Bald ist er durch mit dem Krell. Dann wird er die Manuskripte zurückschicken und dann … Ja, dann wird er immer noch kein Geld haben. Denn das Geld bekommen die Verleger Goverts und Oprecht, die davon seinen Spitalaufenthalt bezahlen. Dabei bräuchte er so dringend Geld, hier im Spital, nicht viel, aber doch so viel, dass er einmal jemanden kommen lassen könnte, der ihm die Haare wäscht und schneidet, der ihn ordentlich rasiert. Er mag gar nicht mehr in den Spiegel sehen, den ihm der Pfleger bei der Morgenwäsche hinhält, damit er sich notdürftig zurechtmachen kann. Strähnig hängt das Haar viel zu lang im Nacken, in der Stirn. Kinn-, Hals- und Wangenpartie schimmern schwärzlich. Er hasst diesen Anblick. Er will ihn, will sich nicht mehr sehen. Es muss etwas geschehen.

Mittags nach dem Essen liegt er wieder auf dem Rücken. Die Vorstellung quält ihn, dass er mit dieser schmierigen Visage, mit diesen schmierigen Haaren Besuch empfängt. Dass Hedwig ihn so sieht. Auch bei Mina ist ihm sein Äußeres nicht egal. Bei Männern quält ihn der Gedanke nicht so sehr, aber bei Frauen …

Am Nachmittag klopft es. Nicht zaghaft, nicht leise, kein Hedwigklopfen. Es ist ein energisches, kraftvolles Klopfen. Es zeigt ihm an, dass nun jemand das Zimmer 200 betreten wird, der etwas zu sagen hat.

Herein kommt eine Frau. Sie trägt einen weißen Kittel, eine Brille, die dunklen Haare sind zu einem Knoten auf dem Kopf zusammengebunden. Die Frisur stört ihn. Sie lässt ihn weder das Alter noch das Aussehen der Frau einschätzen. Sie könnte zwanzig oder auch fünfzig sein. Sie könnte hübsch oder auch hässlich sein. Er denkt: Mit offenen Haaren und Kleid statt Kittel ist sie vielleicht hübsch. Und zieht die Decke bis über die Nase. Nur noch die dunklen Augen blinzeln hervor. Die Frau im weißen Kittel ist nicht allein. Direkt auf den Fuß folgen ihr zwei Menschen, ein Mann und eine Frau, ein langjähriges Ehepaar, das steht für ihn fest, so wie sich die beiden ähnlich sehen. Beide sind im mittleren Alter, er schon ergraut an den Schläfen, sie auch, allerdings weniger, ihr Haar liegt leicht gewellt, mittig gescheitelt und schwarzgrau meliert akkurat und recht schön anzusehen um ihr freundlich lächelndes Gesicht. Der Mann lächelt nicht, sein Gesicht ist ernst, nicht unfreundlich, eher angespannt. Sein Gang hingegen ist gelöst, fast tänzerisch. Auch seine Frau – sie ist bestimmt einen Kopf kleiner als er und bewegt sich hinter ihm her – ist behände und beweglich. Mit leicht schwingenden Armen treten beide an sein Bett. Neben ihnen die

Frau im Kittel, die im Kleid vielleicht recht hübsch wäre, sehr wahrscheinlich sogar. Aber muss er sich wirklich vor diesen weiblichen Wesen schämen? Nein. Denn das eine ist mit seinem Ehemann gekommen und das andere im Kittel, nicht im Kleid. Er gibt seine Deckung auf.

»Guten Tag, Herr Borchert, mein Name ist Elsa Rudin.« Sie begrüßt ihn mit einem festen Händedruck. »Ich bin Ärztin hier im Spital. In einer anderen Abteilung, deshalb haben Sie mich noch nicht zu Gesicht bekommen. Aber Schwester Mina hat mich angesprochen und mir von Ihnen erzählt. Und ich meinerseits habe mit meinen Verwandten gesprochen und ihnen von dem kranken deutschen Schriftsteller berichtet, der seit einigen Tagen in unserem Claraspital liegt. Und sich über Besuch und Hilfe freuen würde. Und so bringe ich Ihnen heute die Familie Rudin.«

Die Ärztin legt ihren Arm um die Frau neben sich, die ihn aus dunklen, warm leuchtenden Augen betrachtet. Der Mann neben ihr hüstelt, bevor er sich mit leiser, sehr angenehm klingender Stimme als Robert Rudin vorstellt. Seine Frau heiße Hulda. Beide reichen ihm die Hand. Sie scheinen sehr nett zu sein und sehen sich, bis auf den Größenunterschied, frappierend ähnlich. Gerade als ihm auffällt, dass die beiden sogar an derselben Stelle rechts neben den schlanken Nasen zwei kleine Muttermale besitzen, er deshalb die Decke bis auf die Oberschenkel herunterschiebt und sich vorbeugt, um dieses Phänomen aus der Nähe betrachten zu können, da wird die Tür aufgerissen. Etwas fegt herein. Es hat lange Haare, Arme und Beine. Alles an ihm wirbelt wild durcheinander. Der rötlich-braun schimmernde Schopf schwingt mit jeder der unberechenbaren Bewegungen mit. Vor seinem Bett setzen Schwingen und

Wirbeln abrupt aus, neben dem Mann, der Robert heißt und der nichts anderes als der Vater dieses ungestümen Wesens sein kann. Denn er legt sofort seinen Arm darum. »Ruhig, Nelly, ruhig.« Er spricht wie mit einem kleinen, wilden Tier. »Ruhig, Nelly, so kannst du doch nicht einfach in das Zimmer von Herrn Borchert stürmen. Er hat sich fast zu Tode erschreckt über dich.«

Was der Tatsache entspricht. Aber nicht, wie Robert Rudin annimmt, über das Mädchen in seiner Rolle als plötzlich hereinbrechender Wirbelsturm, sondern in der als weibliches Wesen. Schlagartig wird er sich seines verhassten, verwahrlosten Zustands wieder bewusst. So kann er ihr nicht unter die Augen treten. Ja, wäre es wenigstens ein unter die Augen *Treten*. Aber er liegt schmuddelig und unfrisiert, hilf- und kraftlos in einem Bett. In einem Krankenhausbett zudem. Am liebsten würde er sich augenblicklich in Luft auflösen.

Aber dazu gibt ihm das Mädchen keine Gelegenheit. Es greift ganz einfach mit warmen, kräftigen Händen nach seinen, die vor Aufregung schwitzen und den verzweifelten Versuch unternehmen, die Decke über den Kopf mit den langen wirren Haaren zu ziehen. Der Versuch scheitert kläglich. Zwei große dunkle Augen blitzen ihn triumphierend an. Um dann ihren Eroberungsfeldzug auf die im Zimmer verteilten Bilder auszuweiten, während Robert und Hulda Rudin mit einer Erklärung ansetzen: Sie hätten von seiner finanziellen Notlage gehört und gleich beschlossen, ihm zu helfen. Denn das sei für sie eine Selbstverständlichkeit. Sie seien sehr mit der Familie Bernoulli befreundet, die sich während des Krieges und auch noch danach um geflüchtete Künstler verdient gemacht hätte. Er brauche sich um nichts zu kümmern, sie würden ganz einfach wöchentlich dem Spital einen bestimmten Betrag für seine medizinische Versorgung überweisen. So müsse er sich weniger Sorgen machen und könne es mit dem Lektorieren langsamer angehen lassen.

Im Wechsel formuliert das Ehepaar Rudin seine Sätze vorsichtig und mit Bedacht. Sie wollen auf jeden Fall verhindern, dass der Kranke sich seiner Notlage und ihrer angebotenen Hilfe wegen zu schämen beginnt. Doch der ist weit davon entfernt, denn er ist mit anderem beschäftigt als den beiden freundlichen, hilfsbereiten Menschen an seinem Bett. Zwar hält er den Anschein aufrecht, er versteht auch, was die beiden ihm für eine großzügige und großherzige Hilfe darbringen, er freut sich auch sehr darüber, aber in Gedanken und im Herzen ist er ganz woanders. Er ist bei der Tochter der beiden lieben Menschen. Aus den Augenwinkeln verfolgt er jede ihrer anmutigen Bewegungen. Wie eine Katze, mit biegsamen Gliedern und weichen Schritten bewegt sie sich während des Vortrags ihrer Eltern durch sein Zimmer. Die Bilder haben es ihr sehr angetan. Vor einem bleibt sie besonders lange stehen, neigt den Kopf zur Seite, sodass die braunen wilden Haarwellen ihren rechten Arm vollständig umhüllen. Das Sonnenlicht dringt für einige Sekunden durch eine Wolkenlücke, rötlich schimmern die Wellen, sanft fließen sie über den schlanken Arm. Und plötzlich, mit einer einzigen kraftvollen Bewegung, wirbeln sie herum und kommen auf der anderen Seite, auf der linken Schulter zu liegen. Eine Welle löst sich aus den Wogen und gleitet sacht, so leicht wie feines Seegras, an ihrem Rücken hinunter. Als sie zum Liegen kommt, kann er nicht mehr. Bis jetzt hat er den Atem angehalten. Mit einem lauten, heftigen Seufzer saugt er gierig nach

Luft. Blitzschnell dreht sich das Mädchen um die eigene Achse, die schäumenden Wellen stieben wild auf. Wieder vergisst er das Atmen. Renoir. Oder Manet? Welcher der beiden großartigen Maler hat gerade eben dieses großartige Meisterwerk geschaffen?

»Jetzt haben *Sie* mich erschreckt, Herr Borchert!« Vorwurfsvoll blitzen ihn die dunklen Augen an. »Das dürfen Sie auf keinen Fall wieder tun. Sonst verlasse ich sofort das Zimmer.«

»Aber Nelly.« Vater Rudin tritt hastig auf seine Tochter zu. »Aber Nelly. So kannst du doch nicht mit Herrn Borchert reden. Er ist krank. Das Atmen fällt ihm schwer. Das darfst du ihm doch nicht vorwerfen!«

»Nein, nein, Herr Rudin, Ihre Tochter hat ganz recht. Entschuldigen Sie bitte vielmal, mein Fräulein. Ich werde ganz sicher in Ihrer Gegenwart nicht mehr einen solch angsteinflößenden Seufzer ausstoßen.«

»Nennen Sie mich nicht ›Fräulein‹. Sagen Sie Nelly. Besser noch Nelly Carmen. Oder Frau Rudin, wenn Sie bei dem ›Sie‹ bleiben wollen. Aber sagen Sie auf keinen Fall mehr ›Fräulein‹ zu mir. Das ist so was von veraltet …« Sie macht eine wegwerfende Handbewegung. »Außerdem haben Sie nicht geseufzt, sondern gestöhnt, Herr Borchert. Und ich habe keine Angst bekommen, sondern Ihr Stöhnen hat mich aus den Gedanken gerissen. Ganz einfach.«

»Ganz einfach.« Leise murmelnd wiederholt er diese ihre Worte, gleich mehrmals hintereinander. Ihr kleiner krausgezogener Mund zieht ihn währenddessen in seinen Bann. Ein wunderbar wilder Mund. Einer, der sich nicht vorschreiben lässt, was er zu sagen hat. Er kann seinen Blick gar nicht mehr abwenden von diesem schnutigen Mund.

»Nelly ist schon immer ein wildes Kind gewesen, Herr Borchert. Ganz im Gegensatz zu ihrem Bruder.« Die Stimme der Mutter überschlägt sich förmlich. »Ja, als kleines Kind ist sie uns oft einfach weggelaufen. Robert und ich, wir hatten immer unsere liebe Mühe mit unserer Nelly.« Noch krauser zieht die Tochter ihren Mund. Die Mutter zieht im Gegenzug die Augenbrauen hoch. Nelly hält dem Blick stand.

»Meine Tante hat mich darum gebeten, sie und meine Eltern hierher zu begleiten. Ich habe ihr diesen Gefallen getan, obwohl ich sehr beschäftigt bin, denn ich studiere Grafik und Design an der Kunstgewerblichen Schule. Die drei …«, Nelly holt mit dem rechten Arm weit aus und deutet in einer runden Bewegung auf ihre Verwandtschaft, »die drei haben mich direkt nach der Schule ins Auto verfrachtet und mit hierhergenommen. Eigentlich wollte ich mich noch mit ein paar Kolleginnen für eine Projektbesprechung treffen.«

»Ich danke dir sehr, Nelly, dass du die Besprechung aufgeschoben hast und mitgekommen bist. Um mich zu besuchen.«

»Ich bin nicht hier, um Sie zu besuchen, Herr Borchert. Ich bin hier, weil mich meine Tante darum gebeten hat, sie zu begleiten. Ganz einfach.«

Da ist es wieder. Er beginnt erneut vor sich hin zu murmeln. Was sie gesagt hat, er kann es nicht ernst nehmen. Obwohl ihm doch klar ist, dass er diese Nelly, diese junge Frau Nelly Carmen Rudin, sehr ernst nehmen muss. Damit sie wiederkommt. Und zwar nicht, um ihrer Tante einen Gefallen zu tun und sie zu begleiten. Sondern um ihn zu besuchen. Und zwar allein. Ohne Tante und ohne Vater und Mutter.

»Okay, verstanden, Nelly. Aber wenn du schon einmal hier bist, was mich im Übrigen wahnsinnig freut, möchte ich dich gern um einen Gefallen bitten.«

Wie schön sie das spielt. Diese Lässigkeit, diese Coolness. Mit der linken Schulter hat sie sich gegen die Wand gelehnt, die langen, schlanken Beine übereinandergeschlagen.

»Ja bitte, ich bin ganz Ohr, Herr Borchert.«

»Es ist ganz einfach, genau wie du sagst. Alles ganz easy, würde ich meinen. Ich heiße Wolfgang. Und ich freue mich sehr, dass du heute mitgekommen bist, Nelly, obwohl du andere Pläne hattest. Und ich würde mich sehr freuen, wenn du recht bald wiederkämst, auch wenn du mit deinem Studium viel zu tun hast. Das mich im Übrigen sehr interessiert. So wie dich auch die Bilder interessieren, die in meinem Zimmer aufgestellt sind. Soviel ich weiß, war Paul Klee nicht ganz unbedeutend für die Entwicklung des modernen Designs.«

»Nicht ganz unbedeutend?« Fassungslos schüttelt sie ihre wilde Mähne. »Das ist ja nun vollkommen untertrieben, Wolfgang. Das Bauhaus ist wichtig und damit auch Paul Klee. Allerdings nicht so wichtig, wie manche meinen und einem eintrichtern wollen.«

Jetzt hat er sie, die wilde, schnutige, rebellische Nelly. Er lächelt in sich hinein, leise triumphierend. Zu früh?

»Und so wie ich sehe, gehörst du wohl auch zu diesen Bauhausverehrern.« Wie sich die lange, dunkle Mähne, wie sich die dunklen, blitzenden Augen bewegen, energisch von einem Bild zum nächsten.

»Nein, da irrst du dich, Nelly. Dass ich die Kleebilder hier in meinem Zimmer habe, besitzt eine ganz andere Ursache. Die im Übrigen viel zu komplex ist, als dass ich sie jetzt hier erklären könnte. Denn das interessiert deine Eltern und deine Tante ganz sicher nicht.«

»Du meinst, ich soll einmal allein, ohne die drei im Schlepptau, wiederkommen. Damit du mir diese komplexe Ursache im Detail erläutern kannst?«

Er nickt.

»Ich werde es mir überlegen. Vielleicht.«

Er lächelt.

»Vielleicht nächste Woche. Wenn ich Zeit habe.«

Er nickt und lächelt gleichzeitig. Erwartungsvoll.

»Ja, wenn ich Zeit habe, werde ich dich besuchen, Wolfgang. Allein.«

»Morgen?«

»Ich sprach von nächster Woche.«

»Das ist sehr lang. Vielleicht lebe ich dann nicht mehr.«

Sie nickt. Ganz einfach.

»Da hast du natürlich recht, Wolfgang. Das ist ein Argument. Ich werde sehen, was ich machen kann. Vielleicht morgen.«

»Ja, morgen Nachmittag nach der Schule ist gut, Nelly. Das passt. Ich halte mir den Termin frei für deinen Besuch.«

Sie lächelt. Zum ersten Mal, seit sie hier ist. Es ist ganz einfach.

»Na gut, dann eben morgen Nachmittag.«

Robert, Hulda und Elsa Rudin schweigen. Schon eine ganze Weile. Erst, weil sie das Gefühl hatten, dass es hier für sie nichts mehr zu sagen gibt, dann, weil sie tatsächlich nichts mehr zu sagen hatten. Und der kranke Schriftsteller, für dessen medizinische Versorgung sie nun in nächster Zeit aufkommen werden, hat ihnen offensichtlich auch nichts mehr zu sagen.

Beinahe fällt dann sogar die Tür hinter den vier Besuchern ins Schloss, ohne dass er – bis auf das Verabschieden – noch einmal das Wort an die Eltern und die Tante gerichtet hätte. Da erinnert er sich mit einem Mal an den ursprünglichen Grund des Besuches. Er ruft sie zurück. Und bedankt sich recht herzlich für ihre großzügige Hilfe. Er erklärt, das Angebot habe ihn zunächst sprachlos gemacht. Weshalb er ihnen seinen Dank erst jetzt ausspreche.

Robert, Hulda und Elsa Rudin lächeln freundlich, nicken. Nelly fehlt. Sie ist vor der Tür geblieben, im dunklen Gang vor dem Zimmer 200. Sie wartet. Und denkt nach über das, was sie will und was sie nicht will. Denn das ist ihr wichtig. Das hat sie schon immer getan, darüber selber zu entscheiden. Ganz im Gegensatz zu ihrem Bruder.

II

1

Er hat immer noch kein Geld, um sich die Haare schneiden zu lassen. Etwas muss geschehen, unbedingt. Er kann nur noch daran denken, als wenn es nichts Wichtigeres mehr auf dieser Welt gäbe. Dass er sich so an diesem Thema aufhängt! Aber es lenkt ihn von dem Wichtigeren ab. Und dieses Wichtigere ist nicht nur einfach wichtiger, es ist sogar das Wichtigste auf der ganzen Welt! Und wenn ihn das Wichtigste auf der ganzen Welt morgen Nachmittag besuchen kommt, dann darf er nicht mehr in diesem verwahrlosten Zustand sein!

Ungeduldig wartet er darauf, dass irgendjemand in sein Zimmer kommt. Egal wer, ob seine liebe Hedwig oder seine liebe Mina, ob Placidia oder eine der anderen drallen Schwestern, bei deren Anblick ihm so oft schlecht wird, jetzt ist es ihm egal, wer sich blicken lässt.

Es ist Placidia, die pünktlich um sechs das Zimmer betritt. Sie bringt ihm das Abendessen: Zwei Scheiben Vollkornbrot, zwei Scheiben Käse, Butter in einem Schälchen daneben. Karottensalat.

»Das sieht aber gut aus, Schwester Placidia. Da bekomme ich wirklich Appetit. Richten Sie der Küche bitte einen freundlichen Gruß von mir aus.«

Sie traut ihren Ohren nicht. Erstarrt bleibt sie mitten im Zimmer stehen. »Ist Ihnen nicht gut, Herr Borchert? Soll ich den Professor rufen?«

»Nein, nein, liebe Schwester Placidia, es ging mir nie besser als gerade jetzt. Setzen Sie sich doch einen Moment zu mir, an mein Bett. Das Essen wird mir noch mal besser schmecken, wenn Sie mir Gesellschaft leisten.«

In dem schmalen Ausschnitt ihres Gesichtes, das die Kopfbedeckung freigibt, macht sich Ungläubigkeit breit. Aber auch so etwas wie Neugier. Ihre sonst so kleinen, zusammengekniffenen Augen sind wach, beobachten den Mann im Bett genau.

»So, ich soll mich zu Ihnen setzen.«

Er nickt. Und zur Bekräftigung seines Wunsches streckt er ihr sogar seine beiden Arme entgegen. »Kommen Sie nur, liebe Schwester, kommen Sie nur. Ich glaube, wir haben uns in der ganzen Zeit, die ich Sie nun kenne, noch nie wirklich unterhalten.«

Zögerlich kommt sie näher. Sie traut ihm nicht. Aber ihre Neugier ist größer. Als sie sich bis auf ein paar Schritte langsam angeschlichen hat, greift sie ganz unvermittelt nach dem Stuhl und zieht ihn zu sich heran. Abstand muss sein. Zu nah will sie ihm nicht kommen.

»Ich wüsste nicht, worüber wir uns unterhalten sollten, Herr Borchert.«

Wie hässlich sie die Nase rümpft. Wie oft er diesen Anblick schon ertragen musste. Wie ihn das feiste, glänzende Gesicht ekelt! Er darf sich die aufkommende Übelkeit nicht anmerken lassen, nimmt mit der Gabel eine große Portion Salat auf und schiebt sie in den Mund. Die Karotten, sie sind sauer. So fürchterlich sauer, dass er, wenn Placidia nicht an seinem Bette säße, die komplette Ladung auf den Teller zurückspucken würde. Aber Placidia sitzt an seinem Bett. Er hat sie sogar dazu aufgefordert, sie eingeladen, ihm Gesellschaft zu leisten. Also schluckt er tapfer die sauren Fasern hinunter, die seine Speiseröhre augenblicklich angreifen. Und kämpft gegen Würgereiz, gegen Tränen. Geschafft. Aber noch einmal wird ihm das nicht gelingen, ohne sich zu übergeben.

»Wirklich sehr lecker dieser Karottensalat. Ganz anders zwar als bei uns in Hamburg, aber wirklich lecker. Wenn ich wieder zu Hause bin, werde ich meiner Mutter davon erzählen. Vielleicht kann sie den Salat genauso nachmachen. Könnten Sie mir bitte das Rezept zukommen lassen, Schwester Placidia?«

»Karotten raspeln, Öl und Essig dran. Das ist alles. Dafür braucht es kein Rezept.«

»Wie schön. Oft ist das Einfache ja das Beste. Das hat meine Mutter immer gesagt. Lieber Wolfgang, merke dir, warum kompliziert, wenn es auch einfach geht? Und: In der Kürze liegt die Würze. Das hat sie auch immer gesagt.«

»Das kenne ich nicht. Das Letzte, meine ich. Je länger der Fleischvogel brät, umso besser wird er, habe ich immer gedacht. Aber eigentlich verstehe ich vom Kochen nicht viel.«

»Aber sicher doch, Sie verstehen sehr viel davon, Schwester. Wie Sie das eben mit den Karotten erklärt haben!« Begeistert beißt er in das Käsebrot. Das schmeckt zum Glück besser. »Aber um auf das andere Sprichwort zurückzukommen, das hat meine Mutter immer benutzt, wenn sie mich dazu überreden wollte, dass ich mir die Haare schneiden lasse. Sie müssen nämlich wissen, Schwester Placidia, die jungen Leute, auch die Männer, tragen heutzutage das Haar ja gerne mal etwas länger. Aber die Mütter mögen das nicht. Und jetzt, in der Ferne, getrennt von meiner Mutter, da habe ich plötzlich eine solche Sehnsucht nach all den Dingen, die ihr wichtig waren. Meiner Mutter.« Er seufzt und schließt die Augen. Wenn nötig, wird er auch Tränen fließen lassen. Gelernt ist gelernt.

»Ja, Herr Borchert, eine Mutter weiß eben immer, was das Beste für ihr Kind ist. Und darin gebe ich Ihrer Frau Mutter vollkommen recht: Ein Mann braucht einen Kurzhaarschnitt. Alles andere verstößt gegen das göttliche Gesetz.«

»Wirklich? Sogar das, Schwester Placidia. Was mache ich denn da nur?«

»Einmal in der Woche kommt der Coiffeur ins Spital. Ich könnte einen Termin für Sie ausmachen.«

»Ja, bitte, liebe Schwester Placidia. Gleich morgen früh.«

»Der Coiffeur kommt immer freitags. Heute ist Montag. Da müssen Sie sich noch etwas gedulden. Gott wird es Ihnen nachsehen.«

»Aber ich kann ganz unmöglich bis Freitag warten, Schwester. Morgen muss er kommen. Morgen früh.«

Sie runzelt die Stirn.

»Immerzu muss ich an meine Mutter denken. Wie sie sich über mich ärgern würde, wenn sie mich so sähe. Und nun weiß ich zudem, dass mich der liebe Gott auch viel lieber mit kurzen Haaren hätte. Da kann ich unmöglich bis Freitag warten!«

Die Stirn der Schwester entspannt sich langsam.

»Ich werde sehen, was ich für Sie tun kann, Herr Borchert. Vielleicht kann er ja mal eine Ausnahme machen, der Coiffeur. Ich werde ihn morgen früh anrufen und fragen.«

»Ja, bitte, ja, danke, liebe Schwester Placidia. Das ist so freundlich von Ihnen, dass Sie sich um mich bemühen.«

»Ich bemühe mich immer, wenn es dem Herrn dient.«

»Ja, sicher, dem Herrn sollen wir dienen, liebe Schwester.«

Sie steht auf, schiebt den Stuhl ans Bett und macht Anstalten zu gehen.

»Schwester Placidia? Ob der Coiffeur auch einmal eine weitere Ausnahme macht und mich umsonst frisiert? Ich habe nämlich kein Geld.«

Sie geht zur Tür. Dreht sich noch einmal kurz um, bevor sie das Zimmer verlässt. »Er ist auch ein Diener des Herrn, soweit ich weiß. Ich rede mit ihm. Vielleicht macht er es umsonst. Ausnahmsweise.«

2

Er kann nicht schlafen. Aber er darf kein Licht machen. Nachts herrscht Bettruhe. Placidia achtet scharf auf die Einhaltung dieser Vorschrift. Wie ein Spürhund schleicht sie über den dunklen Gang und lechzt danach, unter seiner Tür einen Lichtschimmer erhaschen und zeternd in sein Zimmer stürzen zu können. Das stellt er sich jedenfalls so vor. Und deshalb liegt er im Stockdunkeln, die Decke bis zur Nasenspitze hochgezogen, die Hände krampfhaft ineinander verschlungen, steif wie ein Brett. Er muss durchhalten. Wenn er jetzt das Licht anschaltet, dann wird es morgen garantiert nichts mit dem Haareschneiden.

Es regnet. Das Fenster steht einen Spalt offen. Immerhin das hat er durchsetzen können, dass er auch nachts in den Park hinauslauschen kann. Obwohl es kälter wird. Kurz nach seiner Ankunft ließ die große Hitze nach, seitdem hält der Herbst Einzug. Tagsüber kann er es sehen, wenn er das durch die Blätter einfallende Licht betrachtet, leiser wird es von Tag zu Tag. Andere würden sagen: Es wird schwächer, das Licht. Für ihn gibt es leise Töne und leises Licht. Und ein leises Lied spielt ihm der Regen heute Nacht. Er flüstert:

»Stell dich mitten in den Regen,
glaub an seinen Tropfensegen,

spinn dich in das Rauschen ein
und versuche gut zu sein.«

Er umschlingt sie. Ihr langes, welligwildes Haar rinnt über seine nackten Arme. Es ist feucht, es ist nass, das Haar, sie, beides. Engumschlungen drehen sie sich im Kreis. Schnell, immer schneller. Wie eine Spindel am Spinnrad schnurren, surren, rauschen sie durch den Regen. Verschlingen, verweben sich ineinander, dichter, immer dichter. Als plötzlich ein Lichtstrahl durch die dicke Wolkendecke stößt. Mitten auf, mitten in ihr feuchtes Haar. Feine, kleine glitzernde Perlen fließen in Strömen vom tiefgefurchten Scheitel über das wellige Haar, über den biegsamen Rücken, über das weiche Gesäß, über die schlanken Beine unter die zarten Sohlen. Er versucht es. Ja, er versucht gut zu sein. Zu ihr, zu sich, zu allem, was mit diesem großen Glück zu tun hat. Um es festzuhalten. Denn er glaubt daran, an sein Glück, an sie, an beides. Denn es gehört zusammen, ist unauflösbar ineinander verschlungen. So wie er mit ihr, unauflösbar, unumstößlich, die Tatsache. Dass sie zusammengehören.

Er seufzt. Wälzt sich unter Schmerzen auf die rechte Seite. Damit er besser in den Regen hinauslauschen, besser in den Park hinaussehen kann. Zwar herrscht auch draußen tiefe, dunkle Nacht. Aber er hat ja sein leise leuchtendes Licht. Er meint die glitzernden Tropfen auf den Blättern zu sehen. Wie sie sich vereinigen, um in einer einzigen großen Flut am Stamm hinabzurauschen. Und im feuchten, nassen Grün an seinem Fuß in die schwere schwarze Erde einzudringen.

Er stöhnt. Wälzt sich wieder auf den Rücken. Der Fußball drückt auf den Magen. Und im Magen rebelliert der saure Salat. Öl und Essig, mit Sicherheit viel mehr Essig.

Die Säure bahnt sich ihren Weg durch die Speiseröhre in den Mundraum. Er schluckt, würgt, versucht verzweifelt die Säure wieder zurückzuzwingen, dahin, wo sie herkam, wo sie hingehört. Aber was wo wie hingehört, in ihm, weiß er schon lange nicht mehr wirklich. Hoffentlich wissen es die Ärzte, hoffentlich weiß es Professor Gigon. Langsam ist er sich da nämlich nicht mehr so sicher. Dass der es weiß. Weil es ihm immer noch nicht besser geht. Vielleicht sogar noch etwas schlechter. Aber daran mag er jetzt nicht denken. Nein. Überhaupt nicht. Jetzt mag er nur an sie denken, immer nur an sie. Wie sie morgen zu ihm kommen wird, mit ihren wilden, welligen, langen Haaren. Wie sie sich zur Begrüßung über ihn beugen und sich dann wieder aufrichten und mit federnden Schritten durch sein Zimmer gehen wird. Wie sich ihre schlanke Gestalt dabei einem Grashalm gleich im Wind sacht hin und her wiegt.

Es gelingt ihm nicht, die Säure siegt. In einem Schwall ergießt sich der Salat auf seine Bettdecke. Oder das, was noch von ihm übrig ist, denn etwas Arbeit hat sein Magen doch geleistet. Wofür er ihn aufrichtig bewundert, so eingezwängt, wie er ist, zwischen Fußball und Rippen, gequält mit einer extra Portion Essig. Er hangelt nach einem Taschentuch auf seinem Nachttisch. Vorsichtig bugsiert er die sauren, faserigen Überreste hinein. Mit einem anderen wischt er mehrmals kräftig über die Decke. So, das dürfte reichen. Er wird sich für Placidia eine Geschichte ausdenken, dass er beim Abendessen leider etwas geschlabbert hat, als sie schon weg war. Darüber wird sie sich nur ein wenig ärgern. Mehr, viel mehr würde sie sich ärgern, wenn er jetzt nach ihr riefe und sie den Salat sehen würde. Wie er ihn in das Tuch gefaltet hat. Er wird ihn vor ihr verstecken müssen, morgen früh. Damit sie den Coiffeur anruft, damit der ihm die Haare schneidet, umsonst.

Er schließt die Augen. Die Säure in seinem Mund schmeckt eklig. Gerne würde er sich ein Glas Wasser einschenken. Aber dazu müsste er das Licht anzünden. Und dann würde Placidia in sein Zimmer stürzen und dann …

Er versucht zu schlafen. Der Regen rauscht leise, die Tropfen fallen auf die Blätter, rinnen herab, auf ihr langes, welligwildes Haar. Sie lacht. Ein Lichtstrahl fällt durch das nasse Blätterwerk direkt auf ihren tiefgefurchten Scheitel. Perlen, glitzernde Perlen, denkt er noch. Dann ist er endlich eingeschlafen. Im Traum fließen die Perlen langsam an ihrer biegsamen, schmiegsamen Gestalt herab, bis unter ihre Fußsohlen. Dort versickern sie im Erdreich, um sich irgendwo, ganz tief im Erdinnern, zu einem Fluss zusammenzufinden. Er rauscht, der Fluss. Er rauscht, der Regen.

3

Placidia streicht es ihm morgens praktisch aufs Butterbrot. Dass der Coiffeur nun extra für ihn gleich nachher ins Spital käme. Erst habe er sie gar nicht anhören wollen, erklärt, dass sein Terminkalender zum Bersten voll sei. Beim Auflegen habe sie dann so nebenbei gesagt, dass der Mann seiner Mutter in Hamburg ja nicht schreiben müsse, dass er hier in Basel mit langen Haaren im Bett läge. Und da sei er plötzlich aufmerksam geworden. Ob er gerade richtig gehört habe, dass der Mann, der so dringend einen Haarschnitt benötige, aus Hamburg stamme. Dann sei das natürlich etwas ganz anderes. Dann werde er seinen Plan für heute ändern und erst einmal ins Claraspital kommen. Sie rümpft die kleine knubbelige Nase. Als wäre Hamburg etwas Besonderes. Etwas Besseres als Basel.

Erst heute fällt ihm auf, dass unter ihrem rechten Nasenflügel eine Warze hockt. Winzig zwar, aber jetzt, wo er es weiß, für ihn nicht mehr zu übersehen. Wie ein hässlicher kleiner Zwerg versteckt sie sich in dem schmalen Winkel.

Placidia lässt ihn mit dem Frühstück allein. Worüber er erleichtert ist, denn so richtig wohl ist ihm immer noch nicht. Und nach dem Anblick des kleinen hässlichen Zwerges erst recht nicht. Zum Glück hat er noch ein drittes Taschentuch auf dem Tischchen liegen.

Er hat es gerade geschafft, wenigstens ein Stückchen Brot mit etwas Kaffee hinunterzuspülen, da betritt ein kleiner, dicklicher Mann mit Glatze sein Zimmer. Er trägt einen großen, schweren, braunen Lederkoffer bei sich. Den er bis zum Bett schleppt und mit einem lauten Ächzen auf dem Stuhl abstellt. Ob das Ächzen von dem Koffer, der sehr alt oder von dem Mann, der sehr schwerfällig ist, stammt, kann er nicht sagen. Vielleicht rührt es von beiden her. Weil sie sich so ähnlich sind. Gestalt, Gesicht und Haut des Mannes, Form, Farbe und Leder des Koffers. Alles ist zerknautscht, unförmig, müde.

Aber das müde Gesicht kann lächeln und legt dabei zwei Zahnreihen frei, die aufregender und furchteinflößender kaum sein könnten. Jeder der Zähne ist bestrebt, dem anderen seinen Platz streitig zu machen, was dazu führt, dass die großen, starken sich nach vorne zum Betrachter hindrängen, während die kleinen, schwachen darum bemüht sind, irgendwo in dem blassen müden Zahnfleisch wenigstens etwas Halt zu finden. Kraftlos rutschen sie ins Dunkel des Mundraumes, dazu verdammt, niemals am

Kauvorgang beteiligt zu sein und ein nutzloses Dasein zu fristen. Am liebsten würden sie wohl ihren Platz räumen, denkt der erstaunte Schriftsteller, fänden sie nur einen Zahnarzt, der sich ihrer annähme. Aber den hat der Coiffeur sicher noch nie in seinem ganzen Leben aufgesucht.

Schon bereut der Kranke, auf den Besuch des Mannes mit dem furchterregendsten Gebiss, das er jemals zu Gesicht bekommen hat, gedrängt zu haben, da öffnet sich dasselbe. Und heraus purzeln Wörter, die den Kranken augenblicklich wieder Hoffnung schöpfen lassen. Hell und fröhlich – der Klang seiner Stimme erinnert ihn an das ferne Läuten eines kleinen Kirchenglöckleins – bekundet der Coiffeur, dass er äußerst erfreut sei, ihm heute Morgen zu Diensten sein zu dürfen. Er müsse nämlich wissen, dass er vor vielen, vielen Jahren einmal in seiner Mutterstadt, also dass er in Hamburg gewesen sei. Ganz außerordentlich habe es ihm dort gefallen, der Menschenschlag, das betriebsame Hafenleben, der Duft der großen weiten Welt. Basel sei dagegen ein kleines verschlafenes Nest. Das Lächeln verrutscht, artet zu einem Grinsen aus. Und das Beste verrate er ihm auch noch: In Hamburg habe er seine große Liebe getroffen. Und kurz darauf geheiratet, nachdem er alle Schwierigkeiten aus dem Weg habe räumen können. Seine Frieda habe er nämlich dort kennengelernt, wo er eigentlich als junger Mann niemals hatte hingehen wollen. Aus Neugier sei er dann eben doch dort gewesen. Na ja, er wisse schon, wovon er rede. Die Frieda habe es ihm auf den ersten Blick angetan, wie sie da so mit kaum etwas an ihrem wohlgeformten Körper auf der Bühne gestanden habe. Sein Herz habe wilde Sprünge vollführt und sich ihm gleichzeitig im Leibe umgedreht. Das schöne, arme Ding! Später am Abend sei es dann wieder an den rechten Platz gerückt, als er sie im Arm gehalten habe. Dass er ihr kein Geld mehr habe geben müssen für die Liebe, das habe eine ganze Zeit gedauert, auch noch als sie mit ihm nach Basel gekommen sei, habe sie manchmal darauf bestanden. Aber nach der Heirat dann nicht mehr, das wäre ja auch seltsam gewesen, wenn er sie weiterhin für das Liebemachen hätte bezahlen müssen.

Dieses Grinsen mit den dem Betrachter entgegenstrebenden Zähnen. Als wenn er ihn gleich anspringen und auffressen wolle. Aber der Kranke erschrickt nicht mehr. Die Geschichte, die er gerade, praktisch wie ein zweites Frühstück, nur viel besser, aufgetischt bekommen hat, die schmeckt ihm. Er lässt sie sich ganz langsam förmlich im Munde zergehen. Sein Herz habe sowohl vor Freude gesprungen als sich auch in seinem Leibe umgedreht, sei dann aber, als er sie in seinen Armen gehalten habe, gleich wieder an den rechten Platz gerückt. Geld habe er ihr erst nach der Heirat nicht mehr geben müssen. Für das Liebemachen.

Der Kranke bedankt sich für die schöne, ans Herz gehende Geschichte. Und erklärt leise, hinter vorgehaltener Hand, dass auch er einmal dort gewesen sei. Aber leider nicht die große Liebe mit nach Hause habe führen dürfen. Die habe er gerade erst hier in Basel gefunden. Was der Grund dafür sei, dass er ihn heute Morgen so dringend benötige.

Geräuschvoll zieht der Coiffeur etwas Spucke durch eine der engen Zahnritzen. Und kratzt sich am kahlen Schädel. Hier! In Basel! Im Claraspital! Donnerwetter! Die Geschichte sei ja noch besser als seine eigene. Und er verstehe natürlich vollkommen, weshalb er sich jetzt auch sofort ans Werk begebe. Denn um ein Werk, oder besser Kunstwerk, handle es sich ja in seinem Fall.

Schon steht der kleine runde Mann vor dem Waschbecken und lässt warmes Wasser in eine metallene Schüssel fließen. Zieht aus seinem Koffer eine Flasche, schüttelt sie ein paar Mal kräftig, bevor er mit Schwung eine giftig grüne, zähe Flüssigkeit in den heißen Dampf gibt. Jetzt strotzt er nur so vor Energie. Nichts ist mehr von der anfänglichen Müdigkeit zu sehen und zu fühlen. Mit tatkräftigen Schritten kommt er mit der Schüssel auf das Bett zu. Breitet ein großes dickes Tuch auf der Bettdecke aus, stellt die Schüssel darauf und bedeutet dem Kranken, sich nach vorne über dieselbe zu beugen. Was ihm Schmerzen verursacht, denn die Fußballleber drängt sich bei dieser Körperhaltung nach hinten, wobei sie alle anderen Organe in eine sehr unbequeme Lage bringt. Er verkneift sich das Stöhnen. Das kann er später, nach der Prozedur, womit gemeint ist: Der Coiffeur schäumt jetzt seine Haare mit der grünen, scharfen, Tränen in die Augen treibenden Flüssigkeit ein, massiert minutenlang kräftig, um in einem nächsten Schritt die zähe, erstaunlicherweise nicht mehr grüne, sondern schneeweiße Masse gründlich auszuwaschen, um dann die in einem Handtuch frottierten, noch feuchten Haare in Form zu schneiden, möglichst kurz, aber nicht so, dass er aussieht, wie frisch zum Militär eingezogen oder gar ins Gefängnis geworfen. Danach macht sich der eifrige Mann an das Gesicht des Kranken. Der liegt mittlerweile matt, mit geschlossenen Augen rücklings in seinem Kissen. Das Kinn wird eingeschäumt, die Klinge an einem Leder abgezogen und angesetzt. Säuberlich rasiert der Coiffeur die Stoppeln weg, verteilt noch einmal Schaum und rasiert ihn ein zweites Mal. Er versteht sein Handwerk. Trotzdem geht es nicht ohne Zerren und Ziepen ab, denn der Bart ist einfach schon zu lang. Zum Schluss reibt er noch eine

Lotion in die gerötete, gereizte Haut. Bis zum Nachmittag, wenn sich der ersehnte Besuch einstelle, werde das Kinn glänzen wie ein gesunder Kinderpopo. So. Der Coiffeur betrachtet sein Werk. Zufrieden ist er mit sich und dem, was er geschaffen hat. Der Herr aus Hamburg sieht jetzt wieder wie ein Mann aus und wie ein gutaussehender noch dazu. Zwar ist er ein bisschen gelb und schmal im Gesicht, vielleicht sogar sehr gelb und sehr schmal, aber sonst wäre er ja auch nicht hier. Sonst könnte er sein erstes Stelldichein mit seiner großen Liebe in einem Café oder in einer Bar begehen. Und nicht hier, in diesem zugegebenermaßen recht traurigen Ambiente. Na ja, er hat jedenfalls sein Bestes gegeben. Und das Ergebnis kann sich wirklich sehen lassen. Er reicht seinem Werk einen Spiegel und fragt, ob er nun seiner großen Liebe so unter die Augen treten könne.

Der Coiffeur hat wahrscheinlich mit einer anderen Antwort gerechnet. Als der Kranke das polierte Kinn und die adretten, auf Streichholzlänge gestutzten Haare als die seinigen erkennt, beginnt er zu schluchzen. Und dann hemmungs- und schonungslos zu heulen.

Bestürzt wendet sich der Coiffeur dem Waschbecken zu und reinigt seine Utensilien. Er hatte schon mit manchem schwerkranken Menschen zu tun, keinen einzigen hat er bisher aber so zum Steinerweichen weinen sehen. Fast dreht es ihm wieder das Herz im Leibe um. Er wehrt sich dagegen, denn wer soll es nachher wieder an seinen rechten Platz rücken? Er denkt, dass es um diesen hier wohl ganz besonders schlimm stehen muss. Weil er ganz besonders krank ist oder weil er ganz besonders verliebt ist. Was ja im Grunde aufs Gleiche hinausläuft. Oder schlimmstenfalls beides auf einmal: Schwerkrank und schwerverliebt.

Der frisch Rasierte und Frisierte beruhigt sich wieder. Und entschuldigt sich bei seinem Wohltäter für den Gefühlsausbruch. Er müsse wissen, das sei alles ein bisschen viel für ihn auf einmal. Erst die große Liebe treffen, dann diese plötzliche Verwandlung. Natürlich zum Guten. Er sei sehr zufrieden mit dem Ergebnis, nur hatte er sich eben offensichtlich bereits an den Zustand gewöhnt, wusste schon gar nicht mehr, wie er eigentlich aussehe. Und habe nun mit Schrecken feststellen müssen, dass er – obwohl noch jung und tatendurstig – ans Bett gefesselt sei. Wie gerne würde er heute Nachmittag der Erwählten im Anzug gegenübertreten, sie an den Arm nehmen und in den Park hinausführen. Aber nein, er sei ja dazu verdammt, hier zu sitzen, festzusitzen, auf ewig und immer.

Schon füllen sich seine Augen wieder mit Tränen. Da steht der Coiffeur, der mittlerweile all seine Utensilien fein säuberlich in den zerknautschten Koffer zurückgepackt hat, neben seinem Bett und legt ihm eine Hand auf die Schulter. Er solle zuversichtlich sein, er werde bestimmt bald wieder gesund. Er habe das im Gefühl. Die Liebe werde ihn heilen. So sei das bei ihm auch damals gewesen. Friedas Liebe habe ihn von einem schlimmen Gebrechen befreit. Was das genau gewesen sei, wolle er nicht sagen, es sei nicht schön anzuhören.. Aber wie gesagt, er solle sich nur der Kraft der Liebe überlassen und alles werde gut.

Der Kranke nickt und schluckt. Ob ihn Schwester Placidia über seine finanzielle Notlage unterrichtet habe. Statt einer Antwort gibt ihm der Coiffeur einen freundschaftlichen Klaps auf den Oberarm. Auch darüber solle er sich nicht sorgen. Wenn er einem Mann helfen könne, der ihn an das größte Glück, das ihm jemals in seinem Leben widerfahren sei, erinnere, so wolle er kein Geld dafür haben. Die

Bilder von damals, als er selber noch jung und tatendurstig gewesen sei, würden dann wieder lebendig. Er müsse nämlich wissen: Mit der Frieda sei das nicht besonders lange gut gegangen. Sie habe sich nicht von ihrer Sehnsucht nach Hamburg befreien können. Und eines Tages habe sie sich dann von ihm befreien müssen und sei nach Hause, also nach Hamburg, zurückgefahren. Das habe ihm natürlich das Herz gebrochen, aber er habe sie auch irgendwie verstehen können. Wie gesagt, Basel sei ein verschlafenes, langweiliges Nest gegen Hamburg. Wenn er selber nicht so verschlafen und langweilig wäre, hätte er sich aufgemacht und wäre seiner Frieda gefolgt. Jetzt sei er sowieso zu alt und zu müde dafür. Und Frieda habe einen anderen Mann und als Tänzerin Karriere gemacht.

Der Coiffeur sieht nun wieder aus wie sein Koffer: Zerknautscht, verbraucht, alt und schrecklich müde. Mit matter Hand verabschiedet er sich von dem Kranken. An der Tür dreht er sich noch einmal um, sagt leise: »Halten Sie das Glück fest, Herr Borchert. Lassen Sie es nicht gehen. Sie würden sich davon nicht mehr erholen.«

Die Tür fällt hinter dem Coiffeur ins Schloss. So leise, als wäre gar nichts gewesen.

4

Aber es ist etwas gewesen, sehr viel sogar. Er sieht wieder wie ein Mensch, wie ein Mann aus. Nur dass er eben in einem Krankenhausbett festsitzt, nicht aufstehen und sie zur Begrüßung in die Arme schließen kann. Und ihr auch nicht aus dem Mantel helfen, ihr nicht den Stuhl hinschieben, ihr nicht …

Er muss sich von diesen negativen Gedanken befreien. Er beschließt, die Worte des Coiffeurs zu beherzigen. Also denkt er: Er trifft seine große Liebe zwar nicht unter sehr glücklichen Umständen, aber alles wird sich zum Guten wenden. Die Liebe wird ihn heilen und bald, sehr bald schon, wird er aufstehen, sich seinen Anzug, den die Mutter ganz unten im Koffer verstaut hat, und ein frisches weißes Hemd anziehen, sie an den Arm nehmen und mit ihr in den sonnigen Park spazieren. Na ja, vielleicht wird es dann schon nicht mehr sehr sonnig und warm sein, der Herbst hat ja Einzug gehalten, vielleicht wird es sogar schon recht düster und kalt sein. Aber umso besser. Dann kann er sie unter einem Baum stehend fest in seine Arme nehmen und wärmen. Vielleicht wird es auch regnen. Noch besser. Er wird sich mit ihr an den Baumstamm drängen, ganz nah, an eine Stelle, an der das Blätterdach über ihnen besonders dicht ist. Dort wird er sie küssen. Und die Tropfen werden von den Blättern auf ihr welliges Haar fallen, erst auf den tiefgefurchten Scheitel und dann …

Ja, so ist es gut. Mit diesen Gedanken und Bildern kann er ihr nachher, wenn sie kommt, so begegnen, dass auch sie sich sofort in ihn verlieben wird. Sie ist kein Mädchen, das einem Jungen bei der ersten Begegnung um den Hals fällt. Das hat er wohl schon bemerkt. Sie sperrt sich, ist widerspenstig. Das reizt und erregt ihn. Das kribbelt in seinem Bauch. Und er hat keine Schmerzen dabei. Na, wer sagt es denn, die Liebe zeigt schon ihre Wirkung. Keine Schmerzen mehr. Na ja, fast keine.

Als Hedwig das Zimmer betritt, sieht sie ihn, über ein Papier gebeugt, sehr eifrig schreiben. Er schaut gar nicht auf, so vertieft ist er in seine Arbeit. Sie tritt neben ihn.

»Guten Tag, Wolfgang, ich sehe, heute geht es dir viel besser. Was schreibst du denn da so fleißig? Ist es ein Brief für deine Eltern?«

Erschrocken blickt er auf. Es scheint ihr, als komme er aus einer ganz anderen Welt zurück. Und als habe er in dieser anderen Welt etwas Wichtiges, ja, für sie sehr Wichtiges, zurückgelassen.

»Ach, Hedwig. Wie ich mich freue, dich zu sehen. Nein, heute schreibe ich ausnahmsweise keinen Brief an die Eltern. Heute habe ich etwas anderes zu erledigen.« Und während er das sagt, schiebt er das Blatt vorsichtig unter seine Decke.

Das helle zarte Gesicht wird augenblicklich in ein tiefes Rot getaucht. Das Mädchen stottert: »Ach ja, bevor ich es vergesse, Placidia möchte wissen, ob der Coiffeur Geld verlangt oder ob er es umsonst gemacht hat. Wenn nicht, will sie die Summe wissen. Sie führt ein Buch über alle zusätzlichen Ausgaben der Patienten und wenn sich irgendwann eine Geldquelle findet, können die Schulden davon dann beglichen werden.« Stocksteif steht das Mädchen da.

»Du kannst Placidia ausrichten, dass der Coiffeur ein wahrer Diener Gottes ist« – er kann sich beim Gedanken an dessen Bekanntschaft mit dem leichten Mädchen Frieda in einem Hamburger Bordell ein Grinsen nicht verkneifen –, »und du kannst ihr außerdem sagen, dass er mich ganz umsonst rasiert und frisiert hat.«

»Gut. Ich werde es ihr ausrichten.« Sie will gehen. Aber irgendetwas hält sie fest, hier an seinem Bett, hier, bei ihm. »Gut siehst du aus, Wolfgang.« Ihre Stimme zittert. Die Röte macht sich in großen Flecken auch auf ihrem Hals breit.

»Es ist ein bisschen kurz geworden, aber manchen Frauen gefällt das so.«

»Mir gefällt es auch.« Sie haucht diesen Satz mehr, als dass sie ihn spricht.

»Schön, freut mich.« Er greift nach dem Glas Wasser auf seinem Nachttisch, trinkt. Sie steht daneben, schluckt, kämpft mit den Tränen. Er merkt es nicht, will es nicht merken. Erst als sie still und leise wie ein Mäuschen sein Zimmer verlassen hat, spürt er einen leisen Stich im Herzen. Er drückt es weg, dieses schlimme Gefühl. Schnell zieht er den Zettel wieder unter seiner Decke hervor. Er muss sich beeilen, er weiß ja nicht, wann sie heute kommen wird. Nach der Schule, das kann viel bedeuten. Normalerweise endet der Unterricht am Mittag. Und sie wird sicher gleich zu ihm kommen wollen, ist neugierig auf das, was er ihr über den Klee zu sagen hat. Und hoffentlich noch auf anderes. Aber das wird sich dann schon ergeben, dafür wird er dann schon sorgen, dass sie sich noch für andere Dinge außer Kunst interessiert. Schnell schreibt er die letzten Zeilen nieder. Zum Glück hat ihm Hedwig gestern einen Füllhalter geschenkt. Einen gebrauchten zwar, aber er kann damit viel besser und schöner schreiben als mit dem alten, kurzen Bleistift. Und das ist wichtig, dass diese Zeilen in Schönschrift dastehen. Denn sie soll es lesen. Sie soll es sehen. Sie soll es erkennen.

5

Als es bereits zu dämmern beginnt und sie immer noch nicht da ist, halten die trüben Gedanken wieder Einzug in seinen Kopf: Er ist krank, er kann nicht aufstehen, er ist abgemagert.

Sein Gesicht sieht aus wie ein alter, unansehnlicher Zitronenkuchen. Den sie nicht mag, liegen lässt, vergisst.

Um fünf Uhr klopft es kurz und energisch. Dann steht sie im Zimmer. Das Haar sehr dunkel, sehr wild. Es liegt auf der rechten Schulter wie eine große schwarze Katze. Er schrickt hoch.

»Da bin ich also. Hallo.«

Die Katze springt in einem Satz von der rechten auf die linke Schulter.

»Hallo.«

Mit einem Handgriff streift sie den dunklen Wollmantel ab und wirft ihn achtlos über die Stuhlkante.

»Das ist vielleicht ein Sauwetter heute. Die ganze Nacht hat es schon geregnet, als ich heute Morgen zur Tram gelaufen bin, musste ich noch einmal umkehren, um mir Stiefel zu holen, weil das Wasser überall auf der Straße stand. Und dann ging das den ganzen Tag so weiter. Regen, nichts als Regen. Wie ich das hasse. Ich bin froh, wenn der Winter endlich vorbei ist.«

»Aber der Winter ist doch noch gar nicht da. Wir haben jetzt Herbst und da regnet es eben, das muss so sein. Bei mir zu Hause in Hamburg regnet es immer sehr viel. Und es ist oft windig, auch im Sommer.«

Entgeistert starrt sie ihn an. »Ist das dein Ernst? Menschenskinder, da würde ich es keinen Tag aushalten. Von mir aus könnte man das alles abschaffen: Winter, Herbst, Regen, Kälte und Wind. Ja, vor allem den Wind. Und ständig diese dicken Klamotten am Leib. Wenn ich mit der Schule fertig bin, werde ich auf jeden Fall auswandern. Irgendwohin, wo ich morgens aufstehen kann, nichts als ein leichtes Kleid überwerfe und in mein sonnendurchflutetes Atelier laufe, um zu arbeiten. Mittags drehe ich mit dem Hund eine Runde, dann stelle ich mich wieder an die Staffelei in mein helles Atelier. Zum Malen und Zeichnen braucht man Licht. Viel Licht. Mit Herbst und Winter wird das bei mir also ganz schnell nichts mehr sein.« Während sie redet, läuft sie im Zimmer auf und ab. »Also, an deiner Stelle würde ich die Bilder anders aufstellen. Da passt ja eins nicht zum andern. Aber zugegeben, der Klee macht es einem auch nicht gerade leicht. Einen einheitlichen Stil hat der ein Leben lang nicht entwickelt. Immer wieder was ganz anderes. So wird das bei mir nicht kommen, bei mir gibt es eine klare Linie, schon jetzt. Noch gestern sagte Donald Brun, einer meiner Lehrer, zu mir: Fräulein Rudin, Sie wissen offensichtlich schon ziemlich genau, was Sie wollen. Und damit will er mich ärgern, denn er will mich formen. Ja, formen, meinen Stil und mich, als Menschen. Das ist wichtig, in den Schulstatuten steht, die zentrale pädagogische Aufgabe sei die Charakterbildung. Ha, da pfeife ich drauf. Charakter habe ich schon genug.«

»Das glaube ich dir aufs Wort, Nelly Carmen.«

»Warum sagst du heute ›Carmen‹? Gestern hast du mich nur Nelly genannt. Lass das ›Carmen‹ weg. Es klingt so streng, so … Ach, ich weiß nicht, es gefällt mir einfach nicht.«

»Aber ich finde es passt zu dir. Carmen. Ja, streng, das bist du auch. Zu dir und zu den anderen. Aber da ist noch etwas anderes.«

Sie hat sehr dichte, dunkle Augenbrauen, genau wie ihr Haar. Und ebenso wild und ungestüm. Wie zwei aufgescheuchte, fauchende Kätzchen fliegen sie bei seinen Worten in die Höhe. »Noch etwas anderes? Was meinst du damit? Sag schon, ich mag diese Geheimniskrämerei nicht. Ich rede gern Klartext.«

»Carmen. Das ist eine spanische, wilde Schönheit. Eine Frau, die vor Energie nur so sprüht. Eine, die den meisten Männern Angst macht. Weil sie stärker ist als sie.«

»Und? Hast du Angst vor mir?« Die schwarze Katze und ihre Jungen. Sie lauern. Voller Anspannung. Sie zittern. Vor Erregung?

Er schweigt, denn er ist schlau. Er weiß sie zu nehmen, sie und ihre Charakterstärke. Er lächelt geheimnisvoll und sieht der Katzenmutter und ihren Jungen dabei zu, wie sie einen immer wilderen, immer tolleren Tanz vollführen, während ihre Besitzerin weit ausschreitend das Zimmer durchmisst. Als sie heftig atmend nach dreimaliger Durchmessung schließlich an seinem Bett zum Stillstand kommt und er fürchtet, dass sich die Haus- gleich in Raubkatzen verwandeln, wenn er nicht endlich redet, öffnet er betont langsam die Lippen und sagt: »Nein.«

»Was, nein?« Schon ist sie wieder weg, steht am Fenster, am Tisch, an der Tür.

»Nein. Ich habe keine Angst vor dir, Nelly Carmen Rudin.«

»Ach so, dann ist ja gut. Ich beiße ja auch nicht. Nur in Ausnahmefällen.«

»Was sind denn das für Ausnahmefälle?«

Langsam kehrt sie an sein Bett zurück. Hängt ihren Mantel bedächtig und ordentlich über die Stuhllehne. Setzt sich und atmet ein paar Mal tief ein und aus. »Erstens: Wenn einer mir den Mund verbieten will. Zweitens: Wenn einer meint, eine Frau könne etwas nicht. Weil sie eine Frau ist. Und drittens und letztens: …« Sie zögert, schaut ihn mit schwarzen funkelnden Augen direkt an.

»Ja, bitte, was ist der dritte und letzte Ausnahmefall, der für einen Mann tödlich enden kann?«

»Wenn er mir an die Wäsche will.«

»Grundsätzlich?«

»Wie, was, grundsätzlich?«

»In jedem Fall? Also egal, wer?«

»Nein. Natürlich nicht.«

»Dann bin ich beruhigt.«

»Aha.«

»Ja.«

»Gut. Dann weiß ich Bescheid.«

»Ich auch. Danke.«

»Ja, danke.«

Immer noch schaut sie ihm direkt in die Augen. Und er schaut zurück. Es kribbelt in seinem Bauch. Es schmerzt, auch in seinem Bauch. Liebe heilt. Aber nicht sofort. Er muss geduldig sein, mit sich, mit ihr.

»Ich muss dann mal wieder gehen. Hab noch was vor.«

»Aber du bist doch gerade erst gekommen.«

»Trotzdem. Die Arbeit und ein Freund. Beides kann nicht warten.«

»Aber ich. Ich kann warten? Auf dich, Nelly Carmen?«

»Das weiß ich nicht, ob du das kannst, Wolfgang.«

Der Schmerz übertönt das Kribbeln. Seine Stimme übertönt den Schmerz, als er sagt: »Ich kann es nicht, Nelly. Aber ich will es. Das ist ein Unterschied.«

Sie nickt. Nimmt ihren feuchten Mantel, streift ihn sich über. »So ein Sauwetter. Wenn ich mit der Schule fertig bin, wandere ich aus. Das sag ich dir.«

»Und ich komme mit.«

»Wenn du willst. Aber etwas anderes sag ich dir auch noch: Eine Klette, die brauch ich nicht. Die schaff ich mir erst gar nicht an.«

»Sicher, verstanden.«

»Gut. Dann verstehen wir uns ja zumindest in dem Punkt.«

»In dem und in vielen anderen.«

»Das wird sich herausstellen.«

»Morgen?«

Sie hat die Hand schon auf der Klinke.

»Morgen? Nein, da habe ich keine Zeit.«

Er will sie nicht loslassen. Und muss es doch. Denn eine Klette, die darf, die will er nicht sein. Also fragt er nicht weiter, ob sie am übernächsten Tag Zeit hat. Er muss sie freilassen. Denn nur dann wird sie wiederkommen.

6

Der Zettel liegt unter seinem Kissen. Er hatte sich ausgemalt, wie er ihr das Gedicht überreichen würde, feierlich, mit ernster Miene. Wie sie es annehmen und sofort lesen würde, ebenso feierlich, mit ebenso ernster Miene. Um dann aufzusehen, zu lächeln, ja, zu strahlen. Wie schön, Wolfgang, wie wunderschön, hatte er sie in seinen Gedanken sagen hören. Auch ich liebe den Regen. Und erst der Wind! Wenn ich den nicht hätte, könnte ich nicht leben. Ja, auch ich liebe es, mich in den Sturm zu stellen.

So hatte er sich ihre erste Begegnung vorgestellt, sie geplant, sich vorbereitet, innerlich und äußerlich.

Erschöpft liegt er jetzt auf dem Kissen. Seine Hände zittern unter der Bettdecke. Ob sie wiederkommen wird? Ob sie nicht wenigstens ein klein wenig Liebe für ihn empfindet? Gar nichts hat sie gesagt zu seiner Frisur, seinem glatten, gepflegten Kinn. Gar nichts. Hat er ihr vorher vielleicht besser gefallen? Mag sie lieber langes Dichterhaar und bärtige Männergesichter, diese Mischung aus zartfühlender Seele und eisernem Willen? Ja, wahrscheinlich ist es so. Und er hat es verdorben. Hat es sich selber zuzuschreiben, dass sie ihn nun nicht mehr sehen will. Diesen kurzgeschorenen, aalglatten Langweiler, den sie an jeder Ecke finden kann, einen der vielen Mitläufer, der vielen Jasager. Wäre seine Leber nicht bereits prall und rund wie ein Fußball, sie würde sich jetzt in seiner Wut zu einer riesigen harten Kugel zusammenballen. Er ringt nach Luft. Er hasst sie, diese pralle Leber, die ihn ans Bett fesselt und aus ihm einen Weichling macht. Einen weichgespülten Waschlappen. Mit so einem kann sie natürlich nichts anfangen, sie, Nelly Carmen Rudin, die junge Grafikstudentin, die schon mit blutigen neunzehn Jahren dabei ist, ihren eigenen Stil zu entwickeln. Die sich von den Lehrern nichts sagen lässt, die charakterstark ist und den Männern ins Gesicht sagt, was sie denkt. Die ihren Mann steht, obwohl sie eine Frau ist, nein, gerade *weil* sie eine Frau ist. Und er liegt da. Und denkt an Regen und Wind. Die sie beide hasst. Und er stellt sich vor, wie sie mitten in Regen und Wind unter einem Blätterdach Schutz suchen, sie sich frierend an ihn schmiegt, er sie wärmend in seine Arme schließt und … Er ist ein Fantast. Ein nichtsnutziger, nichts könnender Fantast. Und doch …

Er liebt Regen und Wind. Sie nicht. Er liebt sie trotzdem weiter. Sogar noch mehr als nach der ersten Begegnung. Und sie? Sie wird wild wie eine Raubkatze, wenn ihr ein Mann an die Wäsche will. Aber nicht grundsätzlich. Wie sie ihn dabei angesehen hat. Und er ist ihrem Blick nicht ausgewichen. Hat ihm, hat ihr standgehalten. Ja, nicht grundsätzlich. Und dann musste sie ganz schnell gehen. Warum? Das war natürlich eine Ausrede, das mit der

Arbeit und dem Freund. Letzteres sollte ihn eifersüchtig machen. Denn sie besitzt dieses wilde, glühende Herz. Sie ist eine Carmen, eine Frau, die mit einem Mann kämpfen will. Gut, er wird mit ihr kämpfen, er wird seinen Mann stehen. Wenn sie es so will.

Er atmet schwer, hustet, ringt nach Luft. Kämpfen ist anstrengend. Aber er ist ein Mann, immer noch und gerade jetzt.

Er röchelt und hustet wieder. Stärker, lauter, immer lauter.

Placidia stürzt ins Zimmer. »Herr Borchert, soll ich den Professor holen?«

Sein Gesicht ist puterrot und im nächsten Moment leichenblass. So geht das in Sekundenschnelle: Rot, weiß, rot, weiß. Placidia wird ganz schwindlig vom Zusehen. Doch dann, mit einem Mal, hört er auf, dieser blitzschnelle Farbumschlag. Auf einmal ist das Gesicht des Patienten wieder gelb. Sogar noch gelber als sonst, denkt die Schwester. Auf jeden Fall so gelb, dass sie dem Herrn Professor jetzt sofort Bericht erstatten wird.

Auf dem Flur läuft sie Hedwig fast über den Haufen, so eilig hat sie es. Das Mädchen bleibt bestürzt stehen. Es ahnt Schreckliches, will zu ihm. Doch seine Beine wollen nicht. So steht das Mädchen immer noch wie angewurzelt an derselben Stelle mitten im Flur, als Placidia kurz darauf im Laufschritt mit Professor Gigon heraneilt. Und sieht die beiden in seinem Zimmer verschwinden. Erst da löst sich die Erstarrung. Aber laufen kann das Mädchen noch immer nicht. Seine Beine sind zwar nicht mehr wie gelähmt, dafür zittern sie jetzt und zwar so stark, dass es zur nächstgelegenen Wand schwankt, sich dagegen lehnt und wie betäubt zu Boden sinkt.

Da sitzt es immer noch und starrt vor sich hin, als Placidia und der Arzt eine halbe Stunde später sein Zimmer wieder verlassen. Die Schwester und der Professor richten es mit vereinten Kräften auf. Und dann geht jeder wieder seiner Wege, Placidia in das Schwesternzimmer, wo sie eine Notiz in die Krankenakte macht, Professor Gigon auf eine andere Station, wo er dringend gebraucht wird und Hedwig in die Kapelle, wo sie nachdenken will. Es ist das erste Mal, dass sie freiwillig in die Kapelle geht, ohne von Placidia dorthin geschickt zu werden. Sie setzt sich in eine der Bänke, schließt die Augen und denkt nach. Über das, was gerade eben geschehen ist, mit ihr. Und nach einer Weile, als die junge Frau meint verstanden zu haben, beginnt sie leise zu schluchzen Es ist eine Befreiung, ein Glück. Dann steht sie plötzlich mit einem Ruck auf. Sie verlässt die Kapelle und strebt mit schnellen Schritten dem Schwesternzimmer zu. Placidia ist nicht mehr dort, wahrscheinlich verteilt sie gerade das Abendbrot. Die junge Frau beugt sich über die Patientenakte, die aufgeschlagen auf dem Schreibtisch liegt. Sie liest: »5. Oktober, 17.15 Uhr, Hyperventilation des Patienten Wolfgang Borchert, Auslöser unbekannt, der Patient gab keine Auskunft, vermutlich Überanstrengung durch Damenbesuch (!), Veronal intravenös, Beruhigung der Atemfrequenz und des Pulses nach fünfzehn Minuten. Der Patient befindet sich in einem Erschöpfungszustand und erhielt Besuchsverbot für den kommenden Tag.«

Hedwig Zweifel überlegt einen Moment. Dann wirft sie einen Blick auf die Liste an der Tür, in die Placidia die Namen der Besucher und die genaue Besuchszeit einträgt. Sie liest: »Nelly Rudin, 17.00 bis 17.10 Uhr.« So heißt sie also, seine neue Liebe. Einen Stich spürt sie im Herzen.

Die Mattigkeit, die vorhin so heftig von ihr Besitz ergriffen hat, macht sich wieder bemerkbar. Nein, sie will es nicht zulassen, sie hat ja verstanden. Und deshalb kann sich die junge Frau jetzt von der Liste abwenden, nach ihrem Mantel am Haken an der Wand greifen, das Schwesternzimmer verlassen, den Flur entlangschreiten, an seinem Zimmer vorbei – wobei ihre Beine nur ganz leicht zittern –, die Treppe hinunter, am Empfang entlang, durch das Eingangsportal in die Dunkelheit hinaus und auf die Straße. Sie ist froh. Gleich, zu Hause, wird sie nach vielen Monaten endlich einen sehr wichtigen Brief schreiben.

7

Das Abendessen bringt ihm Placidia mit einiger Verspätung, weil er mit seinem Anfall, wie sie es nennt, den ganzen Betrieb aufgehalten habe. Aber er rührt es nicht an. Nicht, weil er etwa keinen Appetit hätte, er hat sogar richtiggehend Hunger. Sein Magen fühlt sich nach der Aufregung plötzlich ganz leer an. Die Fußballleber, die dem Magen sonst gar keine Möglichkeit gibt, dieses Gefühl in sich aufkommen zu lassen, weil sie ihn auf ein Minimum zusammendrückt, scheint geschrumpft. Auf Normalgröße oder zumindest auf die eines Fußballs, der einen Platten hat. Seltsam, ja, unheimlich hohl ist es in ihm. Und deshalb isst er nicht. Weil er dieser Hohlheit, diesem Ausgehöhltsein nicht traut.

Er liegt da und starrt an die Decke. Er könnte einen Klee betrachten, noch darf er Licht im Zimmer haben. Die Bilder würden ihn ablenken, auf andere Gedanken bringen. Aber er starrt weiter an die Decke und – entdeckt dort mit einem Mal einen Riss. Warum hat er den noch nicht gesehen, so direkt über seinem Bett, über seinem Kopf? Ein schäbiger, langer Riss, als wenn oben etwas sehr Schweres stünde, das nach und nach den Boden nachgeben lässt, Tag für Tag, Stunde für Stunde, Minute für Minute, Sekunde für Sekunde, um dann ganz plötzlich auf ihn zu fallen. Und dann ist er tot, mit Sicherheit ist er sofort tot. Denn das, was jetzt noch da oben steht, das ist so schwer, so bleischwer, dass es ihn zerdrücken, zermalmen, zerquetschen wird wie eine winzige Ameise. Da, der Riss, er hat sich verändert. Er ist länger und noch viel hässlicher geworden. Und zeichnen sich nicht sogar schon die Umrisse dessen ab, das ihn gleich zu Tode bringen wird?

Statt in Panik zu verfallen, wartet er ergeben auf sein Ende. Ja, es soll nur kommen, jetzt und sofort. Dann müsste er nicht weiter leiden, nicht weiter auf sie warten, nicht weiterkämpfen. Denn das Kämpfen strengt ihn an, es strengt ihn sogar so sehr an, dass er keine Luft mehr bekommt. Was ihm grundsätzlich auch das Ende bringen würde, wäre da nicht Professor Gigon, der es sich zum Ziel gesetzt hat, dieses möglichst lange hinauszuzögern. Und ihm deshalb Beruhigungsmittel verabreicht. Die ihn jetzt allerdings dazu in die Lage versetzen, ergeben, ja, Gott ergeben, dieses sein Ende, das von oben kommen wird, zu erwarten. Jesus hat sich auch nicht gewehrt, als klar war, dass er dem Tod nicht mehr entkommen würde. Seinen Vater hat er angefleht. Umsonst. Der Kelch ging nicht an ihm vorüber. Er musste ihn trinken, bis auf den letzten Tropfen austrinken.

Minas Wein. Er erinnert sich. Er hat ihn versteckt, damit Placidia ihn nicht findet. Hinter dem Kleebild auf seinem Tisch steht die Flasche. In des Herzens rotem

Wein. Das Gedicht, es liegt noch immer unter seinem Kissen. Er kann es ihr nicht geben, denn sie wird es nicht verstehen. Weil sie Regen und Wind nicht liebt. Aber das Feuer, das liebt sie. Vielleicht.

»Stell dich mitten in das Feuer,
liebe dieses Ungeheuer,
in des Herzens rotem Wein
und versuche gut zu sein.«

Er hangelt nach der Flasche und öffnet sie. Es ist ganz leicht, Mina hat, vorausschauend wie sie ist, den Korken bereits gezogen und nur etwas in den Flaschenhals zurückgeschoben. Er greift nach dem Wasserglas und schüttet den roten Wein randvoll hinein. Trinkt. Einen Schluck, noch einen und noch einen, hastig, immer hastiger trinkt er. Bis das Glas leer ist.

Vorsichtig blinzelt er zur Decke hinauf. Wie sieht es aus, da oben? Ist der Riss weitergewachsen, zeichnen sich die Umrisse des nahenden Todes noch deutlicher ab? Er muss sich anstrengen, die Konturen, die er gerade erkannt hat, sind nun verschwommen, schemenhaft nur noch. Er ist enttäuscht. Was soll das? Warum geht es nicht weiter? Warum soll er noch länger warten, noch länger leiden? Er hat es doch ausgetrunken, das Glas, bis auf den letzten Tropfen.

Vielleicht reicht es dem lieben Gott noch nicht mit seiner Gottergebenheit. Also gießt er sich ein weiteres Glas von dem dunkelroten Wein ein. Er spürt, die Mischung mit dem Beruhigungsmittel, sie entfaltet eine ganz besondere Wirkung. Der Riss in der Decke über ihm ist nicht mehr nur verschwommen, er entwickelt auch eine überaus interessante Farbgebung. Zunächst schimmert er blassrosa wie eine zarte langverheilte Narbe, dann nimmt die Intensität des Farbtons langsam zu und verwandelt sich in ein lachsfarbenes Rot, ähnlich dem, das er an Frauenunterkleidern besonders liebt, um ganz plötzlich in ein dunkles Blutrot umzuschlagen. Und dann beginnt es zu tropfen. Von oben tropft es langsam auf ihn herab. Dicke, dunkelrote Tropfen Blut. Er öffnet den Mund, ganz weit, streckt die Zunge heraus, fängt mit ihrer Spitze die Blutstropfen auf und lässt sie in seine Kehle rinnen. Er schluckt. Es brennt, wie Feuer, plötzlich in seiner Kehle. Und dann in seinem ganzen Körper. Jetzt verbrenne ich, denkt er noch und auch: Wie schön. Endlich ist es vorbei. Und mit einem Mal ist es dunkel, erst um ihn, dann auch in ihm. Wie einfach, wie schön einfach, lieber Gott, vielen Dank. Das denkt er, am Ende.

Als Placidia später zum Abräumen kommt, sieht und hört sie das Malheur: Der Patient Wolfgang Borchert, der leberkranke deutsche Schriftsteller, liegt in seinem Bett in einer Rotweinlache und schnarcht. Die halbleere Flasche steht auf dem Tisch neben dem Bett, das Glas, dessen Inhalt sich auf Kissen, Bettdecke und den Boden ergossen hat, liegt darunter. Wäre er wach, sie würde laut losschimpfen, ihn mit Vorwürfen überhäufen. Aber er schläft und zwar den Schlaf der Ungerechten. Und sie muss ihre Wut in sich hineinfressen. Wo er den Wein wohl herhat? Wer kommt auf so eine wahnwitzige Idee und bringt einem schwer Leberkranken Wein ins Spital? Placidia kann nur den Kopf schütteln über so viel Unverstand, so viel Dummheit. Dass der Mann Alkoholiker ist, das hat sie sich ja gleich gedacht. Woher soll er sonst die kranke Leber haben? Gelbsucht hin oder her, der Alkohol, das ist der wahre Grund für sein Kranksein. Sich betrinken ist eine

Sünde. Der Herr weiß schon, wen er bestrafen muss. Er ist gerecht, also hat er auch sein Urteil über diesen Mann hier gefällt. Selbst im Spital kann er die Finger nicht vom Alkohol lassen. Natürlich wird sie Professor Gigon auch darüber Bericht erstatten. Aber erst morgen, denn heute hatte der arme Professor schon genug Last mit diesem sehr schwierigen Patienten. Etwas Ähnliches hat sie noch nicht erlebt, hier im Claraspital. Der Mann verstößt ständig gegen alle Regeln. Wenn sie die Mutter wäre, dann wäre es nicht so weit mit ihm gekommen. Dann hätte sie ihn schon ganz früh zur Disziplin und zur Gottesfurcht erzogen. Priester wäre er geworden, mindestens, wenn nicht sogar Bischof. Oder besser noch Papst. Es kommt im Leben ganz allein darauf an, wie man einen jungen Menschen formt. Ja, ganz allein das macht ihn zu dem, was er ist, was er sein wird. Schon im Säuglingsalter muss man damit beginnen. Schreit das Kind, so wird es weggesperrt, damit es Genügsamkeit und Demut lernt. Und wenn sich das Kleinkind widersetzt, dann muss es bestraft werden. So lange, bis es aufhört, Widerworte zu geben und gehorcht. Bis es begriffen hat, dass es keinen anderen Weg gibt als den des Gehorsams. Ja, auch dieser junge Mann wird das noch begreifen. Es ist nie zu spät, damit anzufangen. Man darf keine Menschenseele aufgeben. Gehorsam gegenüber Gott, Gehorsam gegenüber ihr, der barmherzigen Schwester Placidia vom Heiligen Kreuz, das kommt aufs Gleiche heraus. Also muss, also wird er ihr gehorchen. Wenn es die gottlosen Eltern, wenn es die nachlässige Mutter, nicht geschafft haben, ihr wird es schon gelingen. Denn sie ist eine Dienerin des Herrn.

All das geht Placidia durch den Kopf, während sie das Zimmer aufräumt, das Glas unter dem Bett hervorangelt, aufs Tablett stellt und den Wein vom Boden aufwischt. Die Flasche nimmt sie natürlich auch mit. Als die Nonne schließlich die besudelte Decke von dem Schnarchenden herunterzieht, erstarrt sie. Da. Auch das noch, seine Hände liegen an genau der Stelle, an der sie nicht sein dürfen. Oh, welch eine Sünde! Wäre sie die Mutter, er hätte schon als sehr kleiner Knabe begriffen, dass diese Stelle eine Erfindung des Teufels ist. Und dass, wer auch nur einen Gedanken an diese Stelle verschwendet, geschweige denn sie berührt, einen Pakt mit demselben eingeht. Ein grausiger Schauer überfällt den grauverhüllten Nonnenkörper. Schnell, nur schnell die saubere Decke darüber, damit sie die Sünde nicht mehr sehen muss, damit sie nicht befleckt wird von diesem teuflischen Anblick. Placidia greift nach dem Tablett. Nichts hat er angerührt, rein gar nichts. Dafür hat er gesündigt und das gleich zwei Mal! Schon während sie das Zimmer verlässt, beginnt die Nonne leise murmelnd damit, den Herrn um Vergebung zu bitten. Für den Sünder und für sich selber, die sie diese Sünden hat ansehen müssen. Nachdem sie das Tablett in die Küche gebracht hat, strebt sie zur Kapelle. Bei dem einen Rosenkranz, den sie sonst abends betet, wird sie es heute mit Sicherheit nicht bewenden lassen!

8

An nichts kann er sich am nächsten Morgen erinnern. An rein gar nichts. Aber Placidia kann es. Und was sie ihm zum Frühstück auftischt, das lässt ihn eine Ahnung davon bekommen, was für eine große Dummheit er am gestrigen Abend begangen hat. Wie konnte er nur! Er hatte sich

Minas Wein doch aufheben wollen, um ihn gemeinsam mit Nelly zu trinken. Wenn er sie demnächst so weit hat. Denn das würde ihr gefallen, ja, mit Sicherheit würde es die widerspenstige, charakterstarke Nelly Carmen sogar genießen, gegen die Spitalregeln zu verstoßen und mit ihm heimlich Wein zu trinken. Vielleicht bringt ihm Mina demnächst eine neue Flasche mit, er hofft es inständig. Genauso inständig hofft er, dass die abwechselnd mal keifende, mal mit dem Finger drohende Nonne endlich sein Zimmer verlässt. Aber die scheint gar nicht daran zu denken, im Gegenteil, sie scheint sich in den Kopf gesetzt zu haben, ihn hier und heute zu bekehren. Und nicht nur das. Sie will ihm auch einreden, ein ganz schlimmer Sünder zu sein, der demnächst mit hundertprozentiger Sicherheit in die Hölle kommen wird. Als er immer nur stumm mal nickt, mal den Kopf schüttelt, ganz so wie es ihm beliebt und vollkommen ohne Zusammenhang zu dem, was die Plage ihm an den Kopf wirft, da wird sie schließlich sogar handgreiflich. Sie nimmt die Bibel – ein wirklich beachtliches Exemplar, eines, mit dem man jemanden mit ebenso hundertprozentiger Sicherheit erschlagen könnte, wie er nach Placidias Meinung in die Hölle kommen wird –, sie nimmt also die Bibel vom Tisch und legt sie ihm auf die Oberschenkel. Drückt noch einmal fest auf das dicke, schwere Buch. Ja, Schmerz muss sein, Strafe auch, in seinem Fall ganz besonders. Wer nicht hören will, muss bekanntermaßen fühlen.

Das Gewicht des Gotteswortes lastet auf ihm, lastet auf den Beinen, die ihn seit geraumer Zeit schon nicht mehr tragen wollen. Er wagt nicht, die Last abzuschütteln, das schwere Buch wieder auf den Tisch zurückzulegen. Er weiß ja nicht, zu was diese Nonne noch so fähig ist. Und er ist wehrlos, kann nicht zurückschlagen. Also sitzt er nur da, steif, unnahbar, scheinbar unbeeindruckt. Was seine Situation nicht gerade verbessert. Denn sie steht neben ihm und sie will jetzt, dass er die Bibel aufschlägt, egal wo, und anfängt zu lesen. Er rührt sich nicht. Ob sie ihm einmal die Ohren gehörig langziehen solle. Das hätte sein gottloser Vater ja offensichtlich ein Leben lang versäumt. Tränen schießen ihm augenblicklich in die Augen. Sein Vater. Niemals hat der die Hand an ihn gelegt. Niemals. Wie er ihn geliebt hat, seinen Vater, wie er ihn immer noch liebt. Hätte der Vater nicht seine sorgende Hand über ihn gehalten, wäre er sicher schon als kleiner Junge gestorben. Dieses Bild, es hat sich in ihm für immer eingegraben: Wie sein Vater ihn zum Arzt trägt, immer und immer wieder, weil er immer krank war, als kleiner Junge. Nein, dieses Bild lässt er sich nicht nehmen. Es ist ihm heilig. Und deshalb fängt er jetzt an zu schreien. Die Nonne weicht erschrocken zurück. Seinen Vater solle sie aus dem Spiel lassen, er sei der beste Vater, den man sich nur vorstellen könne, niemals wäre er auf die Idee gekommen, ihm auch nur ein einziges Haar zu krümmen. Niemals. Sie solle ihn verschonen mit ihren grässlichen Vorstellungen, da werde ihm schlecht, wenn er das höre, da müsse er sich gleich übergeben. Also, ob sie ihn nun endlich verstanden habe, sie solle ihn gefälligst in Ruhe lassen mit ihrem scheußlichen Gerede, sonst werde er sich beim Professor beschweren. Die Tränen. Er kann sie nicht zurückhalten. Vor Wut schießen sie aus ihm heraus, fließen über die Wangen, über die Lippen, tropfen auf die Bettdecke. Heiße, wütende Tränen.

Placidia dreht sich auf dem Absatz um und verlässt das Zimmer. Dem wird sie schon noch Gehorsam beibringen, das wäre ja gelacht. Wenn nicht heute, dann spätestens in ein paar Tagen. Wenn es ihm wieder schlechter geht, wenn er Schmerzen hat, wenn er das Ende nahen fühlt. Dann wird ihre Stunde kommen, dann muss er in der Bibel lesen, dann muss er gehorchen.

Endlich ist sie weg. Aber der Schmerz, den sie ihm zugefügt hat, ist da und sitzt tief. Vater, lieber Vater, vergib mir, vergib mir alles, was ich dir jemals Böses angetan habe, lieber, lieber Vater. Das Herz will ihm brechen. So viel will er ihm noch sagen, für so viel will er ihm noch danken. Ob er noch Gelegenheit dazu haben wird? Ob er ihn noch einmal wiedersehen wird? Und die Mutter? Er darf gar nicht an sie denken, muss das innere, liebe, geliebte Bild, das in ihm auftaucht, gewaltsam beiseiteschieben. Er muss ihnen einen Brief schreiben, jetzt gleich, wer weiß, wie lange ihm noch bleibt, wer weiß, ob er morgen noch lebt. Und dann hat er sich bei ihnen nicht bedankt. Für all das Gute, für all die Liebe.

Nachdem er den Brief geschrieben hat, geht es ihm besser. Er kann und will jetzt sogar frühstücken. Er wird sich von dieser schwarzen Seele, von dieser unbarmherzigen Schwester nicht mürbe machen lassen. Und damit er Kraft hat, Widerstand zu leisten, muss er essen. Und noch für anderes. Für seine Eltern, das hat er ihnen nämlich gerade im Brief versprochen, dass er viel und gut isst und schnell gesund wird. Und für seine große Liebe, für die braucht er noch viel mehr Kraft. Ein hungriger Kämpfer ist kein guter Kämpfer. Auch das Gehirn braucht Nahrung, denn mit dem muss er sich ja in nächster Zeit erst einmal mit ihr messen. Bis sein Körper wieder so viel Kraft besitzt, dass auch er sich auf den Kampf mit ihr einlassen kann.

Den erotischen, den zwischen Frau und Mann, ähnlich dem zwischen Stier und Stierkämpfer. Carmen. Wilde, freche, starke Carmen. Wie sehr er sie liebt, wie sehr er sich danach sehnt, sie endlich richtig lieben zu können.

Er nimmt das Manuskript vom Tisch. Den ersten Roman von Max Krell hatte er schon vor zwei Tagen durch. Heute muss er den anderen zu Ende bringen. Denn er braucht Geld, damit er weiterhin gutes Essen bekommt und bald kräftig genug ist, um aufzustehen, sie in die Arme nehmen und richtig lieben zu können. Also macht er sich jetzt an die Arbeit. Sie geht ihm leichter von der Hand, als er dachte. Ja, er fühlt sich mit einem Mal frisch und ausgeruht, wie schon lange nicht mehr. Die Liebe eben. Ja, immer wenn er an Nelly denkt, durchströmt es ihn ganz warm, durchflutet ihn eine sprudelnde, heiße Quelle. Manchmal ist die Quelle so kochend heiß, dass es in ihm brennt, im Magen, in der Leber, in den Gedärmen, im ganzen Bauch. Und manchmal auch überall. Der Heilungsprozess eben. Er hofft, dass es so ist, nein, er muss daran glauben. An die Heilkraft seiner großen Liebe.

9

Als es nachmittags an seiner Zimmertür klopft, fährt er zusammen. Nein, sie kann es nicht sein, er hat doch Besuchsverbot. Käme sie heute, Placidia würde sie abweisen. Außerdem hat sie gestern gesagt, sie habe heute keine Zeit. Und wenn sie das sagt, dann ist es auch so.

Wieder klopft es, diesmal länger. Und dann tritt ein Mann ein. Er trägt einen langen hellen Trenchcoat, der vom Regen an den Schultern nass und dunkel ist. So tief hat er den breitkrempigen Hut über die Stirn gezogen, dass der Kranke sein Gesicht nicht erkennen kann. Als der Mann den Hut abzieht, ergießt sich das Regenwasser, das sich in der breiten Krempe gesammelt hat, in einem Schwall auf den Boden. Die Pfütze wirkt auf dem grauen Linoleum so schmutzig, als hätten sich in ihr bereits unzählige Besucher die schlammigen Schuhe gesäubert.

»Ach, zu dumm, entschuldigen Sie bitte.« Der Mann springt erschrocken einen Schritt zurück, fast so, als fürchte er sich vor dem von ihm selbst verursachten Unglück. Und starrt für einige Sekunden hinein. Mit einem plötzlichen Ruck reißt er sich los, verstört und unruhig irren seine Augen im Zimmer herum, huschen über die Bilder, bevor er sie auf den Kranken richtet und stammelt:

»Guten Tag, Herr Borchert, ich hatte doch versprochen, Sie ganz bald besuchen zu kommen. Leider hatte ich in der letzten Woche so viele Geschäftstermine, dass ich erst heute von Zürich hierherreisen konnte. Die Schwester, die vor Ihrem Zimmer wie ein Wachposten auf und ab läuft, hat erst nach längerem Zureden für mich eine Ausnahme gemacht und mich trotz des verhängten Besuchsverbots, über dessen Grund sie mich bis ins kleinste Detail unterrichtet hat, vorgelassen. Hier scheint ja ein strenges Regime zu herrschen. Fühlen Sie sich im Claraspital denn trotzdem wohl?«

Da hat er gerade eben die letzte Zeile des Manuskripts gelesen, und schon erscheint Henry Goverts wie gerufen in seinem Zimmer. Freudig, fast freundschaftlich begrüßt der Kranke den Verleger und fordert ihn auf, sich doch erst einmal seines von Wasser triefenden Mantels zu entledigen.

Henry Goverts tritt verlegen von einem auf den anderen Fuß. Dann montiert er sehr umständlich das nasse

Kleidungsstück von seinem hageren Oberkörper. Und steht schließlich da, mit dem Mantel in den Händen und einem Ausdruck im Gesicht, der den nahenden Weltuntergang befürchten lässt.

Der Kranke weist auf das Fußende seines Bettes: Er könne den Mantel einfach dort drüber hängen, das Zimmer halte, bis auf einen Stuhl, auf dem er sich bitte niederlassen solle, leider keinen Komfort für Besucher bereit.

Marionettengleich legt der Verleger das Kleidungsstück an der vorgegebenen Stelle ab. Auf den Stuhl setzt er sich aber erst, nachdem er dem Kranken sehr förmlich, steif und ungelenk die Hand geschüttelt hat. Um im nächsten Moment theatralisch beide Hände über dem Kopf zusammenzuschlagen und auszurufen:

»Lieber Herr Borchert. Ich traue meinen Augen nicht. Liegt da etwa der Krell'sche Regenbogen bereits fertig lektoriert auf Ihrem Nachttisch? Das kann ich einfach nicht glauben!«

Der Kranke erklärt ernst, ja beinahe feierlich, er habe sogar schon beide Manuskripte fertig lektoriert. Und schiebt dann lakonisch nach: »Um auf Ihre Eingangsfrage zurückzukommen, lieber Herr Doktor: Wohlfühlen ist etwas anderes. Und unter Barmherzigkeit habe ich bisher auch etwas ganz anderes, ja, habe ich im Grunde das komplette Gegenteil von dem verstanden, was ich hier in der Regel zu spüren bekomme. Aber seien Sie unbesorgt, es gibt nicht nur schwarze Seelen hier im Claraspital. Es gibt auch gute Seelen, solche, die sich um mich kümmern. Und der Herr Professor hat wirklich Ahnung von seinem Fach. Er gibt sich alle Mühe und lässt keine Methode unerprobt, um meiner kranken Leber wieder auf die Sprünge zu helfen. Nur, dass es eben ein längerer Prozess zu sein scheint.

Länger leider, als Sie sich das vorgestellt haben und auch als ich mir das erhofft habe.«

Henry Goverts betrachtet die Spitzen seiner braunen Schuhe. Dunkelbraun sind sie von der Nässe, fast schwarz. Er murmelt: »Schwarze Seelen. Wie fürchterlich, wie schrecklich, lieber Herr Borchert.« Sein Blick klebt förmlich an den Schuhspitzen, gewaltsam reißt er ihn schließlich los, um ihn, wie zu Beginn, nervös über die Bilder gleiten zu lassen. An dem Pferdebett bleibt er hängen. Es steht auf dem Heizkörper vor dem Fenster. Kaum hörbar flüstert der Verleger: »Ich wusste gar nicht, dass Sie auch malen, Herr Borchert.«

»Dass Sie mich für einen Paul Klee halten, das ehrt mich sehr, lieber Herr Goverts. Das schmeichelt meiner angekratzten Künstlerseele. Aber an dieses Genie werde ich niemals heranreichen. Und das, was ich gelegentlich an Kunst aufs Papier bringe, kann man so auch nicht wirklich nennen.«

»Paul Klee. Was Sie nicht sagen, Herr Borchert.« Ungläubig schüttelt Henry Goverts den Kopf. Das säuberlich über den kahlen Schädel gelegte braune Haar gerät dabei ins Rutschen und kommt in einer verqueren Position auf der sehr hohen Stirn zum Liegen. Er merkt es nicht. Die Verwirrung steht ihm jetzt doppelt ins Gesicht geschrieben.

»Ja, dann haben Sie ja immerhin etwas Ablenkung in der Einöde hier.«

»Die habe ich auch, wenn ich lektoriere. Der Krell hat mir gut gefallen. Sie werden sehen, ich hatte nicht allzu viel zu monieren an den Manuskripten. Aber nun bin ich arbeitslos. Es sei denn, Sie hätten etwas Neues für mich.«

»Das ist nicht zu fassen, mein lieber Herr Borchert. Ich glaube, ich hatte noch niemals einen Lektor, der so zügig arbeitet wie Sie.«

»Wenn ich arbeite, habe ich keine Gelegenheit, Trübsal zu blasen. Außerdem fühle ich mich dann zu etwas nütze. Glauben Sie mir, das schlimmste Gefühl für einen jungen Mann ist das, nicht mehr gebraucht zu werden. Da kann man sich ja gleich ins Grab legen und zuschütten lassen. Dann ist man wenigstens aus dem Weg.«

»Ja, aber sagen Sie doch so etwas nicht, mein lieber Herr Borchert. Als wenn Sie zu nichts nütze wären! Sie sind doch Schriftsteller, ein bekannter sogar, einer, der am Anfang einer glanzvollen Karriere steht.«

»Am Anfang und am Ende. Nein, lieber Herr Goverts, ich mache mir nichts vor, mit dem Schreiben ist es aus bei mir. Nicht eine Zeile habe ich bisher hier aufs Blatt gebracht, nicht eine einzige. Aus. Vorbei.«

»Nicht doch. Wie sollen Sie denn auch unter diesen Umständen schreiben? Sie liegen im Bett, sind krank. Erst müssen Sie wieder gesund werden und dann, Sie werden sehen, dann werden Sie wieder Kurzgeschichten schreiben, ein Drama, oder besser noch: einen Roman. Ja, dann schreiben Sie Ihren ersten Roman und der wird ein Riesenerfolg. Dafür werde ich persönlich sorgen.«

»Sollte ich tatsächlich in ein paar Wochen wieder dazu in der Lage sein, dieses verfluchte Bett zu verlassen, auf meinen eigenen Beinen zu stehen und mit dem Zug nach Hamburg zurückzufahren, dann, ja, dann werde ich mit hundertprozentiger Sicherheit keine einzige Kurzgeschichte, kein einziges Drama und erst recht keinen Roman schreiben.«

»Aber …« Der Mund des Verlegers steht offen. Entsetzt starrt er den Kranken an. Der fährt ungerührt fort: »Ja, wenn ich zurück in meinem geliebten Hamburg bin, begrüße ich als Erstes natürlich meine geliebten Eltern.

Aber als Zweites, das ist so sicher wie das Amen in der Kirche, als Zweites gehe ich zu Gmelin und bitte ihn um eine Rolle. Um eine kleine zunächst, natürlich. Aber in ein paar Monaten, da werde ich …«

Erschöpft sinkt er in sein Kissen zurück. Mit der Mattigkeit weicht auch die Begeisterung. Aus seinem Gesicht, aus seiner Stimme. »Aber was sollen die Träume, nichts als Fantasiegespinste, Produkte eines überhitzten, kranken Hirns.« Er dreht den Kopf weg. Der Verleger soll nicht sehen, dass er den Tränen nah ist.

Doch Henry Goverts ist mit etwas ganz anderem als Mitleid beschäftigt. Sein Körper ist bis in die letzte Faser angespannt, so sehr nimmt ihn dieses Andere in Anspruch. Er sagt und zwar sehr laut, ja, fast brüllt er es: »Aber warum, um Himmels willen, wollen Sie denn nicht mehr schreiben, Herr Borchert? Sie sind begabt, sehr sogar.«

Der Kranke starrt noch immer in die entgegengesetzte Richtung. Der Verleger atmet tief durch, wartet, überlegt und sagt dann in schmeichelndem Tonfall: »Lieber Herr Borchert, die Welt wartet darauf, neue Werke von Ihnen zu lesen zu bekommen. Ich bin mir sicher, auch hier in der Schweiz könnten Sie eine begeisterte Leserschaft finden. Sie müssten sich nur an die richtigen Themen heranwagen. Und Romane laufen immer gut, gute Romane, versteht sich. So etwas wie ›Vom Winde verweht‹. Einen Riesenerfolg hatte ich vor zehn Jahren mit dem übersetzten Werk. Oder ein zweiter ›Moby Dick‹. Das würde richtig gut zu Ihnen passen.«

Der Kranke wirft dem Verleger einen eisigen Blick zu. »Haben Sie eine Zeile von dem gelesen, was ich bisher geschrieben habe, Herr Goverts?«

»Was soll diese seltsame Frage, Herr Borchert? Natürlich. Ich habe natürlich alles von Ihnen gelesen, dessen ich bisher habhaft werden konnte. Alles, was mir der von mir sehr geschätzte Kollege Rowohlt von Ihnen bei ihm Gedruckten hat zukommen lassen. Sie haben sich in den vergangenen zwei Jahren ja förmlich die Seele aus dem Leib geschrieben, lieber Herr Borchert. Wirklich bewundernswert. Aber ich bin mir sicher, ja, ich weiß es, Sie können noch ganz anderes leisten. Sie können einen ganz großen Roman schreiben. Mindestens fünfhundert Seiten sollte der haben. Ein richtiges Epos. Eines, von dem die Welt reden, ja, eines, das in die Geschichte der Weltliteratur eingehen wird.«

»Sie fantasieren, Herr Goverts. Weder werde ich jemals dazu in der Lage sein, ein solches Epos, wie Sie es sich von mir wünschen, damit Sie es in Ihrem Verlag drucken können, zu schreiben, noch *will* ich etwas Derartiges oder auch nur annähernd Ähnliches hervorbringen.«

»Aber warum denn nicht, lieber Herr Borchert?« Die Stimme des Verlegers klingt flehentlich, beschwörend. »Sie können es. Und Sie wollen es. Ich weiß es.«

Der Kranke schüttelt sehr langsam den Kopf, entgegnet nichts. Über so viel Unverständnis fehlen ihm die Worte, über einen solchen Mangel an Empathie. Eine ganze Weile betrachtet er den Verleger, der sich auf seinem Stuhl nach hinten gelehnt hat und sich von seinem Begeisterungsausbruch ganz offensichtlich erholen muss. Wie kann ein Mensch, dessen Beruf, dessen Berufung es ist, die Schöpfungen eines anderen der Öffentlichkeit zugänglich zu machen, so wenig Verständnis für dessen Gefühle aufbringen?

Schließlich setzt er doch an zu einer Erklärung. Er will es zumindest versuchen. Denn er muss sich den Verleger

Henry Goverts, auch wenn er ihn immer unsympathischer findet, warmhalten. Ohne seine Unterstützung ist er hier, hilflos und in der Fremde, verloren.

»Anfang des Jahres hatte ich tatsächlich vor, einen Roman zu schreiben.« Der Verleger horcht auf und lehnt sich gespannt nach vorne. Sein Oberkörper kommt dabei fast auf dem Bett des Kranken zu liegen. »Doch über eine grobe Skizze und ein paar Zeilen bin ich nicht hinausgekommen. Und dann habe ich das Projekt verworfen.«

»Aber …«

Der Kranke winkt ab. »Erzählungen, Kurzgeschichten kann ich schreiben. Da kommt in einem Schwall, fast wie beim Erbrechen, das Erlebte aus mir heraus. Und da liegt es dann, nach einem kurzen, schmerzhaften, qualvollen Akt vor mir. In einem Rausch habe ich meine Geschichten notiert, mein Vater hat alles sorgfältig abgetippt und fast Wort für Wort wurde es gedruckt. Einen Roman kann ich nicht auskotzen, denn über Wochen, Monate halte ich das nicht durch. Um einen Roman schreiben zu können, müsste ich all das, was unwillkürlich aus mir herauswill, zunächst einmal zurückhalten, bündeln, ordnen. Daran würde ich ersticken. Und heraus käme ein einziges großes Schweigen. Ein Nichts, denn der Autor wäre an seinem eigenen Werk zugrunde gegangen. Also bleibt mir nur das Ausspucken der kleinen Brocken. Verstehen Sie das, Herr Goverts?«

»Ja, aber das Drama …«

»Auch ausgespuckt, in weniger als einer Woche. Tag und Nacht habe ich geschrieben. Und danach war ich am Ende.«

Der Verleger schweigt. Erst jetzt bemerkt er die Haarsträhne, die sich vor geraumer Zeit verselbständigt und in seine Stirn gelegt hat. Zerstreut schiebt er sie an ihren

Platz zurück, lässt die Hand auf dem fast kahlen Schädel liegen und scheint sie dort zu vergessen. Dann zieht er sie plötzlich mit einem Ruck doch zurück und lässt sie energisch auf die Bettdecke niederfahren.

»Haben Sie die Skizze Ihres Romans mitgenommen, Herr Borchert? Haben Sie sie hier?« Nervös springt Henry Goverts vom Stuhl und beginnt im Zimmer auf und ab zu laufen.

»Ja, ich habe die Skizze und den Anfang des Textes mitgenommen. Aber ich werde es niemandem zeigen.«

»Auch nicht mir, lieber Herr Borchert?« Er steht vor dem Bett und wie zu Beginn seines Besuches tritt er wieder von einem Fuß auf den anderen. »Ich könnte Ihnen sagen, ob die Geschichte das Zeug hat, ganz groß rauszukommen. Ob sie Potential besitzt. Dass Sie schreiben können, das haben Sie mehr als genug unter Beweis gestellt. Jetzt kommt es auf die Idee an. Jetzt, wo es um das große Werk, um den Roman, um das Epos geht.«

Er gibt auf. Er hat sich bemüht, sehr sogar. Aber er muss einsehen, dass es keinen Sinn hat. Dieser Mann, auch wenn es sein Beruf ist, die Werke anderer zu verstehen, seines, ihn, wird er niemals verstehen. Aber warmhalten muss er ihn sich trotzdem. Sonst ist er am Ende, jetzt, schon jetzt. Und das wäre zu früh, denn …

»Vielleicht könnte ich Ihnen bald eine Liebesgeschichte liefern. Also keinen ›Moby Dick‹, sondern eher ein ›Vom Winde verweht‹. Eine zweite Scarlett O'Hara.«

»Das wäre ja ganz großartig. Ein Liebesroman. Aber mindestens fünfhundert Seiten, damit wir uns richtig verstehen. Abgemacht?« Der Verleger hält dem Schriftsteller die Hand hin. Der schlägt ein. Es ist ihm ganz egal, was er diesem Mann, der ihn nicht versteht, verspricht.

Hauptsache, er kümmert sich weiterhin darum, dass sein Spitalaufenthalt bezahlt werden kann.

»Ja, abgemacht, aber erst wenn ich wieder gesund bin. Vorher habe ich nicht die Kraft. Und bis dahin möchte ich sehr gerne weiter für Sie lektorieren, Herr Goverts. Damit ich zu etwas nütze bin und zu den Unkosten, die ich Ihnen verursache, wenigstens ein klein wenig beitragen kann.«

»Ja, natürlich, so machen wir es. Ich habe da auch schon jemanden an der Angel, einen ganz großen Fisch, ich muss nur noch einmal etwas nachhaken.«

Noch als Henry Goverts bereits das Spital verlassen hat und zu seinem Wagen läuft, reibt er sich zufrieden die Hände, während er leise den Text des Briefes vor sich hinmurmelt, den er Ernst Rowohlt nach Hamburg schreiben wird, sobald Wolfgang Borchert ihm seinen Roman ausgehändigt hat: »Lieber, sehr verehrter Herr Kollege. Mit großer Freude darf ich Ihnen heute mitteilen, dass der erste Roman des von uns beiden hochgeschätzten jungen Schriftstellers Wolfgang Borchert in meinem neugegründeten Verlag in Zürich erscheinen wird. Ich bin Ihnen zu tiefstem Dank verpflichtet, dass Sie dieses Talent so früh gefördert und dafür gesorgt haben, dass der vormals Schwerkranke zur Gesundung in die Schweiz verschickt wurde. Die Einnahmen, die ich durch den Verkauf des Romans, der ein Bestseller zu werden verspricht, erwirtschaften werde, entschädigen mich um ein Vielfaches für die Unkosten und Unannehmlichkeiten, die ich seinerzeit auf mich nehmen musste. Hochachtungsvoll, Ihr Dr. Henry Goverts.«

10

Einen Liebesroman schreiben? Das kann er sich nur schlecht vorstellen. Dann schon eher ein Liebesdrama, weil das eher seinen Interessen und Fähigkeiten entspricht. Aber noch viel lieber würde er wieder auf der Bühne stehen, in die Rolle eines Liebhabers aus einem Stück, das es zu Weltruhm brachte, schlüpfen und spielen. Ja, spielen, das ist sein Metier, das ist seine Berufung. Nicht schreiben. Das ist nur ein Ersatz, eine Notlösung.

Solche und ähnliche Gedanken gehen dem Kranken noch lange durch den Kopf, nachdem Henry Goverts wieder nach Zürich abgereist ist. Die lektorierten Manuskripte hat der Verleger mitgenommen. Jetzt ist er also arbeitslos, hoffentlich nicht lange. Er braucht unfertige Texte, um sich in sie hineinzugraben, um sich selber vergessen zu können. Je schlechter der Text, umso besser für ihn. Der Krell war viel zu gut, an dem konnte er sich nicht richtig abarbeiten, in dem konnte er sich nicht wirklich vergessen. Der Text eines Dilettanten, das wäre etwas. Jeden Satz könnte er auseinandernehmen und wieder neu zusammensetzen. Wie ein Chirurg mit dem Seziermesser würde er verfahren: Erst Schicht für Schicht freilegen, um dann fein säuberlich alles zu entfernen, was dem Organismus schadet. Dann käme die eigentliche, die spannende Arbeit: Die Lücken, die Hohlräume würde er füllen und zwar so kunstvoll und geschickt, dass am Schluss ein gelungenes Ganzes dastünde, von dem niemand mehr sagen könnte, wo er sein Messer angesetzt hat. Die Handschrift des Schöpfers würde durch seine Arbeit erst eigentlich entstehen. Ja, so oder so ähnlich stellt er sich das vor, Hauptsache, er bekommt ganz schnell wieder Arbeit.

Sonst wird er noch verrückt, in der Zwischenzeit. In der sie nicht da ist, in der er an sie denken muss. Und er nicht weiß, was sie über ihn denkt.

Er könnte schreiben. Das Gespräch eben mit Henry Goverts hat ihn an etwas erinnert. Zu Hause hat er auch geschrieben, krank, sehr krank sogar, im Bett liegend. Warum schreibt er hier nicht? Warum schreibt er nicht in diesem Bett, an diesem Ort, hier in einem Spital in der Schweiz? In einem Krankenhaus hat sein Schreiben ja auch angefangen, als er immer auf diese Perücke hatte starren müssen, diesen verhassten Nachbarn in seinem Zimmer. Da war es zum ersten Mal aus ihm herausgekommen. »Der Mann, der vor mir geht, war schon lange tot.« Das war sie, die Perücke, das war er, der Mann. »Warum muss sich die Perücke – ich will nun man den ganzen Mann so nennen, das ist einfacher – warum muss sie vor mir hergehen und leben, während junge Spatzen, die noch nichts vom Fliegen gewusst haben, sich aus der Dachrinne zu Tode stürzen?«

Im Elisabeth-Krankenhaus hatte er den Hundeblumenmann geboren. Und dann ging es in einem so fort, dann schrieb er eine nach der nächsten Geschichte. Und sein Vater las und tippte sie alle ab. Aber seine Mutter nicht. Die wollte den Hundeblumenmann nicht lesen, aus Angst. Vor der Geschichte. Vor *seiner* Angst.

Hier, in diesem Krankenhaus, hat er weder einen Vater, der ihm in seiner Arbeit hilft, noch hat er eine Mutter, die ihn in der Arbeit hemmt. Hier ist er mit seinem Schreiben ganz auf sich gestellt. Ist es das, was ihn davon abhält? Stoff hätte er mehr als genug. Die Nonne Placidia, wie er sie hasst. Mehr noch als er den Perückenmann gehasst hat. Da ließe sich eine Story drauf aufbauen, auf diesem Hass. Der würde ihn dort hin zurückführen, wo er schon einmal so abgrundtief gehasst hat, dass es ihn fast das Leben gekostet hätte. Und damit in die Hölle zurück. Und damit in die Angst zurück. Vor der ihn seine Mutter hatte schützen wollen, als es nichts mehr zu schützen gab. Denn er hatte sie bereits erlebt, überlebt. Und seitdem war sie in ihm und alles Nachträgliche, alle Versuche, die Angst zu vergessen, waren vergeblich. Und deshalb hatte sie rausgemusst. Damit sie ihn nicht ständig überfiel, so wie ein wildes, starkes Tier ein wehrloses, schwaches überfällt und tötet. Ja, sie hatte rausgemusst, gegen den Willen der Mutter. Und der Vater hatte sie ausgehalten, die Angst, hatte sie mit ihm geteilt, hatte sie mit ihm verarbeitet, in seinen Geschichten. Dieser Vater, er fehlt. Ja, er fehlt ihm so sehr, und das ist der Grund, warum er die schwarze Seele der Nonne Placidia nicht zum Anlass nimmt, eine neue Geschichte zu schreiben. Denn hier, in diesem Krankenhaus, wäre er allein mit seiner Angst.

In dieser Nacht schleicht sie sich wieder heran, wie ein böses, wildes Tier taucht sie plötzlich aus der Dunkelheit auf. Legt ihre kalten Klauen auf seine Schultern, auf seinen Bauch, auf sein Gesicht, auf seine Kehle, auf seinen Mund. Er kann nicht schreien, nicht um Hilfe schreien. Und wenn er es könnte, wenn er schriee, dann würde das wilde Tier tatsächlich erscheinen. Dann würde es an seinem Bett stehen und …

»Herr Wolfgang! Lieber Herr Wolfgang, wachen Sie auf!« Eine Hand auf seiner Stirn, warm und weich. »Wachen Sie bitte auf, lieber Herr Wolfgang. Alles ist gut, Sie haben geträumt. Es war alles nur ein böser Traum.«

Mina. Ihre Worte, ihre Hände. Er wagt es, die Augen zu öffnen. Sie sitzt an seinem Bett, lächelt. »Da sind wir ja wieder in der Wirklichkeit gelandet. Sehr schön. Guten Morgen, lieber Herr Wolfgang.«

»Aber Placidia, aber liebe Mina, aber sie wird Ihnen den Kopf abreißen.« Er stammelt und zittert am ganzen Leibe.

»Keine Angst, ganz ruhig.« Ihre warme Hand fährt langsam von seiner Stirn über sein Gesicht über seinen Hals bis zu seiner Brust. Dort bleibt sie liegen, leicht wie eine Feder. Mit jedem seiner schnellen, kurzen, ängstlichen Atemzüge hebt und senkt sie sich. Sanft, ganz sanft streicht sie über die Stelle, an der sich sein Herz befindet. »Ganz ruhig, lieber Herr Wolfgang. Placidia ist heute nicht da. Sie musste kurzfristig in einer dringenden Angelegenheit nach Ingenbohl zur Schwester Oberin. Und Schwester Gerbalda, der sie den Dienst übertragen hat, habe ich bestochen. Das funktioniert bei ihr immer. Mit Pralinen.« Sie zwinkert ihm zu. Ihre grünen Augen blitzen verschwörerisch. »Und Wein habe ich Ihnen auch wieder mitgebracht. Placidia hat mir die Geschichte gestern Abend haarklein aufgetischt und sich nachträglich noch so fürchterlich aufgeregt, dass ich dachte, sie würde einen Infarkt erleiden. Aber der Herr hat wohl noch seine Pläne mit ihr und sie ist uns erhalten geblieben.« Das Grün in ihren Augen beginnt zu funkeln. »Ja, die Wege des Herrn sind manchmal unergründlich, lieber Herr Wolfgang.«

Sein Atem geht wieder ruhiger, auch das Zittern hat aufgehört. Mina lässt ihre Hand noch einen Augenblick auf seiner Brust liegen, dann, ganz plötzlich, lacht sie, gibt ihm einen leichten Klaps auf die Wange und springt auf. »Ja, da hätte ich doch beinahe etwas vergessen!« Umständlich beginnt sie, in ihrem Rock zu kramen. »Wo habe ich es denn gleich? Ja, wo habe ich ihn denn hingesteckt?«

Er beobachtet sie neugierig, jede ihrer emsigen, quirligen Bewegungen. Und als sie endlich, nach einem langen theatralischen Auftritt, den er nicht besser hinbekommen hätte, einen kleinen Zettel hervorzieht, klatscht er in die Hände. Wie ein Kind, vollgepackt mit Spannung und Vorfreude auf das anstehende, lang herbeigesehnte Ereignis. Und als ob es der Spannung noch nicht genug wäre, behält Mina den zusammengefalteten Zettel in der Hand, dreht und wendet ihn ein paar Mal hin und her und säuselt dabei: »Na, von wem der wohl sein mag. Na, von wem der wohl sein mag.« Jetzt hält er es nicht mehr aus. Mit einem Ruck setzt er sich im Bett auf, greift nach dem Zettel und – Mina wehrt sich nur schwach – reißt ihn ihr förmlich aus den Händen. »Entschuldigen Sie bitte, Mina, aber ich halte das jetzt nicht mehr aus.« Schon hat er den Zettel auseinandergefaltet und beginnt zu lesen. Leise, für sich. Was Mina gar nicht gefällt, immerhin ist sie die Überbringerin der Botschaft. Weil die Nonne aber Zurückhaltung und Disziplin gelernt hat, protestiert sie nicht. Der Lesende spürt ihre Anspannung, lächelt und setzt seine Lektüre laut fort. Nachdem er sicher ist, dass sie sich auch für die Ohren einer Nonne eignet.

»Ich habe mich bei meinem letzten Besuch ziemlich dämlich benommen. Das tut mir leid. Aber ich bin nun mal der direkte Typ und manchmal geht es mit mir durch.«

»Was geht mit wem durch? Wolfgang, so kann ich das nicht verstehen? Fang noch mal von vorne an.«

Er lacht, lauthals. Da steht die Nonne Mina von der Pforte neben seinem Bett und platzt vor Neugier. Und vergisst vor lauter Aufregung wieder das gestelzte ›Herr‹

in ihrer Anrede. »Ach, das ist gar nicht so spannend, liebe Mina. Es lohnt sich nicht, dass ich den Anfang noch mal lese.«

»Und ob sich das lohnt. Jetzt will ich auch alles hören.«

Und dann liest er ihr den ganzen Brief vor. Nelly entschuldigt sich für ihr schlechtes Benehmen bei ihrem letzten Besuch. Und er liest aus jeder Zeile die Mutter und den Vater heraus, die ihr dieses gute Benehmen beigebracht haben. Gegen das sie sich wehrt, gegen das sie aufbegehrt. Und dann auch wieder nicht und dann genau das reproduziert, was ihr beigebracht wurde. »Das nächste Mal werde ich mich darum bemühen, dir eine angenehme Besucherin zu sein, mit der du dir die Zeit ein wenig vertreiben kannst.« Wie schön zweideutig sie das formuliert hat! Mina nickt eifrig mit dem Kopf und meint, das Mädchen komme offensichtlich aus einem sehr guten Elternhaus, in dem es eine sehr gute Erziehung genossen habe.

Heute ist sein Glückstag: Placidia ist weit weg – wo dieses Ingenbohl liegt, weiß er nicht, aber er wünscht sich, es läge am anderen Ende der Welt –, Mina besucht ihn schon am frühen Morgen, bringt neuen Wein, gute Laune und einen wunderbar zweideutigen Brief von ihr mit. Und das Beste kommt erst noch, denn sie wird ihn heute besuchen. Sie hat es zwar nicht versprochen, sie schreibt es auch nicht in ihrem Brief. Aber er weiß es, er spürt es, dass sie heute kommt. Und auch, dass er sie heute kriegt, denn er ist gerüstet und stark genug für den Kampf mit ihr.

11

Der Vormittag, er zieht sich wie ein Kaugummi, ein besonders großer, den man sich durchgelutscht und ausgekaut zwischen die Schneidezähne klemmt, um ihn dann mit Bedacht und Kunstfertigkeit sehr langsam lang und immer länger zu ziehen. Und dabei aufpasst, dass er nicht etwa zu dünn wird und reißt. Bis zwischen Mund und Fingerspitzen ein Seidenkaugummifaden hängt, so hauchdünn, dass ihn ein Windzug, und sei es noch so ein feiner, in einer Millisekunde zum Zerreißen brächte.

Zum Zerreißen angespannt sind seine Nerven am Mittag. Schwester Gerbalda hat gerade das Mittagessen abgeräumt, von dem er, obwohl er sich vorgenommen hatte, alles zu essen, nur ein paar wenige Happen herunterbekommen hat. Da geht das große Fragen los in seinem Kopf: Wann endet ihre Schule? Muss sie vorher noch nach Hause zum Mittagessen? Wie weit ist ihr Weg? Wo wohnt sie überhaupt? Hat sie noch Aufgaben zu erledigen? Muss sie der Mutter im Haushalt helfen? Geht sie noch eine Runde mit dem Hund spazieren? Hat sie vielleicht auch eine Katze, um die sie sich kümmern muss? Und der Bruder? Ja, was ist mit dem großen Bruder, der es den Eltern immer recht macht? Passt er vielleicht auf seine kleine Schwester auf? Folgt er ihr vielleicht zum Spital? Lässt er sich vielleicht nicht abschütteln und kommt am Ende noch mit in sein Zimmer?

Gegen vier dämmert es bereits. Draußen hat es wieder zu regnen begonnen. Er sieht, wie die dicken Tropfen auf die Blätter der Platane im Park fallen. Was dann mit ihnen geschieht, bleibt ihm verborgen, denn tiefer kann er nicht schauen. Von seinem Bett erkennt er nur den wolkenverhangenen Himmel, die Baumkronen, einen Teil ihrer Stämme und dann ist es aus. Was sich weiter unten, was sich auf der vermeintlich darunter liegenden Wiese abspielt, das weiß er nicht. Wie er so vieles nicht weiß. All die Fragen, die ein Vormittag, ein Mittag, ein Nachmittag aufwerfen können, dass es wieder einen Vormittag, einen Mittag und einen Nachmittag in Anspruch nähme, damit sie sie beantworten könnte. Mindestens. Denn erst einmal müsste er ihr die Fragen ja überhaupt stellen.

Um fünf ist es dunkel. Draußen. In seinem Zimmer. In ihm. Der Wind rüttelt an den Fensterläden. Der Regen rauscht über die Fensterscheiben. Schön blank wäscht der Regen die Fenster. Immer wieder denkt er das. Er kann nichts anderes mehr denken. Denn seine Nerven, sie liegen mittlerweile so blank, wie der Regen die Spitalscheiben wäscht. Mit dem Unterschied, dass die Scheiben morgen früh in der Sonne erstrahlen, während seine Nervenstränge daliegen werden. Zerrissen wie ein feiner, seidener Kaugummifaden, den man zu sehr in die Länge gezogen hat.

Um halb sechs trommelt der Regen gegen seine Scheiben. Gleich zerbersten sie, seine Scheiben, seine Nerven. Als sie an seinem Bett steht, hört er das Trommeln immer noch. Ihre Begrüßung nimmt er als Donnerschlag wahr. Das plötzlich aufflammende Licht als den darauffolgenden Blitz.

»Mann, ich dachte schon, du bist tot. Einen riesigen Schrecken habe ich bekommen. Liegst hier im Stockdunkeln und hörst mich nicht. Mann, Mann.«

Wie ein Geist starrt er sie an, zu Tode erschreckt, sekundenlang. Und sie starrt zurück. Fängt sich aber schnell wieder. »Mann, ist ja gut, beruhig dich. Ich habe mich nur erschreckt. Und du dich ganz offensichtlich auch. Ist ja nichts passiert.« Sie setzt sich. Der nasse Mantel tropft, unter dem Stuhl formt sich ein kleiner See. Ihre nassen Haare tropfen auch, auf seiner Bettdecke bildet sich ein großer dunkler Fleck. »Meine Mutter wollte mich nicht gehen lassen. Selbst den Hund schicke sie bei einem solchen Wetter nicht vor die Tür, hat sie gesagt. Und da werde ich meine Nelly erst recht nicht fortschicken. Du schickst mich ja nicht fort, Mutter, habe ich geantwortet, ich gehe freiwillig. Und dann kam auch noch mein Bruder. Das ist doch nicht dein Ernst, hat der gemeint, was findest du denn an diesem deutschen Schriftsteller, dass du freiwillig bei dem Wetter bis ins Spital läufst. Und dabei hat er mich angeguckt, als sei ich verrückt. Zum Glück war Papa nicht da. Der hätte mich nicht gehen lassen. Der hätte mich festgehalten und zur Not in mein Zimmer gesperrt. Ich habe einfach ganz schnell den Zibo gepackt und gesagt, der wolle selbst bei dem Wetter vor die Tür und dann war ich weg. Mit Zibo. Und jetzt bin ich hier.«

»Und wo ist Zibo?«

»Unten, am Empfang. Ich durfte ihn nicht mit hochbringen.«

»Ach so. Klar.«

Sie sehen sich an, einfach nur so. Als wenn es nichts Normaleres und Natürlicheres gäbe, als dass sie pudelnass bis auf die Knochen an seinem Bett sitzt und seine Decke volltropft, während Zibo unten am Empfang wartet.

»Wer ist Zibo eigentlich?«

»Ach so, das weißt du ja noch gar nicht. Zibo ist mein Hündchen. Er ist sehr drollig. Du wirst ihn sofort liebhaben, wenn du ihn erst einmal kennenlernst. Er hat auch ein paar Unartigkeiten, manche mögen es zum Beispiel nicht, wenn er sie zur Begrüßung anspringt oder, wenn sie ihn streicheln, auf den Mund küsst, was ziemlich nass ist, aber sonst ist er sehr artig. Und hört aufs Wort. Bei mir zumindest.«

»Wie groß ist Zibo?«

»Warum fragst du?«

»Na ja, wenn er sehr klein wäre, dann könntest du ihn doch beispielsweise in einer Tasche verstecken und mit zu mir hochbringen. Ich liebe ihn jetzt schon, nach dem, was du mir von ihm erzählt hast. Und ich freue mich jetzt schon auf seinen feuchten Begrüßungskuss. Meine Katze hat mich auch oft geküsst. Und ich sie.«

»Wie heißt deine Katze?«

»Na ja, sie hat viele Namen, aber am liebsten nenne ich sie ›mein Muschi-Steert‹.«

»Muschi-Steert. Klingt lustig.«

»Ist Plattdeutsch. Steert heißt so viel wie Schwanz.«

»Okay. So viel wie. Ich glaube Muschi-Steert und Zibo würden sich gut verstehen.«

»Und zur Begrüßung küssen. Ganz feucht.«

»Mag sein. Ja.«

Sie küsst ihn. Flüchtig. Auf den Mund.

»Das war nicht feucht.«

»Schön. Dann eben noch feucht.«

Wieder legt sie ihren Mund auf seinen. Schnell schlingt er seinen rechten Arm um ihren Nacken. Und noch schneller zieht er ihn wieder zurück. Sie mag keine Kletten. Aber gegen feuchte Küsse scheint sie nichts zu haben. Eher viel dafür. Als er die Augen wieder öffnet, löst sie ihre Hand hinter seinem Nacken.

»Ich habe dich mal lieber festgehalten, damit du mir nicht wegläufst. Aus Angst oder so.«

»Sehr lustig. Selten so gelacht.«

»Ich dachte, du verstehst Spaß.«

»Versteh ich auch. Nur nicht, wenn es um dieses verdammte Im-Bett-Liegen geht. Nichts kann ich tun, rein gar nichts.«

»War das gerade etwa nichts? Ich finde, für den Anfang war das schon ganz schön viel.«

»Ja, für den Anfang, da gebe ich dir recht. Aber damit wirst du nicht lange zufrieden sein. Mit diesem Anfang.«

»Ach, da mach dir mal keine Sorgen. Ich bin keine von der schnellen Sorte. Ich lerne einen Mann erst mal gerne richtig kennen. Und dein Bett hat doch auch Vorteile. Es sieht sehr bequem aus.«

»Noch mal selten so gelacht.«

Erst jetzt zieht sie ihren Mantel aus. Hängt ihn über die untere Bettkante. Genau wie Henry Goverts am Vormittag. Nur mit viel mehr Schwung.

»Ein Kleiderständer fehlt hier im Zimmer. Ich werde die graue Eminenz darauf hinweisen. Da hat sie wenigstens mal eine richtige Aufgabe. Wo ist sie heute eigentlich? Normalerweise schleicht sie doch über den Flur, fängt einen ab, notiert Name und Uhrzeit. Um dann in ihrer dunklen Kammer zu verschwinden und Buch zu führen über die Damenbesuche des Patienten Borchert. Vorgestern hat sie mich doch tatsächlich nach meinem Alter gefragt. Weißt du, was ich ihr geantwortet habe?«

Er schüttelt den Kopf.

»Ich habe ihr geantwortet, ich sei gerade sechzehn geworden, für mein Alter aber schon sehr weit entwickelt. Und dabei habe ich hübsch mit den Wimpern geklimpert und ein wenig mit den Hüften gewedelt. So in etwa.« Sie wirft die Arme in die Luft und führt eine Art Bauchtanz auf, wobei die rot-weiß-gestreifte Bluse aus ihrem Hosenbund rutscht. Er erhascht einen flüchtigen Einblick: Ihre Haut ist hell, sehr hell und kontrastiert mit den braunen Haaren, die, immer noch feucht, im Schein der Zimmerlampe sehr dunkel glänzen.

»Das hast du nicht getan, Nelly. Das glaube ich nicht. Niemals hätte dich Placidia zu mir hereingelassen. Sie hätte dich schnurstracks nach Hause zurückgeschickt.«

»Und ob ich das habe. Und sie wollte mich auch nicht reinlassen. Dann habe ich ihr aber gedroht, ich würde meine Tante, Frau Doktor Elsa Rudin, darüber unterrichten, dass sie mir den Zugang zu dem Patienten verweigere, den ich auf ihr Geheiß besuchen solle. Und dann war sie plötzlich ganz zahm, ist abgezogen in ihre Zelle.«

»Du solltest etwas vorsichtiger sein im Umgang mit der Plage, Nelly. Du weißt ja gar nicht, wozu die so fähig ist. Gestern hätte sie mich fast mit der Bibel hier« – er weist auf das dicke, schwere Buch auf seinem Nachttisch – »erschlagen.«

»Wie bitte? So was nennt sich Körperverletzung. Der werde ich das nächste Mal ein paar Takte erzählen. Oder besser noch: Ich werde ihren Vorgesetzten darüber unterrichten, dass sie Patienten misshandelt.«

»Placidia hat keinen Vorgesetzten, sondern eine Vorgesetzte. Und bei ihr, der Oberin der Barmherzigen Schwestern vom Heiligen Kreuz, ist sie heute in Ingenbohl zu einer dringenden Unterredung. Wahrscheinlich holt sie sich da die Absolution für alles Weitere, was sie mir antun will. Sie ist nämlich nicht nur eine radikale erzkatholische Nonne, sondern auch noch eine überzeugte Verfechterin schlimmster pädagogischer Maßnahmen.«

»Hör auf, Wolfgang. Das klingt ja richtig gruselig.«

»Ist es auch. Gruseliger als Frankenstein. Wenn ich nachts wach im Bett liege und nicht schlafen kann, muss ich nicht nur Angst vor meinen eigenen Monstern haben, sondern auch noch vor der grauen Eminenz, die vor der Tür hin und her schleicht und sich jeden Moment über mich hermachen könnte. Der Name passt übrigens noch besser zu ihr als ›die Plage‹.«

»Du hast ja echt eine blühende Fantasie. Die sagt meine Mutter mir sonst nach. Aber an dich komme ich längst nicht heran.«

»Das hat nichts mit Fantasie zu tun. Das ist die grausame Wirklichkeit.«

»Die Monster? Du bist doch kein Kind mehr, das nachts Angst hat, weil die gruseligen Tiere oder Unholde jeden Moment unter seinem Bett hervorspringen könnten.«

»Mit Monstern meine ich natürlich keine kindlichen Hirngespinste. Damit meine ich etwas anderes.«

»Aha.« Sie verdreht die Augen. »Ja, ich höre, wie sehen deine Monster aus? Du weißt, ich rede gern …«

»… Klartext, ja, Nelly. Aber manchmal ist das gar nicht so einfach. Und in dem Fall ganz besonders nicht. Weißt du was, lass uns das Thema einfach vergessen und über etwas anderes reden.«

»Gut, wenn du willst. Aber Placidia werde ich mir trotzdem vorknöpfen. Wenn du schon genug eigene Monster hast, die du in Schach halten musst.« Sie steht auf, läuft eine Runde durchs Zimmer. »Stell ich mir schrecklich vor, immer nur so im Bett zu liegen. Da würde ich echt durchdrehen. Meinst du vielleicht das mit den Monstern?«

Er schüttelt den Kopf. Sie zuckt die Achseln. »Naja, wenn du nicht drüber reden willst. Vielleicht ein andermal. Oder gar nicht. Ich bin ja schließlich nicht deine Therapeutin.«

Er lacht verlegen und murmelt etwas wie: »Das wäre ja auch noch schöner.« Sie fragt: »Was hast du gesagt?« Er antwortet: »Nichts.« Sie: »Mensch, du kannst echt anstrengend sein. Ständig muss ich dir alles aus der Nase ziehen.« Er: »Nein. Musst du nicht. Nur muss ich dir ja nicht alles direkt auf die Nase binden.« Sie: »Hast du was gegen meine Nase?« Er: »Überhaupt nichts. Ich finde sie sogar sehr schön.« Sie: »Du lügst.« Er schüttelt den Kopf. »Und ob du lügst. Noch niemand hat gesagt, dass ihm meine Nase gefällt. Noch nicht einmal Christoph.« »Wer ist Christoph?« »Ein Freund.« »Was für ein Freund?« »Halt ein Freund.« »Boyfriend or just friend?« »Oh, he speaks English, how nice.« »Klartext, Nelly.« »Manchmal ist das gar nicht so einfach, Wolfgang.« »Gut, ich gebe mich geschlagen. Und eigentlich interessiert es mich auch gar nicht, wer oder was dieser Christoph für dich ist.« »Und ob es dich interessiert.« »Na, und wenn schon, du willst es mir ja nicht sagen. Also Schluss damit, reden wir über etwas anderes.« »Das hatten wir schon.« »Was?« »Dass wir über etwas anderes reden wollten. Du wiederholst dich, Wolfgang.« »Du wiederholst mich, Nelly.« »Stimmt.« »Dann sind wir ja quitt.« »Ja, dann sind wir quitt.«

Das nachfolgende Schweigen legt sich wie ein kühlender Schleier über die erhitzten Gemüter. Nelly steht am Fußende des Bettes und betrachtet aufmerksam die Herbstastern in der Vase. Sie steckt ihre Nase hinein und zieht geräuschvoll ihren Duft ein. »Du musst ja eine treue Verehrerin haben. Immer frische Blumen«, sagt sie schließlich in die Stille hinein. Er lächelt. Wenn er nicht weiß, wer Christoph ist, dann wird sie auch nicht erfahren, wer seine vermeintliche Verehrerin ist. »Ja, schön, nicht wahr. Und nicht nur Blumen bringt sie mir mit. Auch Wein.« Er greift nach der

Flasche, die er wieder hinter dem Kleebild versteckt hat. »Möchtest du ein Schlückchen kosten, Nelly?«

Sie rümpft die Nase. »Wein von deiner Verehrerin? Nein, danke. Den trink mal lieber mit ihr, wenn sie dich wieder besuchen kommt.« Die Blumen lässt sie jetzt links liegen und wendet sich den Bildern auf der Heizung am Fenster zu.

»Willst du gar nicht wissen, wie sie heißt?«

»Nein. Will ich nicht. Interessiert mich nicht.«

»Und ob es dich interessiert, Nelly.«

»Du wiederholst mich, Wolfgang.«

»Das hatten wir schon.«

»Und quitt sind wir auch wieder.«

Erst treffen sich ihre Blicke, dann brechen sie gleichzeitig in schallendes Gelächter aus. Sofort stöhnt er auf. Um wieder in ihr Gelächter einzustimmen. Und zu stöhnen. Und zu lachen. So geht das eine ganze Weile hin und her, bis er sich schließlich erschöpft die Tränen aus den Augenwinkeln wischt und laut zischend ausatmet.

»Du hörst dich an wie eine alte Dampflok, die gleich den Geist aufgibt«, bringt sie – immer noch lachend – mühsam hervor.

»Das kommt daher, weil ich schon ziemlich lange nicht mehr so gelacht habe. Ich kann mich, ehrlich gesagt, gar nicht daran erinnern, wann das war. Aber es muss mindestens eine Ewigkeit her sein.«

»Ich lache viel. Bei mir vergeht kein Tag, an dem ich nicht mindestens einmal so lache, wie gerade eben. René nervt das.«

»Wer ist jetzt, bitte schön, René? Another boyfriend?«

Sie verdreht die Augen. »Nein. René. So heißt mein Bruder.«

»Und warum nervt ihn dein wunderschönes Lachen?«

Wieder verdreht sie die Augen. Streckt ihm außerdem die Zunge entgegen. Um dann betont gelangweilt zu antworten: »Erstens, weil er oft das Gefühl hat, ich würde über ihn lachen und zweitens, weil er selber überhaupt nicht lachen kann. Ja, tatsächlich, wenn ich so drüber dachdenke, habe ich ihn noch nie wirklich lachen hören. Vielleicht mal so ein leises ›Hihi‹, wie ein verschämtes Mädchen oder ein aufgesetztes ›Hoho‹, wie es der Weihnachtsmann von sich gibt, um die kleinen Kinder zu erschrecken. Grässlich. Der kann einfach nicht aus sich heraus, mein Bruder.«

»Du scheinst ihn nicht besonders zu mögen. Ich wäre froh, wenn ich Geschwister hätte.«

»Da hast du nichts verpasst. Und außerdem bist du als Einzelkind von deinen Eltern sicher ordentlich verwöhnt worden.«

Er legt die hohe Stirn in Falten. Denkt nach. »So habe ich das noch nie betrachtet. Ja, verwöhnt haben sie mich sicher. Und das, obwohl sie's oft nicht einfach hatten mit mir. Ich konnte nämlich ziemlich aufmüpfig sein. Und widerborstig. Genau wie du.«

»Widerborstig? Wie kommst du denn darauf? Ich bin lammfromm.« Sie blökt leise. Es klingt sehr echt. »Na ja, zumindest, wenn es drauf ankommt. Dann kann ich es sein.«

»Du meinst, wenn du etwas bei deinen Eltern erreichen willst.«

»So in etwa. Vor allem beim Papa. Den kann ich richtiggehend um den kleinen Finger wickeln, wenn es sein muss. Darüber kann sich René dann tierisch aufregen.«

»Kann ich mir gut vorstellen, so eine kleine, nervige Schwester.«

»Hör mal, werde nicht frech. Erstens bin ich nicht mehr klein und zweitens ist René nervig. Nicht ich.«

»Das ist alles eine Frage der Perspektive.«

»Klar, Perspektive. Womit wir endlich beim Thema wären. Von der hat Klee nämlich gar nichts verstanden. Die scheint für ihn geradezu ein Fremdwort gewesen zu sein.«

»Da muss ich dir widersprechen, Nelly. Klees Bilder enthalten sehr wohl eine Perspektive.«

»Aha, da bin ich jetzt aber gespannt. Zeig mir hier in diesem Zimmer bitte ein Bild, auf dem die Perspektive stimmt.«

»Das maße ich mir nicht an, darüber zu urteilen, wo die Perspektive in einem Kleebild stimmt oder nicht. Ich kann lediglich versuchen, seine Perspektive nachzuvollziehen, zu verstehen.«

»Blabla, so ein Intellektuellengerede. Man merkt, dass du Schriftsteller bist.«

»Ich bin kein Intellektueller. Ich habe noch nicht einmal einen ordentlichen Schulabschluss.«

»Trotzdem redest du wie einer.«

»Dann rede ich eben so. Willst du jetzt meine Meinung hören oder nicht? Du hast mich doch danach gefragt.«

Sie verschränkt die Arme vor der Brust. »Ich höre.«

»Für mich geht es darum zu verstehen, was der Maler über den Gegenstand weiß, den er abzubilden versucht. Und wie er dieses Wissen in die Abbildung hineinnimmt.«

Sie runzelt die Stirn und schiebt die Unterlippe vor. »Versteh ich nicht. Was meinst du mit ›wissen‹? Ein Maler ist kein Wissenschaftler. Er ist Künstler. Das ist doch etwas ganz anderes.«

»Das ist es meiner Meinung nach nicht. Nur die Herangehensweise an einen Gegenstand, der einen interessiert, ist unterschiedlich. Der Künstler geht eher intuitiv vor, für ihn zählt seine subjektive Wahrheit, der Wissenschaftler setzt Methoden ein, er bemüht sich um eine Wahrheit, die andere objektiv nachvollziehen können. Aber beide zielen darauf ab, ihren Gegenstand besser zu verstehen, etwas über ihn zu wissen. Wissen kann man nicht nur mit dem Kopf. Man kann es auch mit dem Herzen.«

Ihre Gesichtszüge entspannen sich zunehmend. »Hört sich nicht ganz falsch an.«

Er lächelt, fährt fort: »Wenn du zum Beispiel den Klee dort drüben nimmst. Ich nenne ihn ›das Pferdebett‹. Als Klee das Bild gemalt hat, wusste er, dass er sehr bald sterben würde. Er malte sein Sterbebett in Form eines minimalistisch dargestellten Pferdes. Das in Begriff ist, aus einem See zu trinken, der allein durch einen Strich gekennzeichnet ist. Reduktion auf das Allerwesentlichste. So ist das vor dem Tod. Die Perspektive schrumpft auf genau das zusammen.«

Sie nickt. Erst vorsichtig, dann begeistert. »Wenn du das mit Perspektive meinst, gebe ich dir recht. Und Angst hatte er anscheinend nicht vor dem Tod. Das Pferdebett trägt ihn gut, frisches Wasser ist auch da. Und in der Natur ist es allemal am schönsten.« Sie schlägt sich vor die Stirn. »Oje, Zibo. Der sitzt ja immer noch unten. Die Nonne am Empfang hat gesagt, ich solle mich beeilen, sie könne Hunde nicht leiden. Hoffentlich hat Zibo sie nicht geküsst.« Schon hat sie ihren Mantel von der Bettkante gefischt und übergezogen. »Tschau, Wolfgang. Bis dann.«

Er ist stumm. Immer geht alles so schnell zum Schluss. Er kann sie doch nicht einfach so gehen lassen!

»Nelly!«

Sie steht schon an der Tür. »Was ist denn noch, Wolfgang?«

»Muschi-Steert und Zibo würden sich sicher auch zum Abschied küssen.«

Diesmal legt er seine Hand beim Küssen in ihren Nacken und lässt sie dort liegen, bis sie ihre Lippen von seinen löst. »Damit du mir nicht wieder so schnell davonläufst, Nelly.«

»Ich mag keine …« »… Kletten«, ergänzt er den Satz. »Ich weiß, Nelly, ich werde auch keine sein, versprochen. Nur ein wenig halten, das möchte ich dich. Nur ein ganz klein wenig.«

»In Ordnung, Wolfgang. Das darfst du. Aber wenn ich gehen will, dann lässt du mich los, einverstanden?«

Er nickt. Und dann geht sie.

12

Theoretisch weiß er es. Dass die Liebe nur gedeihen kann, wo sie frei ist. Genau wie Gedanken. Wenn sie wie starre, leblose Gebäude in der Landschaft herumstehen, die jemand nach Maßstäben und Vorgaben gebaut hat, die nicht die seinen sind, so wird nie irgendjemand in sie einziehen wollen. Ja, genau wie ein guter Gedanke, der andere dazu einlädt, sich in ihm einzurichten und an ihm weiterzubauen, genauso verhält es sich mit der Liebe. Platz und Raum muss es geben, um sich im Gebäude des anderen wohlfühlen und entfalten zu können. Und Rückzugsmöglichkeiten. Zu eng darf es auf keinen Fall sein.

Das ist die Theorie. Die Praxis hinkt ihr wie oft im Leben und hier und jetzt im Besonderen hinterher. Wo er doch selber kaum Platz und Raum hat sich wohlzufühlen! Geschweige denn sich zu entfalten.

Rückzugsmöglichkeiten? In der Toilette könnte er sich einschließen. Wenn ihn seine Beine denn einmal bis dorthin tragen würden. Der Abort also, möglicherweise. Oder der Gebetsraum, die Kapelle. Eine wunderbare Auswahl an Rückzugsmöglichkeiten steht ihm momentan zur Verfügung. Wie soll er da denn in der Lage sein, ihr einen solchen zu bieten, wenn er selber keinen wirklichen besitzt? Sie verlangt viel von ihm. Ob sie sich dessen bewusst ist?

Lange kann er nicht einschlafen. Spürt mal, wie sein Herz aufgeregt aber froh in seiner Brust schlägt. Und dann, wie es sich zusammenzieht und schmerzt. Er sehnt sich so sehr danach, sie einfach festhalten zu dürfen, sie nicht mehr loslassen zu müssen. Zu wissen, dass sie auf ihn wartet, bis er wieder gesund ist. Bis er ihr eine Liebe bieten kann, in der er sie nicht immer festhalten muss, sie loslassen kann. Aber jetzt, hier, so krank und elend matt, zwischen Leben und Tod, nein, jetzt und hier kann er das nicht leisten. Und muss es doch.

Placidia verhält sich am Morgen, als sie ihm das Frühstück bringt, überkorrekt und überfreundlich. Er ahnt nichts Gutes. Hinter der Fassade lauert das Untier. Er bemüht sich, selber überkorrekt und überfreundlich zu sein. Was ihm schwerfällt, weil er sich dabei spießig und falsch vorkommt. Beides Verhaltensweisen, die ihm zutiefst verhasst sind. Aber er muss diese Rolle ihr gegenüber spielen, denn sie wartet nur darauf, dass er sich einen Ausrutscher erlaubt. Dass sie einen Grund hat, das Untier hervorspringen und über ihn herfallen zu lassen.

Als sie endlich weg ist, zieht er als Erstes den Wein hinter dem Kleebild hervor. Er braucht ein besseres

Versteck. Wenn sie ihn beim Aufräumen am Mittag entdeckt, dann hat sie ihren Grund. Nur wohin mit der Flasche?

In seiner Verzweiflung lässt er sie schließlich unter der Bettdecke verschwinden. Legt sie dicht neben sein rechtes Bein und schlägt den Stoff fest darum. So. Placidia scheut sich sehr, seine Decke zu lüften, nur im Notfall ringt sie sich dazu durch. Das Waschen erledigt ein Pfleger, das Aufschütteln, selbst des Kissens, überlässt sie auch anderen, zum Beispiel Hedwig. Und die wird ihn nicht verraten.

Am späten Vormittag tritt das Mädchen in sein Zimmer. Sonst begrüßt sie ihn immer schüchtern und errötet dabei. Heute schüttelt sie sein Bett auf und strahlt von innen heraus. Und dieses Strahlen hat nichts damit zu tun, dass sie ihm ein Päckchen überreichen darf. Denn es geht immer weiter, ja, nimmt an Intensität sogar noch zu. Achtlos legt er das Päckchen zur Seite. Diese neue Hedwig irritiert ihn. Ihr Strahlen besitzt eine solche Kraft, dass er sich wie geblendet fühlt.

Überaus freundlich erkundigt sie sich nach seinem Befinden. Erst denkt er, sie befolge eine scharfe Instruktion Placidias. Doch die Herzlichkeit, die sie ihm gleichzeitig entgegenbringt, lässt ihn diesen Gedanken gleich wieder verwerfen. Nein, mit Hedwig ist etwas passiert. Etwas Gutes, Schönes. Für sie. Ob es auch gut und schön für ihn ist?

»Da kommt ja der Frühling persönlich zu mir ins Zimmer spaziert. Wunderhübsch bist du immer anzuschauen, Hedwig, aber heute weiß ich gar nicht, was ich sagen soll. Mir fehlen einfach die Worte.«

»Immer schmeichelst du mir, Wolfgang.«

»Du bekommst doch sicher von vielen Männern Komplimente, Hedwig.«

»Ehrlich gesagt: Nein. Und ich bin auch froh darüber. Ich möchte nur von einem Komplimente haben.«

»Und dieser eine macht sie dir gerne. Und er sagt immer die Wahrheit.«

»Woher weißt du das, Wolfgang? Kennst du ihn etwa?«

Zum ersten Mal fühlt er sich in ihrer Gegenwart klein. Und dumm. Er stottert: »Ja, sicher. Oder vielmehr: Nein, natürlich nicht. Aber ich hoffe, ich werde bald Gelegenheit haben, den Glücklichen kennenzulernen.«

»Leider wird das nicht möglich sein, Wolfgang. Er wohnt in Bern und arbeitet sehr viel. Den ganzen Tag schreibt er, aber verdient nur wenig. Und ich verdiene auch nur wenig und muss meiner Mutter von dem Wenigen noch Geld fürs Wohnen geben. Und weil die Zugfahrt teuer ist und keiner von uns ein Auto hat, sehen wir uns nur sehr selten. Bisher genau genommen erst zwei Mal, seitdem wir uns vor einem Jahr kennengelernt haben. Also insgesamt drei Mal. Aber er schreibt mir jeden Abend einen langen Brief. Und legt fast immer ein eigenes Gedicht dazu.«

»Jeden Abend sagst du? Ein Gedicht? Einen Brief? Und in dem macht er dir Komplimente?« Er lächelt, schüttelt den Kopf. »Ich wusste gar nicht, dass du so altertümlich bist, Hedwig.«

»Wenn ich seine Briefe und Gedichte lese, dann kribbelt es in meinem Bauch und ich bekomme eine Gänsehaut. Am ganzen Körper.«

Er nickt. »Jetzt verstehe ich.«

»Was verstehst du, Wolfgang?«

»Ach nichts.« Er winkt ab. Er versucht sich seine Enttäuschung nicht anmerken zu lassen.

»Du hast auch oft sehr schöne Worte zu mir gesagt, Wolfgang. Da hat es in meinem Bauch auch gekribbelt. Dafür wollte ich dir noch herzlich danken.«

»Bitte, bitte, Hedwig. Es kam immer von Herzen und war ganz ehrlich.«

»Ja, danke, Wolfgang, das habe ich gespürt.«

»Dann bleibt mir wohl nichts anderes, als dir viel Glück zu wünschen mit deinem Dichter. Du sagst, er arbeite sehr viel, sei aber arm. Daraus schließe ich, dass sich seine Bücher schlecht verkaufen, er ein unbekannter, vielleicht verkannter Dichter ist. Wie traurig. Von denen gibt es so viele, ja viel zu viele auf dieser Welt. Wie heißt er denn, vielleicht habe ich schon einmal von ihm gehört?«

»Er heißt Simon Abresch. Gedichte schreibt er aber nur abends für mich. Tagsüber muss er in Schönschrift Protokolle abschreiben oder mit der Maschine abtippen. Und die werden sicher niemals veröffentlicht, weil sie nicht für die Öffentlichkeit bestimmt sind. Simon arbeitet nämlich in der Gerichtsmedizin.«

»Das heißt, er muss den ganzen Tag so grausige Berichte abschreiben über Tote, die auseinandergeschnitten werden, damit man die Todesursache herausbekommt?«

»Ja, auseinandergeschnitten und wieder zusammengesetzt. Aber grausig findet Simon das nicht. Ihm gefällt seine Arbeit sogar, nur nicht, dass er dabei so wenig Geld verdient und dass er in Bern wohnt und ich nicht. Und deshalb will er sich auch jetzt auf eine andere Stelle bewerben. Hier in Basel. Vielleicht sogar am Claraspital. Hier werden auch immer Leute gebraucht, die mit der Maschine abtippen, was die Ärzte oder die Schwestern ganz unordentlich hingekritzelt haben. Krankenberichte, Sterbeprotokolle. Hoffentlich klappt es bald. Ich freue mich schon riesig darauf, wenn er mir seine Gedichte nicht mehr nur schreiben, sondern auch noch vorlesen kann.«

»Ihr liebt euch wohl sehr, ihr beiden.«

»Simon schreibt mir seit einem Jahr, dass er mich liebt. Vor ein paar Tagen erst habe ich ihm geschrieben, dass auch ich ihn liebe. Früher konnte ich es nicht, denn ich wusste noch nicht, wie sich Liebe anfühlt.« Da ist sie wieder. Die Röte, die ihr feines, helles Gesicht in eine wunderschöne Blüte verwandelt.

Als Hedwig die Rotweinflasche in seinem Schrank hinter dem Koffer versteckt und sein Zimmer verlassen hat, lässt er den Tränen freien Lauf. Sonst ist er nicht so nah am Wasser gebaut. Aber hier, jetzt, in der Fremde, allein und verlassen, überkommt es ihn. Wenn eine Liebe zu Ende geht, er von ihr Abschied nehmen muss. Denn der Abschied lässt den Tod spürbar werden. Wenn sich das Herz zusammenzieht und für einen Moment aufhört zu schlagen. Die Generation ohne Abschied. Gehört er noch zu ihr?

13

Der Inhalt des Päckchens lenkt ihn kurze Zeit später ab. Henry Goverts hat Wort gehalten und ihm ein neues Manuskript zugesandt. Den Zeilen des Verlegers entnimmt er, dass es sich um einen »primitiven« Bericht handle, den der junge Konstantin Graf zu Dohna, gerade aus russischer Kriegsgefangenschaft zurückgekehrt, über seine Erlebnisse im Osten abgefasst habe. Genau das, was er sich gewünscht hat: Die Arbeit eines Dilettanten.

Fast überliest er den letzten Abschnitt. Was dabei für ihn herausspringt, das ist ihm schon fast egal. Der Verleger schreibt von einem Coup, den er in finanzieller Hinsicht gelandet habe. Worin der besteht, hat er kurz nach dem Überfliegen der Zeilen schon wieder vergessen. Soll Henry Goverts doch seinen Coup landen. Hauptsache, er hat Arbeit und damit Ablenkung.

Das Mittagessen serviert ihm Placidia mit einer Miene, als hätte sie gerade eben vom Papst persönlich eine Bestätigung ihrer Allmacht erfahren: Der Triumph steht ihr förmlich ins Gesicht geschrieben, welcher, weiß er nicht, doch seine Vorahnungen nehmen langsam eine grauenvolle Gestalt an. Er atmet erleichtert auf, als er wieder allein ist. Schon ihre Anwesenheit lässt ihn mittlerweile an Erstickungsnot leiden.

Die Arbeit des jungen Grafen ist noch dilettantischer, als er nach den Hinweisen des Verlegers bereits angenommen hat. Nach einer halben Stunde steht für ihn fest, dass er es mit einem völlig unliterarischen Text zu tun hat. Was ihm sehr gefällt, weil er vor einer vollkommen neuen, anspruchsvollen Aufgabe steht, die ihn sehr fordern wird. Er muss einem schlecht geschriebenen Bericht, in dem es vor tendenziösen Bemerkungen nur so hagelt, eine Form verleihen, in der der unliterarische Charakter erhalten bleibt, das Ganze aber objektiver und leserfreundlich wird.

Henry Goverts hat ihm sogar ein kleines Schreibset mitgeschickt. Ein Rot- und ein Blaustift, ein Füllhalter mit Tinte, zwei neue Bleistifte. Das stellt eine mehr als ausreichende Auswahl an Utensilien dar, mit deren Hilfe ihm die Arbeit mit doppelter Freude und Leichtigkeit von der Hand gehen wird.

Also stürzt er sich in das Lektorieren. Und vergisst darüber alles andere. Denn das war seine Absicht. Jetzt muss er nicht mehr die grausam lange Zeit absitzen, bis sie endlich wiederkommt. Denn das wird sicher erst morgen sein. Wenn überhaupt. Sie braucht ja ihre Freiheit.

Erst als sie ihm auf die Schulter klopft, sieht er auf.

»Nelly!« Und dann: »Oh, je! Wie spät ist es denn?«

»Vier Uhr. Ich konnte heute etwas früher kommen. Die letzte Schulstunde ist ausgefallen und Mama ist mit Zibo rausgegangen. Deshalb konnte ich mich sofort auf den Weg zu dir machen.« Neugierig nimmt sie ein Blatt des Manuskripts auf und liest laut: »So sieht russische Humanität aus.« Sie hält inne, dann: »In einer Nacht starben 20–30 Mann.« Sie nimmt das Blatt zwischen zwei Fingerspitzen, hält es weit von sich und legt es aufs Bett zurück, als könnte sie sich an ihm mit einer tödlichen Krankheit infizieren. »Was machst du denn da, Wolfgang?«

Er hat es mittlerweile begriffen. Dass sie da ist. »Nelly, wie schön, dich zu sehen. Ich habe noch gar nicht mit dir gerechnet.«

»Das merke ich. Störe ich? Soll ich wieder gehen?«

»Nein, nein, du störst nicht. Nicht im Geringsten. Ganz und gar nicht.« Er ist verzweifelt.

»Gut. Dann sag mir endlich, was du da für eine Arbeit erledigst. Ich dachte, du seist krank und könntest nicht schreiben. Und jetzt sitzt du da zwischen tausend Papieren.«

»Erstens sind es nicht tausend, sondern nur fünfzig Papiere und zweitens schreibe ich nicht, sondern ich korrigiere, lektoriere. Das ist ein meilenweiter Unterschied.«

»Aber das hier hast doch du geschrieben, nicht wahr: ›In einer Nacht starben 20–30 Mann.‹ Das steht neben dem Getippten von Hand geschrieben in blauer Tinte.«

»Ja, das ist von mir, weil das andere nicht gut ist. Was der Autor geschrieben hat, ist viel zu privat und damit überflüssig. Auf den Leser wirkt viel stärker, wenn er hört, wie viel Mann in einer Nacht gestorben sind. Alles andere kann er sich nämlich selber denken, denn er besitzt Einbildungskraft und die will er spielen lassen. Sonst fühlt er sich bevormundet und hat ganz schnell keine Lust mehr zu lesen.«

»Aha. Das verstehe ich. Aber was ich nicht verstehe, Wolfgang: Warum machst du das? Meine Eltern bezahlen doch extra wöchentlich einen Betrag, damit du solche Arbeiten nicht mehr annehmen musst.« Ihre Stimme klingt sehr vorwurfsvoll. Und er weiß ihr nichts Wirkliches zu entgegnen, stammelt etwas von, dass er ihren Eltern sehr dankbar sei. Aber dass er eben eine Beschäftigung brauche, um nicht verrückt zu werden. Und dann setzt er plötzlich aufs Ganze: »Wenn du immer bei mir wärst, Nelly, dann bräuchte ich die Arbeit nicht. Dann hätte ich die sinnvollste Beschäftigung, die ich mir auf der Welt überhaupt vorstellen kann.«

»Und die wäre?«

»Na, eben …«

»Ja, bitte, es fällt dir nichts ein.«

»Doch, es fällt mir sogar sehr viel ein, nur kann ich es dir nicht sagen.«

»Oje, jetzt geht das schon wieder los. Warum bist du nur so kompliziert?«

»Bitte, wenn du es hören willst: Erstens: reden, reden und nochmals reden über Gott und die Welt. Wenn wir davon genug hätten, zweitens: Küssen, küssen und nochmals küssen, wovon wir sicher niemals genug bekommen, aber trotzdem zu drittens übergehen würden.«

»Dann ist ja gut, dass ich nicht immer bei dir sein kann.«

»Du hast mir übrigens noch keinen Begrüßungskuss gegeben.«

»Routine finde ich langweilig.«

»Von Routine sind wir, denke ich, noch weit entfernt.«

»Stimmt.« Sie beugt sich über ihn, küsst ihn, kurz aber leidenschaftlich.

Als er wieder zu Atem kommt, stößt er hervor: »Wir müssen ganz schnell zu drittens übergehen. Zu dumm, dass sich mein Bett nicht dafür eignet, auch wenn es noch so bequem ist. Aber Placidia würde mich sofort umbringen. Und dich dazu. Ich fürchte, sie schreckt demnächst vor gar nichts mehr zurück.«

»Ach, gerade eben war sie ganz brav. Die bösen Blicke natürlich nicht mitgerechnet. Aber die tun mir nicht weh.«

»Mir aber. Denn ich muss sie ständig ertragen.«

»Womit wir wieder beim Thema vom letzten Mal wären. Anstatt fremde Texte zu lektorieren, schreibe lieber etwas Eigenes. Eine Horrorstory à la Frankenstein. Die Nonnen, allen voran Placidia, liefern dir doch genug Stoff.«

»Aber …«

»Ja, ich weiß, die Monster. Haben sie heute Nacht wieder unter deinem Bett gelauert?«

Er schüttelt den Kopf.

»Na dann, vielleicht haben sie sich auf Nimmerwiedersehen von dir verabschiedet. Kann doch sein, dass sie Angst vor mir haben. Und ein bisschen was von mir bleibt ja nach jedem Besuch hier bei dir.«

Leise murmelt er ihren letzten Satz nach. Einmal, ein zweites Mal und ein drittes Mal. Jedes Mal mit einer anderen Betonung, einem anderen Rhythmus. Entgeistert hört sie ihm dabei zu, bis er fertig ist. »Du lenkst schon wieder ab, Wolfgang.«

»Ich bin eben Schauspieler, ich kann nicht anders. Wenn mir ein Wort gefällt, dann muss ich es drehen, wenden und einen Satz muss ich ausprobieren.«

»Schauspieler? Ich dachte du bist Schriftsteller?«

»Ja, auch, aber nur aus der Not heraus. Als ich zu krank zum Schauspielern wurde, habe ich mit dem Schreiben angefangen.«

»Gut. Du bist immer noch zu krank, um auf eine Bühne zu steigen. Also schreibe wieder.«

Er schweigt. Sie steht am Fußende des Bettes und fixiert ihn mit einem sehr strengen Blick. Dann, zögerlich: »Ich kann das nur, wenn du mir dabei hilfst, Nelly.«

»Was soll ich tun?«

»Bei mir sein.«

»Wenn du schreibst?«

»Am besten immer. Aber weil das nicht geht, zumindest danach, wenn ich fertig bin. Dann kann ich nicht allein sein, mit dem Text, mit den Gedanken, mit den Gefühlen. Dann musst du alles mit mir teilen. Dann und nur dann, könnte ich mir vorstellen, wieder zu schreiben.«

»Hört sich ganz schön aufwendig an. Aber einen Versuch wäre es auf alle Fälle wert. Hast du schon eine Idee?«

»Eine Idee? Tausend Ideen habe ich.«

»Dann schieß einfach los.« Sie zieht den Stuhl an sein Bett und setzt sich.

»Gib mir bitte deine Hand, Nelly. Dann geht es besser.«

»Du hast doch gerade erklärt, du bräuchtest meine Hilfe erst nach dem Schreiben.«

»Bitte!«

Sie legt ihre rechte Hand auf seine Decke. Er greift nach ihr, drückt sie, hält sie ganz fest.

»Kennst du Persil?«

»Du meinst das Waschmittel?«

»Ja, genau das.«

»Klar kenne ich das. Wer kennt das schon nicht? Und außerdem: Die neueste Werbung stammt von meinem Lehrer Donald Brun. Ich glaube, von dem habe ich dir schon erzählt.«

»Ist das der Lehrer, der sich darüber ärgert, weil er dich nicht mehr so formen kann, wie er will?«

»Ja, das hast du dir gut gemerkt. Aber sonst ist er echt klasse. Und seine Persilwerbung ist wirklich gut. Aber wie kommst du denn ausgerechnet auf Persil?«

»›Persil bleibt Persil.‹ So heißt der Slogan. Und so heißt auch der Titel eines Romans, den ich Anfang des Jahres zu schreiben begonnen habe.«

»Und? Worum geht es in dem Roman? Doch nicht etwa darum, wie Frauen auf Persil abfahren und ganz wild aufs Wäschewaschen sind?« Sie hält sich die freie Hand vor den Mund, unterdrückt ein Lachen.

»In dem Roman geht es darum, wie einer in das zerbombte Hamburg kommt. Ein Großteil der Stadt in Schutt und Asche. Darunter Menschen. Tausende toter Menschen. Das Leben geht weiter für diesen einen. Und wie das Leben mitten im Tod weitergeht, davon handelt der Roman.«

»Entschuldige bitte, Wolfgang, das habe ich nicht gewusst.«

»Wie solltest du auch. Der Titel hat ja auf den ersten Blick nichts mit dem Inhalt zu tun. Aber Persil ist eben wichtig, konkret und symbolisch. In einer meiner Kurzgeschichten kommt ein Häftling aus dem Gefängnis. Er trägt seine kleine Habe in einem Persilkarton unterm Arm. Er kommt nicht weit. Nach ein paar Schritten wird er überfahren. Von einem Wäschereiauto, das ›vielleicht eine Ladung persilgewaschener Wäsche an Bord hatte‹. Das Motiv wollte ich wieder aufnehmen.«

»Schreibst du nur so schwarze Storys?«

»Wenn du es so nennen willst, ja, wohl eher. Für meine Mutter habe ich allerdings einmal etwas Lustiges geschrieben. Sie mochte meine ›schwarzen Storys‹, wie du sie nennst, nicht besonders.«

»Für mich musst du nichts Lustiges schreiben. Mir ist das Schwarze lieber. Das ist näher am Leben. Und am Tod.«

»Gut, dann sind wir uns in dem Punkt schon einmal einig.«

»Ja, sicher, und in dem mit Persil auch. Die Idee finde ich nämlich echt klasse. Nur: wie kriegst du das denn mit den Trümmern und den Toten zusammen?«

»Ich sag doch: Das Projekt habe ich verworfen. Mit den Trümmern und den Toten habe ich aber andere, kürzere Geschichten geschrieben.«

»Was zum Beispiel?«

»Eine Geschichte heißt ›Nachts schlafen die Ratten doch‹. Ein Junge sitzt auf den Trümmern des Hauses, in dem er mit seiner Familie gelebt hat. Sein kleiner Bruder liegt tot unter den Trümmern. Der Junge bewacht ihn, damit die Ratten ihn nachts nicht fressen. Ein Mann kommt vorbei. Er hat einen Korb mit Futter für seine Kaninchen dabei. Er erklärt dem Jungen, dass Ratten nachts schlafen, er abends ruhig nach Hause zu seinen Eltern gehen könne und dass er ihm eines seiner Kaninchen schenken möchte.«

Er schweigt. Sie sieht ihn mit ihren dunklen Augen groß an. »Und? Wie geht die Geschichte aus? Bekommt der Junge das Kaninchen?«

»Das Ende ist offen. Der Mann geht und der Junge wartet auf ihn.«

»Kein Happy End?«

»Nein, kein Happy End. Aber es kann eine Zukunft geben.«

Sie hält sich wieder die freie Hand vor den Mund, kichert leise. »Oh, Wolfgang, entschuldige bitte. Ich weiß nicht, was heute mit mir los ist. Aber ich hatte gerade eben eine geniale Idee für einen Roman.«

Er sieht sie an, erwartungsvoll. Sie kichert wieder, hält dann abrupt inne und platzt heraus: »Nachts schlafen die Nonnen doch. Das ist der Titel. Und der Roman handelt von den schlimmen, schwarzen Nonnen, die den Kranken nachts in seinen Träumen quälen. Bis er aufwacht und erkennt, dass alles nur ein böser Traum war. Dass nachts die Nonnen doch schlafen. Na, wie findest du das?«

Er nickt. »Wirklich, Nelly, nicht schlecht. Vielleicht solltest du auch schreiben.«

»Quatsch. Du schreibst und ich male.«

»Ein Künstlerpaar. Ja, so wird es sein.«

»Was willst du damit sagen?«

»Ach, gar nichts.« Er winkt ab, sie springt auf. Er hält sie fest, sie löst mit einem Ruck ihre Hand aus seinem Griff.

»Autsch!«

»Es kann eine Zukunft geben, Nelly.«

»Wovon redest du?«

»Ich liebe dich.«

»Ich dich aber nicht.«

»Und die Küsse?«

»In welchem Jahrhundert lebst du denn?«

»Du hast Angst, Nelly Carmen Rudin.«

»Was fällt dir ein? Nein, ich habe keine Angst. Weder vor dir, noch vor einem anderen Mann. Ich bin bereits vergeben. Schon vergessen?«

»Du und vergeben, dass ich nicht lache. Du lässt dich doch überhaupt nicht an irgendjemanden vergeben. Du brauchst deine Freiheit. Und die bin ich bereit, dir zu geben.«

»Das nennst du Freiheit? Hältst meine Hand so fest, dass mir fast die Finger brechen!«

»Ich will nicht, dass du wieder einfach so wegläufst.«

»Ich laufe nie einfach so weg. Wenn ich von irgendwo weglaufe, dann habe ich meine Gründe dafür. Und du lieferst mir diese Gründe am laufenden Band.«

»Nelly, bitte!« Sie steht schon wieder an der Tür. »Nelly, ich bitte dich, geh jetzt nicht! Geh jetzt nicht!«

Er schreit diesen letzten Satz, schreit ihn hemmungslos aus sich heraus. Dann erbleicht er. Und beginnt am ganzen Leibe zu zittern. Wenige Sekunden dauert es nur, da steht Placidia im Zimmer.

»Immer dieses Gebrüll. Herr Borchert, beherrschen Sie sich!« Und zu Nelly: »Und Sie muss ich bitten, das Zimmer augenblicklich zu verlassen. Die Besuchszeit ist für heute beendet.«

»Das glaube ich nicht, dass die Besuchszeit schon beendet ist. Ich bin nämlich gerade mitten in einem sehr wichtigen Gespräch mit Herrn Borchert.«

»Aha. Dann sehen Sie sich doch einmal an, in welchem Zustand sich der Herr befindet. Der kann nicht mehr mit Ihnen sprechen. Der hat genug für heute. Und für die nächsten Tage auch.«

Die Nonne nimmt die junge Frau fest am Arm und öffnet die Tür. Nelly reißt sich los. »Hoppla, was sind denn das für Methoden. Werden Sie nur nicht handgreiflich. Sonst haben Sie die längste Zeit hier im Claraspital Ihren Dienst verrichtet. Das wird Frau Doktor Rudin gar nicht gefallen, wenn ich ihr das erzähle.«

»Dann erzählen Sie Frau Rudin mal schön alles. Nur leider wird Ihnen das nichts nützen. Das Sagen hier hat immer noch die Schwester Oberin. Und von der habe ich meine Instruktionen.«

»Dass Sie Patienten misshandeln und Besucher hinausschmeißen sollen?«

»Dass ich hart durchgreifen darf, wenn es dem Herrn dient.«

»Welchem Herrn?«

Placidia kneift die Augen zusammen. »Der Herrgott sieht und hört alles, Fräulein Rudin. Nehmen Sie sich in Acht. Er wird auch über Sie sein Urteil fällen und Sie strafen, wenn es an der Zeit ist.«

»Dann soll er das tun. Jetzt ist es allerdings noch nicht an der Zeit für ihn. Aber für Sie. Und zwar, dass Sie möglichst schnell dieses Zimmer wieder verlassen. Sonst werde ich die Instruktionen befolgen, die ich von meiner obersten Stelle erhalten habe.«

Placidia schnaubt wie ein wildgewordenes Pferd und stürmt aus dem Zimmer. Die Tür knallt sie hinter sich so fest zu, dass die Fensterscheiben klirren.

Langsam nähert sich Nelly seinem Bett. Er liegt da, leichenblass, steif, erstarrt. Sie setzt sich zu ihm, nimmt seine Hand. Sie ist heiß, sie glüht.

»Du hast Fieber, Wolfgang.«

Er stöhnt, jammert leise. Wie ein zu Tode erschrecktes, verängstigtes Kind. Sie drückt seine Hand, er reagiert nicht. Jammert und stöhnt immer weiter, lauter.

»Wolfgang, was hast du?« Sie fasst ihn an die glühende Stirn. »Wolfgang, bitte, hör endlich auf. Das ertrag ich nicht. Das ertrag ich nicht.« Ihre Stimme klingt flehentlich.

Sein Klagen wird leiser, langsam immer leiser. Als kein Ton mehr aus seiner Kehle dringt, beginnen seine Augen hervorzutreten. Nelly meint zu sehen, wie sie sich Millimeter für Millimeter aus seinem Kopf herausarbeiten. Sie fürchtet, dass seine Augen gleich auf die Bettdecke fallen, um sie von dort leblos anzustarren.

Die junge Frau springt auf, stürzt aus dem Zimmer. Keine Placidia. Überhaupt keine Schwester. Wie ausgestorben ist der Flur, die Abteilung. Im Schwesternzimmer trifft sie auf Hedwig. Die weiß, was zu tun ist. Professor Gigon erreicht sein Zimmer nach wenigen Minuten. Er geht zu ihm, allein. Hedwig wirft Nelly einen hasserfüllten Blick zu, kehrt ihr den Rücken und verschwindet wieder im Schwesternzimmer. Dort schlägt sie die Akte »Borchert« auf und schreibt: »Nelly Rudin, ich hasse dich.« Dann zieht sie den Stift mehrmals fest über die letzten drei Worte, so fest, dass das Papier reißt. Nun kann niemand mehr lesen, was sie über Nelly Rudin geschrieben hat. Aber alle können es sehen. Dass sie diese Frau, die er liebt und die ihm den Tod bringen wird, bis auf den Tod hasst.

14

Als Mina am frühen Abend nach ihm sieht, schläft er. Seiner Akte hat sie entnommen, dass Professor Gigon ihm wieder Veronal verabreicht hat. Diesmal eine höhere Dosis. Den Riss in der Akte konnte sie notdürftig reparieren. Aber was ist mit dem Riss in seinem Herzen?

Mina seufzt tief und setzt sich neben den Schlafenden. Sie nimmt seine Hand, die mit den vier Fingern und betrachtet sein blassgelbes, feines Gesicht. Warum nur klammert er sich mit einer solchen Verzweiflung an diese junge Frau? Was gibt sie ihm, oder besser: Was gibt sie ihm nicht, was er so dringend zu benötigen meint? Liebe? Ja, sicherlich. Aber was ist das für eine Liebe, die ihn langsam aber sicher in den Tod treibt? Warum sucht er Liebe, wo er sie nicht findet? Nicht finden kann?

Mina fasst einen Entschluss. Einen Moment noch bleibt sie sitzen, streicht sacht über seine heiße Stirn, bettet seine Hände sanft neben seinem schmalen, langen Körper, der wie leblos daliegt. Er stöhnt leise, sie zuckt zusammen. Dann reißt sie sich los, steht auf, dreht sich um, will zur Tür gehen. Jäh fährt es ihr durch und durch. Sie weiß es schon. Und trotzdem wird sie ihren Vorsatz jetzt in die Tat umsetzen. Wird sie für dieses junge, ihr so sehr ans Herz gewachsene Leben noch einmal alles tun, was in ihrer Macht steht.

Leise schließt sie die Tür hinter sich zu und geht ins Schwesternzimmer. Schon einmal hat sie die Frau Doktor um Hilfe gebeten. Nun wird sie es ein zweites Mal tun. Elsa Rudin meldet sich sofort. Sie hört sich Minas Bericht und Sorgen an und verspricht, mit ihm zu reden. Ja, gleich morgen früh. Die Sache ist dringend. Sie versteht.

Seine Nacht ist traumlos. Um sechs schreckt er aus dem Tiefschlaf, als Placidia brutal das Licht einschaltet und mit einem lauten Rums das Frühstückstablett auf seinen Tisch stellt. »Aufwachen, Herr Borchert.« Schon ist sie wieder weg.

Er liegt da im Dämmerzustand. Das Beruhigungsmittel wirkt immer noch. Er hat es schon oft bekommen, nicht im Krankenhaus in Hamburg nach dem Krieg. Nein, während des Krieges, im Lazarett. Da wurde es ihm wie vielen anderen, die vor Schmerzen und Angst schrien, in hohen Dosen verabreicht.

Und deshalb, weil er die Wirkung des Medikaments gut kennt, weiß er auch, warum die Frau, die bald darauf sein Zimmer betritt, in einen Schleier gehüllt ist. In einen langen, weißen, voluminösen, durchscheinenden Umhang. Der Veronalschleier, so haben sie diese Schutzhülle im Krieg genannt. Wem der Schutz letztendlich mehr diente, ob dem sedierten Schwerverletzten oder dem verzweifelten Sanitäter, dem schon lange die sterilen Spritzen ausgegangen waren und der blind vor Tränen einem nach dem nächsten das Zeug verabreichen musste, das wussten sie nicht. Es spielte auch keine Rolle. Denn sie saßen alle im selben Boot, in derselben langsam aber sicher untergehenden, längst leckgeschlagenen Barkasse.

Sie ist hübsch, die Frau unter dem Schleier. Sie trägt ihr langes, dunkles, gewelltes Haar seitlich gescheitelt. Auf der einen Schulter liegen mehr Haare, zuerst denkt er, es ist die rechte, dann denkt er, es muss doch die linke sein, weil sie ja auf ihn zukommt, weil er sie ja seitenverkehrt sieht. Sehr große Schritte macht die Frau. Er erinnert sich, immer hat er sich über diese Schritte gewundert. Die so gar nicht mehr aufhören wollten. Und wie der Mensch unter dem Schleier dann doch plötzlich wieder neben ihm stand.

Jetzt steht auch ein verschleierter Mensch neben ihm. Sonst waren es immer Männer, heute ist es eine Frau. Mit sehr viel dichtem, dunklem Haar auf der linken Schulter. Das gleiche dichte, dunkle Haar, denkt er. Auch die gleichen dunklen Brauen. Wie zwei schwarze kleine Kätzchen, wie die Freundinnen von Muschi-Steert. Er stöhnt.

»Haben Sie Schmerzen, Herr Borchert?« Die Stimme, sie klingt anders. Heller, zarter. Erleichtert schüttelt er den Kopf. Langsam beginnt sich der Schleier aufzulösen. Zum Vorschein kommt eine Gestalt im weißen Kittel, die das lange dunkle Haar in beide Hände nimmt, über den Kopf hebt und es dort in Sekundenschnelle zu einem Knoten zusammenbindet. »So, nun bin ich ganz im Dienst. Erkennen Sie mich wieder, mein lieber Herr Borchert?«

Er nickt, ist erleichtert. Ja, es ist Frau Doktor Rudin, ihre Tante. Er lächelt.

»Na, also. Guten Tag, Herr Borchert.«

»Guten Tag, Frau Doktor Rudin.« Seine ersten zaghaften Worte durch den Schleier gesprochen. Er weiß nicht, ob sie ihn verstanden hat. Deshalb brüllt er zur Sicherheit das »Guten Tag, Frau Doktor Rudin«.

Ja, sie hat es gehört. Sie hält sich die Ohren zu und lacht: »Na, da hat es der Herr Professor aber gestern Abend gut gemeint mit Ihnen, Herr Borchert. Dass er Ihnen gleich die doppelte Dosis verpasst hat.« Wieder lacht sie. Dann zieht sie sich den Stuhl heran und setzt sich.

»Aber was ist denn gestern passiert, lieber Herr Borchert? Und vor ein paar Tagen? Immer wenn meine Nichte Nelly zu Besuch kommt. Ist es Ihnen zu anstrengend? Soll ich sie darum bitten, Sie nicht mehr zu besuchen?«

Eine Antwort erübrigt sich. Das Entsetzen steht ihm förmlich ins Gesicht geschrieben.

»Dann müssen Sie mir erklären, was Sie so beunruhigt, wenn Nelly zu Besuch kommt. Wir müssen da eine Lösung finden. Sonst wird der Professor ihr verbieten, Sie weiterhin zu sehen. Und Schwester Placidia, so will mir scheinen, wartet geradezu auf dieses Verbot.«

»Wie gut kennen Sie Nelly, Frau Doktor?«

»Sie ist die Tochter meines Bruders Robert. Ich kenne sie ziemlich gut. Unsere Wohnungen befinden sich zwar in verschiedenen Quartieren, aber ich sehe Nelly regelmäßig seit ihrer Geburt vor neunzehn Jahren. Als sie noch ein Kind war, habe ich sie oft abgeholt und wir sind zusammen in den Zoo gegangen. Nelly hat diese gemeinsamen Zoobesuche sehr geliebt und erst vor ungefähr zwei Jahren haben wir damit aufgehört. Jetzt sehen wir uns immer freitags. Da trifft sich nämlich die Familie zum gemeinsamen Abendessen in Roberts und Huldas Haus in der Bachlettenstraße. Seit Kurzem ist auch die Familie Bernoulli manchmal dabei. Ich weiß nicht, ob Nelly Ihnen schon von Christoph erzähl hat.«

»Von ihrem Freund, ja, von dem hat sie mir erzählt. Allerdings hat sie mir nicht verraten, um was für eine Art von Freundschaft es sich handelt. Aber wenn schon die ganze Familie zum Essen eingeladen wird, scheint es wohl etwas Ernstes zu sein.«

»Das kann man allerdings sagen. Nelly und Christoph überlegen seit Längerem, ob sie sich verloben wollen.«

»Wenn man das länger überlegen muss, dann sollte man es besser sein lassen. Bestellen Sie das Nelly bitte von mir.«

»Aha, langsam verstehe ich.«

»Nichts verstehen Sie, Frau Doktor.«

»Warum meinen Sie das, Herr Borchert?«

»Sie sagen, dass Sie Nelly gut kennen. Das glaube ich nicht. Vielleicht früher, als Sie mit ihr in den Zoo gegangen sind, da haben Sie Nelly gekannt. Als sie noch ein Kind war. Aber die Frau Nelly Carmen, die kennen Sie nicht.«

»Wie bitte, Herr Borchert?« Elsa Rudin steht mit einem Ruck auf. »Was wollen Sie damit sagen?«

»Nelly ist ganz anders, als Sie denken, Frau Doktor. In Wirklichkeit liebt sie diesen Bernoulli überhaupt nicht. Sie ist eine glänzende Schauspielerin. In Wirklichkeit liebt sie mich, nur kann sie das natürlich niemandem sagen. Erstens, weil es gesellschaftliche Komplikationen mit sich bringen könnte, und zweitens, weil es erst seit wenigen Tagen so ist.«

»Was bitte meinen Sie, Herr Borchert? Was ist erst seit wenigen Tagen so?«

»Na, dass Nelly mich liebt. Und dass ich sie liebe. Das ist eine abgemachte Sache zwischen uns. Aber eben erst seit Kurzem. Da hatte sie noch gar keine Zeit, reinen Tisch zu machen mit ihrem geprellten Zukünftigen, geschweige denn, dass sie Ihnen oder ihren Eltern etwas davon hätte erzählen können.«

»Sie fantasieren, Herr Borchert.«

»Mitnichten, Frau Doktor. Ich bin ganz klar im Kopf. So klar wie schon seit Langem nicht mehr.«

»Und wenn Sie so klar sind im Kopf, Herr Borchert, und wenn das alles so eine abgemachte Sache zwischen Ihnen und Nelly ist, dann, bitte, erklären Sie mir Ihre Zusammenbrüche. Zufälligerweise immer dann, wenn Nelly bei Ihnen war.«

»Eben, genau aus dem Grund. Weil sie bei mir *war*. Aber nicht mehr *ist*. Wenn Nelly immer bei mir wäre, müsste ich auch nicht zusammenbrechen, wie Sie es nennen.«

»Was sind denn das für abstruse Gedanken, Herr Borchert? Leiden Sie vielleicht an einer Nervenkrankheit? Damit ist nicht zu spaßen. Dem sollten wir unbedingt nachgehen.«

»Nervenkrankheit? Ja, vielleicht. Verliebtsein könnte so etwas sein, eine Erkrankung der Nerven. Zumindest sind die Symptome die gleichen: Herzrasen, Zittern, Atemnot und so weiter und so fort. Vielleicht brauche ich gar keine Beruhigungsmittel. Ja, ich bin mir sogar ziemlich sicher, dass ich sie nicht bräuchte, wäre Nelly nur immer bei mir.«

»Nelly kann aber nicht den ganzen Tag bei Ihnen sein, Herr Borchert. Sie studiert, sie ist sehr beschäftigt und ehrgeizig. Und im Übrigen glaube ich auch nicht, dass sie es wollte, wenn sie es könnte.«

»Nelly ist Ihnen sehr wichtig, Frau Doktor, nicht wahr?«

»Natürlich ist mir Nelly wichtig. Was soll diese Frage?«

»Sie sind ehrgeizig und zielstrebig. Nelly soll es auch sein. Haben Sie Kinder, Frau Doktor?«

»Nein, ich habe keine Kinder. Dafür hatte ich keine Zeit. Und ja, es ist mir wichtig, sogar sehr wichtig, dass auch Nelly ihre Ziele verfolgt. Ich habe mich immer darum bemüht, auf Nelly Einfluss zu nehmen. Damit sie früh versteht, was Emanzipation bedeutet und wie wichtig sie für eine junge Frau ist. Von ihrer Mutter Hulda, das unter uns, Herr Borchert, hat sie da leider nicht viel Unterstützung erhalten. Vom Vater ganz zu schweigen. Der sieht allein seinen Sohn, das Wunderkind.«

»Dann ist es Ihre Schuld, Frau Doktor, dass ich immer wieder zusammenbreche.«

»Das ist jetzt ziemlich verkürzt dargestellt, lieber Herr Borchert. Und wenn Ihnen wirklich etwas an Nelly liegt, dann respektieren Sie ihren Willen zur Selbständigkeit. Nein, Sie müssen ihn nicht nur respektieren, Sie müssen ihn sogar unterstützen. Dann hätten Sie im Übrigen auch einen Vorteil gegenüber ihrem zukünftigen Verlobten. Hier dürfte nämlich der Grund zu suchen sein, warum sich Nelly immer noch nicht für die Verlobung ausgesprochen hat. Christoph Bernoulli ist ziemlich konservativ, was Frauen anbetrifft. Er sähe Nelly zukünftig am liebsten im Heim und am Herd. Wohin er sie niemals bekommen wird, da bin ich mir hundertprozentig sicher.«

»Na, dann hat sich die Sache mit der Verlobung ja erledigt.«

»So einfach ist das nicht. Die Eltern haben auch ein Wörtchen mitzureden. Und die sind für die Verlobung.«

»Wie bitte?«

»Gesellschaftlicher Aufstieg nennt sich das. Die Bernoullis sind ein altes, sehr angesehenes und einflussreiches Geschlecht. Vater und Mutter Rudin wollen in ihren Augen also nur das Beste für ihre Tochter.«

»Oder für sich selber. Für Nelly wäre es der sichere Tod.«

»Sie übertreiben, Herr Borchert. Und außerdem: Die Familie Bernoulli hat sich während des Krieges sehr verdient gemacht. Christophs Vater, ein bekannter Architekt und Innenausstatter, hat bei sich im Haus in der Holbeinstraße ein wichtiges Anlaufzentrum für vertriebene und verfolgte Künstler geschaffen. Christoph hat diese Zeit sehr geprägt. Er ist praktisch in einem Haus großgeworden, in dem es vor genialen Menschen nur so wimmelte. Nicht zufällig hat er sich Nelly ausgesucht.«

»Sie halten Ihre Nichte für genial?«

»Sie nicht, Herr Borchert?«

»Darüber habe ich mir noch keine Gedanken gemacht.«

»Ob man einen Menschen für genial hält oder nicht, darüber muss man sich keine Gedanken machen. Das spürt man.«

»Und wie spürt man das, Frau Doktor?«

Sie zuckt mit den Achseln. »Das kann ich Ihnen nicht beantworten. Wenn Sie es nicht spüren, dann ist es eben so.«

»Ist es schlimm, dass ich es nicht spüre?«

»Es bedeutet auf jeden Fall, dass auch Sie nicht der richtige Mann für Nelly sind.«

»Nicht der richtige Mann.« Er runzelt die Stirn, wiederholt den Satz: »Nicht der richtige Mann. Christoph Bernoulli ist auch nicht der richtige Mann für Nelly, meinen Sie. Obwohl er sie für genial hält.« Er schüttelt den Kopf. »Ehrlich gesagt, liebe Frau Doktor, das ist mir zu hoch. Und außerdem vermisse ich etwas bei dem, was Sie über mich und Christoph Bernoulli gesagt haben.«

»Und das wäre, Herr Borchert?«

»Was halten Sie von Liebe?«

»Liebe wird vollkommen überschätzt. Vor allem in der Ehe. Da kommt es darauf an, dass sich die Partner gegenseitig unterstützen. Und heutzutage natürlich besonders darauf, dass der Mann seine Frau in ihrer Entwicklung fördert. Lange genug ist es umgekehrt gewesen. Damit muss endlich Schluss sein.«

Energisch stützt sich Elsa Rudin mit beiden Armen auf sein Bett, beugt sich über ihn. »Eins will ich Ihnen noch sagen, Herr Borchert, bevor ich auf meine Station muss. Nehmen Sie die Sache mit Nelly nicht so ernst. Freuen Sie sich, wenn sie kommt und fallen Sie nicht in Trübsinn, wenn sie nicht kommt. Nelly geht ihren Weg. Und sie wird sich den Mann an ihrer Seite suchen, der ihr nicht nur keine Steine in den Weg legt, sondern der ihn ihr ebnet. So ist Nelly. Ich kenne sie sehr gut. Nehmen Sie sich zu Herzen, was ich Ihnen gesagt habe, Herr Borchert. Lassen Sie Nelly. Konzentrieren Sie sich hier auf das Gesundwerden, nicht auf die Liebe. Die kann warten. Und ist tatsächlich nicht so wichtig. Aber ich wiederhole mich. Und ich muss jetzt wirklich auf die Station.«

Sie reicht ihm die Hand und wendet sich zum Gehen.

»Frau Doktor?«

»Was ist denn noch, Herr Borchert?«

»Könnten Sie bitte etwas aufbewahren bis zu meinem Tod? Und es Nelly dann geben?«

»Bis zu Ihrem Tod? Herr Borchert, jetzt malen Sie mal nicht den Teufel an die Wand. Sie sind hier bei Professor Gigon in den besten Händen. Es gibt in Basel sonst keinen Arzt, der so spezialisiert ist auf die Behandlung der inneren Organe und allen voran der Leber.«

»Das Herz. Zählt es auch zu den inneren Organen?«

»Ja, natürlich. Aber für das Herz gibt es andere Spezialisten.«

»Es ist sozusagen mein letzter Wille an Sie, Frau Doktor. Bitte erfüllen Sie ihn mir.« Er zieht den Zettel mit dem Gedicht unter seinem Kissen hervor. »Da, bitte. Aber erst nach meinem Tod.«

Elsa Rudin nimmt den Zettel und steckt ihn in die rechte Tasche ihres Kittels. Sie schüttelt den Kopf. Dann dreht sie sich um und geht. Der Kranke schaut ihr nach, wie sie die Tür schließt, zur Treppe läuft, ins Erdgeschoss hinuntersteigt und ihre Abteilung aufsucht. Da verlieren sich ihre Spuren, denn da verlässt ihn seine Einbildungskraft. Und auch sonst alle Kraft. Nicht einmal mehr die Arme kann er heben, um nach dem Dohna'schen Manuskript zu greifen, um sich abzulenken, um nicht in Trübsinn zu verfallen, wie sie ihm empfohlen hat. Am liebsten würde er jetzt höhnisch auflachen. Aber auch zum Lachen fehlt ihm die Kraft. Wie zum Weinen. Starr und stumm liegt er da, fixiert Klees Pferdebett auf dem Heizkörper vor dem Fenster. Solide ist es gebaut, bequem ist etwas anderes. Aber das ist auch nicht notwendig. Zum Sterben muss ein Bett nicht bequem sein. Zum Lieben, ja. Aber zum Sterben …

15

Mittags serviert ihm Placidia mit einer Miene das Essen, als würde sie ihn am liebsten bereits im Grab sehen. Er hat keinen Appetit, stochert mit der Gabel in dem klumpigen Kartoffelpüree herum, schiebt den Teller vor lauter Unlust auf dem Tablett hin und her. Da. Ein kleiner Zettel. Mit zitternden Händen zieht er das bläuliche Papier unter dem Teller hervor. Er erschauert. Es ist von ihr. Er weiß es, er spürt es, er riecht es. Ja, der kleine Zettel, er duftet nach ihr. Wenn sie sich über ihn beugt, um ihre Lippen auf seine zu legen, darf er diesen dunklen, herben, diesen bitter-süßen Duft ganz tief in sich einsaugen. Um ihn für immer in sich bewahren, um sie für immer halten zu können.

Kaum gelingt es ihm, den Zettel auseinanderzufalten, seine Augen füllen sich mit Tränen, sodass er die wenigen Zeilen, die er endlich doch vor sich liegen hat, durch einen Schleier hindurch leise flüstert:

»Lieber Wolfgang, meine Tante hat mich angerufen. Schnell habe ich diese Zeilen geschrieben und sie Mina vor der Schule gebracht. Heute werde ich nicht kommen, auch morgen habe ich keine Zeit. Übermorgen kommt Christoph mit seinen Eltern zu Besuch. Ich hoffe, dann wird sich etwas klären. In ein paar Tagen werde ich dich dann wieder besuchen. Bis dahin wünsche ich dir alles Gute. Denke nicht ans Sterben. Erzähle den Monstern unter deinem Bett lieber, dass ich bald wiederkomme und es ihnen zeigen werde, wenn sie dich nicht in Ruhe lassen. In Liebe, Nelly Carmen«.

Dass die Tinte verschwimmt, weil seine Tränen ihren Brief durchnässen, merkt er nicht. In Liebe, Nelly Carmen. In Liebe, Nelly Carmen. In Liebe, Nelly Carmen. Er flüstert es, immer und immer wieder. Sie liebt ihn, nicht den anderen. Sie wird es klären mit ihm, dem anderen. Um zu ihm zu kommen, zu ihm, den sie liebt. Sterben. Sterben? Vielleicht ist es doch noch nicht an der Zeit. Lieben. Ja, lieben. Nur, wo soll er sie lieben? Auf dem Pferdebett? Auf dem soliden, aber unbequemen Klee'schen Sterbepferdebett?

Als Mina am Nachmittag in sein Zimmer späht, sieht sie, wie er, aufrecht im Bett sitzend, hochkonzentriert etwas schreibt. Er bemerkt sie nicht, so vertieft ist er in seine Arbeit. Dass er arbeitet, gefällt ihr zwar nicht, aber dass er ihr so einen wachen Eindruck macht, das schon. Befriedigt schließt sie leise wieder die Tür. Das Gespräch mit der Frau Doktor hat sich also gelohnt, die Dinge entwickeln sich zum Guten. Denkt Mina. Und dann macht sie sich schnell auf den Weg: Ein neuer Patient ist eingeliefert worden, sie muss Blumen besorgen und ihn besuchen. Vielleicht kann sie ja auch für diese arme Seele etwas Gutes tun.

Die nächsten beiden Tage arbeitet er praktisch durch. Mit dem Rotstift streicht er gründlich und reichlich die Zeilen, die überflüssig, weil zu privat sind. Ab und an setzt er mit dem Blaustift ein Fragezeichen, immer dann, wenn er das Gefühl hat, dem jungen Grafen könnte so viel an dem Geschriebenen liegen, dass er mit den massiven Streichungen nicht einverstanden ist. An den Rand setzt er dazu Begründungen. Er weiß, wie schmerzlich seine Eingriffe für den Verfasser sein müssen. Allzu gerne würde er mit ihm persönlich über alles reden. Nur wie?

Über das Meer aus Rot schreibt er mit Tinte den neuen Text. Seine Worte. Kurz, knapp, prägnant. Ungeschminkte Tatsachen, die eine starke Wirkung auf den Leser haben werden. Er geht ganz in dieser Arbeit auf, er weiß nur zu gut, wovon der junge Graf von Dohna redet. Auch wenn er selber nicht in russischer Kriegsgefangenschaft war, so kann er sich die Qualen und Ängste, die der junge Mann durchgestanden hat, doch so lebhaft vorstellen, dass er meint, sie am eigenen Körper, an der eigenen Seele zu erleiden. Um dann hinter das Grauen zu treten, es von außen betrachten zu können. Um Worte zu finden, die es dem Leser ermöglichen, sich das Unvorstellbare vorzustellen.

Ja, die Arbeit erfüllt ihn, überfüllt ihn. Nachts packt ihn im Traum wieder das Grauen, hört er die entsetzlichen Angstschreie, das qualvolle Stöhnen, sieht er die angstverzerrten Gesichter, die klaffenden Wunden, riecht und schmeckt er den ätzenden Gestank. Beim Aufwachen hat er ihn immer noch im Mund. Stunden braucht er, um den ersten Schluck Kaffee, den ersten Bissen Brot hinunterzuwürgen.

Placidia sieht es alles. Sie räumt das Essen und das Trinken, das er kaum angerührt hat, kommentarlos wieder ab. Vor den anderen Schwestern, außer vor Mina, macht sie keinen Hehl aus ihrer Überzeugung: Der Herr hat sein Urteil über den Patienten Borchert gefällt, er lässt ihn sich selber zugrunde richten. In ein paar Tagen wird er ganz schwach sein und einsehen, dass er sich aufs Sterben vorbereiten muss. Und wird endlich das Wort des Herrn lesen.

16

Später Nachmittag. Draußen ist es dunkel. Vor ein paar Stunden hat er die Arbeit an dem Manuskript beendet, einen Brief an den Verleger Goverts geschrieben und alles

Mina für die Post gegeben. Und sich dann erschöpft, halb verhungert und verdurstet in sein Kissen gelegt. Im Dunkeln drohen ihn die nächtlichen Träume wieder einzuholen. Also macht er Licht und betrachtet das Klee'sche Pferdebett. Je länger er den Blick ohne Unterbrechung darauf richtet, umso plastischer tritt es hervor. Es ist eine interessante Übung, die ihn gefangen hält. Am Ende hat er den Gegenstand so perfekt aus dem Bild herausgearbeitet, dass er meint, er stünde in seinem Zimmer, zwischen Fensterbank und Bett. Er bräuchte sich nur einen kleinen Ruck zu geben und schon könnte er auf sein Sterbebett hinüberrutschen. Es scheint ganz einfach. Nur ein Ruck, und schon …

Gerade hat er sich mit den Händen abgestützt, will Schwung nehmen, da klopft jemand. Die Tür fliegt auf und sie ihm entgegen. Mit einem strahlenden Lächeln auf den Lippen, wie eine siegreiche Königin, eine mächtige Göttin, den weißen Mantel eng um die schmale Taille gebunden, den roten Schal um den Hals geschwungen. Ihre langen, welligen Haare wehen, so rasch bewegt sie sich auf ihn zu.

»Guten Tag, Wolfgang. Da bin ich endlich wieder. Ich hoffe, die Zeit ist dir nicht allzu lang geworden ohne mich.«

Gerade eben war er noch auf dem Weg in die andere Richtung, hatte gemeint, es sei an der Zeit. Nun zieht es ihn herum, zerrt es an ihm, reißt es in ihm. In einer verrenkten Position verharrt er, den Kopf in ihre Richtung gewendet, den Brustkorb auch schon ein Stück, während Arme und Beine noch zum Fenster streben.

»Machst du Gymnastik, Wolfgang?«

Er versucht die Verrenkung aufzulösen. Weil aber die Koordination seiner Gliedmaßen nach so langer Zeit der unfreiwilligen Stilllegung nicht mehr richtig funktioniert, verheddert er sich weiter und verliert das Gleichgewicht.

»Hallo, das sieht aber ganz schön gefährlich aus!« Schon steht sie zwischen Fensterbank und Bett und fängt ihn auf. »Mensch, das hätte aber schiefgehen können, Wolfgang. Lass den Quatsch bloß bleiben!«

Sie hält ihn fest. Geistesgegenwärtig schlingt er seinen rechten Arm um ihren Leib, schmiegt seinen Kopf an ihre Hüften.

»Ach, Nelly, du meine Retterin. Nie wieder lass ich dich los.«

Sie lässt ihn gewähren. Sie will ihn nicht vor den Kopf stoßen. Er ist schwach. Ein Männerarm um die Hüften fühlt sich anders an.

»Was hattest du denn vor? Wolltest du etwa aus dem Fenster springen? Du dummer Junge, du.« Sie streicht ihm übers Haar.

Das kann er nicht zulassen. Und obwohl er weiß, dass sie es mit Absicht gesagt hat, damit er sie loslässt, schiebt er sie sanft aber bestimmt von seiner Seite.

»Ich habe ganz einfach das Gleichgewicht verloren. Wenn man immer nur im Bett liegen muss, passiert das schnell. Eine falsche Bewegung und schon liegt man da.«

»Ja, sicher, du hast recht. Aber du solltest trotzdem besser aufpassen. Bei einem Sturz aus dem Bett könntest du dir alle Knochen im Leib brechen. Und das wäre ja wohl das Letzte, was wir momentan gebrauchen könnten.«

Wir. Sie hat »wir« gesagt. Er jubelt innerlich. Und nickt ernst. Der dumme Junge will er nicht sein. Dafür will er jetzt den braven Jungen spielen, denn das »Bravsein«, das ist etwas, worüber sie sich beide lustig machen, worüber sie ganz spielerisch in einen anderen Raum hinübergleiten können.

»Ja, ich stimme dir zu, Nelly Carmen Rudin. Das hätte tödlich enden können. Ich werde mich in Zukunft vorsehen. Wir möchten doch noch viele schöne Stunden miteinander verbringen.«

»Guten Tag, Herr Schauspieler.« Sie lacht, ausgelassen und wirft dabei den Kopf so schwungvoll in den Nacken, dass die dunkle Katze mit einem Satz auf ihren Rücken springt.

»Hast du Zibo mitgebracht? Muschi-Steert möchte ihn gerne begrüßen.«

Schon springen die beiden kleinen schwarzen Kätzchen auf ihn zu, die Mutterkatze gleich hinterher und zwar mit so viel Schwung, dass ein Teil ihres dichten dunklen Fells auf seinem Gesicht zum Liegen kommt. Während sie sich küssen, lang und leidenschaftlich. Schließlich schiebt sie ihn von sich, setzt sich auf seine Bettkante und meint ernst:

»Also, ich muss wirklich sagen, die beiden verstehen sich ziemlich gut auf dem Gebiet.«

»Das Gebiet ist groß. Die beiden haben gerade erst damit begonnen, es auszuloten.«

»Ja, das Ausloten ist sehr wichtig. Aber man darf sich dabei nicht verrechnen. Sonst gerät alles aus dem Lot.«

»Damit kenne ich mich aus, verlass dich drauf. Darin bin ich ein wahrer Meister. Im Ausloten ganz tiefer, unbekannter Gewässer.«

»Hoppla, so einer sind Sie also. Das hätte ich nicht von Ihnen gedacht, Herr Borchert. Nein, nicht von Ihnen.«

Wie wunderbar sie die Entrüstete spielt. Wäre er nicht ein so guter Schauspieler, er könnte das Lachen nicht unterdrücken. So aber kontert er: »Ja, Fräulein Rudin, leider müssen Sie nun mein wahres Wesen erkennen. Aber auch Sie scheinen auf dem Gebiet nicht gerade ein unbeschriebenes Blatt zu sein. Ja, wie mir scheinen will, gibt es da sogar schon einen ganzen Roman über Sie zu lesen.«

Empört stemmt sie die Hände in die Hüften. »Also, ich muss schon bitten, Herr Borchert. Einen Roman? Wo denken Sie hin? Mindestens zwei, ach, lassen Sie mich nicht lügen, es fällt mir nicht leicht, es zuzugeben, es sind schon mehr als drei. Wie viel genau, ich habe es vergessen.«

»Sehr schön, auf dem Gebiet ist die Erfahrung doch etwas außerordentlich Wichtiges. Da wir sie beide aufweisen, kann uns nichts passieren. Das Lot wird nicht verrutschen und die Sache läuft wie geschmiert.«

Beide lachen laut los. Und halten sich fast gleichzeitig die Hand vor den Mund. Placidia. Sie darf sie nicht hören. Sonst verdirbt sie ihnen sofort den Spaß.

»Das habe ich in den letzten Tagen vermisst.« Nelly setzt sich keuchend auf den Stuhl, grinst ihn an. »Ja, sogar sehr. Nur mit dir kann ich solchen Schabernack treiben, Wolfgang.«

»Na, dann musst du eben öfter kommen, Nelly. Das Studium ist wichtig, sehr sogar, ich weiß, dass du ehrgeizig bist und sehr begabt. Da musst du viel Zeit rein investieren. Aber ansonsten? Was hält dich ab, gleich nach der Schule und den Aufgaben jeden Tag zu mir zu kommen? Damit wir zusammen unseren Spaß haben können.«

»Wenn das alles so einfach wäre.« Sie seufzt, steht auf, geht zum Fenster, starrt in die Dunkelheit.

»Hast du ihm noch immer nicht den Laufpass gegeben?«

Sie dreht sich um. »Laufpass? Wen meinst du, Wolfgang?«

»Na, wen wohl. Deinen ungeliebten Exzukünftigen.«

»Christoph?«

»Ja, Christoph, den Sprössling aus dem angesehenen, gelehrten, großmütigen Geschlecht der Bernoulli.«

»Mach dich nicht lustig! Christoph wäre eine gute Partie. Der gibt man nicht so mir nichts dir nichts den Laufpass.«

»Eine gute Partie macht noch lange keine gute Liebe.«

»Es kann einer Frau aber das Leben sehr erleichtern, wenn die Finanzen stimmen.«

»Ja sicher, deine gute Partie könnte dir jeden Tag eine neue Packung Persil schenken.«

Sie starrt noch immer in den dunklen Park. »Christoph ist erst achtzehn. In dem Alter ist ein Mensch nicht fertig. Er kann seine Einstellungen noch ändern.«

»Achtzehn? Ein Grünschnabel. Er kennt und weiß noch nichts vom wirklichen Leben.«

»Und du? Du kennst es, das wirkliche Leben?« Mit Schwung dreht sie sich um. Fixiert ihn mit ihren dunklen Augen.

Er nickt. Und im nächsten Moment schüttelt er den Kopf. »Ja und nein, Nelly. Ich habe schon sehr viel gesehen, sehr viel erfahren, sehr viel, wirklich.« Er schweigt. Streicht sich über die Stirn, fährt zögernd fort: »Vieles von dem, was ich vom Leben kennengelernt habe, als ich so alt wie Christoph Bernoulli war, hat mich für mein Leben geprägt.« Er hält die linke Hand vors Gesicht. Fasst mit der rechten an die Stelle, an der der Finger fehlt. »Ich weiß das, ich verleugne dieses Wissen nicht. Viele in meiner Generation verleugnen, vergessen, verdrängen das, was sie so früh in ihrem Leben erfahren mussten. Das ist nicht gut. Verstehst du Nelly, das ist nicht gut.« Seine Stimme beginnt zu zittern. »Wir dürfen es nicht vergessen. Immer müssen wir diese Erfahrungen in uns aufbewahren. Für immer. Denn nur dann, wenn wir den Untergang kennen, wenn wir das verstehen, was uns in ihn hineingetrieben hat, nur dann gibt es eine Chance. Dass es nicht wieder passiert. Hörst du, Nelly? Nicht wieder passiert. Nie wieder.«

Sie schweigt und betrachtet ihn, währenddessen. Wie er zitternd dasitzt. Wie er um Fassung ringt. Wie es ihm nach und nach gelingt, sie wiederzuerlangen. Wie er vorführt, was es heißt, alles verloren zu haben und doch weiterzugehen.

»Das ist das eine«, fährt er fort, »was ich dir zu dem wirklichen Leben sagen kann, das ich kenne, Nelly. Es gibt aber noch ein anderes und dieses andere ist wichtiger, viel wichtiger, weil es in der Zukunft liegt. Und dieses andere, mein anderes wirkliches Leben, das bist du, Nelly Carmen. Verstehst du das? Verstehst du, was ich damit meine?«

Er zittert nicht mehr. Ganz ruhig ist er geworden. Er weiß, jetzt gibt es kein Zurück mehr. Jetzt gibt es nur noch die Zukunft. Oder das Ende.

17

Sie ist gegangen. *Es* ist gegangen. Hat ihn verlassen. Ihn, sein Leben, seine Zukunft. Hat sie ihn verstanden?

Er weiß es nicht und doch, ja. Wenn sie ihm nicht antwortet, dann ist es ein »Nein«. Ich liebe dich auch, Wolfgang. Aber ich will dich nicht lieben, denn ich will meinen Weg gehen und dabei bist du mir *im Weg*. Diesen Klartext, sie hat ihn nicht mit Worten gesprochen. Aber mit Gesten, mit ihrer Haltung, ihren Blicken. Und das ist genug. Er hat verstanden.

Nichts rührt er an vom Abendbrot. Placidia räumt das Tablett wortlos wieder ab. Innerlich triumphiert sie. Bald ist es so weit, bald hat sie ihn so weit. Die Bibel, sie liegt auf seinem Tisch. Sie hat sie zurechtgerückt. Ganz nah ist sie ihm, ganz nah ist sein Ende. Er braucht nur zuzugreifen.

Nachts steigt er auf das Dach eines sehr hohen Hauses. Sieht unter sich eine große, beleuchtete Stadt. Er weiß, es ist sein geliebtes Hamburg. Laut ruft er im Traum: Mutter, Vater, ich komme. Ich komme. Plötzlich verlöschen die Lichter. Es ist Nacht. Es ist dunkel. Er fällt.

Der Pfleger schaltet das Licht ein. Das laute Röcheln, das er bei seinem nächtlichen Routinegang durch den Flur aus dem Zimmer 200 vernommen hat. Es kommt aus dem weit aufgerissenen Mund des Patienten, der mit geschlossenen Augen daliegt. Ein rotes Rinnsal läuft aus seinem linken Mundwinkel. Auf dem weißen Kissen hat sich ein großer Blutsee gebildet. Mit zwei Schritten ist der Pfleger am Bett.

»Herr Borchert! Hallo, Herr Borchert, hören Sie mich?«

Der kräftige junge Mann packt den erschlafften Körper hart an den Schultern, zieht ihn in die Höhe. Wie beim Bersten eines Staudamms ergießt sich mit einem Schwall frisches hellrotes Blut auf die Bettdecke. Das Röcheln setzt aus. Ein umso lauteres Stöhnen dafür ein.

»Herr Borchert, machen Sie jetzt nur keine Dummheiten, hören Sie? Ich hole den Arzt. In ein paar Minuten ist er da.«

Beim Verlassen des Zimmers dreht sich der Pfleger noch einmal um. Das hellgelbe Gesicht sticht grell aus dem Blutrot hervor. Der Patient röchelt wieder. Der Pfleger flucht leise, macht seinem Ärger über den Deutschen Luft, mit dem es nur Scherereien gibt. Was hat der überhaupt in der Schweiz verloren? Der mitleidlose Blick des Mannes bleibt an dem sich windenden Häufchen Elend sekundenlang haften. Dann läuft er endlich los.

Der Arzt, der kurze Zeit später eintrifft, handelt schnell. Binnen weniger Minuten ist der Kranke auf der Intensivstation. Professor Gigon trifft nach weiteren zehn Minuten ein.

Als Mina morgens das Schwesternzimmer betritt, sitzt Placidia an ihrem Platz und notiert eifrig etwas in die Krankenakte. Sie blickt nicht einmal auf, als sie teilnahmslos sagt: »Ihren Lieblingspatienten, Schwester Mina, beinahe hätte ihn unser Herr heute Nacht zu sich geholt. Eine starke Blutung aus gestauten Oesophagusvarizen. Notoperation. So hat es Professor Gigon notiert. Er liegt noch auf der Intensivstation. In ein paar Stunden können Sie ihn dort abholen. Das machen Sie doch sicher sehr gern, nicht wahr?«

Minas rosiges Gesicht wird augenblicklich weiß. Fast so weiß wie die Bettlaken, die sie gerade aus der Wäscherei geholt hat und auf einem Wagen vor sich herschiebt. Zum einen, weil sie erschrickt, dass schon so bald beinahe das eingetroffen wäre, wovor sie sich so sehr fürchtet. Zum andern, weil sie etwas in sich verspürt, was sie nicht verspüren darf. Wut. Die muss sie unterdrücken. Muss sie hinunterschlucken, in sich vergraben.

Wortlos verlässt Mina das Schwesternzimmer, irrt auf der Station herum, läuft in den Park hinaus, stellt sich unter eine der großen Platanen, streckt ihr Gesicht den herabfallenden Blättern entgegen, lässt ihren Körper von der Bise durchrütteln und -schütteln. Es ist kalt, es ist dunkel. Der Tag hat gerade erst begonnen und schon bricht die Nacht wieder ein. Seit Jahren hat sie nicht mehr geweint, die Nonne Mina.

Als sie zwei Stunden später die Intensivstation betritt, steht Professor Gigon am Bett des Patienten. Die Ringe unter den Augen des Arztes sind grauer als sonst, fast schwarz. Kurz nickt er der Schwester zu und verschwindet dann im dunklen Gang. Mina entsichert die Räder des Bettes, schiebt es aus dem Zimmer, den Flur entlang. Vor dem Fahrstuhl hält sie an, drückt den Knopf. Sie wagt einen ersten Blick auf sein Gesicht. Und stößt einen leisen Schrei aus. Seine Augenhöhlen, wie tief, wie dunkel sie sind. Wie zwei nicht enden wollende Brunnenschächte. Zitternd beugt sie sich über ihn, laut quietschend öffnet sich der Fahrstuhl, zu Tode erschrocken reißt er die Augen auf. Zwei blassgelbe Murmeln lösen sich mit einem Ruck aus der Vertiefung. Mina fährt entsetzt zurück und erteilt dem Bett einen so heftigen Stoß, dass es ins Rollen gerät und von allein in den Fahrstuhl gleitet. Sie schafft es gerade noch, hinterherzuspringen, da ist die Tür schon wieder zu. Stocksteif und mit geschlossenen Augen steht sie während der Fahrt neben ihm. Ihr Atem geht schnell und laut, weshalb sie seine Stimme nicht hört. Erst als sie der Fahrstuhl mitsamt dem Bett wieder freigegeben hat, sie verloren neben demselben im Stationsgang steht, sich nicht rührt, nur wagt, ganz langsam die Augen zu öffnen, da hört sie ihn fragen:

»Liebe Mina, welcher Tag ist heute?«

»Lieber Wolfgang, heute haben wir den 26. Oktober.«

Mina antwortet so automatisch, wie sie sein Bett schiebt. Wenige Sekunden später steht es wieder an seinem Platz nahe dem Fenster. Die Bise rüttelt an den Läden. Es ist dunkel im Zimmer. Als sie das Licht einschaltet, sagt er: »Dann haben wir schon in zwei Monaten Weihnachten, liebe Mina. Wie ich mich darauf freue! In diesem Jahr wird es einen besonders großen und schönen Baum bei uns geben.«

»Ja, Wolfgang, das wird es. Soll ich deinen Eltern einen Brief schreiben und sie daran erinnern?«

»Das ist nicht nötig, Mina. Mutti hat es versprochen. Und sie hält immer ihre Versprechen.«

»Das glaube ich dir aufs Wort, Wolfgang. Deine Mutter ist sicher der liebste und gütigste Mensch auf Erden.«

Er lacht leise, verzieht vor Schmerz das Gesicht, flüstert: »Wenn du wüsstest, liebe Mina. Wenn du wüsstest.«

»Was meinst du, Wolfgang?«

»Meine Mutter kann auch ein ganz schöner Besen sein. Wenn Vater und ich uns beim Sonntagsspaziergang die Hosen schmutzig machen, da müsstest du sie mal erleben. Wie ein Rohrspatz schimpft sie dann los!«

»Das möchte ich doch allzu gern mal hören.«

»Komm uns doch einfach demnächst besuchen, Mina. Vater und Mutter freuen sich sicher sehr. Wir können dir zwar keinen reich gedeckten Tisch bieten, dafür werden wir aber bestimmt viel Spaß zusammen haben. Vater ist ein stilles Wasser. Weißt du, was das bedeutet?«

Sie schüttelt den Kopf.

»Stille Wasser sind tief. Und das ist mein Vater. Wenn man ihn sieht, denkt man es nicht. Aber wenn man ihn besser kennt, dann …« Er lächelt.

»Sehr gerne komme ich euch besuchen, lieber Wolfgang. Ich freue mich schon darauf, deine Eltern kennenzulernen.«

Er nickt zufrieden. Schweigt. Sein Gesicht ist sehr gelb. Aus rot geränderten Augen beobachtet er, wie Mina ihre rechte Hand im Rock verschwinden lässt.

»Ich habe hier etwas für dich, Wolfgang.« Sie zieht die Hand wieder hervor und hält sie ihm zur Faust verschlossen hin. »Bitte, Wolfgang, ein kleines Vorweihnachtsgeschenk. Damit du dich noch mehr aufs Fest freuen kannst.« Langsam öffnet Mina die Hand. Zum Vorschein kommt eine Münze, silbrig, eingefasst mit einem zarten weißen gehäkelten Rand, an einer silbernen Kette aufgehängt.

Staunend wie ein Kind nimmt er das Geschenk an. Sofort legt er sich die Kette um den Hals, befühlt die Münze zuerst vorsichtig mit den Fingern, bevor er sie genau betrachtet.

»Was ist das für eine Frau auf der Münze, Mina?«

»Es ist ein Bild Unserer Lieben Frau und Mutter Maria. Es beschützt dich, Wolfgang.«

»Ein Talisman, wie wunderbar, Mina. Immer werde ich ihn tragen. Mutter und Vater werden zwar große Augen machen, die halten nicht viel von solchen Dingen, aber wenn sie dich erst einmal kennengelernt haben, dann werden sie verstehen.« Fest umschließt er die Münze mit der linken Hand und lächelt Mina glücklich an. »Danke, Mina, vielen, vielen Dank.«

Später steht Mina wieder unter der Platane im Spitalpark. Die Bise zerrt an ihrem schwarzen Wollumhang, die kalte Luft dringt durch ihre Tracht. Sie friert. Sie weint. Sie betet. Sie denkt. In dieser Reihenfolge. Und als sie in das Gebäude zurückkehrt, weiß sie, dass und wie es weitergehen wird.

Nelly kommt am frühen Nachmittag. Mina nimmt sie am Treppenaufgang in Empfang. Die beiden Frauen müssen etwas Wichtiges miteinander besprechen, unter vier Augen, in der Kapelle. Da sind sie um diese Uhrzeit allein. Es dauert nicht lang, schnell sind sich die beiden einig. Nelly hat schon eine Idee, sie wird sich gleich am nächsten Tag kümmern. Die beiden wissen, was er braucht. Meinen es zu wissen. Hoffen es.

III

1

Ihr Haar glänzt wie eine reife, rostbraune Rosskastanie. Als wäre die stachelige, grüne Hülle gerade eben auf- und die reife Frucht direkt vor seine Nase gesprungen. Er kann den Blick gar nicht abwenden von diesem Wunder. Und von dem anderen, ihrem Gesicht, erst recht nicht. Sehr hübsch ist es, ja, fast zu hübsch. Ganz fein ist die zarte Nase in das sehr ebenmäßige Gesicht gemeißelt. Wie bei einer griechischen Statue, einer göttlichen, versteht sich. Und die Ohren erst. Wie kleine, scheue, weiße Mäuschen blitzen sie zwischen dem dichten Kastanienhaar hervor. Und zu allem Überfluss, als wenn die gute Laune der Natur bei der Erschaffung dieses überirdisch schönen Wesens kein Ende hätte nehmen wollen – zwei mandelförmige, sehr dunkle Augen, umhüllt von einem geheimnisvollen Schatten. Melancholia. Ihr Name steht fest, kein anderer passt besser zu ihr.

Verstohlen blinzelt er zwischen den schweren Lidern hervor. Er mag die geröteten Augen nicht aufschlagen. Er will ihr nicht zeigen, dass er sich ruhe- und schlaflos die ganze Nacht in seinem Bett herumgewälzt, dass er geweint hat. Melancholia würde mit einem dunklen Augenaufschlag erkennen, wie es um ihn steht. Sie würde in Tränen ausbrechen, seine Hände mit denselben benetzen, vor Schluchzen kein Wort hervorbringen. Doch die schöne Fremde an seinem Bett soll sprechen. Laut und deutlich, lang und ausdauernd, kraftvoll und leidenschaftlich. Damit er wieder unter die Lebenden zurückkehren kann. Dem Totenreich ist er in der vergangenen Nacht nämlich schon sehr nahgekommen, dem Sensenmann noch mal gerade so von der Klinge gesprungen. Er hat ihn vor sich stehen sehen, ein knöchernes, weißes Gestell mit einer blitzenden Klinge in der Hand. Und eben, als er im Dämmerlicht des Herbstnachmittags für ein paar Minuten eingeschlafen ist, hat er es wieder funkeln sehen, das scharfe Eisen.

Sie senkt das edle Haupt. Weint sie? Versteckt sie ihre Tränen vor ihm? Weint sie um ihn? Einem solch wunderschönen Wesen darf er nicht so mir nichts, dir nichts vor den Augen wegsterben.

Das Blinzeln strengt an. Und sie hat es offenbar gemerkt, dass er nicht schläft. Ihr kleiner, süßer, zartrosa Mund zuckt unmerklich. Ein Zeichen, das genügt ihm, er darf, er muss die Augen jetzt aufschlagen.

»Guten Tag, Herr Borchert. Ich hoffe, ich habe Sie nicht geweckt?« Langsam, bedächtig fließen die Worte aus ihrem Mund. Er schüttelt den Kopf mit derselben Langsam- und Bedächtigkeit. »Da bin ich aber froh. Mein Name ist Sonja Hersperger. Ich habe von Ihrem schweren Schicksal gehört. Vielleicht kann ich Ihnen den Aufenthalt hier in der Schweiz ein wenig kurzweiliger gestalten, bis Sie wieder nach Hamburg zurückfahren können. Das wäre mir eine große Freude.«

Wer hat ihm diesen Engel gesandt?

»Heute Morgen hat mir jemand von Ihnen erzählt. Und dass Sie sich wahnsinnig über Besuch am Krankenbett freuen würden. Das habe ich sofort verstanden. Wissen Sie, letztes Jahr, ziemlich genau zur selben Zeit, lag ich selber sehr krank zu Bett. Mehrere Wochen, eine schwere Lungenentzündung. Und da habe ich mich auch immer sehr gefreut, wenn mich eine Freundin besucht und mir zum Beispiel von der Schule erzählt hat. Lernen konnte ich nicht, das war schrecklich, weil ich doch im nächsten Frühjahr die Matura schaffen musste.«

»Matura? Was ist das, Fräulein Hersperger?«

Sie erschrickt. Seine Stimme, sie klingt nach der Begegnung mit dem Tod, als müsse ihr das Leben erst wieder eingehaucht werden. Mit einer flüchtigen Handbewegung streicht sie den Schrecken aus ihrem Gesicht.

»Ja, gibt es denn so etwas in Deutschland nicht? Wenn man die Schule mit einer richtig schweren Prüfung abschließt, damit man hinterher an eine höhere Schule gehen kann?«

»Ach so, natürlich gibt es das. Sie nennt sich nur anders, diese sehr schwere Prüfung. Die ich übrigens nicht abgelegt habe.«

»Nein? Aber Sie sind doch ein fürchterlich gebildeter Mann.«

»Wer sagt das?«

»Na, Nelly sagt das. Sie hat mir erzählt, Sie seien Schriftsteller, ein sehr berühmter in Deutschland.«

»Da hat Nelly wohl etwas übertrieben.«

Die Schatten des Schlafes fallen ganz unvermittelt wieder über ihn. Dazu ein Schmerz zum Wahnsinnigwerden. Ein giftiger Stachel sitzt mitten in seinem Herzen. Er muss ihn herausreißen, weit von sich fortschleudern: »Aha, so ist das also, ich verstehe. Da hat Sie Ihre Freundin Nelly hierhergelockt. Mit der Aussicht darauf, einen sehr berühmten Schriftsteller kennenzulernen.«

»Nein, nein, Herr Borchert. So ist es nicht.« Sie stottert, errötet, sieht zu Boden. Dann, ganz plötzlich, hebt sie den Blick und schaut ihn an, direkt in die Augen. »Nelly ist nicht meine Freundin. Ich habe mich von ihr nicht zu Ihnen locken lassen. Ob Sie berühmt sind oder nicht, das ist mir ganz egal.« Ihre Stimme zittert, bebt, wie ihr

Körper. Und plötzlich tut sie ihm leid. Er nickt ihr zu, deutet ein Lächeln an. »Setzen Sie sich doch bitte, Fräulein Hersperger.«

Mechanisch folgt sie seiner Aufforderung, fast ebenso mechanisch fährt sie zu sprechen fort: »Etwas anderes hat mich zu Ihnen geführt, Herr Borchert. Etwas, das Nelly bei ihrer Erzählung über Sie nur am Rande erwähnt hat. Das für mich aber den Ausschlag gegeben hat, Sie kennenlernen zu wollen.«

»Ach ja?« Der Stachel, er schmerzt höllisch.

»Von den Kleebildern hat sie mir auch erzählt.«

Wieder treffen sich ihre Blicke.

»Das ist aber nicht der Grund, warum Sie gekommen sind.«

»Nein.« Sie schüttelt den Kopf. »Die Kleebilder sind nicht der Grund. *Sie* sind der Grund. Sie und Ihr Schicksal. Das interessiert mich.«

Schnell senkt sie den Blick, fixiert die kleine lederne Handtasche auf ihrem Schoß, die sie mit bebenden Händen umklammert hält und flüstert: »Jetzt sind Sie sicher enttäuscht und denken, dass ich ganz egoistisch und neugierig bin. Das stimmt aber nicht, Herr Borchert. Ihr Schicksal berührt mich sehr tief. Als ich erfahren habe, was Ihnen zugestoßen ist, da habe ich sofort gespürt, dass ich herkommen will. Nein, herkommen muss.«

»Was ist mir denn zugestoßen? Was hat Nelly Ihnen erzählt?«

»Aber …«

»Sie müssen nämlich wissen, eigentlich weiß Nelly gar nichts über mein Schicksal, wie Sie es nennen. Wir haben uns darüber gar nicht unterhalten.«

»Ja, aber …«

»Das Einzige, was Nelly über mein Schicksal weiß, ist, dass ich sehr krank bin und in der Hoffnung, dass mir in der Schweiz geholfen werden kann, von meinem geliebten Hamburg fortgereist bin.«

»Und die Gespenster? Was ist mit den Gespenstern?«

Ihr Blick irrt umher.

Er lacht höhnisch: »Ach so, das meinen Sie. Nelly hat sich über mich lustig gemacht und gemeint, ich sähe noch wie ein kleines Kind nachts die Gespenster unter dem Bett sitzen. Aber über die wirklichen Gespenster in meinem Leben habe ich ihr nicht viel erzählt. Und ich bin im Nachhinein auch sehr froh darüber. Sie hätte es nicht verstanden.«

Da. Die Blumen. Sie geben ihr Halt.

»Dann ist ja gut. Das habe ich mir schon gedacht. Aber jetzt, wo ich es von Ihnen selber höre, bin ich erst wirklich beruhigt.«

»Was meinen Sie? Ich verstehe nicht …«

»Ich verstehe aber sehr gut. Ihre Gespenster verstehe ich und Ihr Schicksal. Und deshalb bin ich hergekommen.«

Sie löst den Blick von den Blumen. Lächelt ihn an, zaghaft.

»Ja aber, wie können Sie etwas verstehen, wovon Sie gar nichts wissen?«

Sie zuckt mit den Achseln. »Ich weiß nicht. Vater hat immer gesagt: Sonny, du hast einen siebten Sinn. Vielleicht ist es das.«

»Hat gesagt. Und jetzt sagt er es nicht mehr, Ihr Vater?«

»Nein. Vater ist tot. Er ist vor fünf Jahren gestorben. Am Tag nach meinem vierzehnten Geburtstag.«

»Oh, das tut mir schrecklich leid, Sonja, ich meine: Das tut mir leid, Fräulein Hersperger.«

»Ach, sagen Sie ruhig Sonja. Oder noch besser: Sonny, so wie mich mein Vater genannt hat. Aber auf keinen Fall ›Sonietta‹. Mein Klassenlehrer hat mich immer so gerufen. Wie ich ihn hasse!« Sie errötet augenblicklich, stottert: »Den Namen, meine ich. Natürlich meine ich den Namen.«

»Du hasst den Lehrer und nicht den Namen, Sonny. Nicht wahr?«

Sie presst die Lippen aufeinander.

»Was hat er dir angetan, dieser Lehrer?«

»Er ist ein Unmensch. Ein Monster. Er ist …«

Sie schlägt die Hände vors Gesicht. Schluchzt, stöhnt.

»Was ist er?«

Sie schüttelt den Kopf. Lässt die Hände sinken, starrt ihn mit angstverzerrtem Gesicht an.

»Sonny, bitte!«

»Er hat dabei mitgemacht. Er hat ihnen geholfen. Er hat jüdische Kinder in ein Lager gebracht, ich weiß es genau. Ich habe es in seinem kalten Blick gesehen. Und alle haben hinter vorgehaltener Hand darüber gesprochen!« Ihr feines Gesicht, es ist ganz schmal und blass. »Wie ich ihn hasse«, stößt sie zwischen zusammengebissenen Zähnen hervor, »oh, wie ich ihn hasse.«

»Ich bekomme gerade eine ziemlich konkrete Vorstellung von dem, was du meinst, Sonny.«

Sie nickt. »Ja, du verstehst mich. Das habe ich gewusst.« Erschrocken blickt sie ihn an. »Ich darf dich doch auch duzen, nicht wahr?«

Er reicht ihr die Hand. »Mein Name ist Wolfgang, Sonny.«

»Ja, Wolfgang.« Sie seufzt. Einmal und noch einmal. »Ich bin so froh, hier bei dir zu sein.«

»Und wie froh ich erst bin, dass du bei mir bist.«

Sie schweigen, lächeln sich an. Sie zaghaft, er einladend, erleichtert.

»Eigentlich sollte ich Nelly böse sein. Aber ich kann es nicht. Und jetzt erst recht nicht, wo ich dich kennengelernt habe.«

»Warum solltest du auf Nelly böse sein, Wolfgang? Ehrlich gesagt, ich mag sie nicht besonders, aber auf sie böse sein? War sie gemein zu dir?«

»Ach, Sonny, lassen wir das. Ich weiß es nicht. Hauptsache ist, du bist jetzt da.«

»Wenn du möchtest, kann ich dich öfter besuchen. Die Schule ist um vier Uhr aus, wenn ich mich beeile, kann ich um fünf hier sein. Die Aufgaben können warten. Die kann ich auch noch später am Abend erledigen. Oder nachts.«

»Auf was für eine Schule gehst du denn?«

»Ach, das habe ich dir ja noch gar nicht erzählt, woher ich Nelly kenne. Wir gehen zusammen in die Zeichenklasse. Sie besucht den gewerblichen Zweig, ich den künstlerischen. Ich möchte nämlich mal Malerin werden.«

»Malerin. Wie schön, Sonny. Wie wunderbar.« Er seufzt. »Nelly will nicht Malerin werden?«

»Das kann ich mir nicht denken. Oder zumindest, vorerst will sie es wohl nicht. Der gewerbliche Zweig ist sehr praktisch ausgerichtet, Grafik spielt eine große Rolle, da geht sie bestimmt, wenn sie fertig ist, in die Werbung. Zu Geigy oder einer anderen großen Firma. Ihr Bruder ist da auch schon.«

»René?«

»Ja, ich glaube, so heißt er. René.«

»Komisch. Dabei mag Nelly ihren Bruder gar nicht. Dass sie dann das Gleiche macht wie er …«

»So gut kenne ich Nelly nicht. Aber ich bin mir sicher, sie will mal ganz viel Geld verdienen. Und berühmt werden. Da setzt sie eben auf die sichere Karte und geht ins Grafikdesign.«

»Ich verstehe. Und du, Sonny, dir ist das Geld nicht so wichtig?«

»Nein. Es ist mir nicht wichtig. Und wenn ich eine unbekannte Künstlerin sein werde, die mit ihren Bildern nichts verdient. Da kann ich wenigstens das machen, was ich liebe. Verbiegen möchte ich mich auf keinen Fall. Nur wegen Geld oder Ruhm. Nein, das ist nicht mein Leben.«

»Vielleicht heiratest du mal einen reichen Mann. Einen berühmten Architekten oder Ähnliches. Dann kannst du malen, was dir gefällt und er verdient das Geld.«

Sie lacht hell auf. »Klingt gut, dein Plan, Wolfgang. Ist nur leider ziemlich unrealistisch.«

»Warum, Sonny? Ich finde das sogar ziemlich wahrscheinlich.« Etwas leiser, zärtlich: »Ich habe noch nie so ein wunderschönes Mädchen wie dich gesehen, Sonny.«

Noch einmal lacht sie. Dann blickt sie ernst. »Und du meinst, da soll ich mich einfach heiraten lassen. Und das schöne Anhängsel für den reichen, berühmten Herrn sein. Und ihm womöglich noch viele hübsche Kinder gebären. Um die ich mich dann kümmern muss und nicht mehr zum Malen komme.«

»Nein. Wo denkst du hin, Sonny. Du hast natürlich eine Haushälterin und eine Kinderfrau, die sich um alles kümmern. Und du wirst malen und noch berühmter als dein Architekt sein.«

»Nein, nein, Wolfgang. Lieber heirate ich einen armen Künstler, einen, der so ist wie ich. Und wie du. Ja, so einen will ich heiraten.«

»Dann muss ich mich beeilen und schnell gesund werden. Sonst heiratest du am Ende noch einen anderen.«

Ernst begegnet sie seinem schelmischen Blick. »Nein, Wolfgang, du musst dich nicht beeilen. Ich kann warten.«

Er legt den Kopf in den Nacken und lacht laut los. Sie lacht nicht. Sie betrachtet ihn vielmehr sehr konzentriert und aufmerksam. Die Ader auf seiner hohen hellen Stirn tritt jetzt, wo er heftiger atmet, stärker hervor. Man könnte meinen, eine ganz zarte schimmernde Schlange sei im Begriff Unterschlupf unter seinem Stirnhaar zu suchen.

»Ich fände es sehr schön, wenn du dir die Haare wieder lang wachsen ließest. Das passt besser zu einem Dichter.«

Er lacht nicht mehr. »Hast du das auch von Nelly?«

»Sie hat gesagt, du hättest bei eurer ersten Begegnung wie ein ganz verruchter, ziemlich heruntergekommener Poet ausgesehen.«

»Und so einer gefällt dir?« Die Empörung steht ihm ins Gesicht geschrieben.

»Ich kenne Nelly immerhin so gut, dass ich weiß, wie ich ihre Worte zu verstehen habe. Ja, ein Dichter mit langen Haaren gefällt mir.«

»Das ist hier im Krankenhaus aber eine ziemlich unpraktische Angelegenheit. Den Nonnen ist es egal, wenn meine langen Haare ungewaschen und -gekämmt wirr von meinem Kopf hängen. Die kümmern sich nicht darum. Und den Coiffeur regelmäßig kommen lassen, dafür fehlt mir das Geld.«

»Ich sage doch: Ich kann warten, Wolfgang.«

Er lacht.

»Du nimmst mich nicht ernst.«

Er schlägt sich die Hand vor den Mund, nuschelt: »Entschuldige bitte, Sonny.«

»Das ist seltsam, dass du lachst.«

»Es ist nur …« Es dauert eine Weile, bis er sich ganz gefasst hat, dann endlich, ernst: »Du darfst das nicht falsch verstehen. So etwas ist mir noch nie passiert. Dass mir ein Mädchen bei der ersten Begegnung sagt, es könne warten. Und dabei dreinschaut, als gäbe es nichts Selbstverständlicheres auf dieser Welt.«

»Das findest du also lustig.«

»Nein, nicht lustig, aber …«

»Was aber?«

Sie sieht ihn mit großen, dunklen, fragenden Augen an. Und ihm fehlen die Worte. Ihm, dem Dichter. Schließlich, stockend: »Eigentlich bin ich Schauspieler.«

»Schauspieler.« Sie spricht das Wort aus, als wenn es keinen Sinn besäße, einfach nur eine Hülle ohne Inhalt wäre. Nach einer Weile neigt sie den Kopf zur Seite, ihre Augen verengen sich zu schmalen, schwarzen Schlitzen. »Schauspieler bist du, sagst du. Eigentlich bist du es, sagst du auch. Habe ich das so zu verstehen, dass du mir gegenüber nur eine Rolle spielst, gar nicht du selbst bist, ich nichts von dem, was du sagst, ernst nehmen darf?«

Vehement schüttelt er den Kopf. Dann, als wenn ihn plötzlich eine fremde Macht am Schütteln hindern würde und er deshalb umso kräftiger seiner Verneinung mit Worten Ausdruck verleihen müsste: »Wie kommst du denn darauf, Sonny? Natürlich bin ich hier und jetzt ganz allein ich selbst. Zum Schauspielern braucht es eine Bühne und Zuschauer.«

»Eine Zuschauerin hast du und eine Bühne auch: dein Bett.«

»So etwas Verrücktes habe ich ja noch nie gehört: Ein Krankenhausbett als Bühne. Ich bin gar nicht in der Lage zu schauspielern, dafür geht es mir viel zu dreckig.«

»Och, das glaube ich nicht. Zwar geht es dir dreckig, aber ich glaube, mit dem Schauspielern hörst du erst auf, wenn du tot bist.«

»Also …«

»Jetzt habe ich dich überführt, stimmt's Wolfgang oder habe ich recht?«

2

Am nächsten Morgen erreichen ihn zwei neue Manuskripte, die er lektorieren soll. Zum Glück, denn er muss sich ablenken, damit ihm die Zeit nicht zu lang wird, bis Sonja wiederkommt. Jeden Nachmittag will sie ihn besuchen. Eigentlich sollte er darüber vor Freude ganz aus dem Häuschen sein. Er ist es aber nicht. Und versteht es nicht. Noch nie ist er einem so wunderschönen Mädchen begegnet. Und noch niemals hat sich ein Mädchen so Hals über Kopf in ihn verliebt. Und doch beginnt das Herz in seiner Brust nicht zu hüpfen und zu tanzen, wie er es gewohnt ist, wenn von Liebe die Rede ist.

Die Manuskripte, sie sind nicht vom Verleger Goverts, sondern von dessen Schweizer Kollegen, Dr. Emil Oprecht. Er will die Bücher im nächsten Jahr in seinem Zürcher Verlag herausbringen, dem Europa Verlag, in dem während des Krieges hauptsächlich Bücher erschienen sind, die von den Nazis verboten wurden. Der Titel des einen Manuskripts lässt eine Auseinandersetzung mit den Widerstandsbewegungen gegen das NS-Regime vermuten. Geschrieben hat es ein Amerikaner, er heißt Allen Welsh Dulles, ihm liegt die Übersetzung ins Deutsche vor. Mit diesem Text will er beginnen, denn der Lektüre des anderen mit dem Titel »Christliche Demokratie« sieht er skeptisch entgegen. Bei beiden Manuskripten handelt es sich um Sachtexte. Nicht sein Metier also. Das bedeutet harte Arbeit, denn der Stil wird ihm nicht gefallen. Er wird sich selber stark zurücknehmen müssen, um nicht jeden Satz umzuschreiben. Und wenn schon. Harte Arbeit ist im Moment genau das Richtige. So muss er den Schmerz im Herzen nicht ununterbrochen spüren, muss nicht immer an dieses wundersame und schöne Mädchen denken, das ihm die Frau, die ihm den Schmerz zugefügt, geschickt hat. Ja, er durchschaut Nellys Plan. Und vielleicht ist gerade dies der Grund dafür, dass er sich nicht voll und ganz auf Sonny einlassen kann. Nelly hat ihm einen Ersatz geschickt. Damit sie ihn los ist.

Das Arbeiten fällt ihm sehr schwer. Er liegt auf dem Rücken und kann die Manuskriptblätter kaum halten. Die Blutungen haben seinen Zustand weiter verschlimmert, das steht außer Frage. Er ist schwächer, viel schwächer. Und er hat Angst. Davor, dass es wieder passiert, ihn ganz plötzlich im Schlaf überfällt: Ein stechender Schmerz in der Brust, ein wahnsinniges Brennen im Rücken und dann die grässliche Atemnot. Nach Luft hat er gerungen, stärker, immer stärker und meinte doch ersticken zu müssen. Mit dem Röcheln und Husten war das Blut aus ihm herausgeschossen, einige Sekunden hatte er Erleichterung verspürt, bis der nächste Schwall seine Atemwege verstopfte. Ja, vor einem neuen Anfall, davor fürchtet er sich zutiefst. Zwar hat der Professor ihm gut zugesprochen, ihm versichert, die Operation sei gelungen und es werde jetzt bergauf gehen, aber seine Augen, die haben eine andere Sprache gesprochen. Die des Zweifels, der Unsicherheit, der Angst? Nein, Angst wird der Professor nicht haben, das Sterben im Spital ist an der Tagesordnung, er ist ein Patient unter vielen. Mehr als sein Bestes kann der Professor nicht geben und das gibt er bei jedem seiner Patienten. Aber Zweifel und Unsicherheit, die hat er doch wahrgenommen in den Augen des Leberspezialisten Professor Dr. Gigon.

Kartoffeln und Gulasch rührt er am Mittag nicht an. Er muss arbeiten. Placidia vermerkt es nicht in seiner Akte, wie Professor Gigon angeordnet hat. Dem Mann ist sowieso nicht mehr zu helfen. Warum dann das Ende hinauszögern und den Professor unnötig belasten?

Um zwei öffnet Mina leise die Tür, schleicht an sein Bett. Da, er liegt friedlich ausgestreckt und schläft. Sie ist beruhigt und verlässt so lautlos sein Zimmer, wie sie es betreten hat. Später wird er wieder Besuch von Sonja Hersperger bekommen. Eine ganz liebe, einfühlsame, junge Frau ist das. Ein paar Worte hat sie am Vortag mit ihr gewechselt. Das Fräulein Rudin hat mit ihr eine gute Wahl getroffen. Vielleicht wird er mit Hilfe dieser jungen Frau doch wieder zu Kräften kommen. Glaube, Liebe, Hoffnung. Die Liebe ist die Stärkste, ja, so steht es geschrieben. Und sie, Schwester Mina, wird die Hoffnung um die Genesung dieses einmaligen, wertvollen Menschen nicht aufgeben. Dass sie sich ihm in ihrer Vorstellung schon einmal das Totenhemd hatte überziehen sehen, darüber schüttelt sie auf dem Weg zur Wäschekammer den Kopf. Das Herz in ihrer Brust hat beim Gedanken an den jungen Dichter schon lange nicht mehr so ruhig und friedlich geschlagen wie an diesem letzten Oktobernachmittag.

Hedwigs Glaube ist weniger gefestigt als der der Nonne Mina. Das Hoffen fällt ihr dementsprechend schwer. Auch sieht sie genauer hin, als sie um drei Uhr sein Zimmer betritt und im ersten Moment denkt, er schlafe. Schon klemmt sie sich den Besen unter den Arm und beschließt, das Reinemachen auf später zu verschieben, da erspäht sie im letzten Moment den Zipfel eines Blattes, das unter seiner Bettdecke hervorlugt. Auf Zehenspitzen schleicht sie sich heran. Er schläft nicht. Er ist vielmehr so erschöpft, dass er die Augen kaum aufhalten kann. Krampfhaft blinzelt er zwischen den schweren Augenlidern hervor, krampfhaft versucht er auch das Blatt zu halten, das zwischen seinen Händen unter der Bettdecke liegt und krampfhaft lächelt er schließlich, als er Hedwigs erschrecktes Gesicht ganz nah an seinem erkennt. »Hedwig, Liebe, mein liebster Augenstern.« Sein Sprechen ist nur ein Hauchen. Sie nimmt ihm das Blatt aus der Hand. Er ist zu schwach, um sich zu wehren.

»Wolfgang, ach Wolfgang, mein dummer, dummer, lieber Wolfgang«, jammert das junge Mädchen und legt ihm sacht ihre rechte Hand auf die müden Lider. »Du darfst dich nicht so überanstrengen, Wolfgang. Du musst dich ausruhen, ganz viel ausruhen.«

Lange lässt sie ihre warme Hand an ihrem Platz liegen, streicht sanft mit der anderen über seinen Arm. Er atmet ruhig. Aber er schläft nicht. Sie spürt, dass er nicht schlafen will, nicht schlafen kann. Aber ruhiger ist er jetzt doch. Sein Atem geht regelmäßig. Ein, aus, ein, aus. Ein, aus, ein, aus. Wie bei einem kleinen Kind, das man in den Schlaf streichelt. Wie bei einem Säugling, wie bei Peterchen, dem kleinen Bruder.

Erst nach einer halben Stunde erhebt sich Hedwig leise und schleicht sich aus seinem Zimmer. Er schläft nicht.

Er kann nicht schlafen. Aber er ruht sich aus. Immerhin, er ruht.

Punkt fünf Uhr klopft es leise an der Tür des Zimmers 200. Sonja erscheint, eingehüllt in einen grünen Mantel, das Haar zerzaust. Sie strahlt.

»Guten Tag, Wolfgang, da bin ich endlich.«

»Guten Tag, Sonny, ich habe dich schon erwartet.«

Fast aufrecht sitzt er in seinem Bett. Er hat sich das Haar gebürstet, gescheitelt und ganz besonders glattgestrichen. Was es ein wenig länger wirken lässt.

»Entschuldige bitte meine unordentliche Frisur. Aber draußen herrscht eine so kräftige Bise, dass man froh sein kann, wenn man nicht fortgeweht wird.« Umständlich versucht sie ihr Haar zu ordnen, hält verzweifelt nach einem Spiegel Ausschau.

»Ich finde dein Haar so wunderschön, Sonny. Komm bitte zu mir, ich möchte den frischen Herbstwind in ihnen spüren.«

Sie geht ein paar Schritte auf ihn zu. Einen Meter vor seinem Bett bleibt sie stehen.

»Bitte komm noch ein wenig näher, Sonny. Ich möchte so gern meine Nase in dein herbstschweres Haar tauchen.«

Bis auf einen halben Meter kommt sie heran. Beugt sich vorsichtig zu ihm vor und hinunter. Er streckt seine Hände aus, umgreift sanft ihren Kopf und zieht den lockigen Schopf an seine Brust. Sie stützt sich auf die Bettkante, um nicht das Gleichgewicht zu verlieren. Er schließt die Augen, berührt mit seiner Nasenspitze eine Welle ihres braunen Haares und atmet mehrmals tief ein und aus.

»Ah, wie gut das tut, Sonny. Du glaubst gar nicht, wie ich diesen Duft vermisst habe.« Er küsst sie sanft auf den Kopf. »Danke, vielen, vielen Dank, liebe Sonny.«

Die Verwirrung steht ihr ins Gesicht geschrieben, als sie sich langsam zurücklehnt und auf den Stuhl gleiten lässt. Verwirrung und Entzücken.

»Du magst den Wind, Wolfgang?«

»Ich liebe ihn. Genau wie das Meer.«

Sie lacht. Wirft ausgelassen den Kopf in den Nacken. »Ich auch, Wolfgang, ich auch.« Sie klatscht in die Hände, ihre Wangen glühen.

»Dann hör gut zu, Sonny.« Er richtet sich weiter auf. Einige Sekunden ist es vollkommen still im Zimmer. Dann, mit glasklarer Stimme:

»Muscheln, Muscheln, blank und bunt,
findet man als Kind.
Muscheln, Muscheln, schlank und rund,
darin rauscht der Wind.

Darin singt das große Meer –
In Museen sieht man sie glimmern,
auch in alten Hafenkneipen
und in Kinderzimmern.

Muscheln, Muscheln, rund und schlank,
horch, was singt der Wind:
Muscheln, Muscheln, bunt und blank,
fand man einst als Kind!«

Sie klatscht, springt vor Begeisterung auf, dreht sich einmal um die eigene Achse und ruft: »Wie schön, wie wunderschön, Wolfgang.« Mit einem Schritt ist sie wieder bei ihm und küsst ihn auf die Wange. Dann lacht sie triumphierend: »Siehst du, ich habe es doch gesagt: Du hast eine Bühne und ein Publikum.« Schon sitzt sie wieder auf dem Stuhl, drückt den Rücken übertrieben durch, faltet die Hände im Schoß und sagt: »Mehr. Ich möchte mehr hören, Wolfgang.«

Er lächelt verlegen. Dass eines seiner Gedichte einen solchen Begeisterungssturm auslöst, hat er noch nicht erlebt. Er fühlt sich geschmeichelt. Später Ruhm, den meisten Dichtern geht es so.

»Wolfgang! Träumst du? Ich möchte noch so ein wundervolles Gedicht hören. Bitte!«

Flehentlich sieht sie ihn an. Mit großen, erwartungsvollen Augen. Wie ein Kind, das nicht genug bekommen kann.

»Gut. Lass mich einen Moment nachdenken.« Er legt die hohe Stirn in Falten. Nach wenigen Sekunden entspannen sich seine Gesichtszüge. Er spricht leise, konzentriert:

»Wo du den Sturm fühlst und die Erde riechst,
wo du das Meer hörst und die Sterne siehst,
sei losgelöst von jeder Zeit,
gib deinem Geist kein irdisch Ziel,
von Bildern, Worten sei befreit:
tu deine Seele auf und sei Gefühl.«

Sie lächelt mit geschlossenen Augen still in sich hinein. Dann, ganz langsam, öffnet sie die Lider und klatscht. Verhaltener, distanzierter als vorhin.

»Das hat dir nicht gefallen.« Er bemüht sich nicht, seine Enttäuschung zu verbergen.

»Das Erste war tatsächlich schöner. Aber gefallen hat mir dieses auch.«

»Sei ehrlich, Sonny. Ich kann mit Kritik umgehen.«

»Na ja, wie soll ich sagen: Das Erste berührt mich eben, es ist irgendwie kindlich, nicht nur vom Thema her, es scheint mir naiv und gerade deshalb ehrlich. Beim Zweiten habe ich das Gefühl, du verstellst dich, sprichst nicht wirklich aus dir selber heraus.« Sie zuckt die Achseln. »Ich weiß nicht, ob ich mich verständlich ausdrücken kann, Wolfgang. Im Deutschunterricht und gerade in der Interpretation von Gedichten war ich in der Schule keine besondere Leuchte. Einmal mussten wir in einer Klassenarbeit eines von Rilke interpretieren. Rainer Maria Rilke. Schon dieser seltsame Name. Als wenn sich die Eltern nicht hätten entscheiden können, ob es ein Junge oder ein Mädchen ist. Und das Gedicht, das war dann eine wirkliche Katastrophe. Eigentlich hat es mir gut gefallen, es klang schön und hatte viele Bilder drin. Aber verstanden habe ich es offensichtlich nicht. Der Kommentar des Lehrers lautete, ich hätte komplett am Thema vorbeigeschrieben.« Sie zuckt erneut mit den Achseln. »Also, Wolfgang, obwohl ich Gedichte liebe, solltest du keinen großen Wert auf meine Beurteilung legen.«

»Und ob, Sonny. Aber du solltest nicht so viel Wert auf die Beurteilung deiner Lehrer legen. Ich bin mir sicher, du hast den Rilke im tiefsten Innern verstanden. So, wie du auch meine Gedichte verstehst. Denn du hast ja so recht mit deinem Urteil. Das zweite Gedicht stammt aus meiner frühen Phase als Dichter. Und da hatte ich ziemlich viele Vorbilder, die ich manchmal auch versucht habe zu kopieren. Das hast du erkannt. Das Gedicht klingt wahrhaftig gestelzt und gewollt. Ich schäme mich jetzt geradezu, dass ich es dir vorgetragen habe.«

»Aber nein, Wolfgang …«

Er winkt ab. »Rilke war übrigens lange mein Gott. Einige Jahre habe ich Briefe mit ›Wolf Maria Borchert‹ unterzeichnet.« Er lacht auf. »Das erste Gedicht ist reifer, auch wenn es naiver, kindlicher klingt. Oder, nein, sagen wir besser: Es ist reifer, gerade *weil* es naiver, kindlicher klingt.«

Sie nickt. Dann, schmunzelnd: »Wolf Maria Borchert.«

Er errötet. »Ach, hätte ich dir das doch nicht erzählt. Jetzt ist es mir peinlich.«

»Ich finde es süß.«

»Süß.« Er schüttelt den Kopf. Und noch einmal: »Süß. Nein, also wirklich, das bin ich nicht, Sonny. Das will ich auch nicht sein. Ich bin doch ein Mann.«

»Ich habe ja auch nicht gesagt, dass *du* süß bist, sondern ich habe gesagt, dass ich süß finde, dass du dich als junger Mann so genannt hast. Das ist ein großer Unterschied.«

Er nickt. »Ja, das ist ein Unterschied. Und du bist eine Philosophin, Sonny. Und ziemlich gut in Deutsch. Dein Lehrer hat dich damals ganz falsch beurteilt.«

Sie macht eine wegwerfende Handbewegung. »Ach, weißt du, das ist mir so etwas von egal. Zumindest heute. Vor einem Jahr hat mir die Deutschnote allerdings ganz schön meinen Maturaschnitt vermasselt.«

»Schulnoten sind sowieso der allerletzte Unsinn.«

»Das darfst du meinem früheren Klassenlehrer nicht erzählen. Der springt dir gleich an den Hals.«

»Meinst du den Nazi?«

Augenblicklich wird sie blass, fährt sich mit dem Zeigefinger an die gespitzten Lippen. »Psst, Wolfgang, sag das nicht.«

»Was soll ich warum nicht sagen?«

»Das Wort.«

»Nazi?«

Sie schließt die Augen, hält sich die flache Hand vor den Mund, jammert leise: »Nein, nein. Nicht, Wolfgang. Sag es nicht.«

»Dann sag ich eben ›Mörder‹, das kommt aufs Gleiche raus.«

Sonny stöhnt. »Nein, nein, sag es nicht, sag es bitte, bitte nicht.«

»Wir sind hier allein, Sonny. Niemand hört uns. Ich kann, ja, ich muss es sagen: Mörder, Mörder, Mörder.«

Sie windet sich wie unter unerträglichen Schmerzen.

»Die Nazis, alles Mörder. Viele von ihnen sind vor dem Kriegsgericht zur Rechenschaft für ihre bestialischen Taten gezogen worden. Viele, aber noch längst nicht alle. Einige laufen weiterhin frei herum. Dein Lehrer, er gehört auch dazu, nicht wahr, Sonny? Was weißt du noch über ihn außer dem, was du mir schon erzählt hast?«

»Nichts, nichts, Wolfgang, ich weiß gar nichts.«

»Sicher weißt du noch mehr, Sonny. Viel mehr. Du willst darüber aber nicht reden. Warum? Sag mir, warum?«

Sie hält sich die Ohren, kneift die Augen zu, presst die Lippen fest aufeinander. Sekundenlang. Er sieht sie an. Schweigt. Wartet. Bis sie endlich langsam zuerst die Augen öffnet und die Hände im Schoß faltet. Nur den Mund, den hält sie immer noch krampfhaft geschlossen. Ihre Lippen sind weiß angelaufen.

»Gut, Sonny. Du musst mir ja nichts sagen. Wenn du Angst hast, musst du das wirklich nicht. Aber zuhören kannst du mir wohl, oder?«

Sie nickt zaghaft.

»Ja, zuhören ist ein Anfang, ein wichtiger sogar. Aber selbst das können ganz viele nicht. Die wollen noch nicht einmal hören, was Schreckliches passiert ist. Nicht hören und nicht sehen. Dabei ist der Schrecken, sind die Gräueltaten, ist das Morden immer noch sichtbar und hörbar. Das wird es auch noch sehr lange sein. Vielleicht immer.

Und wir dürfen nicht wegsehen und wir dürfen nicht weghören. Und wir müssen anklagen. Die Mörder und alle und alles, die für dieses große Sterben und Elend verantwortlich sind. Damit alle es sehen und hören. Damit niemand es vergisst. Damit alle wissen: So ist es gewesen und so darf es niemals wieder sein. Verstehst du Sonny, verstehst du?«

Er redet sich in Rage. Seine Worte überstürzen sich. Und sie nickt, nickt im Takt seiner Wortkaskade immer schneller, immer energischer mit. »Du, ja, auch du, Sonny, Mädchen, Frau und zukünftige Mutter. Wenn sie dir morgen befehlen, du sollst Kinder gebären, Krankenschwestern für Kriegslazarette und neue Soldaten für neue Schlachten, du, Mutter, dann gibt es nur eins: Sag NEIN! Mutter, sag NEIN!« Und lauter, ja beinahe brüllend: »Sag NEIN, Mutter, sag NEIN!«

Placidia steht im Zimmer. Die beiden merken es nicht. Sonja hängt an seinen Lippen, er sitzt hoch aufgerichtet, das Gesicht hochrot im Bett. Die Worte stürzen nur so aus ihm hervor: »In den lärmenden dampfdunstigen Hafenstädten werden die großen Schiffe stöhnend verstummen …«

»Herr Borchert, hören Sie sofort auf, hören Sie auf mit dem unsinnigen Gerede!« Placidia stürzt ans Bett, packt ihn an den Schultern. Er heftet einen eisigen Blick auf sie und fährt unerschütterlich fort:

»… und wie titanische Mammutkadaver wasserleichig träge gegen die toten vereinsamten Kaimauern schwanken …«

»Ich hole den Professor. Jetzt gleich hole ich den Professor, damit er Sie endlich zum Schweigen bringt und dem Spuk hier ein Ende bereitet.« Sie reißt die Tür auf. »Und

Sie Fräulein, Sie verlassen jetzt geradewegs dieses Zimmer. Der Patient ist ja vollkommen außer sich.«

Sonja steht auf, wie in Trance, folgt der vor Wut schnaubenden Placidia. An der Tür dreht sie sich noch einmal um und ruft laut, sodass es bis ins Schwesternzimmer schallt und Schwester Gerbalda erschrocken in den Flur rennt: »Sagt NEIN! Mütter, sagt NEIN!«

3

Eilig und mit großen Schritten betritt Professor Gigon, gefolgt von der laut zeternden Placidia, fünf Minuten später das Krankenzimmer. Der Patient liegt ruhig in seinem Bett. Er atmet sehr regelmäßig, seine Wangen schimmern leicht rosig. Der Professor nimmt ihm den Puls, zieht ungläubig die Brauen hoch. Placidia wechselt nervös von einem Bein aufs andere, stottert: »Das verstehe ich nicht, Herr Professor, das verstehe ich wirklich nicht. Soeben hat er noch gestöhnt und gebrüllt und jetzt …«

Wütend starrt sie den Kranken an. Der lächelt, wendet sich dem Arzt zu und sagt ruhig: »Lieber Herr Professor, könnten Sie bitte Schwester Placidia damit beauftragen, mir Papier zu bringen? Ich muss dringend etwas schreiben. Einen literarischen Text. Ich war gerade bei der Arbeit, als Schwester Placidia mich unterbrochen und Sie geholt hat. Fräulein Hersperger, die zu Besuch war, wollte die Worte behalten und zu Hause bei sich für mich aufschreiben. Aber dann hat Placidia, ich meine natürlich Schwester Placidia, sie weggeschickt. Und nun bleibt mir nichts anderes übrig, als alles selber aufzuschreiben.«

»Also, das schlägt dem Fass den Boden aus.« Placidia läuft hochrot an, zittert vor Wut. Der Professor schmunzelt. Langsam wendet er sich der Nonne zu und sagt ruhig: »Bitte, liebe Schwester Placidia, Sie haben den Wunsch des Patienten Borchert vernommen. Bitte besorgen Sie ihm doch aus dem Schwesternzimmer umgehend einige Bogen unseres besten Papieres. Wenn ein Dichter zur Feder greifen möchte, dann darf man ihn unter keinen Umständen daran hindern.«

Erhobenen Hauptes verlässt die Nonne das Zimmer. Der Professor erkundigt sich noch nach diesem und jenem bei dem Patienten Borchert, unter anderem, ob ihm das Essen schmecke und die Beleuchtung im Zimmer zum Schreiben ausreichend sei. Der Kranke nickt zu allem kräftig mit dem Kopf. Ja, alles bestens, kein Grund zur Klage.

Zufrieden verlässt der Leberspezialist wenige Minuten später das Zimmer 200. Auch dieser Fall, und sei er noch so kompliziert und schwer, wendet sich nun offensichtlich endlich zum Besseren. Zwar wirkte der deutsche Schriftsteller noch schwächer und blasser als vor ein paar Tagen. Aber schließlich muss man sich ja auch auf das verlassen, was der Patient einem sagt. Vertrauen ist im Arztberuf sehr wichtig, zwischen dem Personal, aber eben auch zwischen Arzt und Patient. Zumindest was Erwachsene betrifft, bei Kindern verhält es sich anders. Auf die Aussagen von Kindern kann man sich nicht unbedingt verlassen. Die erfinden auch schon mal Geschichten, sind da besser als so manch ein Schriftsteller. Professor Gigon lacht auf und sagt laut in den Gang hinein: »Schriftsteller.« Die Schwester, die ihm entgegenkommt, wirft ihm einen ungläubigen Blick zu. Er grüßt sie mit einem Kopfnicken und strebt gutgelaunt seinem nächsten Fall zu.

Das Papier nimmt der Kranke wenige Minuten später aus Hedwigs lieben Händen entgegen. Placidia sei zu wütend gewesen, sie habe gesagt, dass sie sich wohl vergessen würde, wenn sie an diesem Tag noch einmal sein Zimmer betreten müsse. Was denn vorgefallen sei, möchte Hedwig wissen. Der Kranke vertröstet sie mit der Aussicht auf einen ausführlichen, amüsanten Bericht auf den nächsten Tag. Denn jetzt müsse er schreiben, jetzt dürfe er keine Minute mehr verlieren. Hedwig nimmt ihm noch das Versprechen ab, sich nicht zu überanstrengen. Dann ist er allein.

Er hat schon alles im Kopf, er muss es nur noch niederschreiben. Wie immer, wie in einem Rausch, ohne einmal die Feder abzusetzen, bis zum Schluss. Erst schreibt er sich die ganzen »NEINS« heraus, dann, praktisch ohne Punkt über zwei Seiten, die düstere, apokalyptische Vision, den Untergang der Menschheit. Nein, kein Konjunktiv. Kein wenn, dann könnte und würde vielleicht, sondern ein: wenn, dann wird. Futur. Zukunft. Oder eben keine Zukunft. Das Ende. Ohne Neuanfang. Das absolute Ende. Denn noch einmal wird sich die Menschheit nicht von einer solchen Katastrophe erholen. »… all dieses wird eintreffen, morgen, morgen vielleicht, vielleicht heute Nacht schon, vielleicht heute Nacht, wenn – wenn – wenn ihr nicht NEIN! sagt.«

Die Feder fällt ihm aus der Hand, rollt zu Boden. Augenblicklich übermannt ihn der Schlaf. In dem er im Traum blutspuckend und um Luft ringend auf dem Rücken in einem Erdloch liegt, über seinem Körper ein riesiger schwarzer Stein, den er mit den Händen wegzustoßen versucht, der sich aber keinen Millimeter rührt und mit jedem Stoß näher auf ihn zurückt, näher, immer näher, während aus den dunklen, feuchten Erdwänden die Würmer und Käfer in Scharen kriechen, sich über ihn hermachen, sich in ihn hineinbohren, er zu schreien versucht und keinen Laut herausbringt, das Blut aus seinem Mund quillt, der Stein auf seiner Brust drückt, fester, immer fester ...

Er schrickt hoch. Er sieht nichts. Er fühlt nichts. In den Beinen, in den Armen. Im Mund? Hat er überhaupt noch einen Mund?

Ein Schrei zerreißt die nächtliche stockfinstre Totenstille. Gleißendes Licht. Etwas stürzt auf ihn zu, eine Fratze, bleckende weiße Zähne, gestammelte Worte, Wortfetzen. Dann bunte Lichter, rot, blau, violett, orange, rot, ja, immer mehr rot. Er taucht in einen roten warmen See, hört ein Pochen, ein Rauschen, ein Sirren, sieht ein Flirren und Flattern, ein Flügelflattern wie von tausend aufgescheuchten Nachtfaltern. Dann ein plötzlicher Ruck, ein Stoß, ein unerträgliches Dröhnen und dann Nacht. Nacht, Nacht, Nacht.

4

Die Suppe schmeckt ihm ganz ausgezeichnet. Süß und säuerlich zugleich, nicht zu heiß und nicht zu kalt, nicht zu dick und nicht zu dünn, rinnt sie Löffel für Löffel in seiner Kehle hinunter. Landet an einem Ort, der sich hohl wie ein Erdloch anfühlt und nun mühsam aufgefülltwird. Mund auf, Löffel rein, ablecken, Löffel raus, schlucken. Und so immerfort im Takt. Wäre es Placidia und nicht Hedwig, die ihm geduldig das Essen reicht, er würde den Mund nicht öffnen. Aber so läuft die Karottensuppe in regelmäßigen kleinen Portionen in das Erdloch hinunter. Bis es so weit aufgefüllt ist, dass der Fußball, der ihm den Platz streitig macht, dagegendrückt und einen Schwall zurück nach oben befördert.

Hedwig fängt den Karottensuppenschwall geschickt mit einer großen weißen Serviette auf. Im Auffangen von Flüssigkeiten, die aus menschlichen Körpern austreten, ist sie eine Meisterin. Zu Hause stellt sie sich mit Peterchen auf diesem Gebiet sehr geschickt an und ihre Mutter überlässt ihr deshalb häufig das Füttern und Windelwechseln. Auch im Spital wissen die Schwestern Hedwigs Begabung zu schätzen und geben ihr gern und ausreichend Gelegenheit, sie unter Beweis zu stellen.

»Wolfgang?«

»Hm.«

»Du brauchst nicht zu reden, Wolfgang. Das Essen strengt dich genug an. Ich wollte dir nur sagen, dass ich das, was du gestern Abend geschrieben hast, aus dem Papierkorb im Schwesternzimmer gefischt habe. Dort hat es Placidia nämlich hineingeworfen, als du heute Nacht auf der Intensivstation warst. Die Blätter habe ich glattgestrichen und in deinen Koffer unter die sauberen Hemden gelegt. Das habe ich doch richtig gemacht, Wolfgang, nicht wahr?«

»Hedwig, Liebe …« Er hustet. Erneut ergießt sich ein orangefarbener Schwall in das Tuch, das das Mädchen bereithält.

»Du sollst doch nicht reden, Wolfgang!«

Vorsichtig wischt sie ihm den Mund mit einer frischen Serviette ab.

»So, ich glaube, das reicht erst einmal. Wir dürfen deinem armen Magen nicht zu viel Arbeit auf einmal aufbürden. Heute Nachmittag komme ich wieder und bringe dir etwas Obst. Das steht zwar nicht auf dem Speiseplan, aber es wird dir guttun.«

Das Mädchen steht auf und geht zum Schrank, öffnet ihn, schiebt den Koffer etwas nach rechts, schließt die Schranktür wieder.

»Alles in Ordnung mit den Papieren, Wolfgang.«

Sie geht zum Tischchen am Fußende des Bettes, zupft umständlich an den Blüten herum.

»Dass die Blumen auch immer so schnell welk werden. Es ist einfach zu warm hier drinnen. Soll ich das Fenster etwas öffnen, Wolfgang?«

Sie steht schon am Fenster, zieht es einen Spalt auf.

»Nur ein paar Minuten, sonst wird es zu kalt.«

Sie macht sich an den Vorhängen zu schaffen.

»Diese alten Dinger. Das Spital müsste unbedingt mal neue anschaffen, hellere, luftigere. Aber angeblich fehlt das Geld für Neuanschaffungen. Dabei haben die Schwesternzimmer in den vergangenen Monaten alle eine neue Bestuhlung bekommen. Und die muss ziemlich teuer gewesen sein, das kannst du mir glauben. Stühle mit Polstern und Lehnen, so etwas haben wir zu Hause nicht einmal im Esszimmer stehen. Wenn Gäste kommen, legt Mutter immer Kissen auf die harten Holzstühle.«

Sie schiebt das Kleebild auf der Heizung ein Stück nach links. Um es dann im nächsten Moment wieder an seine ursprüngliche Position zurückzustellen.

»Du glaubst gar nicht, wie sich die Schwestern die Münder über deine Bilder zerreißen. Ich finde sie sehr schön. Besonders mag ich das mit dem Pferd. In ein paar Jahren wird Peterchen sicher auch so schöne Bilder malen.«

»Was liegt dir auf dem Herzen, Hedwig?«

Erschrocken dreht sie sich zu ihm um.

»Wolfgang, du sollst doch nicht …«

»Es geht schon wieder. Also: Was, Hedwig? Was möchtest du wissen?«

»Kommt das schöne Mädchen heute Nachmittag wieder zu dir?«

»Das schöne Mädchen ist eine Frau und sie heißt Sonja Hersperger. Und ja, ich hoffe, nein, ich weiß, dass sie mich heute Nachmittag wieder besuchen wird. Sie hat versprochen, jeden Tag zu kommen.«

»Jeden Tag? Warum, Wolfgang? Hat sie keine Arbeit?«

»Doch, sehr viel sogar. Sie studiert an der Gewerbefachschule und will Malerin werden. Aber sie nimmt sich die Zeit, um nach dem Unterricht zu mir zu kommen.«

»Da muss sie dich aber sehr mögen.«

»Ja, ich glaube, sie mag mich.«

»Und du, Wolfgang, magst du sie auch?«

»Ja, ich mag sie auch.«

»Wie sehr?«

»Ich weiß es nicht, Hedi. Ein wenig, vielleicht etwas mehr. Ich weiß es wirklich nicht.«

»Ich mag sie zumindest viel mehr als die andere, diese Nelly Rudin. Die hat mir gar nicht gefallen.«

»Ach ja, warum denn nicht?«

Hedwig steht vor seinem Bett und stemmt energisch die schmalen Arme in die schlanken Hüften.

»Also, ich fand sie ziemlich eingebildet. Sie hat mich immer so von oben herab angesehen, wenn ich ihr auf dem Flur begegnet bin. Und dann habe ich natürlich gemerkt, dass sie gar nicht nett zu dir war. Du hast mir so leidgetan, Wolfgang.«

»Nelly war nett zu mir. Wir waren nur verschiedener Ansicht über manches. Das hat es wohl anstrengend gemacht für mich.«

»*Du* bist nett zu *ihr* gewesen, Wolfgang. Und sie war ganz fies. Denkst du denn, ich hätte nicht gesehen, wie es dir mit jedem Besuch von ihr schlechter ging?«

»Das war nicht Nellys Schuld.«

»Und ob. Wenn man einen Kranken besucht, dann muss man sich nach allen Kräften darum bemühen, ihm jeden Wunsch von den Lippen abzulesen und ihm seine Wünsche zu erfüllen.«

»Jeden Wunsch?«

»Ja, natürlich, jeden, Wolfgang. Warum fragst du?«

»Auch den nach Liebe?«

»Ja, aber sicher, Wolfgang. Gerade den nach Liebe. Liebe heilt bekanntermaßen.«

Er schüttelt den Kopf, streicht seine Decke glatt. Er möchte nicht weiter mit Hedwig darüber reden. Sie versteht ihn doch nicht.

»*Ich* liebe dich, Wolfgang. Ich hoffe, das weißt du. Und ich hoffe, es hilft dir ein wenig beim Gesundwerden.«

Er nickt. Und schluckt.

»Ja, Hedwig, du liebst mich. Und das fühlt sich sehr gut an. Und dafür bin ich dir sehr dankbar.«

»Du musst mir nicht dankbar sein, Wolfgang. Sie kommt ganz tief aus meinem Herzen, diese Liebe zu dir, und macht mich selber froh.«

Er weiß nicht, was er sagen soll. Sitzt da und sieht sie aus dunkeldankbaren Augen an.

»Ich muss jetzt gehen, Wolfgang. Nachher komme ich mit dem Obst. Bis dahin musst du dich ausruhen.«

Leise zieht das Mädchen die Tür hinter sich zu.

Er ruht sich nicht aus. Mit der warmen Suppe im Magen und Hedwigs Liebe im Herzen fühlt er sich stark genug, um sich an die Arbeit zu machen. Obwohl er mit dem ersten Manuskript bereits begonnen hat, will er sich nun erst einmal dem anderen zuwenden, dem, dessen Titel »Christliche Demokratie« ihn bereits die Nase rümpfen lässt. Denn wer weiß, wie lange er sich noch in der Lage dazu fühlt, sich dieser schwierigen Aufgabe zu stellen. Widerwillig nimmt er das erste Blatt zur Hand. Wie wenig hatte die christliche Kirche der nationalsozialistischen Hetze und Tyrannei entgegengestellt! Wie sehr hatten sich viele sogar instrumentalisieren, missbrauchen lassen! Was will dieser Brite, dieser Stafford Cripps also? Etwa eine Rehabilitierung der Kirchen?

Diese und andere abwehrende Gedanken schießen ihm durch den Kopf, als er die erste Seite zur Hand nimmt. Der Predigtstil, in dem der Text gehalten ist, missfällt ihm. Nicht hingegen das, was er liest:

»Ich könnte es niemals glauben, dass Gott diese Erde nur zur Vorbereitung auf ein Leben der Freude nach dem Tode geschaffen und dass sie daher nur ein ›Tal voll Leid und Tränen‹ zu sein habe.«

Was wollte ihm Placidia gerade gestern noch eintrichtern? Immer öfter hatte sie in den vergangenen Tagen vom Tod gesprochen, obwohl er sie darum gebeten hatte, ihn nicht damit zu behelligen. »Ich behellige Sie nicht, Herr Borchert, ich bereite Sie nur auf das Reich Gottes vor«, hatte die Nonne schnippisch zur Antwort gegeben. Und dann noch: »Im Leben müssen wir leiden, Herr Borchert, erst in der Nachfolge Christi, erst im Leiden und Sterben, gelangen wir zu unserem Herrgott.«

Und nun dies: »Es ist die Absicht Gottes – das hat uns Christus durch seine Worte und durch sein Leben gelehrt –, dass wir schon auf dieser von ihm geschaffenen Welt unser Heil erreichen und auf diese Weise unsere und seine Glückseligkeit vollenden.«

Der Predigtstil, ja, der widerstrebt ihm, aber die Worte, die streben auf ihn zu, die kann auch er verstehen und für richtig und gut befinden. Sinn und Zweck in dieser Welt ist es glücklich zu sein und es ist unsere Aufgabe, für dieses erfüllte Dasein einzutreten, zu arbeiten. Nicht nur für uns als Individuen, sondern für die Gesellschaft, in der wir leben.

Der Inhalt des Manuskripts erschließt sich ihm wie von selbst, eifrig arbeitet er, streicht Sätze, formuliert sie neu, immer im Hinblick darauf, den Inhalt möglichst genau zu bewahren und nur den Kanzelstil zu tilgen. Der Text ist wichtig, ihm wichtig. Es handelt sich um die Vision eines britischen christlichen Politikers von einer funktionierenden, intakten Gesellschaft zwei Jahre nach dem Zweiten Weltkrieg. Die Vision von einer Welt, in der ein Krieg unmöglich ist.

Um drei schlüpft Hedwig in sein Zimmer, außer Atem, mit gerötetem Gesicht. Einer der geflochtenen Zöpfe hat sich aufgelöst, das blonde Haar ergießt sich auf ihre rechte Schulter.

»Oh, Wolfgang, du glaubst ja gar nicht, was ich gerade erlebt habe.«

Er lässt das Manuskript sinken.

»Placidia hat mir befohlen, sämtliche Papierkörbe auf der Station vor ihren Augen auf den Boden zu leeren. Alles hat sie durchwühlt. Und dabei geflucht. Ja, tatsächlich, geflucht hat sie. Nur ich habe es gehört, aber es stimmt. Gefunden hat sie nicht, wonach sie gesucht hat.«

»Meinen Text?«

»Sie hat es nicht gesagt, aber der wird es gewesen sein, dein Text. Fuchsteufelswild ist sie geworden, als ich ihr den letzten Korb vor die Füße geschüttet habe und darin nichts als Bonbonpapiere, ein Einkaufszettel und eine leere Packung Zigaretten zu finden waren. »Dem werde ich sein ›Nein‹ schon austreiben, jawohl, das Neinsagen werde ich ihm gründlich austreiben.« So oder ähnlich hat sie vor sich hin geschimpft und den ganzen Müll auf dem Boden verteilt.«

»Den du wieder zusammenfegen durftest.«

»Ja, natürlich, wer denn sonst. Aber es hat mir nichts ausgemacht, Wolfgang. Ich war nur so froh, dass ich deinen Text rechtzeitig aus dem Korb geholt und in deinem Koffer versteckt habe.«

»Weißt du, warum Placidia den Text haben wollte?«

»Nein, das weiß ich nicht. Ich vermute aber, dass sie ihn dem Professor als Beweismaterial übergeben wollte. Um ihm zu zeigen, was für ein Wahnsinniger du bist, der hier auf der Station alles durcheinanderbringt und die Schwestern gegeneinander aufhetzt. Und ihr, der Schwester Placidia, mit seinem ständigen Neinsagen das Leben schwer und die Arbeit unmöglich macht.«

Hedwig lacht leise auf. Das offene Haar ist während ihrer Rede nach vorne gerutscht und verdeckt wie ein schimmernder Schleier die rechte kleine Wölbung unter ihrer weißen Bluse.

Er murmelt:

»Sehr schön. Wirklich sehr schön.«

»Was ist denn daran schön, Wolfgang? Hässlich ist das von Placidia. Ganz hässlich. Wie sie dich beim Professor anschwärzen will. Dabei mögen dich hier doch alle, bis auf Placidia.«

»Und ein paar andere Nonnen.«

»Na ja, das mag stimmen, aber immerhin zeigen sie es nicht und machen dir das Leben nicht noch schwerer, als es für dich ohnehin schon ist.«

»Gerade in diesem Augenblick ist mein Leben nicht schwer, Hedwig. Es fühlt sich sogar ganz leicht an.«

»Wie schön, Wolfgang, das freut mich sehr. Aber nun muss ich wieder fort. Placidia hat mich zum Bodenschrubben verdonnert.«

Schon ist sie an der Tür, da dreht sie sich noch einmal um und greift in die rechte Tasche ihres blauen Rockes. Hervor zieht sie einen blanken, roten Apfel.

»Hier, Wolfgang, fang.«

Er erwischt den Apfel mit der rechten Hand.

»Guter Wurf, Hedwig.«

Fort ist sie. Er beißt in die süße Frucht. Der Saft läuft an seinen Fingern, seiner Hand, seinem Arm bis auf die Bettdecke hinunter. »Placidia wird mich umbringen dafür«, sagt er laut zu sich selber. Und leise: »Dafür oder für etwas anderes. Aber dass sie mich umbringen wird, das steht außer Zweifel.«

5

Ihre kleine Hand in seiner großen. Warm und weich ist sie. Diesen Augenblick, in dem Sonja ihm das winzige, runde, glatte Etwas übergibt, genießt er in vollen Zügen. Und dann hält er es einige Sekunden in der geschlossenen Hand, wärmt, drückt, liebkost es, bevor er voller Spannung, sehr langsam die Finger öffnet. Auf seiner Handfläche liegt eine zierliche, perlmuttfarbene Schneckenmuschel, so fein und säuberlich im Ganzen gearbeitet, dass er sie im ersten Moment für das Werk eines äußerst begabten und hochspezialisierten Künstlers hält. Um dann im nächsten zu erkennen, dass sie ein Wunder der Natur ist. Staunend, mit geöffnetem Mund dreht und wendet er sie ein paar Mal vor seinen Augen hin und her. Und hält sie schließlich zur Lampe hin gegen das Licht.

»Wie sie schimmert und funkelt. Schau nur, Sonny, an einer winzigen Stelle kann man sogar durch das Gehäuse hindurchschauen, so zart ist es gebaut. Ein wahres Wunderwerk.«

»Ich freue mich, dass sie dir gefällt. Als ich zehn Jahre alt war, habe ich sie in Italien am Meer gefunden. Seitdem bewahre ich sie als meinen größten Schatz an einem geheimen Ort sicher auf. Und nun gehört sie dir.«

Er ist selig, sehnsüchtig flüstert er: »Das Mittelmeer. Ob ich es wohl einmal in meinem Leben sehen werde?«

»Bestimmt, Wolfgang. Wenn du gesund bist, reisen wir gemeinsam ans Meer. Zuerst an das kalte im Norden, wenn wir deine Eltern und dein geliebtes Hamburg besuchen und gleich anschließend an das warme im Süden. Und dann werde ich dir alles zeigen, all die wunderbaren antiken Stätten, das wird dir gefallen, Wolfgang, ganz sicher. Ein Dichter muss den Süden, ja, vor allem muss er Italien kennen. Alle sind sie dort gewesen. Alle großen Dichter.«

Die junge Frau lässt ihrer Begeisterung freien Lauf. Den grünen Mantel wirft sie in hohem Bogen auf die Stuhllehne und beginnt im Zimmer herumzutanzen.

»In die Oper gehen wir, in die Scala, in die großen Konzert- und Tanzsäle. Das wird ein Fest, ein einziges Fest wird das Wolfgang.«

Sie dreht sich um die eigene Achse, langsam, lässt die Arme seitlich schweben, summt leise vor sich hin:

»Ma un altro sole più bello non c'è. Il sole mio, sta in fronte a te! Il sole, il sole mio, sta in fronte a te, sta in fronte a te!«

Fasziniert betrachtet er ihre Bewegungen. Wie sie ihre schlanke Taille, wie sie ihre Hüften wiegt, wie der schmale, dunkle Rock langsam immer höher über ihre Knie rutscht. Fasziniert und mit einer leise aufkommenden Traurigkeit, die sich mit jeder ihrer Drehungen stärker in ihm ausbreitet. Nach minutenlanger Selbstversunkenheit setzt sie sich schließlich zu ihm ans Bett zurück. Ein wenig außer Atem, noch ganz mit ihren Gedanken in der Welt des Gesangs und der Sonne Italiens. Seine geröteten Augen nimmt sie nicht wahr.

»Hat dir meine kleine Vorstellung gefallen, Wolfgang? Sonst habe ich keine Zuschauer, tanze und singe nur zu Hause für mich in meinem Zimmer. Aber wie gerne mache ich das! Es erinnert mich an meinen Vater und an die wunderschönen Urlaube, die ich mit ihm als Kind in Italien verbringen durfte. Wenn ich auf Italienisch singe und dazu tanze, fühle ich mich wieder so frei und froh wie damals.«

Er schweigt.

»Du sagst gar nichts, Wolfgang.« Unsicherheit breitet sich auf ihrem Gesicht aus. »Es hat dir nicht gefallen, nicht wahr? Oh, ich Dumme, ich habe es nicht gemerkt und immer weitergemacht. Habe ganz vergessen, dass ich ja nicht zu Hause in meinem Zimmer bin.«

»Es hat mir gefallen, Sonny. Sehr sogar. Du bist eine wunderbare Tänzerin und Sängerin. Und dass du so gut Italienisch sprichst!« Seine Miene. Sie ist todernst.

»Das sagst du nur, weil du nett bist, Wolfgang. Weil du mich nicht verletzen willst.«

»Nein, Sonny, ich meine es ganz ehrlich. Nur war ich nicht auf so eine einmalige Vorstellung vorbereitet. Und deshalb hat mir wohl etwas die innere Einstellung gefehlt, die notwendig ist, wenn man einer künstlerischen Darstellung beiwohnt.«

»Künstlerische Darstellung. Beiwohnen.« Sie runzelt die Stirn. »Du machst dich über mich lustig, Wolfgang.«

Er schüttelt den Kopf. »Nein, Sonny, ganz sicher nicht. Warum glaubst du mir nicht?«

»Ach, ist schon gut.« Sie macht eine wegwerfende Handbewegung. »Ist ja nicht so wichtig. Hauptsache, die Muschel gefällt dir.«

»Die und deine Vorstellung gefallen mir, Sonny. Das ist die Wahrheit und nichts als die Wahrheit. Ich schwöre.« Er hebt die Hand zum Schwur.

Ihr Lächeln, es verrät immer noch Unsicherheit, dann zögerlich: »Gut, Wolfgang, ich glaube dir.« Mit einem Satz springt sie auf.

»Da spiele ich dir hier so ein unsinniges Theater vor und wollte mich doch eigentlich nach deiner Gesundheit erkundigen. Gestern musste ich so plötzlich gehen und habe mir dann Vorwürfe und Sorgen gemacht. Dich einfach so mit deinen Gespenstern allein zu lassen! Ich hätte nicht gehen dürfen. Aber die Schwester hat mich so böse angesehen, dass ich richtig Angst bekommen habe.«

»Ja, Placidia, die Plage. Pass nur auf, dass sie dich nicht auch noch ins Grab bringt. Sie wäre in der Lage dazu.«

»Wolfgang!« Entsetzt starrt sie ihn an. »Was redest du denn da!«

»Wieder die Wahrheit und nichts als die Wahrheit, so wahr mir Gott helfe.« Er lacht bitter.

Ihr Gesicht wird weiß wie sein Laken.

»Darüber darfst du keine Scherze machen, Wolfgang. Ich bitte dich, sei nicht so sarkastisch.«

»Manches kann man nur so ertragen.«

»Aber du wirst doch wieder gesund. Natürlich wirst du gesund. Und die Schwestern wollen nur dein Bestes. Wenn mich Placidia gestern weggeschickt hat, so doch nur, um dich zu schonen, Wolfgang. Ja, mit Sicherheit. Mein Besuch war einfach zu anstrengend. Das hat sie gemerkt.«

»Oh, Sonny.« Er schüttelt den Kopf, und leise, für sich: »Arme Sonny.«

Sie reden noch über Belanglosigkeiten an diesem späten Nachmittag. Draußen ist es dunkel. Der Novembersturm zerrt an den Bäumen vor seinem Fenster. Als sie geht, setzt prasselnd der Regen ein.

Um sechs bringt Mina das Abendbrot – Placidia weigert sich immer noch, sein Zimmer zu betreten. Er sitzt da und starrt Löcher in die Luft. Als die Schwester das Tablett auf sein Tischchen stellt, schaut er sie an:

»Mina, wie kann es sein, dass eine so schöne, begabte, junge Frau, der, wenn sie nur wollte, die ganze Welt zu Füßen läge, sich im Innern so schwach und unbedeutend fühlt?«

Erstaunt sinkt die Nonne auf den Stuhl an seinem Bett.

»Wen meinen Sie, Herr Wolfgang? Doch nicht etwa das Fräulein Hersperger, das sie jetzt immer besuchen kommt?«

»Doch, genau, Sonja meine ich.«

»Ja, was soll ich dazu sagen?« Mina faltet die Hände ineinander, legt sie in den Schoß. »Mit solchen Dingen habe ich keine Erfahrung.«

»Versuch dich einfach in die junge Frau hineinzuversetzen, liebe Mina. Dein Herz ist so weit und so weise, dass dir das mit Sicherheit gelingen wird.«

»Sie verlangen viel von mir, lieber Herr Wolfgang. Ich bin eine Nonne. Ich habe mich vor vielen Jahren für dieses Leben entschieden. Für ein Leben im Dienst unseres Herrn.«

»So lange kann das noch nicht her sein, Mina. Du bist noch jung.« Prüfend sieht er sie an. »Warum hast du dich als sehr junge Frau eigentlich für dieses Leben entschieden?«

Sie lächelt, neigt den Kopf zur Seite und sagt:

»Der Herr, unser Vater, er hat mich gerufen.«

»Und warum bist du dann zu den Ingenbohler Schwestern gegangen, wenn dich der Herr, dein Vater gerufen hat?«

»Er hat mir eben gesagt, dass ich eine Schwester vom Heiligen Kreuz werden soll.«

»Aha, das stelle ich mir also folgendermaßen vor: Das junge Mädchen Mina sitzt ins Gebet vertieft. Da hört es plötzlich eine Stimme vom Himmel herunter: Liebe Mina …« Er hält inne, fragt: »Wie heißt du eigentlich mit Nachnamen?«

»Herbel. Ich heiße Mina Herbel.«

»Gut, also, da hört das junge, ins Gebet vertiefte Mädchen plötzlich eine Stimme, die vom Himmel kommt und mit ihm spricht: »Liebe Mina Herbel, ich sage dir, werde eine Schwester vom Heiligen Kreuz.«

Sie sieht das Blitzen in seinen Augen.

»Ach, Wolfgang, du machst dich über mich lustig. Das ist nicht fein.« Und schlägt sich auch schon die Hand vor den Mund. »Jetzt habe ich es schon wieder gesagt. Der Herr, unser Vater, verzeihe mir, dass mein Kopf in Ihrer Gegenwart, lieber Herr Wolfgang, immer so durcheinandergerät.«

»Vielleicht will es der Herr, unser Vater, auch gerade so, Mina. Dass du endlich immer ›Du‹ und ›Wolfgang‹ zu mir sagst. Und deshalb macht er deinen Kopf extra in meiner Gegenwart durcheinander. Denn nicht der Herr, dein Vater, hat dir gesagt, dass du mich so gestelzt ansprechen sollst, sondern die Schwester Oberin. Habe ich recht, liebe Mina?«

Die Nonne verkrampft die Finger ineinander, sitzt stocksteif da, schweigt.

Er lächelt sie an, herausfordernd:

»Stimmt's oder habe ich recht?«

Zwischen den Zähnen presst sie hervor:

»Unser Gott, der Herr spricht zur Schwester Oberin und gibt ihr die Regeln vor. Und dann gibt es natürlich noch die, die der Heilige Vater für unser Leben bereithält.«

»Du meinst den Papst in Rom?«

Mina nickt. »Ja, Herr Wolfgang, ich meine den Heiligen Vater in Rom, Pius XII.«

»Und warum glaubst du, dass das, was der Herr, dein Vater, der Oberin und dem Papst sagt, mehr zählt als das, was er dir vorgibt?«

Die Verwirrung steht der Schwester ins Gesicht geschrieben. »Was soll er mir denn vorgeben?«

»Na, dass du endlich ›Du‹ zu mir sagst, Mina.« Er zieht die Brauen hoch und lacht sie an. »Der liebe Gott spricht nicht nur mit einer Stimme, die man hören, er spricht auch mit einer Stimme, die man ganz tief im Herzen fühlen kann. Das wirst du ja wohl kaum bestreiten, Mina!«

Sie nickt. Dann schüttelt sie den Kopf. »Nein, das bestreite ich nicht, lieber Herr Wolfgang.«

Er zieht die Brauen noch höher. »Was sagt die Stimme in deinem Herzen?«

Sie errötet, schüttelt den Kopf so kräftig, dass die Nonnenhaube verrutscht. »Ach, Wolfgang, immer bringst du mich so durcheinander. Ich weiß gar nicht mehr, wo mir der Kopf steht!« Und dann lacht auch sie, löst die steifen, verkrampften Finger in ihrem Schoß und klatscht einmal laut in die Hände.

»So gefällst du mir viel besser, Mina. Du musst einmal mit Sonja reden. Auch sie sollte mehr auf die Stimme in ihrem Innern hören als auf die von irgendwelchen Herren.«

»Was meinst du, Wolfgang? Was für Herren?«

»Vielleicht der Herr Lehrer, vielleicht aber auch der Herr Vater.«

»Jetzt dreht sich tatsächlich alles in meinem Kopf, Wolfgang!«

Mit einem Mal erhebt sich die Nonne und zieht einen Brief aus ihrer Rocktasche: »Den habe ich dir heute Morgen noch nicht geben wollen nach dem erneuten Anfall.« Sie legt den Brief auf das Tablett, das sie vom Tischchen hebt und ihm auf die Decke stellt. »Und nun iss ordentlich, Wolfgang, damit du wieder zu Kräften kommst. Das ganze Philosophieren hilft uns ja doch nur weiter, wenn wir am Leben sind. Hier und jetzt. Stimmt's oder habe ich recht?«

Von der Tür aus wirft sie ihm einen schelmischen Blick zu. Dann ist sie verschwunden.

6

Um sieben kommt Placidia in sein Zimmer, räumt das Tablett ab, holt die Bibel aus der Schublade, legt sie ihm – wie üblich mit großem Nachdruck – auf die Bettdecke. Alles, ohne auch nur ein einziges Wort an ihn zu richten. Dafür tausend Blicke, die ihn besser jetzt gleich als morgen töten sollen.

Nachts träumt er von einem Mädchen mit langen goldenen Haaren, das an einem Webstuhl einen silbernen Stoff webt. Immer und immer wieder fährt das Schiffchen mit dem glitzernden Faden hin und her. Bis plötzlich der Faden zu Ende ist und das Mädchen vor Schreck die Spindel fallen lässt. Das Stück ist noch nicht fertig. Ein Mann tritt herein, groß und dunkel, mit einem mächtigen Umhang und einer Krone auf dem Kopf. Das Mädchen zittert vor Angst. Der Mann reißt das unfertige Stück vom Webstuhl, die silbernen Fäden flirren durch die Luft und so schnell wie er aufgetaucht ist, verschwindet er wieder. Das Mädchen bleibt allein zurück. Seine Hände bluten. Und aus seinen Augen treten dicke rote Tränen.

Nur schemenhaft kann er sich am Morgen an den Traum erinnern. Erst als seine Nase beim Schnäuzen zu bluten beginnt, kommen die Erinnerungsfetzen in ihm hoch. Er legt den Kopf in den Nacken und schiebt sich zwei Taschentücher fest in die Nasenlöcher. Nur nicht rufen, nur nicht den Drachen schon vor dem Frühstück ans Bett holen!

Als Hedwig ihm eine halbe Stunde später Rührei, Brot und Kaffee bringt, atmet er erleichtert auf. Das Mädchen entfernt vorsichtig die Tücher aus seiner Nase. Die Blutung hat aufgehört. Sie legt ihm frische Tücher auf das Tischchen und ermahnt ihn, sofort nach ihr zu rufen, wenn er sie brauche. Placidia sei am Morgen nicht im Haus und sie habe den Auftrag, sich um ihn zu kümmern. Als sie sein Zimmer verlässt, fängt er ihren liebevollen Blick auf. Und wirft ihr einen dankbaren hinterher.

Etwas Rührei akzeptiert sein Magen. Brot hingegen überhaupt nicht. Kaffee? Einen Schluck. Erschöpft lehnt er sich nach dem mageren Frühstück in sein Kissen zurück. Und erinnert sich plötzlich an den Brief, der noch immer verschlossen unter demselben liegt. Mühsam angelt er ihn hervor und betrachtet den Umschlag. Name und Adresse sind in zierlicher schwarzer Schrift geschrieben, hinten befindet sich klitzeklein der Absender: Martin F. Cordes. Die Anschrift kann er kaum entziffern.

Was er zu lesen bekommt, taucht ihn augenblicklich in ein Wechselbad der Gefühle. Da schreibt ihm ein deutscher Emigrant einen sehr ausführlichen, sehr offenen Brief: Er habe seine Geschichte »Die Hundeblume« gelesen und sei entsetzt über die Blasphemie, die ihm aus ihr entgegenschlage. Ob er sich nicht statt des Revoltierens gegen Gott und die Welt zur Demut durchringen könne?

Schlagartig revoltiert etwas in ihm. Es ist das Rührei, das sich seinen Weg vom Magen durch die Speiseröhre zurück erkämpft. Schnell greift er nach den Tüchern, die Hedwig bereitgelegt hat. Eines presst er fest auf den Mund, die anderen legt er griffbereit vor sich auf die Decke. Erst dann liest er die beigefügten Verse:

»Du bist's, der, was wir bauen,
Mild über uns zerbricht,
Dass wir den Himmel schauen –
Darum so klag' ich nicht.«

Eichendorff. Die Verse stoßen ihm sauer auf. Wie kann ein Deutscher nach der totalen Katastrophe so etwas anführen? Der Kranke lässt den Brief sinken, atmet schwer. Der Brechreiz treibt ihm die Tränen in die Augen. Tief ein- und ausatmen, tief ein und aus. Durch den Tränenschleier hindurch überfliegt er die letzten Zeilen: Martin F. Cordes kündigt seinen Besuch an! Übermorgen wird ein Mann an seine Zimmertür klopfen und an sein Bett treten, der – so die abschließenden Worte des Briefeschreibers – wahrscheinlich auch nur wie ein verlogener Theologe aussieht.

Der verlogene Theologe. In seiner Hundeblumengeschichte hat er über ihn geschrieben: Eigens aus der Hölle scheint er beurlaubt, um ihm das Pflücken seiner Blume völlig unmöglich zu machen. Seine erste Geschichte. Unter unsäglichen Qualen hat er sie sich aus der Seele geschrieben. Der Theologe Martin F. Cordes hat sie gelesen und fühlt sich nun persönlich getroffen.

Der Kranke zieht den letzten Bogen Papier aus der Schublade seines Nachttisches und schreibt dem verletzten Theologen eine kurze Antwort. Er lässt seinen Brief mit der Zeile enden: »Doch ich weiß, wir werden uns irgendwo doch wohl nahe sein!«

Später hilft ihm Hedwig beim Entziffern des Absenders. Auch besorgt sie einen Umschlag und verspricht ihm, den Brief gleich nachher zur Poststelle zu bringen. Dann ist er wieder allein. Er holt das Manuskript über die »Christliche Demokratie« hervor und beginnt zu arbeiten.

Schon nach wenigen Zeilen hält er inne. Plötzlich scheint sich alles in seinem Leben nur noch um Religion, um Kirche und um Glauben zu drehen! Nicht nur, dass er in diesem katholischen Spital tagtäglich dem Gerede Placidias ausgesetzt ist, das keinen anderen Gegenstand mehr zu kennen scheint als Sünde und Tod auf der einen, Reue und Ewiges Leben auf der anderen Seite. Mit Mina philosophiert er über die göttliche Stimme und muss sich im Dickicht kirchlicher Strukturen zurechtzufinden suchen. Beim Lektorieren verlangt man von ihm, dass er sich in eine religionssoziologische Materie vertieft, um die er unter anderen Lebensumständen einen weiten Boden gemacht hätte. Und zu guter Letzt wird er sich noch mit den alles beschönigenden Ansichten dieses Theologen Cordes auseinandersetzen dürfen!

Mit jeder lektorierten Seite fällt ein Stück des Unmutes von ihm ab. Die verbleibenden Kapitel lassen ihn erneut erkennen, dass er die Ansichten dieses Stafford Cripps im Kern durchaus teilen kann. Vielleicht entpuppt sich der Emigrant Cordes ja auch als interessanter Gesprächspartner und nicht als verlogener Theologe?

Sehr schüchtern betritt Sonja an diesem späten Nachmittag sein Zimmer. Ganz in Schwarz ist sie gekleidet, selbst auf dem Kopf trägt sie einen schwarzen Hut mit breiter Krempe, der es ihrem Gegenüber kaum erlaubt, einen Blick auf ihr Gesicht zu erhaschen.

»Guten Abend, Wolfgang.«

»Guten Abend, Sonja.«

Sie kommt näher, strebt aber nicht dem Stuhl an seiner Seite zu, sondern stellt sich an das Fußende des Bettes.

»Kommst du gerade von einer Beerdigung, Sonja?«

Sie schüttelt den Kopf. Dann hebt sie die rechte Hand zum Hut und zieht ihn ab. All das geschieht in Zeitlupentempo. Er verfolgt, wie sich das schmale Handgelenk mit der feinen silbernen Uhr entblößt, als der Ärmel des schweren Stoffmantels hinunterrutscht, wie die feingliedrige

Hand die breite Krempe am Rand umschließt und der Hut langsam, Zentimeter für Zentimeter heruntergezogen wird. Bis er schließlich seiner Funktion beraubt schlaff in ihrer rechten Hand seitlich an ihrem Körper hängt.

Ihr Haar. Für einen kurzen Moment ist er sprachlos. Dann kommentiert er trocken: »Also doch eine Beerdigung.«

Ihre Linke greift in die Manteltasche. Wieder dieses Zeitlupentempo in jeder ihrer Bewegungen. Zuerst verschwinden die hellen Finger in der dunklen Stoffhöhle, bleiben dort wie tot stecken, um sich dann Zentimeter für Zentimeter wieder hervorzuarbeiten. Es braucht Zeit. Und es braucht Kraft. Die Anspannung, die Anstrengung steht ihr ins Gesicht geschrieben. Endlich kommt ein dunkles Päckchen zum Vorschein. Leise knistert es zwischen ihren Fingern.

»Was ist das, Sonny?«

Blitzartig umschließen ihre Finger das Päckchen und bilden eine feste Faust.

»Sind das deine Haare?«

Ihre dunklen Augen schimmern.

»Ich weiß zwar nicht, warum du sie abgeschnitten hast, aber eins steht fest: Die neue Frisur steht dir ganz ausgezeichnet.«

Eine Träne löst sich von ihrer rechten Wimper und rinnt über die blasse Wange.

»Da soll ich mir die langen Dichterhaare wieder wachsen lassen und du verwandelst dich über Nacht in eine androgyne Schönheit.« Er schnalzt mit der Zunge. »Junge, Junge, was soll man davon halten?«

Mit einem lauten Schluchzen stürzt sie auf ihn zu und fällt ihm um den Hals. »Ach, Wolfgang, du weißt ja gar nicht, wie ich leide.«

»Und ob ich es weiß, liebe, geliebte Sonny.«

Sie sinkt auf die Bettkante nieder, vergräbt ihren Kopf in seiner Brust, er sein Gesicht in ihrem dunklen Jungenhaar. Sie schluchzt: »Wäre ich doch wie du, ach, wäre ich doch nur wie du.«

»Sch, sch, mein Kleines, sch, sch.«

Er wiegt sie in seinen Armen. »Beruhige dich, Liebes. Beruhige dich.« Er hält und wiegt sie. Erinnert sich an die unendlich vielen Trostworte seiner Mutter und an die nicht ganz so vielen seines Vaters.

»Alles ist gut, Sonny, alles ist gut. Und du bist so stark. Ich weiß es, du bist stark. Ich glaube an dich. Du musst nur auch ganz fest an dich selber glauben. Ich weiß, du wirst es schaffen. Ich bin mir ganz sicher.«

Viele Minuten geht das so. Immer und immer wieder streicht der Kranke dem schluchzenden Mädchen sanft über den Rücken. Bis das Schluchzen langsam verebbt, bis es sich zögerlich aufrichtet und ihn aus tränenverquollenen Augen ansieht.

»Wenn ich ein Junge wäre, könnte ich tun und lassen, was ich will. Und ich will doch Künstlerin sein.«

»Auch eine Frau kann Künstlerin sein, Sonny.«

»Du hast gut reden, Wolfgang!«

»Ich kenne so viele Schauspielerinnen, Sonny, das glaubst du gar nicht.«

»Ja, Schauspielerinnen. Aber ich will nicht auf einer Bühne stehen, ich will nicht, dass die Menschen mich anschauen.«

»Aber das kannst du doch ganz wunderbar, wenn ich so an deine gestrige Vorstellung denke. Und außerdem bist du eine sehr schöne Frau, das ist auch nicht ganz unwichtig, wenn man ein Publikum begeistern will!«

Wieder beginnt es in ihren Augen zu glänzen. Trotzig wischt sie die Tränen fort. »Ich will aber nicht, dass mich die Menschen mögen. Ich will, dass sie meine Bilder mögen.«

»Ich verstehe.« Liebevoll streicht er ihr über die Haare. »Die sind ja fast so kurz wie meine.«

Sie reicht ihm das Päckchen: »Bitte, Wolfgang, ich schenke sie dir.«

Entsetzt schüttelt er den Kopf. »Nein, Sonny, das kann ich nicht annehmen. Wirklich nicht.«

»Ich bitte dich sehr darum, Wolfgang.«

Er wehrt mit den Händen ab.

»Bitte, Wolfgang, bitte.« Augen und Stimme des Mädchens lassen ihn weich werden. Er nimmt das Päckchen entgegen. Und verstaut es mit hastigen Bewegungen in der Nachttischschublade. »Da ist es sicher, Sonny, vielen lieben Dank.« Er lächelt gequält und sagt schnell: »Im Übrigen bin ich mit einer Fotografin befreundet, Rosemarie Clausen heißt sie. Sie hat kurz bevor ich in die Schweiz abgereist bin, sehr gute Fotografien von mir gemacht. Und dann kenne ich noch eine Frau, die ist sogar Malerin und Bildhauerin. Vera Mohr-Möller heißt sie und ist in Deutschland durch ihre Illustrationen von Kinderbüchern ziemlich bekannt.«

»Kinderbücher will ich nicht illustrieren.« Sie schiebt die Unterlippe vor.

»Das sind doch nur Beispiele, Sonny. Dafür, dass du auch als Frau Bilder malen kannst, die die Menschen mögen.«

»Und warum hast du keine Bilder von Malerinnen in deinem Zimmer? Gibt es keine, die du magst?«

»Dafür gibt es einen ganz einfachen Grund: Die Bilder hat mir eine Kunstsammlerin ausgeliehen, sie sammelt vor allem Werke von Paul Klee. Sie hat mich hier im Krankenhaus besucht und mich gefragt, ob ich gerne ein paar Klee-Bilder an den kahlen, weißen Wänden hätte. Und da habe ich natürlich sofort begeistert Ja gesagt, anstatt nachzubohren, ob sie nicht vielleicht auch Werke einer Malerin im Angebot hat.«

»Ach so, ich verstehe.« Ihr Schmollmund verrät ihm das Gegenteil.

»Welche Bilder würdest du denn gerne hier an den Wänden sehen, Sonny?«

»Etwas von Marianne von Werefkin.«

»Der Russin?«

»Ja, der Russin, der es nicht besser ergangen ist als Paul Klee. Auch sie musste aus Deutschland fliehen und hat als Staatenlose in der Schweiz gelebt. Mit meinem Vater habe ich ihr Atelier in Ascona besucht, da war ich noch ein kleines Mädchen.«

»Tatsächlich?«

»Oder etwas von Paula Modersohn-Becker.«

»Der Geliebten Rilkes?«

»Ja, der Frau, die nur den zweiten Platz in seinem Herzen hat einnehmen dürfen.«

Er ergreift ihre Hand und beginnt augenblicklich zu rezitieren:

»Denn Das verstandest du: die vollen Früchte.
Die legtest du auf Schalen vor dich hin
und wogst mit Farben ihre Schwere auf.
Und so wie Früchte sahst du auch die Fraun
und sahst die Kinder so, von innen her
getrieben in die Formen ihres Daseins.
Und sahst dich selbst zuletzt wie eine Frucht,
nahmst dich heraus aus deinen Kleidern, trugst

dich vor den Spiegel, ließest dich hinein
bis auf dein Schauen; das blieb groß davor
und sagte nicht: das bin ich; nein: dies ist.«

Voller Begeisterung fällt sie ihm um den Hals. »Du kennst es, Wolfgang, ach, du kennst es auch, dieses wunderbare Requiem.«

»Natürlich. Hast du denn vergessen? Rilke war mein Gott.«

»Gestern hast du das auch schon gesagt: Rilke war mein Gott. Ist er es denn nicht mehr?«

»Ach, Sonny.« Er schüttelt den Kopf. »Das ist jetzt nicht so wichtig. Erzähl mir lieber von den Bildern, die du malen möchtest.«

Sie neigt den Kopf zur Seite. »Wie soll ich von ihnen erzählen, Wolfgang? Dafür fehlen mir die Worte.«

»Sprich vom Inhalt. Was willst du malen? Landschaften, Menschen oder Stillleben?«

»Nein.« Energisch schüttelt sie den Kopf.

»Tiere, Pflanzen, das Meer, die Berge …«

Sie unterbricht ihn. »Nein, Wolfgang, gib dir keine Mühe. Es geht nicht mit Worten.«

»Du willst abstrakt malen.«

Ihr Gesicht hellt sich auf.

»Es scheint mir, als kämen wir der Sache näher.«

Sie weist auf das Klee'sche Pferdebett. »So in etwa.«

Er nickt. Und beginnt zu verstehen.

7

Am nächsten Morgen arbeitet er mehrere Stunden konzentriert weiter an dem Manuskript des Amerikaners

Allen Welsh Dulles. Der Autor schreibt so detailliert über die Verschwörung gegen Hitler am 20. Juli 1944, hat einen so tiefen Einblick in die Geschehnisse, als wäre er selber dabei gewesen. Der Kranke lektoriert wie im Rausch. Hätte er doch damals, als er die fürchterlichen neun Monate in Untersuchungshaft in Berlin-Moabit saß, gewusst, was in München vor sich ging. Das Wissen um die Mutigen, um die Taten derjenigen, die dem Grauen ein Ende setzen wollten, dieses Wissen hätte ihn aufgerichtet, ihn hoffen lassen.

Kurz vor dem Mittag ist er fertig. Und vollkommen erschöpft. Mehrmals gleiten ihm die beiden Manuskripte aus der Hand, bevor es ihm gelingt, sie in den großen, von Dr. Oprecht voradressierten und frankierten Umschlag zu stecken. Mina erschrickt, als sie in sein Zimmer kommt, um ihm neue Blumen hinzustellen. Leichenblass und mit Schweißperlen auf der Stirn liegt er mit geschlossenen Augen da. Flüsternd beauftragt er sie damit, den Umschlag noch vor dem Mittag zur Post zu bringen. Sie tupft ihm die Stirn trocken und streicht ihm über die Wange. »Ruh dich jetzt aus, Wolfgang. Ich bringe das Mittagessen später.«

Er will nicht schlafen, denn heute erwartet er zwei wichtige Besuche. Und auf beide muss er sich vorbereiten. Sonja. Endlich kommt er ihr näher, beginnt sich in seinem Innern ein Knoten aufzulösen. Das Pferdebett. Eigentlich hätte er es wissen können. Und der Theologe? Martin Cordes ist Deutscher wie er. Sie gehören zusammen und auch wieder nicht. Der Krieg hat sie auseinandergebracht, nein, auseinandergerissen. Räumlich und mental. Einer überlebte den Irrsinn nur knapp, der andere entfloh ihm. Warum nur empfindet er es als seine gottverdammte Pflicht, eine Brücke über diese Kluft zu spannen?

Später – Mina hat ihm das Mittagessen auf das Tischchen gestellt, ihm beim Aufrichten in den Kissen geholfen und ihn dann auf eigenen Wunsch wieder allein gelassen – stochert er lust- und appetitlos in dem Fleisch herum. Die Brocken schwimmen in einer dunklen Soße. Ein paar sehr helle, fast weiße Kartoffelstücke dazwischen. Fahle Knochen, schmieriger Schlamm. Mühsam zwingt er sich ein paar wenige Gabeln in den Mund, kaut so lange auf Fleisch und Kartoffeln herum, bis sich eine klebrige Masse in seinem Mund bildet. Mit einem Schluck Wasser spült er sie hinunter. Drei-, viermal gelingt ihm das.

Als Placidia zum Abräumen erscheint, liegt er mit geschlossenen Augen da. Er will es sich zur Strategie machen, sich immer dann schlafend zu stellen, wenn er weiß, dass die Plage in der nächsten Zeit in seinem Zimmer auftauchen wird. Die Nonne durchschaut seinen Plan. Ganz nah stellt sie sich an sein Bett. Beugt sich über ihn, so weit, dass er Angst bekommt, sie wolle sich mit ihrem massigen Oberkörper auf ihn legen und erdrücken. Ein muffiger Geruch schlägt ihm entgegen, der augenblicklich einen heftigen Brechreiz in ihm auslöst. Nur nicht auf die Nonne, schießt es ihm durch den Kopf. Deshalb schreit er ganz plötzlich los: »Hilfe, Hilfe …« und reißt dabei die Augen auf und schnappt nach Luft. Placidia schreckt hoch, taumelt zurück. »Hilfe, Hilfe, ich ersticke!« Er starrt sie an. Sie starrt zurück. Er nutzt die Schrecksekunde, stöhnt laut: »Ach, Schwester Placidia, wie gut, dass Sie da sind, ich hatte gerade einen fürchterlichen Albtraum.« Dann kann er es nicht mehr zurückhalten. Eine bräunliche breiige Masse quillt aus seinem Mund und landet auf seiner

Bettdecke. Er stammelt: »Entschuldigung, bitte entschuldigen Sie, Schwester Placidia.« In einem Strahl ergießt sich eine helle Flüssigkeit auf den dunklen Brei.

»So eine Sauerei. So eine fürchterliche Sauerei.« Mehr dringt nicht zwischen den schmalen Lippen hervor. Kreidebleich ist sie geworden. Es fehlt nicht viel und die Nonne übergibt sich gleich ebenfalls. Und zwar mitten in sein Zimmer. Deshalb ruft er laut, flehentlich: »Bitte holen Sie Hedwig, bitte, Schwester Placidia.«

Die Nonne macht auf dem Absatz kehrt und verschwindet. Selten ist sie einer seiner Bitten so schnell, so kommentarlos nachgekommen. Und selten hat er sich so schlecht, so hilflos, so klein gefühlt, als das junge Mädchen wenige Augenblicke später mit einem Eimer und frischer Wäsche zu ihm kommt und mit der Säuberung beginnt. Seine Lippen zittern, als sie ihm mit einem feuchten, warmen Lappen vorsichtig übers Gesicht, über den Mund fährt. »Armer Wolfgang, armer, lieber Wolfgang.« Oh, wie grausam, wie unendlich grausam, dass dieses wunderbare Geschöpf ihn immer wieder in einem so elenden Zustand erleben muss! Die Scham übermannt ihn und er beginnt zu weinen.

Zehn Minuten später ist das Mädchen wieder fort. Ihren Trost, ihre liebevolle Fürsprache hat er nicht annehmen wollen. Sich lieber in seine Scham und seinen Groll zurückgezogen. So liegt er bis zur Stirn unter der Decke in seine dunklen Gedanken versunken, als jemand leise an die Tür klopft und dann sein Zimmer betritt. Vorsichtig blinzelt er unter der Decke hervor. Ein Mann mittleren Alters, mittelgroß und schlank, mit einem dunklen, etwas abgetragen wirkenden Anzug schließt die Zimmertür hinter sich. Auf der schmalen Nase sitzt eine randlose, runde

Brille. Lichtes, helles Haar, das in eine hohe Stirn fällt, verleiht ihm eine vornehme Ausstrahlung. Unentschlossen bleibt der Mann erst stehen, um dann langsam und auf Zehenspitzen an sein Bett heranzuschleichen.

Der Kranke schließt unwillkürlich die Augen. Er spürt, wie der Mann an seinem Bett stehen bleibt, reglos. Und stellt sich vor, wie er ihn betrachtet. Oder zumindest das, was er von seinem langen, schmalen Körper unter der Decke erahnen kann. Und wie er die Spitzen seiner grauen Wollsocken am unteren, sowie seine weiße Stirn am oberen Ende dieses Körpers nicht nur erahnt, sondern sieht. Weil beides unter der Decke hervorschaut. Denn er ist zu lang für sie, oder sie zu kurz für ihn. Auf jeden Fall bewegt sich der Mann jetzt, sein Mantel raschelt, er scheint fortgehen zu wollen.

Endlich fasst er sich ein Herz und die Decke mit der Linken. Sehr vorsichtig schiebt er sie wenige Zentimeter hinunter. Er blinzelt, versucht ein Lächeln und sagt: »Guten Tag, habe ich die Ehre mit Herrn Cordes?«

Der Mann zuckt zusammen. Er hatte wohl nicht mehr mit einem Lebenszeichen gerechnet. Er lächelt zurück, unsicher. »Ja, der bin ich. Guten Tag, Herr Borchert. Ich hoffe, ich habe Sie nicht geweckt?«

»Keineswegs. Ich habe Sie erwartet.«

Mühsam hangelt sich der Kranke ein Stückchen hoch in seinem Kissen. Der Besucher eilt ihm zu Hilfe, er wehrt ab. »Vielen Dank, Herr Cordes. Aber ich kann das alleine.« Und lächelt wieder. Was ihm diesmal schon besser gelingt. »Setzen Sie sich doch bitte.« Er weist auf den Stuhl an seinem Bett. »Ein bequemeres Möbelstück kann ich Ihnen leider nicht anbieten als diesen harten Holzstuhl. Hier im Spital hält man in den Krankenzimmern nichts anderes bereit. Ich glaube, die Nonnen möchten auf diese Weise die Besucher daran hindern, sich hier allzu wohl zu fühlen und länger zu verweilen. Selber sitzen sie auf schönen, gepolsterten Stühlen in ihren Schwesternzimmern. Na ja, sie müssen ja auch den ganzen Tag und manchmal sogar die Nacht auf der Station verbringen. Wer möchte ihnen diesen Luxus da verübeln?«

Geschickt hat er die Kontroverse über Gott und die Welt aufgegleist. Martin Cordes nimmt Platz. Sein Lächeln wirkt immer noch gequält.

»Machen Sie sich keine Sorgen, Herr Borchert. Ich sitze immer auf harten Holzstühlen oder -bänken. Und ich habe kein Problem damit. Erlauben Sie mir aber eine kleine Nachfrage: Schwang in Ihrer Ausführung soeben tatsächlich ein ironischer Unterton mit oder schulde ich diese Wahrnehmung meiner Einbildungskraft?«

Der Kranke schmunzelt. Was für ein Kommunikationsstil! Er steigt sofort darauf ein:

»Ich durfte leider noch keinen Beweis Ihrer Einbildungskraft entgegennehmen, lieber Herr Cordes. Der erste Eindruck sagt mir aber, dass es um dieselbe hervorragend bestellt sein sollte. In dem Fall, auf den Sie sich beziehen, spielen diese Fähigkeiten jedoch keine Rolle, das kann ich Ihnen versichern.«

»Ironie kann als Mittel eingesetzt werden, um Ärger über und Kritik an etwas zum Ausdruck zu bringen. Ärgern Sie sich denn über die Nonnen hier im Spital, Herr Borchert? Die kleinliche Kritik, die Sie an der Situation üben, dass die Besucher, die in der Regel nur auf einen Sprung ans Krankenbett kommen, auf weniger komfortablen Stühlen zurechtkommen müssen als die Nonnen, die, wie Sie ja bereits selber festgestellt haben, den Bienen an Fleiß in nichts nachstehend den ganzen Tag und zuweilen noch die Nacht mit Fürsorge um ihre Patienten belastet sind, verstehe ich als eine, unter der tiefere Klagen verborgen liegen.«

»Und Sie liegen mit ihrem Verständnis vollkommen richtig, lieber Herr Cordes. Womit wir auch gleich bei unserem Thema sind.«

»Welches da wäre, lieber Herr Borchert?«

»Revolte versus Demut.«

»Ach, ich verstehe.« Martin Cordes nickt und legt die Stirn in nachdenkliche Falten. »Ja, Ihre Hundeblumengeschichte, was soll ich dazu noch sagen?«

»Gar nichts, Herr Cordes. Sie haben schon genug gesagt bzw. geschrieben. Indem Sie die Eichendorff-Verse hinzugefügt haben.«

»Ja, das kleine, hübsche Gedicht. Es weist uns doch ganz vortrefflich in unsere von Gott gegebenen Schranken.«

Der Kranke schweigt, betrachtet sein Gegenüber, studiert die feinen Gesichtszüge, den schlanken Körperbau, die weichen Hände. Wie die einer Frau, denkt er und fragt: »Haben Sie in eisiger Kälte ein Gewehr in der Hand gehabt, mit dem Sie auf junge Männer wie Sie selber schießen sollten? Haben Sie allein in einer dunklen Zelle gesessen und monatelang darauf gewartet, dass jemand die Zellentür öffnet, um Sie auf den Platz zu führen und zu erschießen? Haben Sie mit Ihren Händen in den Trümmern Ihrer Heimatstadt nach den verkohlten Überresten Ihrer Freunde gegraben? Haben Sie …«

Martin Cordes fällt ihm ins Wort. »Nein, Herr Borchert, ich habe das alles nicht. Und ich danke Gott dafür, dass er es mir erspart hat.«

»Und dass er das alles so vielen anderen nicht erspart hat? Was sagen Sie dazu, Herr Cordes? Und dass Ihr

Heimatland, dass Ihre Verwandten und Freunde, dass die Welt in Schutt und Asche liegt, was sagen Sie dazu? Danken Sie Ihrem Gott etwa auch dafür?«

»Ironie und Sarkasmus helfen uns nicht weiter, Herr Borchert.«

»Eichendorff auch nicht.«

»Da könnten Sie recht haben. Ich denke jetzt, die Verse waren nicht ganz passend, auch wenn Eichendorff selber als Soldat in den Befreiungskriegen gegen Napoleon gedient hat und sicherlich das Grauen des Krieges mit all seinen Facetten erlebt haben dürfte. Wäre er unser Zeitgenosse, so kann ich mir allerdings auch vorstellen, dass er über die Trümmer des Zweiten Weltkrieges derlei Verse nicht zu Papier bringen würde.«

»Na, da bin ich froh, dass Sie immerhin das einsehen, Herr Cordes. Sie erinnern sich doch sicher, dass ich in meinem Brief an Sie schrieb, wir würden uns irgendwo doch wohl nahe sein.«

»Können Sie sich überhaupt ein Leben ohne Ironie und Sarkasmus vorstellen?«

»Das kann ich durchaus. Aber im Gespräch mit Ihnen fällt es mir tatsächlich schwer, mich davon zu befreien.«

»Das ist sehr schade, lieber Herr Borchert. Dabei sind wir uns doch wirklich in manchem sehr nah. In meinem Brief habe ich Ihnen kaum etwas über mein Leben geschrieben. Das hole ich jetzt gerne nach, wenn es Sie interessiert.«

»Schießen Sie los!« Der Wortwitz, er lässt den Kranken bitter auflachen. Der Theologe lacht nicht.

»Sie sind gebürtiger Hamburger, nicht wahr, Herr Borchert?«

»Jawohl. Und ich liebe meine Heimatstadt und vermisse sie hier fast so sehr wie Vater, Mutter und Freunde.«

»Das kann ich sehr gut nachvollziehen. Geboren bin ich in Hannover, habe aber einige Jahre als Lektor bei einem Verlag in Hamburg gearbeitet. Auch ich habe diese wunderbare Stadt in mein Herz geschlossen. Wäre der Krieg nicht ausgebrochen, ich hätte mich für immer und ewig in Hamburg niedergelassen. Aber so bin ich in der Schweiz gelandet und habe an der Universität Basel Theologie studiert.«

»Aha, da haben wir also den Theologen. Und nun arbeiten Sie als Pfarrer?«

»Nein, als Deutscher ist mir das leider nicht möglich. Und im Übrigen: Wenn man hier nicht Schweizerdeutsch spricht, bekommt man in der einheimischen Bevölkerung sowieso kein Bein an den Boden. Mit meinem Hochdeutsch auf der Kanzel würde ich in der Gemeinde nicht akzeptiert werden. Ich arbeite momentan in einer Speditionsgesellschaft und verdiene mir mit Übersetzungen ein kleines Zubrot.«

»Ich verstehe. Das ist bitter, dass Sie Ihren Beruf nicht ausüben können. Womit wir einen weiteren Punkt hätten, der uns einander näherbringt: Auch ich kann nicht in meinem Beruf als Schauspieler arbeiten und muss auf die Schriftstellerei ausweichen, um Geld zu verdienen. Als Lektor betätige ich mich im Übrigen auch, zu Hause in Hamburg habe ich das schon getan und hier in der Schweiz arbeite ich für die Herren Doktoren Oprecht und Goverts.«

»Sie arbeiten?« Ungläubiges Staunen macht sich auf dem Gesicht des Theologen breit.

»Ja, so kann ich zu meinem Aufenthalt hier selber etwas beisteuern. Und ich fühle mich zu etwas nütze.«

»Hm.« Cordes' Gesicht verrät, dass ihm diese Situation zutiefst missfällt. »Ein Spital in kirchlicher Trägerschaft. Wie ärgerlich. Und wie unpassend dazu.«

»Immerhin, eine barmherzige Schwester gibt es hier tatsächlich. Bei den übrigen, und vor allem bei einer, kann ich mich des Eindrucks nicht erwehren, dass sie ihren ausländischen Patienten ebenso schnell wieder loswerden wollen, wie dessen Besucher.«

»Aber Herr Borchert!«

»Was regen Sie sich auf, Herr Cordes? Ich würde ja auch lieber gestern als heute diese Anstalt wieder verlassen. Glauben Sie mir: Die Vorstellung, an einem Ort, an dem man mehr geduldet als gemocht wird, zu sterben, ist schrecklich.«

»Sie machen mir aber gar nicht den Eindruck, als würden Sie demnächst hier sterben! Bitte, Herr Borchert, sagen Sie nicht so etwas!«

»Ich meine ja auch nur: Die Vorstellung, die quält mich. Und beschleicht mich oft des Nachts. Tagsüber, vor allem wenn ich Besuch empfange, geht es mir besser. Ja, dann kann ich zuweilen richtig aufblühen. So wie die schönen Astern dort, Herr Cordes.« Er weist auf Minas frische Blumen.

»Besuch, ich verstehe. Der lenkt Sie natürlich von Ihrem Leid ab. Zu einer baldigen Genesung wäre es aber auch wichtig, dass Sie vertrauen.«

»Vertrauen? Wem soll ich vertrauen?«

»Den Ärzten. Den Schwestern. Und Gott natürlich. Er meint es gut mit Ihnen.«

Der Kranke verzieht das Gesicht. Krümmt sich vor Schmerz.

»Ist Ihnen nicht gut, Herr Borchert? Was haben Sie? Soll ich den Doktor holen?« Die Worte des Theologen überstürzen sich. Genau wie er selber, denn er hastet zur Tür und kommt dabei fast zu Fall.

»Beruhigen Sie sich, Herr Cordes. Nur ein kurzer stechender Schmerz. Daran müssen Sie sich im Gespräch mit mir gewöhnen. Meine Krankheit ist unberechenbar, die Schmerzen überfallen mich stets wie ein wildes, ausgehungertes Tier. Kommen Sie, Herr Cordes, setzen Sie sich doch. Es ist wieder besser!«

Zögerlich kommt der Theologe näher. Bleibt schließlich hinter dem Stuhl stehen und hält sich an dessen Lehne fest.

»Ich habe noch einen dringenden Termin in der Spedition. Ich besuche Sie aber gerne demnächst wieder, Herr Borchert. Versprochen.«

»Ich habe Sie verschreckt.«

»Nein, nein, um Himmels willen, nein, Herr Borchert.« Das feine, schmale, sonst vornehm blasse Gesicht des Theologen leuchtet feuerrot.

»Doch, lieber Herr Cordes. Das tut mir leid. Ich werde mich darum bemühen, wenn Sie zu Besuch sind, keine Schmerzen mehr zu zeigen. Sie werden doch wiederkommen?«

»Aber sicher, lieber Herr Borchert. Und ich werde dafür sorgen, dass Sie noch mehr Besuch erhalten.«

»Damenbesuch liebe ich besonders.«

»Wie bitte, Herr Borchert?«

»Ich sagte, dass ich besonders gern Damenbesuch empfange. Verstehen Sie mich nicht falsch, lieber Herr Cordes, über Ihre Besuche freue ich mich ganz außerordentlich. Sie bringen mir ein Stück Heimat in die fremde Einöde. Ich liebe es, Sie sprechen zu hören. In Ihrem klaren Hochdeutsch. Sagte ich das bereits?«

»Nein, Sie sagten es nicht.«

»Dann wissen Sie es jetzt, Herr Cordes. Ihre Stimme lässt mich den meeresschwangeren, regenschweren Wind mit Haut und Haar aufnehmen.«

»Meeresschwanger, regenschwer. Herr Borchert, Sie sind ja ein Romantiker wie Eichendorff!«

»Ich war es, Herr Cordes, ich *war* es.«

8

Er möchte schlafen, sich erholen, bevor er seinen Damenbesuch empfängt. Er kann es nicht. Damenbesuch. Hätte er seine Vorliebe dem Theologen nur nicht anvertraut, dessen Reaktion doch voraussehen können. Nun hat er es sich mit diesem Menschen vielleicht verscherzt. Und seine eigene Reaktion auf die Aufforderung zum Gottvertrauen hätte er genauso unterdrücken sollen. Dass der arme studierte Theologe Cordes seinen missionarischen Eifer an ihm auszuleben sucht, wen sollte das wundern? Als Speditionsangestellter wird er es kaum können. Und dass seine Schmerzen weniger physischer als seelischer Natur waren, wird dem Seelsorger sicher nicht verborgen geblieben sein. Ach, hätte er sich doch mehr unter Kontrolle gehabt!

Aber das Kontrollieren gelingt ihm immer weniger. Weder das seines Körpers noch das seiner Seele. Kann man seine Seele überhaupt kontrollieren?

Unruhig wälzt er sich von einer auf die andere Seite. Und dann wieder auf den Rücken. Starrt an die Decke. Es wird schon dunkel. Ob sie heute nicht kommt? Doch sicher, sie hat es ja versprochen. Sie ist nicht wie Nelly, sie ähnelt ihr in überhaupt keiner Hinsicht. Und doch hat er auch sie lieb. Ihr Besuch gestern, der hat etwas in ihm bewegt. Der hat ihm einen regelrechten Stoß versetzt und ihn in ihre Richtung katapultiert. Ja, das Pferdebett. Aber da ist noch etwas.

Er versucht sich zu konzentrieren. Das ist nicht leicht mit dieser Schwere und Müdigkeit, die sich mit der größten Selbstverständlichkeit und Regelmäßigkeit immer wieder in ihm festsetzt. Er hat heute doch nur ein paar Stunden lektoriert und dann einen Besucher empfangen. Warum nur erschöpft ihn das an Leib und Seele dermaßen, dass alles vor seinen Augen zu verschwimmen beginnt?

Äußerste Konzentration. Er braucht sie. Er muss sich erinnern. An die Verse, die ihm als junger, als unversehrter junger Mann, als Romantiker, einmal so viel bedeutet haben.

Er richtet sich mühsam auf. Der Rücken brennt höllisch. Irgendetwas beginnt in seinem Innern zu pochen und zu klopfen. Wie ein kleiner Hammer, der langsam aber rhythmisch gegen seine Eingeweide schlägt. Dazu ein Dröhnen im Kopf. Genau so muss es sich angehört haben. Als sie kamen und er nicht da war. Als die Nacht hereinbrach und er nicht helfen konnte. Als alles in Schutt und Asche versank und …

»Denn *das* ist Schuld, wenn irgendeines Schuld ist …«

Ja, so fängt es an. Mit der Schuld. Die keine ist, vielleicht. Denn was zählt, ist etwas anderes.

»Denn *das* ist Schuld, wenn irgendeines Schuld ist:
die Freiheit eines Lieben nicht vermehren
um alle Freiheit, die man in sich aufbringt.
Wir haben, wo wir lieben, ja nur dies:
einander lassen; denn dass wir uns halten,
das fällt uns leicht und ist nicht erst zu lernen.«

Gegen das Dröhnen und Hämmern an erinnert er sich. Mit bebender Hand sucht er nach einem Blatt Papier in der Schublade, ertastet einen kleinen Zettel. Der Stift liegt auf dem Tisch. Nur schnell schreiben, schnell, sie sind schon ganz nah, das Dröhnen, es ist so ohrenbetäubend, so herzzerreißend ohrenbetäubend, dass …

Unter Aufbietung seiner allerletzten Kräfte schreibt er die Verse nieder. Die Schrift gleicht einem Trümmerfeld. Buchstaben stechen vertikal in erschreckende Höhen, während andere wie erschlagen am Horizont liegen. Aber es steht da. Er hat über Trümmer und Tod hinweg die Liebe gerettet. Und lieben heißt freilassen. Wenn es an der Zeit ist.

Das Licht brennt. Er schläft. Leise setzt sie sich an sein Bett. Die feinen, blassen Züge, sein geschwungener Mund. Er lächelt im Traum. Die schlanken Hände, matt aber friedlich sind sie seitlich neben seinem Körper auf der Decke gelagert. Noch nie hat sie ihn so betrachten dürfen, so ausgiebig, so ohne Scheu und Scham. Ewig möchte sie da sein. In seiner Nähe. Ja, das hat sie sich vorgenommen. Sie wird auf ihn warten. Sie wird ihn besuchen, solange er krank ist, und wenn er wieder gesund ist, dann …

Ihre Augen wandern über das, was sich durch die Decke hindurch von seinem Körper erahnen lässt. Da. Auf der Fensterseite lugt etwas unter dem weißen Laken hervor. Leise erhebt sie sich und geht langsam um das Bett herum. Am Fußende bleibt sie stehen. Die rote Blüte in dem bunten Strauß, sie ist verwelkt. Zwischen Zeigefinger und Daumen löst sie vorsichtig die trockenen Blätter und wendet sich dem kleinen Eimer zu, der unter dem Waschbecken als Müllbehälter dient. Dann besinnt sie sich eines Besseren. Sie lässt die abgestorbene, rote Blüte in ihre Manteltasche gleiten. Mit drei Schritten erreicht sie die andere Seite des Bettes. Jetzt erkennt sie es: Seine rechte Hand liegt auf einem kleinen Zettel, verdeckt ihn zur Hälfte. Sie streckt ganz langsam ihre Hand aus …

»Nelly?«

Und zuckt zusammen. Nein, das kann nicht sein, sie hat sich verhört. Er hat nur ganz leise im Schlaf gestöhnt.

Doch dann, laut und deutlich: »Nelly?«

Er ruft nach ihr. Im Traum. Nach ihr, der anderen. Trauer und Wut springen die junge Frau gleichzeitig so heftig an, dass sie meint, die Besinnung zu verlieren. Vollkommen außer sich greift sie nach dem Zettel und reißt ihn an sich. Er schläft. Immer noch. Schläft und träumt von ihr, der anderen, die ihn verlassen, die ihn verschmäht hat, während sie an seinem Bett wacht und auf ihn wartet.

Ihr schlanker Leib bebt, sein dünner, erbarmungswürdiger beginnt sich in dem Bett vor ihren Augen zu drehen. Sie sucht Halt, greift mit der freien Hand hilfesuchend nach irgendetwas, verfehlt es, stürzt zu Boden.

»Was?« Er reißt die Augen auf. Sieht Sonja, wie sie sich an den Heizkörper klammert. Am Boden neben ihr das Bild mit dem Pferdebett.

»Sonny, Sonny!«

Sie rappelt sich auf, taumelt, stammelt: »Deshalb bist du also auf den Rilke gekommen. Nur deshalb.«

»Was redest du, Sonny?«

Sie starrt ihn an. Ihre Brust hebt und senkt sich rasend schnell.

»Was meinst du mit dem Rilke?«

Ihre rechte Hand hält krampfhaft den Zettel.

»Hast du die Verse genommen, Sonny?«

Sie schweigt.

»Ich sehe, du hast den Zettel. Das ist gut. Ich habe für dich noch ein paar Verse aus Rilkes Requiem an eine Freundin aufgeschrieben. Du erinnerst dich: Das, aus dem ich gestern für dich rezitiert habe.«

»Für mich hast du die Verse aufgeschrieben?«

»Ja sicher, Sonny. Für wen denn sonst? Es ist doch unser Gedicht.«

»Du bist er. Ich bin sie.«

»Sonny! Was ist los? Was redest du für wirres Zeug?«

»Der Dichter und die Malerin.«

»Rilke? Meinst du Rilke? Ich bin Rilke?«

Sie nickt. Schaut ihn an und doch durch ihn hindurch.

»Und die Malerin? Wer ist sie, wer bist du?«

»Die andere. Er liebt sie mehr.«

Langsam beginnt er zu begreifen.

»Nein, das stimmt nicht. Er liebt dich. Sieh mich an, Sonny. Sieh mich verdammt noch mal an!«

»Ja, Wolfgang, ich sehe dich an.«

Plötzlich ist sie wieder da. Ihr Blick klar auf ihn gerichtet. »Was?«

»Ich liebe dich, Sonja.«

»Und Nelly?«

»Nelly habe ich geliebt.«

»Deine Seele liebt sie immer noch im Traum.«

Er sieht sie mit großen dunklen Augen an, flüstert:

»Wie soll ich meine Seele halten, dass
sie nicht an deine rührt? Wie soll ich sie
hinheben über dich zu andern Dingen?«

Und dann: »Komm Sonny, geliebte Sonny, komm zu mir.«

Sie nähert sich schwebend, wie im Traum, setzt sich auf die Bettkante. Er nimmt ihre Hände und sagt: »Den Zettel liest du zu Hause. Ich habe die Verse für dich aufgeschrieben, Sonny. Ganz allein für dich.«

9

»Ich weiß, dass Sie nicht schlafen, Herr Borchert. Hören Sie mit dem Theaterspielen endlich auf.«

Ihre Worte sind harsch, ihre Gesichtszüge hart. Sein mittäglicher Brechanfall in ihrer Gegenwart und auch, darin besteht kein Zweifel für die Schwester, ausgelöst *durch* ihre Gegenwart, hat für sie die nächste Phase dieser ihr zutiefst verhassten pflegerischen Beziehung eingeläutet. Und, so hofft die barmherzige Schwester, vielleicht auch die letzte, so Gott denn will.

Er war in einen angenehmen Dämmerzustand hinübergeglitten. Sonjas Besuch, die empfangenen zärtlichen Worte und Gesten – sie hatten ihn so glücklich, so hoffnungsfroh gestimmt, wie schon seit Ewigkeiten nicht mehr. Und nun das. Die Plage schüttet ihren Hass so unvermittelt über ihn aus, dass sein Herz wild und angstvoll zu pochen beginnt. Wie gelähmt liegt er in seinem Bett, ihren Gemeinheiten wehrlos ausgeliefert.

»Dem Professor habe ich berichtet, wie sehr Sie die vielen Damenbesuche erschöpfen. Das Ganze wird jetzt stark reglementiert. Dem Fräulein von eben, dessen Absicht ja offensichtlich ist, Ihr Zimmer täglich stundenlang zu belagern, habe ich bereits das neue Reglement zukommen lassen: Alle zwei Tage zehn Minuten. Morgen wird es also nicht erscheinen, dieses Fräulein Hersperger. Ich führe Buch, über alle Besuche, wie Sie wissen, seit Sie hier sind. Nun wird sich diese Mühe endlich auszahlen, denn eine Einhaltung der neuen Regelung geht nur über eine strenge Kontrolle.«

Bedrohlich nah steht der massige, dunkle Nonnenkörper an seinem Bett. Der feuchte, keifende Atem, der auf ihn niedergeht, erstickt ihn zunehmend. Jedes der todbringenden Wörter dringt wie ein giftiger Stachel in seinen schutzlosen Körper ein. Er wimmert leise.

»Ja, Herr Borchert, ich sehe Ihr Leiden. Es ist kein Wunder, dass es nicht abnimmt. Seit Wochen versuche ich nun schon, Sie dazu zu bewegen, endlich die Worte unseres Herrn zu lesen. Dann wird Ihnen auch das Sterben leichter fallen. Denn das steht nun einmal fest: Dass Sie sterben müssen.«

Dieser Stachel geht direkt ins Herz. Das pocht und zuckt wie verrückt. Wehrt sich gegen den Todesstoß, indem es einen wilden Tanz zu vollführen beginnt. Er brüllt: »Nein.« Und noch lauter, so ohrenbetäubend laut, dass der schwarze Todesengel die Augen zukneift und sich die Ohren zuhält:

»Neeeiiin.«

Die Nonne lässt die dicklichen Hände sinken und streicht ein paar Mal über ihren runden Bauch. Dann faltet sie die kurzen Finger ineinander, legt sie auf die Wölbung und sagt in schneidendem Tonfall in die Totenstille hinein:

»Da können Sie sich noch so wehren, Herr Borchert. Es hilft alles nichts. Denn das steht so fest wie das Amen in der Kirche: Sie müssen sterben. Und zwar schon bald.«

Sein Atem geht pfeifend, laut. Sein Gesicht läuft rot an, er röchelt: »Holen Sie den Professor! Ich will sofort den Professor sprechen!«

»Das ist leider nicht möglich, Herr Borchert. Professor Dr. Gigon ist gerade in einer OP. Es gibt schließlich noch andere Patienten hier im Haus. Sie müssen sich nicht einbilden, dass hier alle nach Ihrer Nase tanzen. Aber seien Sie beruhigt: Ich werde dem Professor später Bericht erstatten. Und morgen früh kommt er ja dann ohnehin zur Visite.«

»Ich will den Professor sprechen! Jetzt! Sofort!«

Seine Stimme ist ein einziges Dröhnen. Die Nonne schrickt zusammen, ihre Finger lösen sich aus der frommen Verschränkung und rutschen die Rundung hinunter. Abgestorbenen Stummeln gleich hängen sie schlaff seitlich des schwarzen Stoffes nieder.

»Machen Sie, dass Sie fortkommen. Hinaus. Ich will den Professor sprechen. Und zwar sofort!«

Während die Nonne Placidia so lange wie möglich versucht, seinen Befehl zu verweigern, handelt das Mädchen Hedwig sofort. Es vernimmt beim Vorbeilaufen an seinem Zimmer das Gebrüll und macht sich in Windeseile auf die Suche nach dem Professor. Es findet ihn an der Pforte, vertieft in ein Gespräch mit der diensthabenden Schwester. Den Mantel hat er bereits angezogen, er ist im Begriff zu gehen. Mit einem Stirnrunzeln nimmt er den kurzen, atemlosen Bericht Hedwigs entgegen. Schon will er das Mädchen mit dem Hinweis abwimmeln, dass sich der diensthabende Arzt um die Angelegenheit kümmern soll. Dann fällt ihm ein, dass heute Nacht ein neuer, sehr junger und unerfahrener Kollege die Schicht hat. Der mit den körperlichen und emotionalen An- und Ausfällen des Patienten Borchert sicher vollkommen überfordert sein wird. Deshalb folgt der Professor Hedwig dann doch endlich die Treppen hinauf, und zwar im Laufschritt, das Mädchen lässt ihm keine andere Wahl, so sehr drängt es auf Eile. Als er die oberste Stufe des zweiten Stocks erreicht, kommt ihm Schwester Placidia entgegen. Auch sie im Laufschritt. Ihr massiger Körper schwankt und bebt bedenklich unter dieser ungewohnten Anstrengung. Ihr Gesicht gleicht dem einer Furie: Die Haube ist nach hinten verrutscht, aus riesigen Augen und rotem Gesicht starrt sie dem Professor entgegen. Der bleibt für eine Sekunde wie angewurzelt stehen. Er erkennt zum ersten Mal, dass auch diese Schwester Augenbrauen besitzt. Und zwar sehr buschige, braune. Als er sich wieder in Bewegung setzt, muss er plötzlich an den wilden wütenden Braunbären denken, den er im letzten Sommer mit seinem Enkel zusammen im Bärengraben in Bern beobachtet hat. Nach oben gefaucht, ja, gedroht hatte das Tier. Der Enkel hatte vor Angst zu schreien begonnen. Ihn selber hatte das Mitleid gepackt, wie das große, mächtige Tier dort unten in der Enge eingesperrt und den Blicken der Neugierigen ausgesetzt war.

Erstaunt und sichtlich erschüttert schüttelt der Professor den Kopf, reißt sich vom Anblick der bärigen Nonnenbrauen los, läuft weiter. Und spürt, wie sich die wütenden Blicke der Nonne in seinen Rücken bohren. Außer Atem erreicht er endlich das Zimmer 200. Die Tür steht sperrangelweit auf, die Schwester hat das Zimmer Hals über Kopf verlassen. Der Patient sitzt in seinem Bett, aufrecht wie nie, ein Bein über den Bettrand geschwungen, gerade ist er im Begriff, das andere nachzuholen. Er stöhnt, er schwitzt, er röchelt.

»Herr Borchert, was machen Sie denn da. Herr Borchert!« Schon steht der Professor neben ihm und hält ihn an den Schultern fest. »Sie dürfen nicht aufstehen. Sie können nicht aufstehen!«

»Und ob ich aufstehen kann. Ich werde es Ihnen, ich werde es allen hier beweisen.«

»Nein, Herr Borchert, Sie stehen nicht auf. Und wenn Sie nicht sofort mit dem Unsinn aufhören, holt Hedwig den Pfleger und ich verpasse Ihnen eine Beruhigungsspritze. Aber lieber wäre mir, Sie kämen zur Besinnung.«

»Wie soll ich denn hier zur Besinnung kommen? Hier kann ich doch nur verrückt, nur wahnsinnig werden! Seit vier Wochen habe ich kein Bein auf den Boden stellen dürfen. Seit vier Wochen! Da ist es doch kein Wunder, dass ich immer schwächer werde. Da ist es doch kein Wunder, dass ich bald sterben werde.«

Der Professor hält ihn praktisch im Arm. Spricht leise aber eindringlich auf ihn ein: »Lieber Herr Borchert, nehmen Sie jetzt bitte Vernunft an und legen Sie sich zurück.« Mit sanftem Druck gelingt es ihm, die dünnen, kraftlosen Beine des Patienten ins Bett zurückzuschieben. »So, das hätten wir. Und nun sagen Sie mir bitte, wie Sie auf die dumme Idee kommen, Sie müssten bald sterben. Was soll dieser Pessimismus, Herr Borchert? Sie sind doch auf dem Wege der Besserung, merken Sie das denn nicht?«

Der Kranke stiert den Leberspezialisten an. Seine Augen sind dunkel wie nie. Er presst die Lippen aufeinander und schüttelt den Kopf.

»Aber ja doch, Herr Borchert. Gerade gestern haben Ihre Blutwerte dafürgesprochen, dass es aufwärts geht. Und ich habe mir zusätzlich eine neue Medikation speziell für Ihren Fall ausgedacht. Ab morgen bekommen Sie täglich Aspirin. Und bei Bedarf Codein. Sie werden sehen, dann wird es noch viel schneller gehen und Weihnachten sind Sie zu Hause.«

»Weihnachten?«

»Ja, Schwester Mina hat mir erzählt, wie viel Ihnen daran liegt, das Fest der Liebe mit Ihren Eltern zu Hause zu feiern. Und da strengen wir uns natürlich ganz besonders an, Sie bis dahin, wenn schon nicht vollkommen gesund, so doch wenigstens so weit zu bekommen, dass es Ihnen besser geht, Sie nach Hamburg zurückreisen und Sie Ihr Arzt, Doktor Schneider, nach unseren Anweisungen weiterbehandeln kann. Na, was sagen Sie dazu, lieber Herr Borchert? Sieht die Welt da nicht schon gleich viel besser aus?«

Außer sich brüllt der Kranke:

»Ich will keine neuen Medikamente! Ich will kein Aspirin und auch das andere will ich nicht. Mir ist nicht mehr zu helfen. Ich werde hier in diesem von Gott verlassenen, in diesem von hasserfüllten, gottlosen Schwestern verseuchten Krankenhaus sterben. Und da werden auch Sie nichts dran ändern, Herr Professor. Geben Sie sich keine Mühe mehr. Es ist aus.«

»Aber Herr Borchert, was sagen Sie denn da? Hören Sie auf, die Schwestern zu beschimpfen. Sie tun doch alles, was in ihrer Kraft steht. Aber auch sie sind letztendlich nur Menschen. In ihrer religiösen Überzeugung finden sie eben nicht immer die richtigen Worte für Menschen wie Sie, lieber Herr Borchert, die dem Glauben nicht so nahestehen. Sehen Sie es Schwester Placidia nach, wenn sie etwas gesagt, was Ihren weltlich ausgerichteten Ohren nicht gefallen haben sollte. Und vor allem, lieber Herr Borchert: Hören Sie endlich mit dem Unsinn auf und reden Sie nicht mehr vom Sterben. Nichts ist aus. Gerade letzte Woche habe ich in einer Fachzeitschrift von einem ähnlichen Fall wie dem Ihrigen gelesen. Und darin wurde ganz genau beschrieben, wie es den Ärzten gelungen ist, die schwer geschädigte Leber wiederherzustellen. Viele Wochen hat es gedauert, aber dann wurde der Patient praktisch als geheilt entlassen. Was sagen Sie dazu, lieber Herr Borchert?«

Der Kranke glaubt dem Professor nicht. Das Kopfschütteln hat er bereits vor einer Weile eingestellt, aber mit seinem Blick – leer, ja, erloschen – bedeutet er dem Leberspezialisten, dass seine Mühe vergebens ist. Lange hat er selber an eine Heilung geglaubt. Sehr lange. Zu lange?

10

Am nächsten Morgen kommt eine Dame. Und als die Dame den Mund öffnet, um ihn zu begrüßen und sich vorzustellen, weht ihm die frische Brise seiner Heimat direkt ins Gesicht. Trotz der anhaltenden starken Schmerzen, die gegen Mitternacht im Bauchraum einsetzten und ihn seitdem nicht mehr zur Ruhe haben kommen lassen, wirft er der Besucherin ein Lächeln zu und bringt in charmantem Ton hervor:

»Meine Liebe, habe ich Ihre entzückende Gegenwart etwa dem Herrn Theologen Cordes zu verdanken? Wenn er Sie eine Freundin nennen darf, so werde ich auf der Stelle vor Neid erblassen. Verraten Sie mir bitte, Beste, sind Sie mit Herrn Cordes befreundet?«

Die Dame, sichtlich geehrt, schüttelt den Kopf und verneint. Sie kenne keinen Herrn Cordes, erst recht sei sie mit keinem Herrn solchen Namens befreundet. Er spielt weiter den Charmeur:

»Und welcher Engel hat Sie dann zu mir gesandt?«

Sie strahlt entzückt. Ihr Mund ist recht hübsch, trotz der Zähne, die dunkel verfärbt sind. Fast wie aus Holz, ja, aus Eiche geschnitzt sehen sie aus.

Fasziniert und ein wenig abgestoßen zugleich betrachtet er die Kauwerkzeuge, die sich nun in sagenhaftem Tempo aufeinander zu und dann wieder voneinander wegzubewegen beginnen. Und mit jeder dieser atemberaubend schnellen Bewegungen dringen Wörter zwischen den kleinen Hölzchen hervor. Er erfährt, dass sie am Vortag mit der Straßenbahn unterwegs gewesen sei, um in der Stadt einige Einkäufe zu erledigen. Mit einer flüchtigen Bekannten, die auch an der Haltestelle eingestiegen sei, habe sie sich während der Fahrt unterhalten. Über das Wetter und andere Nebensächlichkeiten. Und nach einiger Zeit habe sie bemerkt, dass sie ein Herr im dunklen Anzug zwar nicht auf eine aufdringliche, aber doch unverhohlene Art und Weise betrachtet habe. Sie habe das Wort an den Herrn gerichtet und gefragt, ob sie sich schon einmal begegnet seien. Der Herr sei errötet und habe zu stottern begonnen. Sie sei aber zum Glück von Natur sehr direkt, was wohl auf ihre norddeutsche Herkunft zurückzuführen sei und deshalb habe sie den Herrn, der nicht mit der Sprache habe herausrücken wollen, weiter gefragt. Bis sie schließlich erfahren habe, dass auch er Deutscher sei und aus Hannover stamme. Und dass er gerade eben einem armen kranken Schriftsteller aus Hamburg einen Besuch im Claraspital abgestattet habe. Und da sei er hier, als er sie habe reden hören, in ihrem unverkennbaren Hamburger Dialekt, wie vom Donner gerührt gewesen und habe sich gedacht, dass das doch kein Zufall sein könne. Der Herr sei wirklich sehr verdattert gewesen und habe sie dann ohne nachzudenken gefragt, ob sie den Fremden nicht auch einmal besuchen wolle, weil der sich nämlich sehr über Besuch, vor allem den von Damen und ganz besonders den von

Damen aus der Heimat freue. Weil er doch Hamburg vermisse. Und den Damenbesuch auch. Das sei dem Herrn dann wohl so unangenehm gewesen, dass er ihr auf ihre offene Frage eine so offenherzige Antwort gegeben habe, dass er an der nächsten Station kurzerhand ausgestiegen sei, obwohl er doch die Fahrkarte bis zum Bahnhof gelöst hatte. Was sie deshalb wisse, weil er vor ihr in die Straßenbahn gestiegen sei. Er habe nur noch kurz seinen Hut gelüftet und dann sei er verschwunden. Die Sache habe sie aber nicht losgelassen und weil heute ihr freier Tag sei, habe sie sich einfach ins Claraspital aufgemacht, am Empfang ihr Anliegen vorgebracht, von der Schwester zwar einen skeptischen Blick, aber zum Glück auch die notwendige Information über seine Unterbringung erhalten. Und da sei sie nun also.

Sie bringt das alles im reinsten, schönsten Hamburger Platt und er bekommt ob dieses Redeschwalls in seinem geliebten heimatlichen Dialekt keinen Ton mehr hervor. So redet sie denn munter weiter drauflos und erklärt, dass es allerdings nicht ganz einfach gewesen sei, in sein Zimmer vorzudringen, weil draußen nämlich eine Schwester stehe. Die ihr einen sehr bösen Blick zugeworfen habe, wovon sie sich aber nicht habe abschrecken lassen. Im Gegenteil, das habe ihre Neugier auf den Patienten, den sie im Zimmer 200 untergebracht hätten, noch verstärkt. Auch dass die Besuchszeit auf zehn Minuten beschränkt sei. Sie habe ja geradezu den Eindruck, wie in einem Museum zu einem ganz besonderen, vielbesuchten Ausstellungsobjekt vorgelassen worden zu sein. Was sie bei seinem Anblick nun auch durchaus verstehen könne, so eine Farbe habe sie noch nie in einem menschlichen Gesicht betrachten dürfen. Die sei wohl auf eine Lebererkrankung zurückzuführen, wenn sie das einmal mit ihrem rudimentären medizinischen Wissen feststellen dürfe.

Sein Versuch, die Hamburger Viel- und Schnellsprecherin an dieser Stelle zu unterbrechen, misslingt gründlich. Denn die Dame findet offensichtlich Gefallen an der sehr gefährlich ins Gelb tendierenden Gesichtsfarbe und spekuliert, dass sie durchaus auch auf die mangelnde frische Luft in seinem Zimmer zurückzuführen sei. Sie läuft zum Fenster und reißt es sperrangelweit auf, ohne auch nur eine Sekunde ihren Redefluss zu unterbrechen. Ihr Bruder sei ebenfalls vor einem halben Jahr in diesem Spital untergebracht gewesen. Dieselbe Katastrophe mit der mangelnden Belüftung. Jeden Tag habe sie aufs Neue auf die Schwester eingeredet, doch täglich ein paar Mal ordentlich durchzulüften. Vergebens. Und ihrem Bruder habe das auch geschadet. Sie habe dann dafür gesorgt, dass er vorzeitig entlassen worden sei und sie habe ihn in der gemeinsamen Wohnung vollständig auskurieren können. Es sei ohnehin nur ein unbedeutender kleiner Beinbruch gewesen, er könne nach dem halben Jahr schon wieder laufen wie vorher. Aber wenn sie ihn nicht rechtzeitig aus dem Spital geholt hätte, wer weiß, dann wäre er vielleicht an Sauerstoffmangel gestorben. Sie lacht. Und holt zum ersten Mal wirklich Luft.

Da platzt Placidia ins Zimmer. Zetert los, was ihr denn einfalle, ob Sie dem Patienten Erfrierungsschäden beibringen wolle. Die redselige Hamburgerin lächelt mild über die Nonne. Nein, das sei nicht ihre Absicht, sie habe den Patienten nur vor dem Ersticken bewahren wollen. Schon wendet sie sich zum Gehen. Wirft ihm noch eine flüchtige Kusshand entgegen, erklärt, wie sehr sie sich gefreut habe, ihn kennenzulernen. Dann ist sie weg. Placidia schließt mit einem Knall das Fenster und würdigt ihn keines Blickes. Laut fällt die Tür hinter ihr ins Schloss.

Der heimatliche Damenbesuch bleibt nicht ohne Folgen für den Kranken. Der plattdeutsche Redefluss droht ihn mit sich fortzureißen. Was sich darin äußert, dass seine Atmung sehr schnell und heftig geht und dass er sich fest mit beiden Händen an sein Bett klammert. Ihm ist, als läge er auf einem reißenden Floß, das den Rhein flussabwärts gen Heimat getrieben wird, und zwar in einem solch rasanten Tempo, dass er seinem sicheren Tod durch Ertrinken entgegensieht. In einem fort stellt er sich während dieser Höllenfahrt eine Frage: Wie konnte die Frau nur so empathielos sein und in einen Dauerredefluss verfallen, ohne ihn auch nur ein einziges Mal anzuhören! Und das bei zehn Minuten Besuchszeit. Zehn Minuten! Nichts, in Anbetracht dessen, was er ihr hätte erzählen wollen, wonach er sie hätte fragen müssen, worüber sie sich hätten austauschen können. Vorbei die Chance. Adieu, Heimat. Nur der Klang ihrer Sprache hallt in seinem Innern nach. Und weckt die Erinnerung. Und weckt die Sehnsucht. Ach Sonja! Was gäbe er jetzt um die grenzenlose Empathie seiner Geliebten. Was gäbe er nur darum, wenn sie jetzt bei ihm sein könnte. Aber sie ist nicht da und sie wird heute überhaupt nicht da sein. Und morgen zehn Minuten. Zehn! Die Zahl zerreißt ihm schier das Herz. Was soll er, was sollen sie mit zehn Minuten anfangen, ohne gleich zu Beginn in tiefe Verzweiflung, in dumpfe Depression zu verfallen?

Die grausame Fahrt dauert eine Stunde, danach fällt er in einen schweren Erschöpfungszustand. Als Placidia das Mittagessen bringt, liegt er wie tot in dunkle Gedanken versunken da. Die Nonne knallt das Tablett auf den Tisch. Sie habe es jetzt vollends leid, dass immer neue Frauen hereinplatzten und ihr Kontrollsystem störten. Sie könne ja schließlich nicht ununterbrochen vor seinem Zimmer Wache stehen, müsse sich auch noch um andere Patienten kümmern. Da bedeute es eine wahnsinnige Anstrengung für sie, immer auf die Uhr zu achten und den Damenbesuch nach zehn Minuten wieder an die frische Luft zu befördern, damit sie nicht erstickten. Ersticken! Pah, solche Frechheiten müsse sie sich nicht anhören. Aber damit sei jetzt ein für alle Mal Schluss. Die Besuche von Damen würden fürs Erste restlos gestrichen. Die ständige Aufregung lasse sie nachts schon kaum mehr schlafen. Und die Nachtruhe, die sei ihr heilig. Wenn ihr die einer nähme, dann bewahre ihn Gott …«

Er rührt das Essen nicht an. Als Hedwig nachmittags hereinkommt, liegt er auf dem Rücken und stiert an die Decke. Das Mädchen fährt flink mit dem Besen in seinem Zimmer herum. Erzählt ihm von zu Hause, von Peterchen, wie er zu sprechen beginne, und von der Katze, die ihr gestern zugelaufen sei. Schwarz-weiße Flecken habe sie und sei ganz abgemagert. Die Vorbesitzer hätten sich sicher gar nicht um das arme Tier gekümmert. Aber sie werde ihr jeden Tag morgens und abends ein Schälchen mit Milch und eins mit Essensresten hinstellen. Sie hoffe nur, dass ihre Mutter nicht schimpfe. Aber das habe sie ja von ihm gelernt, dass sie sich durchsetzen müsse, wenn ihr etwas wichtig sei. Und das süße Kätzchen, das sei ihr eben sehr wichtig.

Das Mädchen beugt sich über ihn. Die Zipfel der blonden Zöpfe kommen seinem Gesicht sehr nah.

»Wolfgang, sag mir, was ist dir gerade wichtig?«

Er schweigt, liegt stocksteif da. Sein Blick ist dumpf, fast leblos.

»Das Fräulein Hersperger. Ist dir das wichtig, Wolfgang?«

Eine sehr leise Bewegung des Kopfes, man kann es kaum ein Nicken nennen.

»Ja, das habe ich mir gedacht, Wolfgang. Sie ist dir wichtig, denn du hast sie lieb. Und sie hat dich lieb. Kommt sie dich heute wieder besuchen?«

Keine Reaktion. Sie beugt sich tiefer, ihre Zöpfe berühren seine Nasenspitze.

»Wenn du mir nicht antwortest, kitzle ich dich, Wolfgang.«

Er kräuselt die Nase.

»Peterchen kitzle ich mit dem Haar immer am nackten Bäuchlein. Dann gluckst er laut und strampelt.«

Er seufzt: »Sie kommt nicht mehr. Placidia hat es verboten.«

Hedwig richtet sich mit einem Ruck auf.

»Wie bitte? Sie hat es verboten? Das kann sie gar nicht, das darf sie gar nicht.«

Das Mädchen greift nach dem Besen und fährt aufgeregt damit unter seinem Bett hin und her. »So eine Frechheit. Einfach den Besuch zu streichen. Was denkt sich diese Plage eigentlich?« Sie stößt gegen das Tischchen. Die Bibel fällt mit einem lauten Knall zu Boden. »Der werde ich's zeigen, warte nur, Wolfgang. Ich werde schon dafür sorgen, dass das Fräulein Hersperger wieder zu dir kommt.«

Er richtet sich mühsam in seinen Kissen auf. Sie eilt zu ihm, streicht die Decke über seinen Beinen glatt. »Du wirst sehen, Wolfgang, morgen ist sie wieder bei dir, darauf kannst du dich verlassen.«

»Du bist wunderbar, Hedwig.«

»Danke, Wolfgang.«

»Ich habe dich sehr lieb.«

»Ich dich auch.«

Sie streicht ihm das Haar aus der Stirn.

»Du bist wieder ganz heiß. Dass dieses dumme Fieber aber auch kein Ende nehmen will!«

Sie bückt sich, hebt die Bibel auf und sagt:

»Ich habe eine Lieblingsgeschichte. Möchtest du sie lesen?«

Er nickt. Eifrig blättert das Mädchen in dem dicken Buch und legt es ihm schließlich aufgeschlagen vorsichtig auf die Decke.

»Hier. Ich habe sie sicher schon hundertmal gelesen. Für mich ist sie einfach die wichtigste und schönste Geschichte auf der ganzen Welt.«

11

Die Szene bei Johannes, in der Maria Magdalena Jesus am Grab begegnet, liest er mit echtem Interesse und großer Aufmerksamkeit. Und plötzlich spürt er Hedwigs Begeisterung in sich und kann die Bibel nicht mehr aus der Hand legen. Bis zum Abendbrot arbeitet er sich rückwärts durch die Evangelien. Zum ersten Mal in seinem Leben versteht er das Neue Testament als ein Buch, in dem Geschichten gesammelt sind, die etwas mit ihm selber zu tun haben könnten. Die Menschen erzählt und aufgeschrieben haben, um Maßstäbe für ein friedliches Zusammenleben zu finden. Er erinnert sich an die »Christliche Demokratie«. Wie gerne würde er sich mit dem Autor Stafford Cripps jetzt unterhalten!

Placidia traut ihren Augen kaum, als sie ihm das Abendbrot bringt. Ganz gegen ihre Gewohnheit stellt sie das Tablett geräuschlos auf den Tisch. Sie schaltet sogar ungefragt das große Licht ein, bevor sie auf Zehenspitzen aus dem Zimmer geht und die Tür leise ins Schloss fallen lässt.

Mit Appetit isst er etwas Brot und Schinken. Als er die Tasse mit dem Tee vom Tablett hebt, entdeckt er einen sehr kleinen Zettel. Kaum größer als eine Briefmarke, man könnte ihn auch für einen zufällig herbeigewehten Papierschnipsel halten. Vorsichtig nimmt er ihn zwischen Zeigefinger und Daumen und dreht ihn um. Ein zierliches rotes Herz springt ihm ins Auge, dessen Inneres drei untereinander geschriebene winzige Wörter enthält. Er blinzelt, entziffert mit Mühe: »Morgen um fünf.«

Hedwig! Schießt es ihm durch den Kopf. Oder Sonja? Einerlei. Es spielt keine Rolle, welches der beiden lieben, wunderbaren, göttlichen Geschöpfe ihm diese gute Botschaft überbracht hat. Warm durchströmt es ihn, vom Kopf bis zu den Füßen. Morgen wird er sie wiedersehen. Und wenn es nur für zehn Minuten sein sollte. Wenn er nur ihre warme, liebe Hand halten, wenn er nur den Duft ihrer Haare in sich aufnehmen, wenn er nur ihre zärtliche Stimme hören darf.

Die Nacht ist traum- und schmerzlos. Er erwacht, weil eine vertraute, freundliche Stimme an sein Ohr dringt. Mina beugt sich über ihn, streicht ihm das wirre Haar aus der Stirn und wünscht ihm einen wunderschönen guten Morgen. Das Glück ist für einmal wieder auf seiner Seite.

Nach dem Frühstück schreibt er einen Brief an Martin Cordes: »Gemüts- und Körperverfassung schwanken täglich, mal nach oben, mal nach unten. Ich glaube, das Gemüt muss den ersten Schritt zur Genesung tun – und das ist oft doch nicht so ganz einfach, wenn der unumgängliche Körper in seiner Blödheit verharrt.«

Er könnte auch von seiner seelischen Verfassung schreiben. Aber weil er sich an den Theologen richtet, benutzt er diese Fachvokabel nicht. Lieber vom Gemüt sprechen. Und von der Blöd- statt Krankheit. Leib und Seele sind schließlich nicht wirklich in ihren Ausdrucksmöglichkeiten zu unterscheiden. Warum den Körper dann auf die Krankheit reduzieren? Er ist sich sicher, dass Martin Cordes genau das zwischen den Zeilen lesen wird, woran ihm liegt, dass er es sieht. Nämlich, dass für ihn, den angeblichen Blasphemiker, die Fortführung ihrer Beziehung eine Herzensangelegenheit darstellt.

Doch sein Werben um die Aufmerksamkeit des Theologen erweist sich als überflüssig. Um elf Uhr erscheint Mina mit der Post. Ihr liegt ein dicker Brief von Martin Cordes bei. Und trotzdem oder gerade weil der Theologe ihm zuvorgekommen ist, gibt er der Schwester seinen eigenen für die Poststelle mit.

Cordes hat sich nicht abschrecken lassen. Weder von der Blödheit seines Körpers, noch von seinem zur Schau gestellten Sarkasmus und auch nicht von seiner Vorliebe für Damenbesuche. In seinem Brief geht er auf Konfrontationskurs. »Sie bekommen gerade noch einmal einen Brief vom Theologen! Geben Sie acht: es geht an die Substanz!« Und dann liest der Kranke, wie Martin Cordes am Vortag in der Basler Kunsthalle die aktuelle Ausstellung mit Bildern des niederländischen, 1890 verstorbenen Künstlergenies Vincent van Gogh besucht hat. Er schildert detailliert seine Eindrücke, beschreibt einzelne Bilder, bringt seine Begeisterung über die Farbintensität zum Ausdruck.

Kopf und Füße des Kranken fühlen sich an, als steckten sie gleichzeitig in einem Ameisenhaufen fest. Alles kribbelt und sticht, so sehr regt ihn das auf, was er liest. Wie er diesen gesunden Mann beneidet! Es fehlt nicht viel und er schreit laut los. Er besinnt sich eines Besseren und bearbeitet sein Bett stattdessen mit den Fäusten. Wenn er doch erst wieder laufen könnte! Er würde sich sofort bei Sonja einhaken, die nächste Straßenbahn nehmen und diesen van Gogh ansehen, ja er würde zusammen mit ihr alle Ausstellungen besuchen, die sie nur irgendwie erreichen könnten.

Doch der Brief ist noch nicht fertig. Der Theologe hat wieder in dem Buch mit seinen Geschichten gelesen und macht aus seiner kritischen Einstellung keinen Hehl. »... dann las ich ›Generation ohne Abschied‹, und das schlug dem Fass den Boden aus.« Der Kranke schluckt. Seine Kehle ist trocken. Ein harter Kloß bildet sich und schmerzt höllisch. Beim Weiterlesen muss er dann mit Schrecken erkennen, dass der Emigrant Cordes seinen Text in eine Richtung versteht, die so fern von seiner Absicht liegt, wie nur irgend möglich. Was haben die Jahre des Grauens doch für eine Kluft zwischen ihnen gerissen! Er stimmt Cordes zwar in dem Punkt zu, dass er mit dem Text wahrhaftig keine sprachliche Meisterleistung hingelegt hat, aber anderes spielte doch zu dem Zeitpunkt, als er ihn schrieb, eine viel wichtigere Rolle. Doch das kann aus der Perspektive eines Menschen, der das Grauen nicht am eigenen Leib, an der eigenen Seele erlebt hat, dessen Körper nicht in die Blödheit fallen musste, der laufen und die blühenden Sonnenblumen van Goghs bewundern kann, offensichtlich vollkommen missverstanden werden. Wie er sich ärgert und wie es ihn aufregt, dass er den Ärger nicht loswerden kann! Stünde der Theologe in diesem Moment an seinem Bett, er würde sich vielleicht vergessen. Nur gut, dass er jetzt nicht da ist. Noch einmal schlägt der Kranke mit den Fäusten ein paar Mal hart auf die Matratze. Dann liest er weiter und erkennt, dass sich Martin Cordes wohl ebenfalls ziemlich aufgeregt haben muss, als er schrieb: »Wir wissen, dass alle Ankunft uns gehört. Das geht also ewig so weiter: Denn heute gehört uns Deutschland und morgen die ganze Welt. Mir kommt das irgendwie bekannt vor. Es läuft nämlich – in anderen Räumen – fatal parallel mit dieser Unglückszeile von Hans Baumann.«

Das tut weh, das tut so schrecklich weh, dass er heulen möchte. Doch mit Heulen kommt er hier nicht weiter. Auch nicht mit Schimpfen und Zetern über so viel Unverständnis. Die Kluft, er muss sie sich immer wieder in Erinnerung rufen, um die Einstellung des Emigranten nicht schlichtweg zu verurteilen. Dostojewski empfiehlt er ihm, von dessen »Traum eines lächerlichen Menschen« er sich erschüttern lassen solle!

Die Erschütterung über die Anklagen des Theologen sitzt tief. Über sie hilft auch der letzte Satz nicht mehr hinweg, den Martin Cordes der Versöhnung halber wohl nachgeschoben hat: »Ich will weiter in Ihrem Büchlein lesen und mit Ihnen daran tragen, dass wir noch immer Deutsche und immer noch nicht Menschenbrüder sind.«

So schnell wird er sich mit dem, was ihm gerade eben alles an den Kopf geworfen wurde, sicher nicht versöhnen können. Wie paralysiert sitzt er da und atmet, trägt schwer an diesen Vorwürfen, die hoffentlich nur auf

Missverständnissen basieren und sich in einem persönlichen Gespräch aus der Welt schaffen lassen werden.

Der Kloß im Hals hindert ihn am Mittagessen. Als Placidia eine halbe Stunde später kommt, räumt sie Bratwurst und Kartoffelstock wieder ab. Das erste Mal seit Tagen wirft sie ihm keinen ihrer triumphierenden oder tödlichen Blicke zu. An der Tür stehend fragt sie ihn sogar, ob sie das Tablett vielleicht noch eine Weile stehen lassen solle. Seine Bibellektüre scheint Wunder zu wirken.

Der Appetit will sich aber auch eine Stunde später nicht einstellen. Dafür ein Expressbrief. Von Martin Friedrich Cordes. Er entschuldigt sich für seine harten Worte. Und schenkt ihm den Katalog der Van-Gogh-Ausstellung! Wenn es ein Mensch versteht, ihn vom heißen ins kalte Wasser zu werfen, dann dieser verflixte Theologe Cordes!

Die Nachmittagsstunden bis zu Sonjas Eintreffen sind gerettet. Was für Farben! Was für ein rasant geführter Pinsel! Was für eine zutiefst beeindruckende Ansicht der Welt! An dem van Gogh kann er sich nicht sattsehen. Und als Sonja pünktlich um fünf Uhr zu ihm kommt, zieht er sie gleich mit in seine Begeisterung. Sie hat die Ausstellung noch nicht besucht und verspricht ihm hoch und heilig damit zu warten, bis er entlassen wird. Sein erster Gang nach der langen Krankheit wird also der van Gogh sein! Und zwar zusammen mit seiner Geliebten. Was für ein Fest!

Nach zehn Minuten kommt Placidia herein. Die Köpfe dicht aneinandergedrängt und über etwas gebeugt unterhalten sich der Patient und die Besucherin sehr aufgeregt. Die Bibel kann es nicht sein, denn die befindet sich an ihrem Platz auf dem Tisch neben seinem Bett. Mit wenigen Schritten steht die Nonne hinter der Besucherin.

Reckt den kurzen Hals und versucht, indem sie sich über die junge Frau beugt, einen Blick auf das begehrte Objekt zu erhaschen. In dem Moment steht die Besucherin abrupt auf und ruft begeistert aus: »So will ich auch malen!« und prallt in den Bauch der Nonne. Die taumelt nach hinten, verliert das Gleichgewicht, rudert mit den Armen in der Luft herum, versucht die Stuhllehne zu erwischen, reißt den Stuhl zu Boden und stürzt. Geradewegs in die Arme der Besucherin, die geistesgegenwärtig hinter sie gesprungen ist. Weil aber der Nonnenkörper massig und schwer ist und der der jungen Frau zierlich und schlank, ist dieses Unternehmen geradewegs zum Scheitern verurteilt. Mit einem unterdrückten Stöhnen bricht die Retterin unter ihrer Last zusammen. Immerhin hat ihr Einsatz die Nonne vor dem gefährlichen Fall bewahrt. Sodass sie sich verdattert und hilflos plötzlich in den Armen der Besucherin mitten im Zimmer auf dem Boden sitzend wiederfindet. Die junge Frau rappelt sich als Erste wieder auf, stammelt eine Entschuldigung nach der nächsten und reicht der schwergewichtigen Nonne eine Hand, um ihr beim Wiederaufrichten zu helfen. Weil es mit einer Hand aber nicht getan ist, hält sie der Keifenden schließlich noch die andere hin. Unter Einsatz ihrer ganzen Körperkraft gelingt es der zarten Person endlich, die Nonne wieder auf zwei Beine zu stellen. Ohne dafür auch nur ein Wort des Dankes zu erhalten, im Gegenteil, sie wird mit Beschuldigungen und bösen Blicken nur so überschüttet.

Trotz der eigentlichen Tragik der ganzen Angelegenheit, kann er ein Lachen kaum unterdrücken. Die Szene ist einfach zu komisch und zu absurd. Als wenn die Nonne dasselbe ganz plötzlich selber verspürt, verstummt sie von einem Moment auf den nächsten, dreht sich abrupt um und verschwindet.

»Was war das jetzt?« Die junge Frau schüttelt verständnislos den Kopf.

»Das war auf jeden Fall die beste Komödie, die ich je gesehen habe. Und du hattest die Hauptrolle, Sonja! Ich sage doch: Du musst Schauspielerin werden.«

»Ach, du immer mit deinen Schauspielerinnen.« Sie macht eine wegwerfende Handbewegung und grinst. »Und das glaub mir mal: Lustig war das für mich auf keinen Fall. Ich habe schon gedacht, das Walross reißt mir die Arme aus.«

»Eine gute Komödie lebt ja gerade davon, dass ihr Kern ein tragischer ist.«

»Nennt man das nicht Tragikomödie?«

»Ja, Sonja. Dein Deutschlehrer soll noch mal irgendwas sagen! Hast du schon einmal etwas von Carl Zuckmayer gehört? Als ich noch ein Kind war, haben die Bühnen in Deutschland seinen ›Hauptmann von Köpenick‹ gefeiert. Auch meine Eltern waren vollkommen aus dem Häuschen, nachdem sie diese Tragikomödie im Theater in Hamburg gesehen haben.«

»Nein, das Stück kenne ich nicht, aber letztes Jahr habe ich mir mit meiner Mutter ›Des Teufels General‹ im Zürcher Schauspielhaus angesehen. Das ist, glaube ich, ein Drama und auch von diesem Zuckmayer.«

»Mensch, Sonja. Das kann doch wohl nicht wahr sein! Und das sagst du einfach so, als wenn du mit deiner Mutter mal eben nach Zürich zum Einkaufen gegangen wärst. Carl Zuckmayer! Der große Carl Zuckmayer!« Er ist fassungslos. »Da hat sie den Zuckmayer gesehen und ich erfahre das erst jetzt!«

»Nun beruhige dich mal wieder. Erst van Gogh und jetzt Zuckmayer. Du kommst ja heute gar nicht mehr aus der Verzückung heraus.«

»Ach, Sonja. Es gibt ja so viel zu sehen, zu hören, zu riechen, zu schmecken, zu …« Kerzengerade sitzt er in seinem Bett. »Am liebsten würde ich dich jetzt auf der Stelle an der Hand fassen und mit dir in diese große, wunderbare Welt hinauslaufen.«

»Bald, Wolfgang, bald. Aber erst wenn du gesund bist. Vorher gehe ich keinen Schritt mit dir vor diese Tür.«

»Ach, gesund, Sonja! Was heißt das schon. Gesund werde ich sowieso nicht mehr richtig. Das hat auch der Professor gesagt. Allenfalls bekommen sie mich hier wieder so weit hin, dass ich aufstehen und schnurstracks mit dem Zug nach Hause fahren kann. Von Museum und Theater war keine Rede. Aber das lasse ich mir nicht nehmen. Wenn ich aufstehen kann, um nach Hamburg zurückzufahren, dann kann ich vorher mit dir auch den van Gogh ansehen. Und anschließend ins Theater gehen.«

»Du freust dich auf Hamburg, nicht wahr, Wolfgang?«

»Riesig. Du kannst dir gar nicht vorstellen, wie ich mich freue.«

»Doch, glaube mir, ich kann das. Und es macht mich froh und es macht mich traurig. Beides zugleich. Und das zerreißt mich beinahe.«

12

Kurz vor dem Schlafengehen erfährt er, dass er einen neuen Freund gefunden hat. Das erfüllt ihn mit großer Freude und auch ein wenig Stolz. Der Freund Martin

Friedrich Cordes ist Theologe. Theologe! Das hätte ihm mal jemand vor seiner Abreise in die Schweiz sagen sollen, dass er einen Mann Gottes zum Freund haben würde. Gelacht hätte er, und zwar ganz laut.

Martin Cordes schickt Blumen. Einen riesigen bunten Strauß. Und zum Gruß eine Karte mit den Worten: »Ich weiß, wir sind uns doch ganz nah! Herzlichst, Ihr gar nicht verlogener Theologe.«

Mina bringt die Blütenpracht herein und stellt sie, nachdem er den Duft eingesogen und die Karte gelesen hat, auf das Tischchen am Fußende des Bettes. Ihre eigenen, fast verblühten Blumen, räumt sie lächelnd ab. Als sie das Zimmer verlässt, löscht sie das Licht. »Gute Nacht, Wolfgang. Ich wünsche dir schöne Träume.«

Er protestiert: »Ich kann noch nicht schlafen, Mina. Ich muss noch einen Brief schreiben. Bitte schalte das Licht wieder ein. Nur noch eine halbe Stunde, länger brauche ich nicht.«

»Aber du weißt, Wolfgang, …«

»Bitte, Mina, es ist wichtig. Ich muss mich unbedingt noch heute bei Herrn Cordes für alles bedanken. Sonst mache ich die ganze Nacht kein Auge zu.« Es gelingt ihm noch immer, sein spitzbübisches Lächeln.

»Gut, Wolfgang, aber nur eine halbe Stunde und dann komme ich und lösche das Licht.«

»Und nimmst den Brief mit, um ihn gleich zur Post zu bringen.«

»Die erst morgen weggeht. Du kannst den Brief also getrost in der Frühe schreiben.«

»Herr Cordes hat mir auch einen Expressbrief geschickt.«

»Das kostet viel mehr, Wolfgang.«

»Das ist mir egal. Ich will, dass er ihn spätestens morgen zum Frühstück hat. Vielleicht kommt er ja dann gleich zu mir. Ich muss mich unbedingt mit ihm unterhalten.«

»Gut. Ich werde sehen, was ich machen kann, Wolfgang.«

»Du bist wunderbar, Mina.«

Sie lächelt, schaltet das Licht wieder ein und verlässt sein Zimmer. Schnell holt er einen Bogen Papier aus der Schublade und schreibt: »Lieber Herr Cordes, ich danke Ihnen – für beides! Für van Gogh und den ›scheußlichen‹ Brief, der ja auch gut war, nämlich gut gemeint! Wissen Sie, wie ich selbst meine literarisch-menschliche Situation finde? Ich stecke in einem Urwald (Krieg, Atombombe, Gott, Deutschland usw.) und habe Angst.« Er hält kurz inne, überlegt. Er könnte seine Angst jetzt weiter ausführen, könnte im Detail über all seine Gespenster schreiben, die ihn vor allem nachts überfallen. Aber nein, anderes ist wichtiger. Er unterstreicht die Angst dick und fährt fort: »Da schreie ich also einfach erstmal die Vokabeln heraus, die ich besitze – vielleicht werden im Laufe meines Lebens Sätze daraus! Also: Ich danke doch!«

Selten hat er so viele Ausrufezeichen gesetzt. Sein Theologenfreund soll ihn rufen hören, wenn er seinen Brief liest. Er soll sich *herbei*gerufen fühlen und zu ihm kommen. Er soll seine Angstschreie hören, über die Kluft hinweg und sich auf den Weg zu ihm machen.

Er liegt wach und lauscht. Der Sturm rauscht in den Bäumen, die großen Platanen verlieren heute Nacht ihre letzten Blätter, denkt er. Morgen früh werden sie kahl und nackt sein und die mächtigen, silbrig-weißen Äste in den stahlgrauen Himmel recken. Ob es noch Blumen im Park gibt? Mina hat ihm erzählt, ein Rosenstrauch trüge um diese Zeit noch einige wenige Blüten. Geschützt stünde er zwischen Bäumen und Büschen.

Wehmut überfällt ihn wie ein wildes Tier. Mutter! Er sieht ihr liebes Gesicht vor sich, spürt ihre kühlende Hand auf seiner heißen Stirn. Dann hört er das Lied, hört ihre Stimme. Maria durch ein' Dornwald ging. Dunkelheit, Kälte, Tod umgeben ihn, doch plötzlich ein Lichtstrahl, eine alles durchdringende Wärme und Grün, Grün, Grün. Er taucht ein in das dunkle, saftige Grün, in Wellen rollt es auf ihn zu, ein Meer, ein Ozean. Und mit einem Mal löst sich etwas aus dem Grün. Ein kleiner roter Punkt, der langsam wächst, immer weiter, immer weiter. Bis er es endlich erkennt. Es ist das Gesicht eines Knaben, der Mund eine blühende rote Rose. »Wer bist du?«, »Ich bin es. Dein Vater im Himmel.«

Er schrickt hoch. Die Stimme hallt in ihm nach. Ich bin es. Dein Vater im Himmel. Ich bin. Dein Vater. Ich. Dein. Und dann Stille. Totenstille. In die er verzweifelt hineinschreit: »Vater! Vater! Wo bist du? Mutter! Mutter!« Dann beginnt er leise zu weinen.

Morgens sieht er die Äste. Ein paar Blätter hängen noch. Sie sind bunt, grün, gelb, rot. Er stellt sich vor, wie van Gogh den Baum malt. Wie er draußen im Park an seiner Staffelei steht und Farbe auf die Leinwand aufträgt. Zuerst blau, er muss es mischen, es ist ein sehr helles Blau, ein wenig grau. Dann kommt der Stamm, mit schnellen Pinselstrichen trägt er viel Weiß und etwas Braun abwechselnd auf. Auch hier ein wenig Grau. Dann die Blätter, vereinzelt, einsam, ein paar bunte Kleckse. Der nächste Windstoß wird auch sie forttragen.

»Herr Borchert?«

Der Professor beugt sich über ihn.

»Hören Sie mich, Herr Borchert?«

»Ja.«

»Wie fühlen Sie sich heute Morgen? Die Schwester hat vorhin Ihre Temperatur genommen. Haben Sie das mitbekommen?«

»Nein.«

»Sie haben sehr hohes Fieber, Herr Borchert. Ich gebe Ihnen jetzt eine Spritze. Dann sehen wir weiter.«

Martin Cordes kommt am frühen Nachmittag. Professor Gigon fängt ihn vor der Tür ab, erklärt ihm die Situation und bittet ihn darum, den Besuch so kurz wie möglich zu halten. Der Patient brauche Ruhe.

Der Kranke sitzt in seinem Bett, die Bibel vor sich auf der Decke. Er liest. Als die Tür geöffnet wird, sieht er auf und strahlt:

»Lieber Herr Cordes, wie ich mich freue. Haben Sie meinen Brief bekommen?« Er klappt die Bibel zu, legt sie auf das Tischchen und streckt seinem Besucher beide Hände entgegen. »Kommen Sie nur näher. Was schauen Sie denn so ängstlich?«

»Guten Tag, lieber Herr Borchert. Wie geht es Ihnen?« Der Theologe tritt vorsichtig näher.

»Nun setzen Sie sich doch endlich. Ich habe Ihnen so viel zu sagen. Bitte.« Er weist auf den Stuhl. Martin Cordes nimmt Platz. Er legt die Stirn in Falten. »Der Professor hat mich darum gebeten, nicht lange zu bleiben. Wir müssen uns also kurzfassen.«

»Ach, nein. Nehmen Sie das nicht so ernst, mein Lieber. Mir geht es schon wieder viel besser und in Ihrer Gesellschaft geht es mir gerade so wie den wunderschönen

Blumen, die Sie mir gestern geschickt haben. Ich blühe auf. Sehen Sie nur!« Er versucht zu lachen. Es klingt hohl. »Na ja, ich habe wirklich schon bessere Zeiten erlebt, aber den Teufel an die Wand müssen wir nun wirklich nicht malen. Haben Sie übrigens im letzten Jahr die Vorstellung von Herrn Zuckmayer im Zürcher Schauspielhaus gesehen? Das muss ja ein Riesenerfolg gewesen sein.«

»›Des Teufels General‹ meinen Sie? Natürlich habe ich das Stück angesehen. Als deutscher Emigrant müsste ich mich ja sonst schämen.«

»Erzählen Sie mir doch bitte davon. Ich hatte keine Gelegenheit hinzugehen.« Das Lachen misslingt erneut.

Martin Cordes legt den Kopf in den Nacken, denkt offensichtlich angestrengt nach, räuspert sich ein paar Mal und sagt dann sichtlich verlegen: »Nun ja, da können Sie von mir nichts erwarten. Ich habe von dem Stück nicht allzu viel behalten. Die Inszenierung hat mir nämlich nicht besonders gefallen.«

»Erzählen Sie einfach, was Ihnen noch einfällt. Bitte!«

»Also, da gibt es natürlich diesen General, den Namen habe ich vergessen, der spielt die Hauptrolle. Er ist Flieger auf einer Basis der Deutschen. Ich glaube, er hält nicht besonders viel von den Nazis, sieht aber in seiner Arbeit die einzige Möglichkeit, seinen Traum, also das Fliegen, zu leben. Er verliebt sich in eine Frau, na ja, wie das eben immer so geht, so etwas muss ja schließlich in jedem Stück vorkommen. Irgendetwas stimmt aber mit den Flugzeugen nicht, die stürzen immer öfter ab. Und der General wird verdächtigt, damit etwas zu tun zu haben. Deshalb soll er herausfinden, was dahintersteckt. Er bekommt eine Frist gesetzt. Aber er schafft es nicht und setzt sich schließlich in eine Maschine und fliegt in den Tod.«

»Einfach so?«

Martin Cordes schließt die Augen, denkt nach und schüttelt nach einer Weile den Kopf. »Nein, nein, natürlich nicht einfach so. Wie war das noch gleich?«

»Für mich hört sich das so an, als wollte er ein Geheimnis mit in den Tod nehmen. Das Ganze riecht doch geradezu nach Sabotage.«

»Ich dachte, Sie kennen das Stück nicht.«

»Ich kenne es nicht. Aber ich habe im Krieg viel erlebt. Und deshalb kann ich an meinen vier Fingern ablesen, wie die Geschichte weitergeht.« Er hält die linke Hand in die Luft, lächelt Martin Cordes an. Der blickt verwirrt und stammelt:

»Ja, Sie könnten recht haben. Ja, wenn ich nachdenke, trifft das sogar ziemlich genau zu. Da gibt es nämlich noch den besten Freund des Generals. Der ist ein Widerstandskämpfer. Und der hat mit der Sabotage etwas zu tun. Erst ganz zum Schluss erzählt er das dem General.« Martin Cordes nickt. »Ja, stimmt, so geht die Geschichte. Der General deckt seinen Freund und geht für ihn in den Tod.« Noch einmal nickt er, diesmal kräftig. »Und da fällt mir noch eine Person ein. Jetzt, wo ich Sie so ansehe, die erinnert mich plötzlich irgendwie an Sie und Ihre Geschichten.«

Der Kranke horcht auf. »Ja, wirklich. Da bin ich aber gespannt.«

»Ja, es gibt es noch diesen ganz jungen, hübschen Mann. Ich glaube, er ist Leutnant und von den Nazis begeistert. Am Anfang. Zum Schluss nicht mehr, gar nicht mehr, da hilft er dem Widerstandskämpfer, also dem Freund des Generals. Das fand ich letzten Winter, als ich das Stück gesehen habe, schon sehr spannend, wie es plötzlich zu diesem Sinneswandel gekommen ist. Zu Beginn, da ruft er etwas laut ins Publikum, ganz fanatisch: Der Tod auf dem Schlachtfeld ist groß. Und rein. Und ewig. Das habe ich mir gemerkt, weil es mir so durch Mark und Bein gegangen ist, wie der zarte, junge Mann das ruft. Und dann muss er an die Front. Als er wiederkommt, ruft er gar nichts mehr und ist noch kleiner und zarter als vorher. Jetzt fällt mir auch sein Name wieder ein: Hartmann heißt er, das passt so gar nicht zu ihm. Zum Schluss schließt er sich dann dem Widerstandskämpfer an. Aber das sagte ich ja bereits.«

Sie nicken beide. Und der Kranke wiederholt: »Das sagten Sie bereits.« Dann schaut er seinem Gegenüber direkt in die Augen. »Und, verstehen Sie jetzt, Herr Cordes? Verstehen Sie?«

»Ja und nein, was soll ich sagen …«

»Der junge Hartmann, der Sie so beeindruckt hat, steht für eine ganze Generation junger Männer. Ich bin einer von ihnen. Und wenn ich schreibe: Alle Ankunft gehört uns, so meine ich damit nicht uns Deutsche, sondern sie gehört dieser enttäuschten, verratenen Generation. Der Satz entstand aus einer inneren Opposition gegen die Generation unserer Väter, die Studienräte, Pastoren und Professoren, die uns blind in den Krieg haben ziehen lassen, die uns von Heldentaten erzählten und Kriegsbücher dichteten. Sie ließen es zu, dass ihre Söhne in die Hölle hineinstolzierten und sagten: Macht's gut! Und: Fürs Vaterland. Und da sind wir in den Krieg gegangen und haben das Grauen erlebt und sind sehend geworden. Und die, die zurückgekehrt sind, die sagen nun: Nur noch eine Ankunft zu neuen Ufern kann uns retten, mutiger gesagt: Diese Hoffnung gehört uns ganz allein. Verstehen Sie das, Herr Cordes? Verstehen Sie, was ich meine?«

Die Ergriffenheit und Erschütterung stehen Martin Cordes ins Gesicht geschrieben. »Ja, ich glaube, ich beginne Sie zu verstehen.«

»Das ist gut, das ist sehr gut. Und weil Sie mir in Ihrem scheußlich-guten Brief auch so viel auf einmal zugemutet haben, werde ich mich nun revanchieren.«

»Schonen Sie sich, lieber Herr Borchert. Ich glaube, für heute ist es genug.«

»Nein, es ist nicht genug, Sie müssen noch etwas anhören. Geben Sie acht: Es geht an die Substanz!« Er hustet, röchelt laut.

»Nein, Herr Borchert. Das kann ich nicht verantworten. Ruhen Sie sich jetzt aus. In ein paar Tagen reden wir weiter, versprochen.«

Der Kranke nickt. »Vielleicht haben Sie recht, Herr Cordes. Aber viel Zeit haben wir nicht mehr. Kommen Sie bald. Und leben Sie bis dahin wohl.«

Er schließt die Augen. Sein Atem geht schwer. Martin Cordes schleicht zur Tür. Da ruft ihn der Kranke noch einmal zurück. Er hält etwas in der Hand.

»Das hätte ich jetzt beinahe vergessen. Ich wollte Ihnen noch etwas mitgeben, lieber Freund. Nachdem Sie mir mit dem van Gogh so eine große Freude bereitet haben.«

Zaghaft tritt Martin Cordes noch einmal ans Bett.

»Hier, bitte, ein winziges Geschenk. Barlachs ›Bettlerin‹ und eine kleine Abhandlung über den Bildhauer. Ich verehre diesen Künstler. Er gehört zu den ganz Großen. Er hat Unglaubliches geschaffen.«

Der Theologe stutzt. Dann nickt er plötzlich begeistert.

»Barlach. Wahrhaftig. Wie wussten Sie nur davon, lieber Freund? Dass auch ich diesen großen Künstler bewundere?«

Der Kranke lächelt und reicht dem Verdutzten die kleine Skizze und das Büchlein. Der greift danach mit zitternden Händen.

»Und nun gehen Sie, mein lieber Freund. Wir werden uns wohl schon wiedersehen. Gehen Sie endlich!«

Fast wie einen Befehl stößt der Kranke diesen letzten Satz hervor. Erschrocken wendet sich Martin Cordes zur Tür, umklammert mit beiden Händen das Geschenk. Bevor er das Zimmer verlässt, dreht sich der Theologe noch einmal um und wirft einen letzten Blick auf den jungen Mann, der sich auf seinem Lager unruhig hin und her wälzt. Auf dem Flur schlägt Martin Cordes das Büchlein auf. Im Halbdunkeln liest er leise, was sein Freund für ihn in Schönschrift in den Einband geschrieben hat: »Für Martin Friedrich Cordes mit vielem lieben Dank von seinem Wolfgang Borchert – November 47 – Basel.«

13

Er ist zu schwach, um den Löffel zu halten. Während Hedwig ihm das Essen reicht, erzählt sie von Peterchen, den sie am Vortag im Spitalpark spazieren geführt hat. Der kleine Bub habe so sehr in seinem Wagen gestrampelt und protestiert, dass sie ihn schließlich – gegen die Anweisungen der Mutter, die glücklicherweise nicht dabei gewesen sei – herausgehoben und auf die Wiese gestellt habe. Und da sei er losgerannt. Na ja, was man für so kleine Beinchen eben als rennen bezeichnen könne. Und natürlich gleich auf die Nase gefallen. Mitten in einen Haufen Blätter, den der Gärtner kurz vorher zusammengefegt hatte. Anstatt zu weinen, habe er gejuchzt und sich in dem bunten Laub gewälzt. Wie ein junger, ausgelassener Hund. Das sei sehr lustig gewesen. Danach habe der kleine Frechdachs allerdings ausgesehen wie ein Frischling, der sein erstes Drecksbad genommen habe. Und sie habe ihn zu Hause heimlich umgezogen und die Wäsche gleich gewaschen, damit es die Mutter nicht merke. Ob er schon einmal so ein süßes, winziges Wildschweinbaby gesehen habe? Sie schon. Sie habe im Frühling im Zoo vor dem Gehege gestanden und sich die große Geschwisterschar durch den Dreck arbeiten sehen. Das sei eine Freude gewesen. Und weil sie sich selber als kleines Mädchen niemals habe schmutzig machen dürfen, solle es ihr Bruder nun wenigstens können.

Es ist ihr tatsächlich gelungen. Vorsichtig schiebt sie ihm den letzten Löffel mit Gemüsesuppe in den Mund. Und wischt ihm liebevoll die Lippen trocken. So, das hätten sie gut gemacht, sie seien doch ein wunderbares Team. Wenn das so weitergehe, dann würde er demnächst wieder so viel Kraft in den Beinen haben, dass er auch im Park spazieren gehen könne. Spätestens zum ersten Schnee. Dann werde sie Peterchen mitbringen, sie würden ihm gemeinsam einen riesigen Schneehaufen zusammenschieben, in dem er sich dann wälzen könne. Und anschließend gäbe es eine Schneeballschlacht. Ob er eigentlich warme Hosen und einen Pullover im Koffer habe. Sonst könne sie ihm etwas von einem ihrer Brüder mitbringen, also natürlich nicht von Peterchen, sondern vielleicht von Hans, der sei gerade vierzehn geworden und im letzten Jahr sehr gewachsen. Obwohl, wenn sie sich so seine Beine betrachte, die seien schon ziemlich lang, also vielleicht doch eher etwas vom Urs.

Nach der Hälfte des Puddings schüttelt er den Kopf. Sie streicht ihm über die Wange und stellt zufrieden fest, dass er so viel wie schon lange nicht mehr gegessen habe. Und wenn das wo weitergehe, er wohl doch eher die Hosen von ihrem Vater bräuchte. Der habe nämlich einen kleinen Bauch vom vielen Essen. Sie lacht fröhlich auf, wischt ihm noch einmal den Mund sauber und sagt, er müsse sich jetzt ausruhen. Das sei gerade nach dem Essen sehr wichtig. Nur nicht wieder lesen. Oder gar schreiben. Wenn er wolle, könne sie ihm morgen auch einmal etwas aus der Bibel vorlesen. Für heute habe ihr Placidia noch so viele Aufgaben zugeteilt, dass sie dafür keine Zeit mehr habe. Aber morgen, am Nachmittag.

Er nickt. Versucht ein Lächeln. Und schließt die Augen. Wie gerne würde er ihr für alles danken, für all die Liebe, die sie ihm täglich mit ihrem freundlichen, fröhlichen Wesen schenkt. Er kann es nicht, heute. Morgen wieder, hoffentlich.

Nach einer halben Stunde, in der er ruhig mit geschlossenen Augen auf dem Rücken liegt und sich in Gedanken die Schneeballschlacht ausmalt, spürt er wieder etwas Kraft in den Armen. Mühsam richtet er sich ein Stück auf und holt das letzte Blatt Papier aus seiner Schublade, greift zum Stift. Martin Cordes hat seine Geschichten, sein kleines Büchlein, seine ersten Schreibversuche im letzten Brief mit Dostojewski und Balzac verglichen und dazu gesagt: Na ja. Und darauf muss er ihm jetzt eine Antwort geben. Das kann nicht warten, bis sie sich in ein paar Tagen vielleicht wiedersehen. Denn es ist wichtig, sehr wichtig.

»Na ja«, schreibt er zurück, »er hat recht. Das sind keine literarischen Musterbeispiele eines talentierten Schreibers – nein, es ist das Gestammel eines von keiner Tradition oder Ehrfurcht belasteten Jünglings, sehr gewaltsam, sehr privat, sehr unreif. Das weiß ich alles. Aber ich kann nicht anders. Und raus muss es! Wer es liest, hat selber Schuld. Ich habe es nicht für geneigte Leser geschrieben – nur für mich!« Er unterstreicht das »nur« und ergänzt: »Dass es veröffentlicht wird, das ist ein reiner Zufall und mir selbst vollkommen gleichgültig.« So. Er liest die Zeilen noch einmal durch. Dass er das jemandem einmal so schreiben würde! So ohne jegliche Scham. Er hatte nicht geplant, Schriftsteller zu werden, daraus hat er nie einen Hehl gemacht. Er wollte immer als Schauspieler auf der Bühne stehen. Aber diese brutale Ehrlichkeit, die kann er erst jetzt, die kann er nur dem Mann gegenüber aufbringen, mit dem er in den letzten Tagen unter Aufbietung seiner letzten Kräfte um die Überwindung einer scheinbar unüberbrückbaren Kluft gerungen hat. Und es ist ihm gelungen. Gerade auch mit diesen letzten Sätzen.

Sie trägt ihn wieder, den grünen Mantel mit dem breiten Gürtel. Mit jedem Schritt auf ihn zu fürchtet er, sie könne ganz plötzlich in der Mitte, dort, wo er ihre schlanke Taille vermutet, zerbrechen.

»Was ist dir, Wolfgang?« Ihre großen dunklen Augen erforschen ängstlich den jungen Mann, der ihr bleich entgegenblickt.

»Ach, Sonja. Ich habe schon gedacht, du kommst nicht mehr. Ich habe mich so nach dir gesehnt.«

»Aber du weißt doch, dass ich komme, Wolfgang. Heute bin ich sogar eine halbe Stunde früher, sieh nur!« Sie hält ihm ihr zartes Handgelenk mit der silbernen Uhr hin. »Wir haben erst halb fünf.«

Er umfasst ihr Gelenk, zieht sie näher an sich heran und flüstert: »Letzte Nacht bin ich ihm begegnet.«

»Wem, Wolfgang? Wem bist du begegnet?«

»Meinem Vater. Er war ein Knabe mit einem roten Rosenmund. Und er hat mit mir gesprochen.« Seine Augen füllen sich mit Tränen. »Er war so schön, Sonja, so wunderschön.«

Sie setzt sich auf die Bettkante. Ihre Lippen und ihre Stimme beben: »Was hat er gesagt?«

»Ich bin es. Dein Vater im Himmel.« Er lacht leise, gequält. »Dein Vater im Himmel. Und es war so wunderschön und so fürchterlich zugleich.«

»Du bist dem lieben Gott im Traum begegnet. Er war ein Kind, ein schöner Knabe. Sein Geist hat mit dir gesprochen.« Die klaren, überlegten Worte helfen ihr, die Fassung wiederzugewinnen. »Da begegnest du im Traum also der Dreifaltigkeit. Mein Lieber, ich glaube, du hast in den vergangenen Tagen zu viel in der Bibel gelesen. Anders kann ich mir das nicht erklären.« Sie beugt sich vor und küsst ihn auf die Stirn. Flüchtig, leicht wie ein Windhauch.

Er seufzt tief und erschauert unter ihrer Zärtlichkeit. »Wir haben uns noch kein einziges Mal richtig geküsst, Sonny. Noch kein einziges Mal.« Er streicht ihr Haar zur Seite, umfasst mit zitternden Händen ihr zartes Gesicht, schließt in Erwartung eines Kusses die Augen.

»Nicht hier, Wolfgang. Nicht jetzt. Den ersten Kuss müssen wir uns an einem ganz besonderen Ort geben.«

»Und wenn es diesen anderen, diesen besonderen Ort nicht geben wird, Sonny?«

»Aber natürlich wird es ihn geben, Wolfgang. Ja, es gibt ihn sogar bereits und er wartet auf uns.«

»Orte vergehen nicht so leicht wie Menschen.«

»Was redest du? Natürlich können auch Orte ganz leicht vergehen. Denk doch nur an ein Erdbeben.«

»Oder den Krieg. Sonny, bitte, ich kann nicht warten.«

»Gut, Wolfgang. Aber nur einmal. Den zweiten Kuss geben wir uns dann an meinem Lieblingsort.«

»Und den dritten und den vierten und alle weiteren von mir aus auch. Aber jetzt und hier möchte ich den ersten haben, Sonny.«

Sie nickt. Er hat schon wieder die Augen geschlossen, zieht ihr Gesicht zärtlich an sich heran. Da plötzlich reißt sie sich los, springt auf und läuft zur Tür.

»Sonny, Sonny, bleib hier, lauf nicht fort.«

Sie lacht. »Ach, du Dummerchen.« Und schaltet das Licht aus. Im nächsten Moment liegt sie in seinen Armen.

Später erzählt sie ihm von ihrem Lieblingsort. Er befindet sich mitten im Wald. Es ist eine Lichtung, auf der sie in der Dämmerung schon häufig die Rehe beobachtet hat. Friedlich stehen sie da und fressen das saftige grüne Gras. Ja, sogar jetzt, so kurz vor dem Winter, fänden sie dort immer noch ein Büschel. Und im Frühjahr machten sie sich an den frischen Spitzen der Tannen zu schaffen. Ihr süßer Saft schmecke ihnen besonders gut. Sie verrät ihm ein Geheimnis, hinter vorgehaltener Hand. Dass sie es nämlich einmal den Rehen nachgemacht und so einen grünen Spross gegessen habe. Und sie müsse sagen, sie könne nun sehr gut verstehen, was die Tiere an den grünen Zweigen fänden.

»Bringst du mir von deinem nächsten Besuch auf der Lichtung bitte einen grünen Zweig mit, Sonny?«

»Gern, Wolfgang. Sehr gern mache ich das. Nächste Woche bringe ich ihn dir. Es ist sowieso an der Zeit, dass wir den Advent in dein Zimmer holen.«

»Advent?« Ungläubiges Staunen macht sich in seinem Gesicht breit. »Ist es schon so weit?«

»Ja, Wolfgang. Es dauert nicht mehr lang. Mutter hat zu Hause auch schon mit dem Schmücken begonnen.«

Seine Augen glänzen. »Du hast recht, ich erinnere mich. So war es früher auch bei uns. Die Vorfreude aufs Fest war doch eigentlich das Schönste an Weihnachten.« Er nickt begeistert: »Ja, Sonny, so machen wir das. Wir holen den Advent in diese traurige Einöde. Dann kann ich mich noch mehr auf zu Hause, auf Vater und Mutter und auf Hamburg freuen.«

»Wolfgang?« Flehentlich sieht sie ihn an.

»Ja, Sonny, ich weiß, dass ich mich so sehr auf zu Hause freue, erfüllt dich mit Freude und Trauer zugleich. Glaube mir: Auch mir wird der Abschied von dir schwerfallen. Aber ich verspreche dir hoch und heilig: Wir sehen uns wieder. So bald wie möglich. « Er hebt die Rechte zum Schwur.

»Das ist es nicht, Wolfgang. Ich muss dir etwas sagen. Etwas sehr Trauriges.« Sie zögert. Greift nach seinen Händen.

»Mensch, Sonny, du tust ja gerade so, als sei jemand gestorben.« Sein Lachen. Es erstickt im Keim.

Starr hält sie den Blick auf das Klee'sche Pferdebett gerichtet. Zögert wieder, bevor sie unter Schluchzen, kaum hörbar hervorbringt: »Vater und Mutter verreisen für eine Woche. Und ich muss sie begleiten. Ich habe alles versucht, ich habe sie angefleht, dass ich hierbleiben darf. Vergeblich.« Weinend fällt sie ihm um den Hals. »Ach, Wolfgang. Wir werden uns erst am nächsten Donnerstag wiedersehen!«

Das Gefühl weicht augenblicklich aus seinen Händen. Leblos liegen sie in ihren. Lippen und Zunge sind fast taub, als er sagt: »Das ist lang, Sonny. Sehr lang. Aber dass du mir den grünen Zweig nicht vergisst, wenn du wiederkommst.«

14

Auf sich selbst zurückgeworfen bleibt ihm in dieser Nacht nichts anderes übrig, als den verrückten Versuch zu unternehmen, über sich selbst hinauszudenken. Verrückt, ja, aber nicht unmöglich.

Glaube, Hoffnung, Liebe, diese drei. Er hat in den vergangenen Wochen zwar nicht gelernt, an Gott zu glauben. Aber er hat immerhin den Versuch unternommen. Er hofft nicht mehr wirklich, dass er jemals wieder gesund wird. Aber die Hoffnung stirbt bekanntlich zuletzt. Und was ist mit der Liebe? Ja, die ist da, so wie sie immer da war. Und sie wird niemals sterben. Denn aus der Erde über seinem toten Körper wird ein Rosenstock wachsen, der im Sommer eine Unzahl roter Blüten trägt. Im Winter wird er zum Schutz vor Kälte und Frost mit einem großen grünen Zweig bedeckt sein. Der Heilige Geist ist ihm zusammen mit Vater und Sohn im Rosenstrauch erschienen. Frau und Mann, erst das Kind macht sie zu Mutter und Vater. So klar hat er sie schon lange nicht mehr vor sich gesehen: Die Sonne scheint von einem vom Wind blankgeputzten Himmel auf den Elbestrand herab. Mitten in dem gleißenden Licht stehen sie, Vater, Mutter und er, das Kind, der Knabe. Er baut eine Sandburg. Mit Eifer ist er bei der Arbeit, vergisst alles um sich herum, auch die Eltern, die sich auf ein buntes Tuch daneben setzen und ihm zusehen. Es ist die größte und schönste Burg, die er bisher gebaut hat, sehr breit, rund, hoch, mächtig. Stolz ragt sie in den Himmel. Dann, plötzlich, greift er noch einmal zur Schaufel. Er klopft auf die Burg, lässt Kanten entstehen, er hat einen Plan, ein Bild vor Augen, er muss es nur erschaffen. Und dann steht sie mit einem Mal vor ihm: Die Pyramide.

Die Eltern kommen heran. Der Vater nickt in seiner lehrerhaften Manier lobend. Die Mutter streicht wohlwollend über seinen erhitzten Kopf, wischt ihm mit einem feuchten Lappen die sandigen Hände sauber und reicht ihm ein Wurstbrot, das er mit großem Appetit in wenigen Bissen verschlingt. Und dann nimmt er Anlauf und springt mit den nackten Füßen mitten in den prächtigen, mächtigen Bau. Fort damit und auf ein Neues! Machet euch die Erde untertan. Welch ein Hohn springt ihm heute aus diesem göttlichen Befehl entgegen! Als Junge, ja, da konnte er Pyramiden bauen. Er konnte erschaffen und wieder zerstören. Er war wie Gott. Er konnte alles geben und alles nehmen. Im Spiel. Später dann, als junger Mann, da war das Spiel »Mensch – Welt – Gott« ausgespielt, Gott im besten Fall als das Prinzip des Göttlichen an sich noch denkbar. Er – sie – es. Er, Wolfgang Borchert, liebt sie, Sonja Hersperger, bis es, das Sterbebett, für ihn bereitsteht. Eine Dreieinigkeit fällt ihm noch ein, bevor er in einen dumpfen, traumlosen Schlaf fällt: geboren werden, leben, sterben.

Mina bringt ihm am nächsten Morgen einen Brief. Er traut seinen Augen nicht, als er den Namen des Absenders erkennt. Der Brief ist von Carl Zuckmayer. Hastig öffnet er den Umschlag und liest: »Sehr geehrter Herr Borchert! Ich habe Ihr Stück ›Draußen vor der Tür‹ und Ihr Buch ›Die Hundeblume‹ mit wirklicher Erschütterung gelesen.« Er lässt das Blatt sinken. Sein Herz macht einen riesigen Sprung. Zuckmayer schreibt, dass er zwar bereits von anderer Seite von seinen Werken gehört, sich aber ein eigenes Bild gemacht habe. Die Freudenröte steigt dem jungen Mann ins Gesicht, als er liest: »Die Stärke Ihrer Sachen ist, man hätte sie auch aus dem Papierkorb in irgendeinem überfüllten Bahnhofswartesaal herausklauben können, sie wirken nicht wie ›Gedrucktes‹, sie begegnen uns, wie uns die Gesichter der Leute oder ihre Schatten in den zerbombten Städten begegnen. Ihre Welt ist wirklich bis ins Unheimliche, Ihr Talent ist echt. Ich schreibe nicht oft solche Briefe, aber ich muss Ihnen das sagen und ich hoffe, dass es Sie freut. Werden Sie nur gesund, – Sie haben noch viel zu tun!« Er ist wie vom Donner gerührt. Carl Zuckmayer, der große Zuckmayer lobt sein Werk, hält ihn für talentiert. Und ob er sich freut, was denkt sich der Mann eigentlich!

Er ist so aufgeregt, dass er beinahe überliest, dass ihn Carl Zuckmayer um den zehnten Dezember herum besuchen wird, wenn er von der Premiere seines »Teufelsgenerals« in Frankfurt wieder zurückfährt. Das wird er nicht überleben. Wenn der große Carl Zuckmayer an seinem Bett stehen und mit ihm reden wird.

Übergroße Freude und übergroße Trauer wechseln sich an diesem und auch an den folgenden Tagen beinahe stündlich ab. Mal jubelt er innerlich über die Anerkennung, die alles andere, was er bisher an Lob erfahren hat, in den Schatten stellt. Dann fällt er im nächsten Moment so schnell so tief, dass er meint, nichts und niemand könne ihn noch retten. Dann weint er hemmungsloser, hoffnungsloser denn je. Weder Minas Blumen und liebe Worte, noch Hedwigs fröhliche Geschichten und ihr Vorlesen aus der Bibel können ihn in diesen trostlosen Stunden aus dem Jammertal befreien, in dem er gefangen ist. Eine unerträgliche Hitze beginnt sich in ihm auszubreiten, fast so, als sollte er von innen heraus am lebendigen Leibe verbrennen. An Essen ist in diesem Zustand nicht mehr zu denken. Sieht Mina nach ihm, dann bittet er um eisgekühltes Orangenwasser, das sie ihm in kleinen Schlucken einflößt.

In einer besseren Stunde fragt er Hedwig, ob sie ihm noch einmal einen Bogen Briefpapier besorgen könne. Nachmittags schlüpft sie zu ihm hinein, legt es dem anscheinend Schlafenden auf das Tischchen. Als sie wieder fort ist, lässt er seinen Tränen freien Lauf. Bis er sich daran erinnert, warum Hedwig gerade eben bei ihm war. Er sieht das Blatt, er greift danach, nimmt den Stift zur Hand und schreibt: »Verehrter Herr Zuckmayer! Dass Sie mir mit einem Besuch eine Riesenfreude machen würden, das brauche ich doch nicht erst zu schreiben! Aber Sie werden einen rechten Jammerlappen vorfinden, denn zum ersten Mal hat meine Krankheit mich restlos untergekriegt und ich bin leider etwas hilf- und mutlos geworden.« Wieder steigen die Tränen in ihm hoch, mit aller Kraft kämpft er sie nieder und erklärt, wie froh ihn der Brief gemacht habe, weil er sich doch erst »auf dem Weg« befinde und wie sehr er sich darüber freue, demnächst seine Meinung zum zweiten Erzählband, der hoffentlich schon mehr beständige Qualität besitze und im Winter bei Rowohlt erscheine, zu erfahren. Dann nimmt er seinen ganzen verbleibenden Mut zusammen und schreibt: »Ich würde mich noch viel mehr freuen, wenn dieser kleine Kontakt, den wir nun haben, ebenfalls beständiger und dauerhaft würde!« Er erzählt vom wehmütigen Reden seiner Eltern über die Hamburger Theaterzeit, in der sie seine Stücke hätten sehen dürfen. Sein letzter Satz lautet: »Und nun, nach 1000 Jahren, darf ich Sie kennenlernen! Ich glaube, das ist sehr schön. Recht herzlich grüßt Sie Ihr Wolfgang Borchert.«

In der folgenden Nacht setzen die Schmerzen ein. Sie sind anders, sie sind schlimmer, viel schlimmer, als alle Schmerzen, die er bisher erleiden musste. Er windet sich in seinem Bett, jammert leise bis zum Morgengrauen in sein Kissen. Als Placidia um sechs Uhr sein Zimmer betritt, kann er nicht mehr. Er weint laut. Professor Gigon spritzt ihm hochdosiert ein Schmerzmittel. Bevor er in einen todesähnlichen Schlaf fällt, bittet er Mina darum, den Brief, den er wöchentlich an seine Eltern schickt, für ihn zu schreiben. Abends erwacht er mit einem rasenden, wilden Pochen im Bauchraum. Der diensthabende Arzt verabreicht ihm Tabletten. Es tritt keine Besserung ein. Um Mitternacht beginnt er stark zu husten. Er spuckt Blut. Die von Professor Gigon eingeleiteten Maßnahmen bleiben ohne Erfolg. Die Blutungen kommen am folgenden Tag in Schüben wieder und wieder. Am Nachmittag fragt ihn Hedwig, ob sie seine Mutter bitten solle, zu ihm zu kommen. Er antwortet, sie solle ihr nur schreiben, dass es ihm nicht gut gehe. Um halb sechs am Abend hustet er zum letzten Mal Blut. Um acht Uhr kommt Mina zu ihm, er erkennt sie nicht mehr. Ab dem späten Abend ist er bewusstlos, ein Pfleger wacht nachts an seinem Bett. Am Morgen um sieben löst ihn Mina ab. Sie ist bei ihm, als er kurz vor neun Uhr, Donnerstag, den 20. November 1947 stirbt. Ein Priester gibt ihm den Segen. Mina zieht ihm das weiße Totenhemd an.

Sonja nimmt nach dem Frühstück ihre Schultasche und verabschiedet sich von der Mutter. Anstatt den Weg zur Bahn einzuschlagen, die sie von Liestal nach Basel bringen würde, läuft sie in den Wald. Der Weg ist nass, es hat viel geregnet in den vergangenen Tagen. Bald schon sind ihre

Schuhe und Strümpfe durchgeweicht. Sie merkt es nicht. Endlich werden die Bäume lichter, dichte Nebelschwaden liegen vor ihr auf dem hohen Gras. Sie weiß schon, von welchem Baum sie den Zweig schneiden möchte. Die Tanne steht mitten auf der Lichtung und würde einen schönen Weihnachtsbaum abgeben. Die Zweige sind gerade richtig dicht und so lang gewachsen, dass sich herrlich rote Kerzen in ihm verteilen ließen. Sie wird Wolfgang von diesem Baum erzählen. Rasch zieht sie das kleine Klappmesser aus der Manteltasche und macht sich an einem Zweig zu schaffen. Es duftet nach Harz und frischem Holz. Auch diesen weihnachtlichen Duft wird sie ihm also mitbringen. Es dauert eine Weile, bis sie den Zweig endlich in den Händen hält. Nun rasch zurück, die nächste Bahn fährt bald.

Eine Stunde später erreicht die junge Frau das Claraspital. Sie nimmt die Stufen zum zweiten Stock wie im Flug, eilt zum Zimmer 200, hält gespannt und voller Vorfreude den Atem an, klopft leise und drückt die Klinke. Die Tür ist verschlossen.

Ernst Rowohlt bemühte sich vergeblich darum, die Aus- und Einreisegenehmigung für die Eltern Borchert zu erhalten, damit sie zur Beisetzung ihres Sohnes in die Schweiz hätten reisen können. Dem Wunsch der Eltern, den Leichnam in einem Sarg nach Hamburg bringen zu lassen, konnte auch nicht nachgekommen werden. »Es hat unendlich viel Arbeit gemacht, aber schließlich ist es mir dann geglückt, von den Eltern die Zustimmung zur Einäscherung zu erhalten.« (Ernst Rowohlt an Henry Goverts am 16. 12. 1947)

Am 24. November fand im Krematorium des Friedhofs Hörnlisacker unweit der deutschen Grenze eine vom Verleger Emil Oprecht organisierte Trauerfeier statt. Bevor der Leichnam eingeäschert wurde, hielt der Verleger Henry Goverts eine Rede.

Nach der Feier blieb eine untröstlich weinende Frau im Krematorium zurück. Henry Goverts führte sie dem Theologen Martin Cordes zu, der sich ihrer annahm und ihr die Worte mit auf den Weg gab: »Wir müssen uns nun erst einmal Ruhe schenken lassen. Dann und nur dann werden wir begreifen können, was wir erlebt haben und was uns aufgetragen wurde.« (Martin Friedrich Cordes an die Eltern Borchert, 24. 11. 1947)

Die Eltern erhielten die Urne mit der Asche ihres Sohnes kurz vor Weihnachten unangekündigt per Post zugestellt.

Fritz Borchert verfasste am Tag nach Weihnachten (27. 12. 1947) einen Brief an Henry Goverts, in dem er schrieb: »... Herr Rowohlt hat mir erst nach der Abreise Mitteilung davon gemacht, welche Bedenken Sie hatten und welche Vorschläge Sie gemacht hatten. Auch Wolfgang hat davon nichts gewusst. Natürlich haben alle Beteiligten in der besten Absicht gehandelt und keiner konnte in die Zukunft schauen …«

Am 17. Februar 1948 wurde die Urne auf dem Ohlsdorfer Friedhof in Hamburg feierlich beigesetzt.

Im Frühjahr 1949 unternahmen Hertha und Fritz Borchert eine Reise in die Schweiz. Die Mutter hielt ihre Erlebnisse in einem Tagebuch fest (»Unsere Reise nach Basel im Frühling 1949«). Sie wohnten bei der Familie Rudin in der Bachlettenstraße in Basel, besuchten das Claraspital, den Friedhof Hörnlisacker, Sonjas Eltern und Schwester Mina, die inzwischen in Bern lebte.

Die Eltern lernten auch die Zimmerschwester ihres Sohnes kennen. Von der Begegnung mit Placidia berichtet Hertha Borchert, es sei das Bitterste gewesen, was sie im Nachhinein habe erfahren müssen: Dass diese Frau so grausam gewesen sei und Wolfgang gesagt habe, dass er sterben müsse.

Nelly Rudin arbeitete nach dem Studium viele Jahre mit großem Erfolg als Werbegrafikerin für das Pharmaunternehmen Geigy in Basel. Sie heiratete den vierzehn Jahre älteren Dr. med. Dietrich Gaudenz Löwenberger, der zwei Kinder mit in die Ehe brachte. 1958 gestaltete Nelly das SAFFA-Plakat (Schweizerische Ausstellung für Frauenarbeit), auf dem das Gesicht einer Selbstbewusstsein ausstrahlenden jungen Frau zu sehen ist. »Eine Frau, die sich im Berufsleben bewährt und sich neben dem Mann behauptet, wie sie [Nelly Rudin] selber«, schreibt die Zeitschrift »Die Frau«. Vierzigjährig begann sie eine Karriere als selbständige Malerin, die sehr erfolgreich verlief. Nelly Rudin zählt heute zur Nachfolgegeneration der Zürcher Konkreten, ihr langjähriger Mentor war Max Bill. Sie starb am 4. Dezember 2013 in Zürich.

Die Frau, die im Krematorium untröstlich um Wolfgang Borchert weinte, lernten Hertha und Fritz Borchert erst auf einer späteren Reise in die Schweiz kennen. 1952, fünf Jahre nach Wolfgang Borcherts Tod, heiratete Sonja Hersperger den Architekten Rolf Georg Otto, der über die Schweiz hinaus durch seine Sichtbetonbauten im Stil des Brutalismus bekannt wurde. Mit ihm bekam sie drei Kinder. Auf der Weihnachtsaustellung 1955/56 der Kunsthalle Basel stellte sie mit 135 weiteren einheimischen Künstlern aus. Sie starb 1969 im Alter von einundvierzig Jahren in Puerto De La Selva in Spanien.

Hertha Borchert unterhielt mit Nelly und Sonja über viele Jahre Briefkontakt. Mina schickte der Familie Borchert jährlich am 20. November einen Kartengruß. Sie erinnerte mit lieben Worten an ihren Patienten. Die Karte zierten immer Blumen. Zu ihrem Geburtstag erhielt Mina häufig einen Blumengruß von Hertha Borchert, für den sie sich umgehend bedankte. 1981 brach der Kontakt ab, vermutlich verstarb Mina in diesem Jahr.

In ihrem Reisebericht schreibt Hertha Borchert auch über eine schöne Begegnung im Claraspital: »Dann trafen wir noch die kleine Hedi, die Wolfgang auch gekannt hat. Sie erzählte es Fritz und war so glücklich darüber. Ich schenkte ihr heute ein kleines Bildchen von Wolfgang.« Dieser Hinweis inspirierte mich dazu, das mutige Mädchen Hedwig zum Leben erstehen zu lassen.

Anhang

Zur Entstehung

Das fiktive Geschehen in diesem Roman ist eingebettet in ein Gerüst von historischen Fakten und Personen, das mittels Recherchen an Originaldokumenten im Wolfgang-Borchert-Archiv (Staatsarchiv Hamburg), unter Zuhilfenahme edierter Quellen sowie durch die Arbeit mit den verschiedenen Borchert-Biographien erstellt wurde. Der Vorsitzende der Wolfgang-Borchert-Gesellschaft e.V., Prof. Dr. Hans-Gerd Winter, machte mich auf zwei nicht zur Veröffentlichung freigegebene Manuskripte Hertha Borcherts aufmerksam, die mir wesentliche Informationen lieferten. Ihm sowie Frau Roswitha Ostendorf (Wolfgang-Borchert-Zimmer) und Herrn Wolfgang Schindler (Nachlassverwalter Hertha Borcherts), danke ich herzlich für ihre Unterstützung. Neben der im Epilog bereits genannten Reisebeschreibung nach Basel von 1949 handelt es sich um eine biographische Arbeit mit dem Titel »Vergangenes Leben«, in der Hertha Borchert ein besonderes Augenmerk auf die Bedeutung ihres Mannes Fritz für die Entwicklung des gemeinsamen Sohnes legt. Sie verfasste dieses Manuskript, nachdem sie die bei Rowohlt 1961 erstmals erschienene Borchert-Biographie Peter Rühmkorfs gelesen hatte, in der ein Bild des Vaters entworfen wird, das mit ihren Erfahrungen in keiner Weise korrespondierte.

Zitate aus Werken Wolfgang Borcherts richten sich nach der bei Rowohlt herausgegebenen und unten genannten Gesamtausgabe.

Die im Folgenden aufgeführte Bibliographie zu Leben und Werk Wolfgang Borcherts erhebt keinen Anspruch auf Vollständigkeit, sie dient lediglich als Hinweis auf wichtige Werke und auf einen Teil des konsultierten Materials.

Borchert-Biographien

Burgess, Gordon: Wolfgang Borchert. Ich glaube an mein Glück. Eine Biographie. Berlin 2007.

Rühmkorf, Peter: Wolfgang Borchert in Selbstzeugnissen und Bilddokumenten. Reinbek bei Hamburg 9. Aufl. 2007.

Schröder, Claus B.: Draußen vor der Tür. Eine Wolfgang-Borchert-Biographie. Berlin 1988.

Borchert-Werke und -Briefe

Borchert, Wolfgang: Das Gesamtwerk, hrsg. v. Michael Töteberg unter Mitarb. v. Irmgard Schindler. Reinbek bei Hamburg 5. Aufl. 2017.

Borchert, Wolfgang: »… tatsächlich die einzige Hoffnung«. Briefe aus den letzten Monaten, hrsg. v. Irmgard Schindler und Michael Töteberg. Reinbek bei Hamburg 1997.

Borchert, Wolfgang: Allein mit meinem Schatten und dem Mond. Briefe, Gedichte und Dokumente, hrsg. v. Gordon Burgess, Michael Töteberg unter Mitarb. v. Irmgard Schindler. Reinbek bei Hamburg 1996.

Borchert, Wolfgang: Hannelore-Gedichte, in: Jahresheft der Internationalen Wolfgang-Borchert-Gesellschaft e. V. 27, 2015, S. 8–12.

Borchert, Wolfgang: Drei Gedichte, in: Jahresheft der Internationalen Wolfgang-Borchert-Gesellschaft e. V. 28, 2016, S. 8–14.

Borchert, Wolfgang: Widmungsalbum, in: Jahresheft der Internationalen Wolfgang-Borchert-Gesellschaft e. V. 29, 2017, 9–12.

Weiterführende Literatur

Burgess, Gordon: Wolfgang Borchert in Switzerland, in: Crossing Frontiers. Cultural Exchange and Conflict. Papers in Honour of Malcolm Pender, ed. by Barbara Burns, Joy Charnley. Amsterdam, New York 2010, S. 119–134.

Burgess, Gordon, Winter, Hans-Gerd (Hrsg.): »Pack das Leben bei den Haaren«. Wolfgang Borchert in neuer Sicht (Schriftenreihe der Hamburgischen Kulturstiftung, Bd. 5). Hamburg 1996.

Winter, Hans-Gerd: »Mein Herz rast wie ein Aussenbordmotor ...«. Borcherts Hannelore-Gedichte, in: Jahreshefte der Internationalen Wolfgang Borchert-Gesellschaft e. V. 27, 2015, S. 13–15.

Winter, Hans-Gerd: Selbstironie, Rausch und Angst. Kommentar zu den Gedichten, in: Jahresheft der Internationalen Wolfgang-Borchert-Gesellschaft e. V. 28, 2016, S. 15–18.

Winter, Hans-Gerd: »Dein Haar ist schwärzlich-lila.« Wolfgang Borcherts Beziehung zu Elisabeth Ihlenfeld und unbekannte Gedichte, in: Jahreshefte der Internationalen Wolfgang-Borchert-Gesellschaft e. V. 29, 2017, S. 13–18.

Frauke Volkland

Dies kostbar kurze Leben

Ein Borchert-Roman

Osburg Verlag

Erste Auflage 2020

www.osburgverlag.de

Lektorat: Bernd Henninger, Heidelberg
Umschlaggestaltung: Judith Hilgenstöhler, Hamburg
Satz: Hans-Jürgen Paasch, Oeste
Druck und Bindung: CPI books GmbH, Leck
Printed in Germany
ISBN 978-3-95510-231-9